Lindsay Ashford
Das Flüstern des Mondfalters

TINTE
&
FEDER

Das Buch

Ein schillernder Roman über die goldene Epoche des Films von Bestsellerautorin Lindsay Ashford.

Kalkutta, 1931: Die 19-jährige Estelle Thompson geht leidenschaftlich gern ins Kino. Denn nur in der Geborgenheit eines Lichtspielhauses kann sie vergessen, dass sie als »Mischling« weder Teil der britischen noch der indischen Gesellschaft sein kann. Ihr Leben ändert sich von Grund auf, als die junge Schönheit einen Amerikaner mit Verbindungen nach Hollywood kennenlernt. Sie verlässt Indien und ihr Weg führt sie ins aufregende London der dreißiger Jahre. Sie will ihre Vergangenheit hinter sich lassen – aus Estelle Thompson wird die Leinwandgöttin Merle Oberon. Sie lebt ihren Traum, doch sie weiß, dass es damit sofort vorbei ist, wenn jemand von ihrer indischen Abstammung erfährt …

Die Autorin

Lindsay Ashford ist in Wolverhampton (Großbritannien) aufgewachsen. Sie hat am Queens' College in Cambridge als erste Frau in seiner 550-jährigen Geschichte ein Studium absolviert. Nach ihrem Abschluss in Kriminalwissenschaft hat Ashford als Reporterin für die BBC gearbeitet sowie als freie Journalistin für verschiedene nationale Zeitschriften und Zeitungen. Sie hat vier Kinder und lebt gegenwärtig in einem Haus mit Meerblick an der Westküste von Wales.

LINDSAY ASHFORD

Das Flüstern des MONDFALTERS

ROMAN

Aus dem Englischen von Peter Groth

TINTE
&
FEDER

Deutsche Erstveröffentlichung bei
Tinte & Feder, Amazon Media EU S.à r.l.
5 Rue Plaetis, L-2338 Luxembourg
Mai 2018
Copyright © der Originalausgabe 2017
By Lindsay Jayne Ashford
All rights reserved.
Copyright © der deutschsprachigen Ausgabe 2018
By Peter Groth

Die Übersetzung dieses Buches wurde durch AmazonCrossing ermöglicht.

Umschlaggestaltung: semper smile, München, www.sempersmile.de
Originaldesign: Faceout Studio
Umschlagmotiv: © lambada / Getty; © Nimaxs / Shutterstock; © javarman / Shutterstock
Lektorat und Korrektorat: Verlag Lutz Garnies, Haar bei München, www.vlg.de
Printed in Germany
By Amazon Distribution GmbH
Amazonstraße 1
04347 Leipzig, Germany

ISBN 978-2-919-80019-3

www.tinte-feder.de

In Erinnerung an meine Großeltern Mabel, Evelyn und Clifford – die erste Generation, die vom Kino verzaubert wurde

ANMERKUNG DER AUTORIN

»Das Flüstern des Mondfalters« wurde von der wahren Lebensgeschichte der Filmschauspielerin Merle Oberon inspiriert. Es ist das Resultat meiner Interpretation der Tatsachen, vermischt mit Abschnitten, die frei erfunden sind. Im Epilog werden die fiktionalisierten Ereignisse ausführlicher beschrieben. An manchen Stellen war es nötig, Abläufe zu straffen oder Ereignisse zeitlich zu verschieben.

Der **Indische Mondspinner** *(Actias selene)*: Ein Nachtgeschöpf, das nach den vier weißen Augenflecken benannt wurde, die den Mond in seinen verschiedenen Phasen darstellen. Seine Tarnung ist so perfekt, dass es bis zur Unsichtbarkeit mit seiner Umgebung verschmelzen kann. Das Weibchen hinterlässt Duftspuren, die vom Männchen über beachtliche Entfernungen hinweg verfolgt werden können. Selbst unter Lebensgefahr folgt der Mondspinner eifrig dem Pfad des Lichtes.

Prolog

Während sich das Mädchen seinen Weg durch das Labyrinth von Hütten aus Bambus und Palmblättern bahnt, versucht es, das Baby zu beruhigen, das es in einem um den Körper gewickelten Tuch trägt. Ihre langen braunen Finger streichen über die goldblonden Haarsträhnen, ziehen eine zarte Spur um ein perlweißes Ohr und verharren auf der Wange, die von der Hitze und der Anstrengung des Weinens ganz rosig ist. Schon oft hat sie auf ihre kleinen Geschwister aufgepasst und weiß, wie man ein Baby zum Schlafen bekommt. Und das Kleine muss für die nächsten paar Stunden still sein, um von der Insel zu kommen.

Sie schleicht sich an Frauen vorbei, die auf Kohlebecken Fisch kochen, und Spielern, die in den schlammigen Gossen hocken. Einige blicken misstrauisch auf ihre westliche Kleidung. Ein alter Mann spuckt aus, als ihn ihr Schatten streift. Ein dürrer, böse aussehender Hund kommt auf sie zugetrottet und versperrt ihr den Weg. Sie kann an seinem Maul keinen Schaum erkennen und geht rasch um ihn herum.

Als sie den Rand von Black Town erreicht, erhebt sich gerade lautstark ein Schwarm grüner Papageien aus einem Mangobaum

9

und erschreckt sie so sehr, dass sie fast das Gleichgewicht verliert. Der Wind aus Südwest ist stärker geworden, er rauscht durch die Blätter über ihrem Kopf, teilt die großen Wedel der Bananenbäume und gibt dabei kurz den Blick auf das ferne Meer frei.

Hinter einer gewaltigen violett gefärbten Wolke kommt plötzlich die Sonne hervor und sie zieht ihren Tropenhelm tiefer, um ihre Augen zu beschatten. Die *Pride of Bombay* wird bereits im Hafen liegen und die Passagiere aus Europa ausspucken, bevor sie sich auf die letzte Etappe der Reise nach Indien macht. Wenn sie die Straßenbiegung erreicht, wird sie das Schiff sehen können. Bei dem Gedanken, über die Gangway zu schreiten und alles und jeden zurückzulassen, wird ihr flau im Magen. Nun, nicht gerade jeden. *Er* wird dort sein.

An Bord wird sie sich an ihren neuen Namen gewöhnen müssen: *Mrs Selby.* Er klingt seltsam, unwirklich. Doch er *ist* wirklich. Sie hat die Heiratsurkunde in der Tasche auf dem Rücken. Es war eine kurze, nüchterne Trauung im Büro des Friedensrichters in Colombo. Nicht die feierliche Zeremonie, von der sie als Kind geträumt hatte. Es gab keine Seide oder Spitze, nicht einmal einen Blumenstrauß in ihrer Hand oder Rosenblätter in ihrem Haar. Doch sie sind Ehemann und Ehefrau. Das ist alles, was zählt.

Eine zu den Wolken aufsteigende graue Rauchsäule zeigt ihr, dass sie nah an der Werft ist. Da die Bäume weniger werden, kann sie einen Blick auf einen Schiffsrumpf werfen und auf einen Elefanten, der eine riesige Holzkiste auf die Ladefläche eines Ochsenkarrens hievt. Als sie die Stelle erreicht, wo der Dschungelboden in Kopfsteinpflaster übergeht, atmet sie eine berauschende Mischung aus Gerüchen ein: Teer, Zimt, Moschus und Pfeffer, der frische Dung von Tieren und der Gestank von Abwasser.

Wie fleißige Ameisen klettern Männer mit schmuddeligen Lendenschurzen um die Hüften über die Gangways und rufen und pfeifen, während sie ihrer Arbeit nachgehen. Sie spürt, wie sich das Baby bewegt. Ein winziger Arm kommt aus dem Stofftuch hervor und die Finger öffnen und schließen sich wie eine Seeanemone. Sie legt eine schützende Hand auf das winzige Ohr, um die Schreie und Flüche der Kulis abzuhalten. Sie muss eine ruhige Stelle finden und dort abwarten, bis es Zeit ist, an Bord des Schiffes zu gehen.

Im Zollhaus gibt es eine riesige Uhr. Eingeklemmt zwischen einer großen singhalesischen Frau in rotem Sari und einem unglücklich aussehenden Jungen mit einem Käfig voll lebender Hühner auf dem Schoß, sitzt sie auf einer Bank. Während die Minuten verstreichen, zieht sich in ihr ein Knoten der Angst zusammen. Es ist fast halb zwei. Um Viertel nach zwei soll das Schiff auslaufen. Einige Passagiere bilden bereits erwartungsvoll eine Schlange am Tor, um an Bord zu gehen. Was wird sie tun, wenn sich das Tor öffnet und er nicht gekommen ist?

Ein Schiffshorn bläst und das Baby öffnet die Augen und runzelt die Stirn. Um Tränen zu vermeiden, steht sie auf und klettert über den Koffer, den die Frau in dem Sari vor ihr abgestellt hat. Sie geht hin und her und versucht, das Baby wieder in den Schlaf zu wiegen. Als sie erneut zur Uhr blickt, ist es fast zwei Uhr. Das Tor ist auf und die Menschen machen sich auf den Weg zum Kai. Der Junge mit den Hühnern schreitet gerade hindurch und die singhalesische Frau ist nur noch ein entfernter roter Fleck vor dem strahlenden Weiß des Schiffs.

Sie eilt zu dem Fenster an der Rückseite des Zollhauses und reckt den Hals, um über das Gewirr glänzender brauner Körper, Elefanten und Ochsen hinwegzusehen. *Wo ist er?* Die Plantage ist mit der Rikscha nur eine halbe Stunde entfernt. Und er hat versprochen, eine Stunde vor der Abfahrt bei ihr zu sein.

Dann erkennt sie ein vertrautes Gesicht in der Menge. Nicht er. Der Mann mit dem Turban, der auf sie zukommt, ist sein Diener, Chaminda Vaas. Ihr Herz macht einen Satz, als sie ihm entgegensieht. Henry kann nicht weit hinter ihm sein. Sie winkt, um seine Aufmerksamkeit zu wecken, und läuft los, um ihn an der Tür zu treffen.

»Missy!« Er klingt atemlos. Er lächelt nicht. Als sie seinen Gesichtsausdruck bemerkt, verkrampft sich ihr Magen.

»Wo ist der Sahib? Ist er draußen?«

»Er hat eine Nachricht geschickt, Missy. Er verspätet sich. Er hat mich gebeten, dafür zu sorgen, dass Ihr gut an Bord kommt. Er wird sich Euch bald anschließen.«

Sie sieht ihn für einen Moment an, versucht, in seinen Augen zu lesen. Ihr Instinkt sagt ihr, dass etwas nicht in Ordnung ist.

»Bitte, Missy – Ihr solltet jetzt gehen. Bringt das Baby gut in eine Kabine und packt eure Sachen aus.« Sie hebt eine Augenbraue. Sie wissen beide, dass sie für das Auspacken nicht sehr lange brauchen wird. Die Menge ihrer weltlichen Besitztümer ist erbärmlich klein.

»Ich helfe Euch.« Er fasst sie am Arm und führt sie zum Tor am Kai. Plötzlich fühlt sie sich schlaff, als wäre die ganze Kraft aus ihr gewichen.

Als sie die Kabine betritt, hört man das Schiffshorn erneut. Sie spürt, wie die Tür davon vibriert. Das Baby gibt einen durchdringenden Schrei von sich.

»Ich kann ihn sehen, Missy!« Chaminda Vaas späht durch das Bullauge. »Ich gehe und hole ihn – wartet hier mit dem Baby.«

Sie sinkt auf die Liege, wickelt das Tuch auseinander, in dem das Baby liegt, und wiegt den winzigen Körper in den Armen, während sie das kurze Stück vom Bett zum Bullauge geht. Es ist schwierig, die Gestalten auf dem Kai zu erkennen, zu viel Salz hat sich während der Fahrt durch den Indischen Ozean auf dem Glas abgelagert.

Plötzlich bewegt sich das schemenhafte Bild, wie ein Gemälde, das an einem Haken verrutscht. Sie hört unterdrückte Rufe und ein entferntes Platschen. Zu ihrem Entsetzen schrumpft draußen die Welt, die Männer und Tiere und die Stapel von Gewürzkisten werden immer kleiner. Das Schiff bewegt sich. Sie verlassen Ceylon.

Sie sagt sich, dass Henry oben auf Deck ist – dass er auf die Gangway gerannt sein muss, als das Schiff gerade die Anker gelichtet hat. Sie wird hinaufgehen und ihn finden. Sie nimmt das Baby auf einen Arm und greift zum Türknauf. Doch als sie ihn dreht, geschieht nichts. Sie zerrt sinnlos daran, während ihr langsam die schreckliche Erkenntnis dämmert. Chaminda Vaas hat sie ausgetrickst. Da war kein Henry auf dem Kai. Er hat sie auf das Schiff gelockt und sie eingeschlossen, damit sie es nicht verlassen konnte, bevor es in See stach.

Das Baby beginnt erneut zu schreien, ein dünner, mitleiderregender Klang. Sie sind jetzt allein. Sie hat nichts als eine Handvoll Rupien in der Tasche. Wovon werden sie leben, wenn sie nach Indien kommen?

TEIL 1

KAPITEL 1

Estelle Thompson saß in der Wohnung am Fenster. Auf der anderen Straßenseite leuchteten die Neonlichter des Tiger Cine in der Dunkelheit und sprenkelten ihre nackten Arme mit roten und goldenen Flecken. Von Glühbirnen umrahmte schwarze Buchstaben verkündeten die Vorführung des neusten Films, der über den Ozean aus Amerika gekommen war: *Das göttliche Weib* mit Greta Garbo. Sie hatte ihn bereits zweimal gesehen. Wenn sie einen Film mochte, dann ging sie in so viele Vorstellungen wie möglich. Selbst diejenigen, die ihr nicht so wichtig waren, sah sie in der Regel ein zweites Mal.

Anfangs war sie ins Kino gegangen, weil es besser war, als allein zu Hause zu bleiben. Doch schnell war daraus mehr geworden. Unwiderstehlich wurde sie von dem silbernen Licht der Leinwand angezogen und konnte es kaum erwarten, in der Welt dahinter zu verschwinden. Und danach verbrachte sie ganze Tage damit, als Greta Garbo oder Joan Crawford durch die Straßen Kalkuttas zu gehen und sich vorzustellen, sie wäre in New York oder Hollywood.

Ihre Mutter hatte nichts dagegen, dass sie ins Kino ging, solange es das auf der anderen Straßenseite war. Doch es gab noch drei weitere in der Stadt. Und sie war schließlich neunzehn Jahre alt und konnte auf sich selbst achtgeben. Seit ihrem dreizehnten Lebensjahr war sie nachts allein.

Ihre Mutter arbeitete, wenn andere Leute schliefen. Als private Krankenschwester in den Häusern der Wohlhabenden ging Charlotte Thompson normalerweise zu der Zeit zu Bett, wenn Estelle sich auf den Weg zu ihrer Arbeit bei der Telefongesellschaft machte. Wenn sie gewusst hätte, dass ihre Tochter wenige Stunden zuvor an den Prostituierten der Free School Street vorbeigegangen war oder dass sie einem Mann auf die Hand geschlagen hatte, als der sie am Knie berühren wollte, während die Lichter unten im Tiger Cine ausgingen, dann hätte sie kein Auge zugetan.

Estelle wandte den Blick von den blinkenden Lichtern und hielt auf der Straße unter sich Ausschau. Sie sah einen zerlumpten Mann ohne Beine, der sich auf einem grob zusammengezimmerten Karren vorwärtsbewegte. Ein paar Meter hinter ihm schlenderte ein kleiner Junge mit einem Papagei auf der Schulter. Sie erkannte das Kind, das zu einer Gruppe von Bettelkindern mit von Fliegen verkrusteten Augen gehörte, die an der Schlange vor der Kinokasse bettelten. Er hatte dem Papagei beigebracht, die wartende Menge zu unterhalten, indem er eine Nadel in seinem Schnabel hielt und Glasperlen auffädelte, um daraus Armbänder zu machen. Sie hatte bereits mehr davon gekauft, als sie jemals tragen würde.

Heute Abend ging sie aber nicht ins Kino. Sie suchte auf der Straße nach ihrer Freundin Dorothy Johnson, die sie abholen und mit ihr zu Firpo's gehen würde – dem einzigen Lokal in Kalkutta, wo unverheiratete Mädchen tanzen konnten. Die weißen Leute gingen zu Firpo's. Es gab dort Türsteher, die jeden Gast genau prüften. Als Jungen wären sie und Dorothy niemals durch die Tür gekommen. Doch es gab zu viele einsame junge Männer in Kalkutta. Zu viele englische Kavallerieoffiziere und Börsenmakler und Regierungsbeamte, die sich nach Gesellschaft sehnten. Und sie und Dorothy hatten die richtige Hautfarbe. Gerade blass genug, um eingelassen zu werden.

Sie spähte zur Uhr an der Wand. Dorothy war noch nicht zu spät dran gewesen. Estelle war einfach zu schnell fertig geworden, nachdem sie Ewigkeiten vor dem Spiegel gestanden hatte. Es war knifflig, denn ihr Kleid hatte einen tiefen Rückenausschnitt. Das bedeutete, dass sie Puder auf ihre Schultern und den halben Rücken tupfen musste, was ihr nur gelang, indem sie nackt mit dem Rücken zu dem Streifen Silberglas an der Wand im Badezimmer stand, während sie Kopf und Arme wie ein Schlangenmensch verdrehte.

Der Anblick ihres halb mit weißem Puder bedeckten Körpers gab ihr ein seltsames Gefühl. Als würde sie ein geheimes Ich bändigen, einen versteckten Teil von sich, der schlangengleich eingerollt in ihrem Bauch lauerte. Es fühlte sich magisch und gefährlich an. Und sie spürte, dass es von dem uralten Blut stammte, das sie von ihrer Mutter geerbt hatte.

Weiße Leute sagten, dass indische Frauen keine Moral besäßen. Dass sie Verführerinnen wären, denen man nicht trauen konnte. Als sie über die Schulter auf ihr Abbild im Spiegel blickte, wanderte ihr Blick zu den milchkaffeebraunen Kugeln ihrer Pobacken unter der kreideweißen Oberfläche ihres Rückens. Selbst in dem Kleid war ihr Hintern deutlich zu sehen, fast schamlos. Sie fragte sich, ob es möglich war, einen Mann zu verlocken, ohne es zu beabsichtigen.

Bei ihrem letzten Besuch bei Firpo's war ihr eine Frau auf die Toilette gefolgt und hatte sie am Arm gefasst, als sie aus der Kabine kam. Die Frau war die Schwiegertochter eines alten Herrn, den Estelles Mutter pflegte. Nachdem sie die Betrügerin auf der Tanzfläche entdeckt hatte, verschwendete sie keine Zeit damit, ihre Gefühle zum Ausdruck zu bringen.

Was glaubst du eigentlich, was du da treibst? Du kleine dreckige Acht-Annas!

Das war eines der vielen Schimpfworte für Mischlinge. Sechzehn Annas ergaben in der Landeswährung eine Rupie, damit war die Bedeutung mehr als klar. Dabei hatte sie nichts getan, sondern nur getanzt. Was war daran auszusetzen? Hatte die Musik etwa jenes geheimnisvolle Ich entfesselt?

Sie hoffte, heute Abend keine bekannten Gesichter bei Firpo's zu entdecken und dass der Puder sie davor bewahren würde, von irgendwem entlarvt zu werden. Und dass die Schlange in ihrem Korb bleiben würde.

Estelle griff nach dem Fensterriegel und schob den Fensterflügel ein paar Zentimeter nach oben. In der Wohnung war es stickig – seit dem letzten Stromausfall funktionierte der Ventilator nicht mehr. Und die Luft draußen war noch immer so heiß, als stecke die Stadt in einem glühenden Ofen, der seine Bewohner röstete, während sie zu schlafen versuchten.

Es gab Leute, die nie zu Bett gingen. Um zwei oder drei Uhr morgens hockten sie noch immer in den Eingängen der Häuser am Hooghly River, die dunklen Gliedmaßen schweißverklebt, während sie sich mit Bananenblättern Luft zufächelten. Schon als Kind waren ihr diese Nachteulen aufgefallen, wenn sie mit ihrer Mutter sehr spät von einer Zugfahrt nach Darjeeling zurückgekehrt war.

Unten am Fluss ging es lebhaft zu. Dort verstreuten die Hindus die Asche der Toten. Sie konnte es jetzt in der Ferne hören, dieses Durcheinander aus Gongs, Gesängen und Trommeln. Der kaum wahrnehmbare Wind trug die Geräusche die Straße hinauf. Außerdem brachte die schwelende Luft den penetranten Duft der Stadt mit sich: eine Mischung aus offenen Abwässern, reifem Obst, Gewürzen und verbranntem Holz.

Hufgeklapper durchschnitt die Geräuschkulisse. Das war Dorothy, die in einer Tonga die Straße herangerollt kam. In der von einem Pferd gezogenen kleinen Kutsche saß jemand neben ihr. Beim Näherkommen fiel das Licht des Tiger Cine auf ihre Gesichter. Der Beifahrer war Neil Johnson, Dorothys ältester Bruder. Neil sah noch weniger indisch aus als Dorothy, mit rötlichbraunem Haar und blauen Augen, die er von ihrem schottischen Großvater geerbt hatte. Er winkte, als er Estelle am Fenster entdeckte. Dorothy drückte ihm einen Kuss auf die Wange und stieg aus.

Sie waren vier Kinder in Dorothys Familie: zwei Mädchen und zwei Jungen. Estelle beneidete ihre Freundin um die Geschwister. Sie fragte sich oft, wie es wohl wäre, einen Bruder oder eine Schwester zu haben. Seit sie sich erinnern konnte, waren sie immer nur zu zweit gewesen – Mutter und Tochter –, und es gab niemand sonst, den man als Familie bezeichnen konnte.

Ihr Vater war in den Krieg nach Frankreich gegangen, als sie drei Jahre alt war. Zwei Jahre später war er in den Schützengräben bei der Schlacht an der Somme an einer Lungenentzündung gestorben. Ihre einzige Erinnerung war eine verblasste Fotografie in Sepia, die auf ihrem Nachttisch stand. Es gelang ihr nicht, irgendein Bild aus der Zeit heraufzubeschwören, bevor er weggegangen war. *Du warst zu jung,* sagte ihre Mutter dann immer. Niemand könne sich an eine Person erinnern, die so früh aus ihrem Leben verschwunden war.

Über ihren Vater wusste sie nur, dass sein Name Arthur war und dass er aus dem Norden Englands stammte. Er war mit der Armee nach Indien gekommen und hatte ihre Mutter an einem Ort namens Poona in der Nähe von Bombay kennengelernt.

Während Estelle heranwuchs, hatte sie ihre Mutter oft gefragt, ob die Eltern ihres Vaters noch lebten. Wenn es Großeltern in England gab, dann hätte sie ihnen schreiben können. Die Antwort ihrer Mutter lautete, dass sie es nicht wusste und die Adresse verloren hatte, als Estelles Vater in den Krieg gezogen war. Auch über ihre eigene Familie erzählte Charlotte nicht viel. Sie war in Ceylon geboren und hatte eine singhalesische Mutter und einen weißen Vater, der vor ihrer Geburt starb – und sie hatte die Insel verlassen müssen, als sie noch sehr jung war, um Arbeit auf dem Festland zu finden. *Wie jung?*, wollte ihre Tochter wissen. *Ich war vierzehn*, entgegnete Charlotte. *Eigentlich schon fast fünfzehn.*

Fünfzehn kam ihr nicht so schlimm vor. In diesem Alter hatte Estelle die Schule verlassen und angefangen, bei der Telefongesellschaft zu arbeiten. Ihre Mutter war dagegen gewesen, dass sie die Ausbildung abbrach. Ein Stipendium für die La-Martiniere-Privatschule für Mädchen hätte sie zu etwas Besserem führen sollen, als Anrufe an einem Schaltpult zu verbinden. Doch dort war es ihr schlecht ergangen, sie wurde für die zweifache Sünde verspottet und gehänselt, weder weiß noch wohlhabend zu sein. Wie anders war es dagegen auf der Schule gewesen, die sie als junges Mädchen besucht hatte und die von Missionaren für Mädchen und Jungen aller Rassen und Religionen betrieben wurde. Dort gab es eine Lehrerin, die sie sehr inspiriert hatte: eine junge Britin namens Miss Kimberley, die das Theaterspiel in den Lehrplan eingebracht hatte. Während dieser Unterrichtsstunden war in Estelle etwas lebendig geworden. Nichts in ihrem bisherigen Leben war vergleichbar mit dem Reiz des Schauspielens.

Der Klang von Dorothys Schritten auf den Stufen brachte sie zurück in die Gegenwart. Sie schloss das Fenster und griff nach ihrer Tasche. Sie war rosafarben, um zu ihrem Kleid zu passen, und hatte ihre Initialen mit einem Silberfaden eingenäht. Die Buchstaben E, M, O und T waren zu einem Monogramm verflochten. Estelle Merle O'Brien Thompson. Nicht ganz englisch: Das O'Brien kam von der Mutter ihres Vaters, die offensichtlich irisch gewesen war. Doch es klang überzeugend unindisch – was das Entscheidende war, wie ihre Mutter immer sagte.

Als Estelle die Tür öffnete, riss Dorothy die Augen auf.

»Was ist los?« Estelle sah an sich hinunter, da sie befürchtete, sich mit Puder bestäubt zu haben.

»Woher hast du dieses Kleid?«

»Ich habe den Stoff bei Hogg's Bazaar gekauft und es selbst gemacht. Du findest doch nicht, dass es zu …«

»Zu sexy ist?« Dorothy schnalzte mit der Zunge. »Nun, natürlich ist es das! Aber was willst du machen? Ich wünschte, ich hätte deine Figur!«

Estelle fuhr sich mit der Hand an den Ausschnitt des Kleides. Es war nicht tief ausgeschnitten – zumindest nicht vorn. »Ich möchte nicht aussehen wie …«

»Wie was?«

»Wie …« Estelle neigte den Kopf zur Straße.

»Wie ein Flittchen?« Dorothy schnaubte ein Lachen. »Das tust du nicht, du Idiotin! Du siehst umwerfend aus. Und ich bin neidisch wie irgendwas!« Sie streckte die Hände mit nach oben gedrehten Innenflächen aus und legte sie an ihren Busen. »Ich hatte darüber nachgedacht, meinen Büstenhalter auszustopfen – aber es ist zu heiß.«

Estelle musste lachen. »Nun, ich wünschte, ich wäre so groß wie du – daran kann ich nicht viel ändern! Und ich wünschte mir, meine Augen hätten nicht die Farbe eines nassen Elefanten.« Sie hakte sich bei Dorothy unter und führte sie zur Treppe. »Wie auch immer, ich muss nur daran denken, wie viele Heiratsanträge du beim letzten Mal bekommen hast, als wir bei Firpo's waren.«

Dorothy stieß ihr den Ellbogen in die Rippen. »Keine ernsthaften Anträge – Männer sagen alles Mögliche, wenn sie betrunken sind.«

»Ich glaube nicht, dass der Regierungsbeamte aus Delhi besonders betrunken war, genauso wie der Hauptmann der Bengal Lancers.«

»Na ja, mir haben beide nicht besonders gefallen. Und wo warst du, als ich Unterstützung gebraucht habe?«

»Ich hatte mich vor dem Bankmanager versteckt, der mir immer auf die Zehen gestiegen ist.«

»Also, heute Abend ist aber nichts mit Verstecken!« Dorothy fächerte sich mit der Hand Luft zu, als sie auf die Straße trat.

»Neil hat ein paar von seinen Geschäftskontakten das Lokal empfohlen. Das sind Goldhändler aus London. Er ist heute Abend beschäftigt, deshalb habe ich ihm versprochen, dass wir uns um sie kümmern.« Bevor Estelle noch antworten konnte, war Dorothy bereits über die Straße geschossen, um eine Riksha herbeizuwinken.

Während der Fahrt war es schlichtweg zu laut, um sich zu unterhalten. Das Rattern der Räder, verbunden mit den Rufen der Straßenhändler und dem Geheul streunender Hunde, machte ein Gespräch schwierig. Wenn sie es geschafft hätte, sich über das Getöse hinweg Gehör zu verschaffen, dann hätte Estelle nach weiteren Informationen über die Männer gefragt, die Neil für sie organisiert hatte.

Es war eine unausgesprochene Tatsache, dass die anglo-indischen Mädchen aus einem ganz bestimmten Grund zu Firpo's kamen: um sich einen weißen Ehemann zu angeln. Solche Ehen wurden von beiden Gruppen missbilligt. Mädchen wie sie sollten Männer wie sie heiraten. Doch anglo-indische Männer gelangten nicht in die höheren Gesellschaftskreise Kalkuttas. Wenn es ein Mädchen schaffte, dann war die Ehe mit einem Europäer die Eintrittskarte zu Wohlstand und Respekt.

Als die Riksha auf die Chowringhee Road kam, gerieten sie in einen Stau. Ihr Weg wurde von einer ihnen entgegenkommenden Prozession blockiert, die die ganze Breite der Straße einnahm. Sie wurde von Kamelen mit goldenem Geschirr angeführt, das im Licht der Straßenlaternen glänzte. Auf ihnen saßen Männer mit nackten Beinen und Turbanen. Dahinter folgte ein Hochzeitselefant, dessen Rüssel, Kopf und Beine mit bunten Blumen bemalt waren. Hinter ihm kamen zwölf glänzende Pferde, jedes mit Silberglocken um den Hals.

Als Nächstes folgte in der Prozession eine Gruppe singender und tanzender Männer. Dahinter kam eine Trage, die mit einem rot-goldenen Überdach versehen war. Gerade als sie auf einer Höhe mit der Rikscha war, blies ein Windstoß das Dach zur Seite, sodass Estelle und Dorothy einen Blick auf die Braut und den Bräutigam werfen konnten.

Die Mädchen erschraken bei dem, was sie sahen: Ein Teenagerjunge saß neben einem Kind, das nicht älter als zwei Jahre zu sein schien. Der Junge trug eine goldene Kappe und ein goldbesticktes Hemd und winkte, als er sie sah. Doch das Mädchen, dessen winzige Handgelenke und Fußknöchel vor Goldketten nur so funkelten, öffnete die Augen nicht.

Estelle wandte sich ab. Kinderhochzeiten waren ein deprimierendes, häufig zu sehendes Schauspiel in Kalkutta. Es gab nur wenige indische Mädchen, die zu ihrem vierzehnten Geburtstag nicht bereits Ehefrau oder Witwe waren.

Jeder indische Vater war begierig darauf, seine Töchter zu verheiraten. Gemäß der hinduistischen Religion musste er damit rechnen, eine Million Jahre im Fegefeuer zu schmoren, falls seine Tochter eine alte Jungfer bleiben würde. Es war nicht ungewöhnlich, dass bereits Babys verheiratet wurden – manchmal mit erwachsenen Männern. Ihnen wurde Opium gegeben, damit sie während der Trauung ruhig blieben, dann wurden sie nach Hause gebracht, um weiter bei ihren Eltern zu leben, bis sie zehn oder elf waren, um ab da bei ihren Ehemännern zu wohnen.

Die Prozession rumpelte weiter. Keins der Mädchen sprach, bis die Rikscha ihr Ziel erreicht hatte. Estelle fragte sich, ob Dorothy das Gleiche dachte wie sie: dass dieser abscheuliche Brauch ihr Erbe war und dass sie beide an der Stelle dieses kleinen Mädchens hätten sein können, wenn ihre Mütter keine weißen Männer geheiratet hätten. Doch der Preis dieser Freiheit war die Ablehnung, die sie gleichermaßen von Indern und Europäern erfuhren. Sie und Dorothy lebten in einer Scheinwelt, sie sprachen Englisch, aßen englisches Essen und nannten einen Ort Heimat, den sie noch nie gesehen hatten. Heute Abend würden sie diese Täuschung wieder ausspielen und sich für ein paar Stunden hinter die Grenze begeben – dabei gab es kein wirkliches Entkommen: Als Anglo-Inderin gehörte man nirgendwo dazu.

KAPITEL 2

Der Eingang zu Firpo's war eine schillernde Ansammlung von Spiegeln und weißem Marmor. Silberne Wandleuchter im Stil des Art déco warfen ein helles Licht auf all jene, die eintreten wollten. Der Eingang wurde von einem Sikh-Portier von gewaltiger Statur bewacht – ein neuer Securitymann, der bei ihrem letzten Besuch des Klubs noch nicht dort gewesen war. Geisterhafte Schwaden von Zigarrenrauch schlängelten sich von der Treppe hinter ihm nach draußen, was ihm ein ätherisches Aussehen gab, als wäre er der Torhüter eines verbotenen Paradieses.

Er beäugte die Mädchen, als sie an der Türschwelle standen. So wie er sie musterte, hätten sie genauso gut Mangos an einem Marktstand oder Hühnchen in der Auslage einer Metzgerei sein können. Natürlich merkte er, dass sie nicht englisch waren. Inder erkannten immer das gemeinsame Blut, so verdünnt es auch sein mochte. Er sagte aber nichts. Sein Nicken war fast unbemerkbar. Sie eilten durch die Türen, bevor er es sich noch anders überlegte.

Sie stiegen die Stufen hinauf und traten in einen schwach beleuchteten Raum mit einer zeltartigen gestreiften Decke.

Falsche Palmen standen in Terrakottakübeln am Rand der Tanzfläche, die man nach einem Hindernisparcours aus Benares-Messingtischen erreichte. Ein halbes Dutzend sich träge drehender Ventilatoren hing zwischen den Kronleuchtern unter der Decke, ohne eine Wirkung auf die Temperatur zu haben. Es war stickig und die Luft so dünn, dass Estelle bei ihrem letzten Besuch erlebt hatte, wie eine Frau auf der Tanzfläche ohnmächtig geworden war. Nun, es *könnte* die Hitze gewesen sein: Laut Dorothys Bruder ließ der Besitzer es absichtlich so, damit seine Kunden mehr Getränke konsumierten.

Die Band spielte gerade Cole Porters »Let's Do It«. Estelle war sich der Blicke bewusst, die ihr folgten, als sie und Dorothy zur Bar gingen. Die alleinstehenden Männer machten keinen Hehl aus ihrem Interesse an den zwei unbegleiteten Mädchen, während die verheirateten verstohlen über ihre Gläser hinwegspähten. Die Blicke der übrigen Frauen im Saal waren offen feindselig.

Die meisten von ihnen waren mit ihren Ehemännern hier – die häufig erheblich älter als ihre Frauen aussahen. Englische Soldaten und Regierungsbeamte durften vor ihrem dreißigsten Geburtstag nicht heiraten, während die weißen Frauen, die als potenzielle Bräute nach Indien kamen, ungefähr im selben Alter wie Estelle und Dorothy zu sein schienen: nicht älter als neunzehn oder zwanzig. Diese Ehen hielten manchmal, doch häufig taten sie es nicht. Normalerweise kamen die Ehefrauen zu Firpo's, um mit jüngeren Männern zu flirten, und ihre Gatten betranken sich unterdessen.

Während sie darauf warteten, dass der Barkeeper sie bediente, überflog Dorothy den Saal. »Es ist ganz schön was los heute Abend, oder? Ich frage mich, weshalb.«

»Heute Nachmittag hat die *Windsor Castle* angelegt«, sagte Estelle. »Ich habe es auf dem Heimweg von der Arbeit gesehen.

Viele Leute sind ausgestiegen. Jemand hat gesagt, dass ein Infanteriebataillon an Bord war.«

»Hm«, lächelte Dorothy. »Frischfleisch!«

»Ich dachte, wir sollen mit diesen Männern tanzen, die dein Bruder hergeschickt hat.«

»Das werden wir auch – wenn sie uns finden! Neil hat ihnen eine Fotografie von mir gegeben, doch ich weiß nicht, wie *sie* aussehen. Deshalb können wir in der Zwischenzeit tun, was wir wollen!«

Aus dem Augenwinkel bemerkte Estelle zwei Männer, die entschlossen auf sie zukamen.

»Guten Abend!« Der Akzent war unverkennbar britisch, die abgehackten Vokale der Oberschicht von den Drinks leicht gelallt. »So hübsche Damen! Sind wir uns wirklich bisher noch nicht begegnet?«

Estelle wich seitlich aus, als der Kleinere der beiden versuchte, sich zwischen sie und Dorothy zu drängen. »Sind sie das?«, fragte sie stimmlos.

Dorothy zuckte mit den Schultern.

»Ach was! Was für sagenhafte Augen! Möchten Sie tanzen?«

»Ich glaube nicht.« Estelle nahm die Hand von ihrem Arm. Solche Männer hatte sie bereits zur Genüge kennengelernt. Kalkutta schien sie anzuziehen. Verhätschelte, prahlerische Typen, die dachten, alles und jeder in Indien wüsste nichts Besseres, als von ihnen genommen zu werden. »Ich warte gerade auf jemanden.« Sie spähte zu ihrer Freundin, die genüsslich zu dem anderen Teil des Duos blickte. »Wir *beide* warten auf jemanden, nicht wahr, Dorothy?«

»Was?« Dorothy neigte den Kopf, den Blick noch immer auf ihr Opfer gerichtet. »Oh, du meinst Neils Freunde? Nun, ich bin mir nicht so sicher, ob sie kommen …« Sie machte einen Schritt in Richtung Tanzfläche. Einen Moment später verschwand sie mit ihrem Partner in dem Körpergewirr.

»Ich befürchte, Sie sind versetzt worden, meine Liebe. Erlauben Sie mir, dass ich mich vorstelle: Rodney Philips – Major Philips – Queen's Rifles.«

Estelle bemerkte eine starke Whiskyfahne, als er mit dem Gesicht näher kam.

»Was ist los? Tanzen Sie nicht gern?«

Sie liebte Tanzen fast so sehr, wie sie Filme liebte. Doch es reichte nicht, um die nächsten paar Minuten damit zu verbringen, von einem stolpernden Betrunkenen befummelte zu werden, so eindrucksvoll seine Referenzen auch sein mochten. »Es tut mir leid.« Sie trat von ihm weg. »Ich muss mir die Nase pudern.«

Die Damentoilette hatte ihr Zuflucht gewähren sollen, doch als sie versuchte, die Tür zu öffnen, stellte sie fest, dass sie gerammelt voll mit Memsahibs war – englische Gattinnen mit kurz geschnittenen glatten Haaren und Kleidern, die so freizügig waren, dass man den Eindruck hatte, sie wären aufgemalt worden. Sie plapperten in die Spiegel, zogen die Lippen nach und erfrischten ihre schweißüberströmten Gesichter.

Estelle wich zurück. Es klang immer nach einer guten Idee, zu Firpo's zu gehen, wenn sie mit Dorothy nach der Arbeit darüber sprach – doch die Wirklichkeit erfüllte nie so ganz ihre Erwartungen. Da war immer irgendwas. Es war, als würde man die Höhle des Löwen betreten.

Sie ging um die Tanzfläche herum und verbarg sich hinter einer Säule, um dem Blick des Majors zu entgehen, der an der Bar lehnte und aus einem weiteren Glas Whisky trank. Dorothy tanzte einen Tango. Sie machte keine Anstalten, ihr zu Hilfe zu kommen.

Estelle fiel nur ein einziger Platz ein, an den sie sich flüchten konnte. Es gab einen breiten Balkon entlang der Vorderseite des Restaurants, von dem man auf die Straße blickte. Sie hatte den Bereich bei ihren bisherigen Besuchen immer gemieden, da es der Rückzugsort für diejenigen war, die intimer werden wollten, als es die Tanzfläche erlaubte. Das einzige Licht dort kam von Kerzen in farbigen Glaslaternen, die von dem Vordach herabhingen. Darunter befanden sich speziell eingerichtete Nischen mit Rattansofas, die von eingetopften Palmen abgeschirmt wurden. In diesen *Kalajuggahs* – oder dunklen Plätzen – blieb auch das gewagteste Benehmen unbeobachtet.

Sie holte tief Luft und trat nach draußen, wobei sie hoffte, dass es für solche Begegnungen noch zu früh am Abend war. Sie schloss die Balkontür von draußen und blieb für einen Moment unbewegt stehen. Abgesehen von entferntem Hundegebell, hörte man nichts außer dem gedämpften Klang der Musik. Sie ging zum Rand des Balkons und fasste ans Geländer. Das Metall fühlte sich warm an. Der süße Geruch des Jasmins, der sich um die Säulen rankte, überdeckte den widerlichen Gestank der Stadt. Sie neigte den Kopf zurück, blickte hinauf zu den Sternen, und ihr wurde bewusst, dass von der gespannten Erwartung, die sie bei den Vorbereitungen für das Ausgehen empfunden hatte, nichts mehr übrig war. Etwas an diesem Ort – und seinen Menschen – war schuld daran, dass sie sich innerlich leer fühlte. Es gab zu viele Männer wie Major Philips – betrunkene Idioten, die einem innerhalb weniger Minuten nach Beginn eines Walzers oder Foxtrotts die Hand in das Kleid steckten. Sie wollte einfach nur tanzen. Doch man konnte nicht einfach nur tanzen – man musste darauf warten, dass man aufgefordert wurde. Wenn *sie* doch nur auffordern dürfte.

Als sie den Kopf etwas senkte, erblickte sie den Mond, blass und dunstig, der sich über dem Kuppeldach des Kalighat-Tempels erhob. Er wirkte so groß und nah, als müsste man sich nur vorbeugen, um ihn berühren zu können. Er erinnerte sie an den Film, den sie am Vorabend gesehen hatte: Greta Garbo, kalt und gebieterisch, wie sie im Scheinwerferlicht einer leeren Bühne stand. Sie war sich sicher, dass die Garbo diejenige wäre, die beim Tanz den Partner auswählte. Sie war die Art Frau, die Männer verehrten. Wie es wohl war, eine solche Macht zu besitzen?

Ein Rascheln zu ihrer Linken brachte Estelle in die Wirklichkeit zurück. Sie zögerte, bevor sie sich umdrehte, da sie nicht wusste, was sie zu sehen bekommen würde. Dann vernahm sie ein Hüsteln – ein kurzes, höfliches Räuspern –, als wollte jemand auf sich aufmerksam machen. Das Geräusch war vom anderen Ende des Balkons gekommen. Sie konnte die Umrisse eines Mannes auf einem Rattanstuhl erkennen und die glühende Spitze einer Zigarette zwischen seinen Fingern.

»Ziemlich heiß da drin, was?«

Der Akzent überraschte sie. Der Mann war kein Engländer. Sie dachte, dass er vielleicht Amerikaner sei. Unten im Hafen hatte sie amerikanische Matrosen gehört, und in dem vorletzten Hollywoodfilm, den sie gesehen hatte, gab es gesprochene Dialoge statt einer stummen Handlung.

»Ähm … ja«, erwiderte sie. »Es ist immer heiß, befürchte ich.«

»Hier draußen ist es etwas kühler – aber auch nicht viel.« Er stand auf und ging zu ihr. »Erinnert mich an die Sommer in Virginia. Aber in diesem Land hier ist es viel feuchter, finden Sie nicht?«

»Ähm … ja.« Sie nickte empathisch. Offenbar dachte er, dass sie Britin sei und noch nicht lange in Indien lebte. Beim Nähertreten kam er in den Lichtkegel der Laterne über Estelles Kopf. Er war jung und sah sehr gut aus, blond und athletisch, und bewegte sich mit anmutiger Leichtigkeit. Er blickte nicht auf ihre Brüste oder Beine, wie es die Männer normalerweise taten.

»Ben Finney.«

Sein Händedruck war fest, doch er quetschte ihr nicht die Knochen, um anzugeben.

»Estelle«, erwiderte sie. »Estelle Thompson.« Sie betonte den Namen sorgfältig und versuchte, den Singsang ihrer Stimme zu unterdrücken. Sie hoffte, dass er als Amerikaner nicht bemerken würde, dass ihr Akzent nicht englisch war.

»Freut mich, Sie kennenzulernen, Ma'am.« Sie konnte seine perfekt weißen und geraden Zähne sehen, als sich sein Mund öffnete. »Möchten Sie eine Zigarette?« Er zog eine Packung aus der Tasche.

»Nein, danke – ich rauche nicht.« Sie verstärkte ihren Griff am Geländer, während sie im Innern ein unerklärliches Wogen verspürte. Etwas, was sie nicht benennen konnte.

»Ich sollte das auch nicht tun. Dumme Angewohnheit.« Er tat die Packung weg, ohne sich eine weitere Zigarette anzuzünden. »Ich rauche, seit ich ein kleines Kind bin.« Er lachte kurz auf. »Dafür muss ich meinen Eltern die Schuld geben.«

»Ihre Eltern haben Ihnen Zigaretten gegeben?«

»Nicht ganz. Doch es lagen immer Dutzende von Packungen im Haus herum. Das ist es nämlich, was meine Familie macht. Sie ist im Tabakgeschäft.« Er verzog eine Seite seines Mundes zu einem schiefen Grinsen, was seinem Gesicht einen ganz besonderen, unwiderstehlichen Ausdruck gab. »Was macht Ihre?«

Sie zögerte. Sie wollte ihm weder erzählen, dass ihre Mutter als Nachtschwester arbeitete, noch irgendwas anderes, das den Eindruck zerstören könnte, sie sei ein wohlerzogenes englisches Mädchen. »M…mein Vater ist tot«, sagte sie. »Er starb im Krieg in Europa.«

»Das muss schwer für Sie gewesen sein.« Er betrachtete ihr Gesicht im Lampenlicht. »Ich schätze, Sie waren da noch ziemlich jung, oder?«

»Das war ich. Ich erinnere mich gar nicht mehr richtig an ihn, was traurig ist.« Bevor er weiter nachforschen konnte, fragte sie: »Sind Sie geschäftlich in Indien?«

»Nein, ich bin hergekommen, um einen Freund zu besuchen.« Er machte eine Kopfbewegung zum Restaurant. »Sein Name ist Mark. Mark Hanna. Kennen Sie ihn?«

Estelle schüttelte den Kopf.

»Er arbeitet für Paramount – die Filmfirma.«

»Oh, dann sind Sie Schauspieler?« Jedenfalls hatte er das Aussehen eines Filmstars.

»Nun, das war ich mal.« Er lächelte. »Ich war aber nicht gut genug, um damit Geld zu verdienen, deshalb habe ich es aufgegeben.«

»Wirklich?« Sie sah ihm ins Gesicht, während sie sich fragte, wie jemand ein solches Leben aufgeben konnte. »Waren Sie auf der Bühne oder in Filmen?«

»Ich habe nur einen Film gemacht – das war alles.«

»Oh, ich überlege, ob ich ihn wohl gesehen habe.«

»Das bezweifle ich, es war ein richtiger Reinfall. Ich weiß gar nicht, ob er außerhalb der Vereinigten Staaten gespielt wurde.« Er lachte heiser auf. »Mark meint, es sei der schlimmste Film, den er je gesehen hat.«

»Ist er Regisseur?«

Ben schüttelte den Kopf. »Mark macht keine Filme – er ist das, was man Promoter nennt. Er kümmert sich um den Filmvertrieb in Indien. Er hat mich eingeladen, um mit ihm auf Tigerjagd zu gehen.«

Estelle erschauerte unfreiwillig. Natürlich hatte sie schon von der Vorliebe weißer Männer für die Jagd nach Großwild in den Wäldern Bengalens gehört. Doch sie hatte noch nie jemanden getroffen, der einen Tiger getötet hat – oder es plante. Estelles Verhältnis zu Tieren war ein Erbe der hinduistischen Wurzeln ihrer Mutter. Charlotte Thompson war zur römisch-katholischen Kirche konvertiert, als sie heiratete, doch es gab gewisse Überzeugungen, die sie nicht loslassen konnte.

Darunter vor allem der Glaube, dass alles Leben heilig war. Sie konnte sich nicht einmal dazu durchringen, eine Mücke zu zerquetschen. Weder sie noch Estelle aßen Fleisch – und die Idee, ein Tier zum Vergnügen zu töten, war gewissenlos.

»Ich bin mir nicht sicher, wie ich mich fühlen werde, wenn ich wirklich einen zu sehen bekomme.« Er legte die Fingerspitzen aneinander und formte mit den Händen einen Käfig. »Es sind so edle Tiere, dass es fast eine Schande ist, sie zu erschießen. Doch es würde ziemlichen Ärger geben, wenn ich nicht mit mindestens einem Tigerfell-Vorleger nach Hause komme.« Er drehte sich lächelnd zu ihr. »Ich nehme an, das hebe ich mir für ein andermal auf.« Er blickte über die Schulter. »Verzeihen Sie – ich hätte vorher schon fragen sollen, aber halte ich Sie von jemandem ab?«

Das war ihre Gelegenheit zu entkommen – falls sie das wollte. Sie konnte die Stimme ihrer Mutter hören, die ihr sagte, dass dieser Mann Ärger bedeutete. Doch ihre Antwort kam nach kaum einer Sekunde des Zögerns: »Nein, eigentlich nicht. Ich bin mit meiner Freundin hier, doch sie tanzt.«

»Möchten Sie auch tanzen?«

Sie nickte.

Er hielt ihr den Arm hin und sie ergriff ihn. Während sie nach drinnen gingen, konnte sie spüren, wie ihr das Herz wild gegen die Rippen schlug. Und irgendwo tief in ihrem Bauch entrollte sich langsam die Schlange.

Die Tanzfläche war gerammelt voll mit Körpern. Die Band spielte gerade »I've Got a Crush on You«, doch die Musik wurde fast von dem lärmenden Gelächter der Paare übertönt, die vor ihnen herumtanzten. Ben und Estelle umrundeten den Randbereich der Tanzfläche auf der Suche nach einer freien Stelle. Bevor sie eine fanden, spürte Estelle eine Hand an ihrem freien Arm.

»Da bist du ja! Ich habe mich schon gefragt, wo im Himmel du abgeblieben bist!«, schrie Dorothy über den Trubel hinweg. »Neils Freunde sind da und sie sehnen sich nach einem Tanz!«

»Aber ich bin …«

Noch bevor Estelle zu Ende sprechen konnte, ließ Ben ihren Arm los.

»Hey, das ist schon in Ordnung. Vielleicht ein anderes Mal.« Er senkte den Kopf und brachte den Mund nahe an ihr Ohr. »Könnte ich Sie vielleicht zum Mittagessen einladen? Wie wäre es morgen?«

Sie nickte und ihr Ohrläppchen strich dabei über seine Lippe. Sie verspürte ein erregendes Prickeln.

»Ich bin im Great Eastern Hotel. Ist ein Uhr okay?«

Dorothy zog an ihrer Hand. »Komm schon! Sie warten auf uns!«

Estelle drehte den Kopf nach hinten, um zurück zu Ben zu blicken, während sie zum anderen Ende des Saals gezogen wurde. Er ging zu einem Tisch in der Nähe der Bühne. Sie sah, wie er sich dort neben eine elegant gekleidete Frau mit rotem Haar setzte, die nach seiner Fliege griff und ihn zu sich zog. Estelle spürte stechende Eifersucht. Er wirkte, als hätte er sie bereits vergessen.

KAPITEL 3

Als Estelle am nächsten Morgen nach nur vier Stunden Schlaf übernächtigt aufwachte, drängte die Sonne bereits durch die Jalousie. Von dem feuchten Tuch, das gegen die Hitze der Nacht vor das Fenster genagelt war, erhoben sich schimmernde Dampfsäulen. Der Frühling war in Kalkutta die Zeit, wo die wohlhabenden Familien ihren Umzug in die Berge zu der kühlen Luft von Shimla oder Darjeeling unternahmen. Für die Zurückbleibenden gab es nur wenig Erholung von der stechenden Sonne, bis im Juni der Monsun mit seinen Regenfällen kam.

Estelle schlüpfte unter dem Moskitonetz hervor, das über dem Bett hing, nahm ihre Pantoffeln und schüttelte sie aus, bevor sie die Füße hineinsteckte. Das war eine Vorsichtsmaßnahme, die sie immer beachtete, denn gelegentlich kroch während der Nacht eine Kakerlake hinein – oder, schlimmer, ein Skorpion.

Wegen des Tuchs vor dem Fenster lag im Raum ein erstickender, muffiger Geruch. Sie schob es beiseite und öffnete die Jalousie. Dann drückte sie das Fenster ein paar Zentimeter nach oben und kniete sich auf den Boden, um die Morgenluft einzuatmen. Über den Gebäuden auf der anderen Straßenseite hing ein weißer Nebel. Der widerlich süße Geruch der Stadt beherrschte den Tag noch nicht, und die Geräusche vom Fluss waren kaum mehr als ein entferntes Murmeln. Der größte Lärm kam von den Krähen, die von den Dächern herabstießen, um sich wegen einer toten Katze auf der Straße zu streiten.

Sie sah ein paar Menschen, die bereits auf dem Weg zur Arbeit waren. Ein städtischer Beamter in kakifarbenen Shorts und einem Buschhemd, eine Frau in einem rosafarbenen Sari mit einem Korb voll Granatäpfeln auf dem Kopf, ein Chai Wallah mit einem Teekessel am Lenker seines Fahrrads. Bei seinem Anblick wurde sie durstig.

Eine einflügelige Tür trennte ihr Schlafzimmer vom Wohnzimmer. Als sie sie öffnete, bemerkte sie überrascht, dass ihre Mutter am Tisch in der Ecke saß. Normalerweise kreuzten sich ihre Wege an den Vormittagen unter der Woche nicht. Erst wenn Estelle von der Telefongesellschaft nach Hause kam, konnten sie für ein paar Stunden Zeit miteinander verbringen, bis ihre Mutter zur Arbeit ging.

Auf dem Tisch befand sich ein Holztablett, bedeckt mit einem weißen Tuch, auf dem *chota hazri* angerichtet war, eine frühmorgendliche Mahlzeit aus kräftigem indischem Tee, Brot mit Butter und einer Scheibe Madeirakuchen.

»Wie kommt es, dass du wach bist, *Mataji*?« Estelle küsste ihr die Stirn, dann nahm sie eine Tasse und einen Unterteller aus der Anrichte. Sie schlug nach den Fliegen, die um die Zuckerschale flogen, bevor sie sich den Rest Tee aus der Kanne eingoss.

»Ich wollte dich noch sehen, bevor du losgehst.« Charlotte strich sich eine Strähne ihres schwarzen Haars hinter das Ohr. Sie wirkte müde. Ihre dunkle Haut war glatt und faltenfrei, doch unter ihren Augen lagen tiefe violette Schatten. Sie trug noch immer ihre Schwesternkleidung, hatte aber die Schuhe schon abgestreift und die Strümpfe ausgezogen. Ihre Füße waren nackt, ihre Zehen noch immer mit dem blutroten Nagellack verziert, den Estelle aufgetragen hatte, als ihre Mutter vor ein paar Abenden auf dem Sofa eingeschlafen war.

»Da ist etwas, was du für mich in der Stadt tun musst, *Beti*«, fuhr sie fort. »Es ist ein Rezept für Mr Sassoon. Wenn du es in deiner Mittagspause zur Krankenhausapotheke bringst, dann müsste es fertig sein, wenn du Feierabend hast.«

Estelle nickte verschlafen. Dann erinnerte sie sich an etwas. »Ich … ich bin mir nicht sicher, ob ich heute Zeit dafür habe«, begann sie. »Ist es dringend?«

Charlotte sah sie besorgt an. »Ja, das ist es. Der Arzt meint, er hat eine Herzinsuffizienz.« Wie sie das letzte Wort aussprach, klang es, als hätte es eine zusätzliche Silbe. Ihr Akzent war stärker als der ihrer Tochter, was ihrer Sprache bei manchen Wörtern eine fast opernhafte Qualität verlieh. »Ohne diese Tabletten könnte er jeden Moment tot umfallen.«

Estelle blickte in ihre Tasse. Wie konnte sie eine solche Bitte abschlagen? Sie würde eine Nachricht zum Great Eastern Hotel schicken müssen, in der sie erklärte, dass sie es nicht bis zum Mittag schaffen würde. Und das wäre dann das Ende. Wie sie letzte Nacht sehen konnte, würde Ben Finney nicht lange suchen müssen, um einen Ersatz zu finden.

Dann fiel ihr eine Lösung ein. Sie konnte Dorothy bitten, sich um das Rezept zu kümmern. Nachdem sie Estelle am Vorabend von Ben weggezerrt hatte, war sie ihr einen Gefallen schuldig.

»Mach dir keine Sorgen, Mataji. Ich werde es mit mir nach Hause bringen«, sagte sie. »Gehst du jetzt schlafen?«

Ihre Mutter nickte. »Hast du etwas gefrühstückt? Wo ist Harbir?«

»Ich habe ihm gesagt, dass er erst heute Nachmittag kommen soll.« Estelle stand auf. »Ich bin durchaus in der Lage, mir mein Frühstück selbst zu machen.«

»Darum geht es nicht, Beti.« Ihre Mutter seufzte. »Wir müssen unsere Standards aufrechterhalten – das weißt du genau.«

Daran musste Estelle nicht erinnert werden. Für Anglo-Inder ging es im Leben unentwegt darum, den Schein aufrechtzuerhalten, dass sie britischer waren als die Briten selbst. Es gab ungeschriebene Gesetze, die jeden Bereich ihres Lebens bestimmten. Sich Bedienstete zu halten, die sie sich kaum leisten konnten, war nur ein Teil dieser Illusion. Wenn ihre Mutter nicht ihre Schwesterntracht anhatte, dann trug sie geblümte Teekleider und keinen Sari. Sie aßen Milchreis und Käse auf Toast und gingen sonntags in die Kirche. Dass sie sie Beti nannte – Hindi für Tochter –, war das einzige Zugeständnis ihrer Mutter an die indischen Wurzeln.

Obwohl sie in einer vollgestopften Zweizimmerwohnung lebten, kamen täglich drei Leute, um ihnen bei der Hausarbeit zu helfen. Es wäre einfacher gewesen, nur eine Person zu haben, doch das strenge Kastensystem in Indien schrieb vor, welche Aufgaben von welcher Gruppe Angestellter verrichtet werden sollten.

Als Brahmane konnte Harbir ihnen das Essen zubereiten, er würde sich aber niemals dazu herablassen, ihnen eine Tasse Tee zu servieren, da ihn das entehren würde. Ebenso wenig übernahm er Putzaufgaben. Adhika, die aus einer niedrigeren Kaste stammte, war angestellt worden, um die Kleidung zu waschen und das Geschirr zu spülen und die Betten zu machen. Und es gab eine Sache, die weder Harbir noch Adhika jemals tun würden: das Leeren der Nachttöpfe, die Estelle und ihre Mutter unter dem Bett hatten. Diese nicht beneidenswerte Aufgabe war ausschließlich der niedrigsten Kaste vorbehalten – den Unberührbaren. Deshalb kam jeden Morgen, wenn Estelle auf der Arbeit war und ihre Mutter schlief, ein Mädchen namens Dipti – die im Alter von fünfzehn Jahren verheiratet worden und bereits verwitwet war und drei Kinder hatte –, um die Töpfe auszuleeren und zu säubern.

Estelle ging in die winzige Küche neben dem Wohnzimmer und kehrte mit einer Schüssel Dal zurück, das vom Abendessen des Vortags übrig war. Sie zog die indischen Mahlzeiten, die Harbir zubereitete, den schwer verdaulichen englischen Speisen vor, auf denen ihre Mutter bestand, wenn sie zu Hause war.

Ihre Mutter schnüffelte in der Luft. »Linsen? Zum Frühstück?« Sie schüttelte den Kopf. Während sie ihrer Tochter beim Essen zusah, fragte sie: »Bist du gestern Abend im Kino gewesen? Welcher Film lief? Ich habe gar nicht darauf geachtet.«

»*Das göttliche Weib* – Greta Garbo –, der ist richtig gut.« Estelle nahm sich noch einen Löffel, wobei sie den Blick ihrer Mutter zu vermeiden suchte. Es war keine richtige Lüge: Sie *hatte* den Film ja gesehen – nur nicht letzte Nacht. Estelle mochte es nicht, ihre Mutter anzulügen, doch sie hatte schon früh gemerkt, dass es die einzige Möglichkeit war, um sich etwas Freiheit zu verschaffen. Charlottes einzige Aufgabe im Leben schien es zu sein, ihre Tochter von Männern fernzuhalten – zumindest kam es ihr so vor.

Wenn Dipti gerade das Haus verlassen hatte, schnalzte Charlotte manchmal mit der Zunge und sagte: *Das arme Mädchen – wie sie das nur schafft mit all den Kindern, das kann ich nicht verstehen.* Und dann wandte sie sich an Estelle und ihre Worte waren immer dieselben: *Achtundzwanzig. Das ist das beste Alter, um ein Kind zu bekommen. Das Alter, in dem ich dich bekommen habe. Such dir jetzt bloß noch keinen Ehemann, hörst du mich?*

Estelle nickte dann widerspruchslos und fragte sich, was ihre Mutter sagen würde, wenn sie von dem Inder wüsste, der versucht hatte, sie im Tiger Cine zu betatschen, oder von den betrunkenen Engländern, die sie bei Firpo's abwehren musste.

Was würde Mataji mit Ben Finney machen? Ein Amerikaner, dessen Hobby es war, Tiere zu erschießen.

Sie beobachtete ihre Mutter, wie sie vom Tisch aufstand und durch den Raum ging. Ihre Bewegungen waren langsam und angestrengt, als ob ihr jeder Muskel wehtun würde. Sie war erst in den Vierzigern – doch indische Frauen in Kalkutta mussten glücklich sein, wenn sie vierzig wurden. Und wenn auch das Los ihrer Mutter nicht annähernd so hart war wie das derer, die in den Slums der Stadt lebten und starben, so war es doch offensichtlich, dass sie damit zu kämpfen hatte.

Die Jahre der Nachtschichten hatten ihren Tribut bei ihrer Gesundheit gefordert – und wenn sie auch niemals offen darüber sprachen, was wäre, wenn die Mutter einmal nicht mehr arbeiten konnte, war doch vollkommen klar, worauf das hinauslief, um ihren Lebensunterhalt zu sichern. Estelles Gehalt würde nicht reichen, sie beide zu finanzieren. Das Einzige, was sie tun konnte, um ihrer Mutter zu helfen, war es, eine vorteilhafte Ehe einzugehen.

Für Charlotte hatte die Eheschließung mit einem weißen Mann auch bedeutet, dass sie ein besseres Leben führen würde. Wenn er nicht gestorben wäre, dann hätte sie nicht mehr arbeiten müssen. Der Wunsch, dass Ehe und Baby erst kommen sollten, wenn Estelle Ende zwanzig wäre, war zwar recht und billig – doch konnte Mataji so lange warten? Estelle fürchtete sich vor dem Gedanken, was weitere fünf oder sechs Jahre Nachtarbeit ihrer Mutter antun würden.

Die Ehe mit einem Mann wie Ben würde ihr Leben über Nacht verändern. Mittlerweile war es für anglo-indische Mädchen ungewöhnlich geworden, außerhalb ihrer eigenen Gemeinschaft zu heiraten. Die Einstellungen waren wesentlich rigider als in den frühen Tagen des Raj, der britischen Herrschaft über Indien. Es war aber auch nichts völlig Abwegiges. Dorothys Cousine Grace hatte einen Engländer geheiratet – der ihr nur wenige Tage nach seiner Ankunft in Kalkutta einen Antrag gemacht und sie dann in seine Heimat mitgenommen hatte, ohne zu ahnen, dass seine Braut ein Mischling war.

Estelle wusste, dass das bei ihr nicht möglich wäre. Beide Eltern von Dorothys Cousine waren tot, es hatte also nichts verraten können, dass sie nicht so europäisch war wie ihr Mann. Doch jeder Mann, der Estelle wollte, würde auch ihre Mutter kennenlernen und akzeptieren müssen.

Sie dachte darüber nach, was Ben über seine eigenen Eltern erzählt hatte, über die Familie daheim in Virginia. Wo war das? Sie hatte nur eine vage Idee von der Geografie Amerikas. Vielleicht lag es in der Nähe von Hollywood. Was würde ihre Mutter davon halten, an einem solchen Ort zu leben? Und wie würde Bens Familie reagieren, wenn sie sie treffen würden? Vielleicht waren Amerikaner vorurteilsfreier als Briten. Vielleicht würde es Ben nicht stören, dass sie zur Hälfte indisch war.

Sie musste sich zusammenreißen, als sie merkte, wie ihre Fantasie mit ihr durchgegangen war. Sie hatte noch nicht einmal eine ganze Stunde mit diesem Mann verbracht. Und die Chancen standen schlecht für eine gemeinsame Zukunft.

»Ich mache mich fertig für die Arbeit«, rief Estelle zu ihrer Mutter, die außer Sichtweite in der Küche war.

Sie brauchte nur wenige Minuten, um sich anzukleiden und das Haar aufzustecken. Als sie aus dem Zimmer trat, wehte ihr etwas in die Nase – der beißende Geruch von Verbranntem.

»Mataji!« Estelle lief durchs Zimmer. Doch die Küche war leer. Im steinernen Waschbecken lagen die verkohlten Reste von etwas, das wie Papier aussah.

»Was ist, Beti?« Ihre Mutter kam in die Tür.

»Hast du etwas verbrannt?«

»Oh nein – wir haben nur keine Streichhölzer mehr, das ist alles. Ich habe einen Umschlag zusammengedreht und ihn am

Feuer entzündet.« Während sie das sagte, blickte sie zu Boden. Estelle hatte das deutliche Gefühl, dass sie ihr etwas verschwieg. Sie öffnete den Mund, um weiter nachzufragen, doch der Gesichtsausdruck ihrer Mutter ließ sie innehalten. Was auch immer sie verbarg, sie wollte nicht darüber sprechen. Das war deutlich zu sehen.

KAPITEL 4

Während Estelle draußen stand und auf eine freie Rikscha wartete, dachte sie über die verräterischen Reste des verbrannten Papiers nach. Neben dem Frühstückstablett ihrer Mutter hatte ein Brief mit einer handgeschriebenen Adresse und einem Poststempel aus Bombay gelegen. Estelle hatte die Handschrift erkannt – ein großes, unsauberes Gekritzel. So ein Brief kam ungefähr jeden Monat. Mataji erzählte ihr nie etwas über den Inhalt. Als sie danach fragte, erklärte ihre Mutter, der Absender sei jemand, den sie noch aus der Zeit kannte, als sie in Bombay lebten. Estelle fragte sich, ob der letzte Brief schlechte Nachrichten enthalten hatte. Hätte ihre Mutter ihr davon erzählt, wenn es so gewesen wäre? Doch vielleicht hatte sie auch nur den Ausdruck auf Matajis Gesicht falsch interpretiert und sie war einfach nur müde gewesen.

Als sie in die Rikscha stieg, kehrten ihre Gedanken zurück zu Ben. Sie malte sich aus, wie er in seinem Hotelzimmer aufwachte. Von da aus war es nur ein kurzer Sprung ihrer Fantasie, sich mit ihm im Bett vorzustellen. Sie wusste, dass es sündhaft war, über einen Mann zu fantasieren, mit dem sie bisher nicht mehr als ein paar Minuten verbracht hatte, doch sie konnte damit nicht aufhören. Sie verspürte ein angenehmes Ziehen von

Leidenschaft in ihrem Bauch, während sie sich vorstellte, wie er bei Firpo's über den Balkon geschlendert war. Sie fragte sich, wie er unbekleidet aussehen würde.

Sie hatte noch nie einen weißen Mann nackt gesehen. Nur indische Männer – die Verrückten, die vom Opium zu benebelt waren, um sich zu bedecken, während sie durch die Straßen streiften. Es war eine Sünde, über Bens Körper zu fantasieren – dessen war sie sich sicher. Der Gedanke war genauso schlecht wie die Tat. Wie oft war ihr das in der Kirche eingetrichtert worden? Doch der Versuch, dieses Bild zu verbannen, war nutzlos. Er hatte den Teil von ihr hervorgelockt, vor dem sie sich am meisten fürchtete: ein Geschöpf voll leidenschaftlicher Gefühle, verlangend und eigenwillig. Und die Stimme dieses geheimen Ichs sagte ihr, dass sie weiterhin vorgeben musste, weiß zu sein, wenn sie wollte, dass er sich in sie verliebte.

Die Sonne brannte vom Himmel, als die Rikscha sich aus dem Schatten des bröckelnden georgianischen Hauses löste, in dem sich ihre Wohnung befand. Estelle rückte ihren Tropenhelm zurecht und zog die Krempe nach unten, um ihr Gesicht zu schützen. Sie hasste es, ihn zu tragen. Er hatte eine hässliche Form und das Material juckte an ihrem Kopf. Doch der Helm war wie eine Uniform. Jede hellhäutige Person in Kalkutta trug ihn, ob männlich oder weiblich. Es war die einzige Möglichkeit, um keinen Sonnenbrand zu bekommen – und, wie in ihrem Fall, so englisch wie möglich auszusehen.

Die Fahrt ins europäische Viertel der Stadt führte sie durch Straßen, wo die Leute draußen im Freien schliefen, eingewickelt in Decken, die manchmal nicht mehr als schmutzige Lumpen waren. Sie kam an fünf oder sechs Gruppen von Erwachsenen mit Kindern vorbei, die auf einer Decke lagerten und einen dampfenden Kessel über einem Holzfeuer hatten, das in einem Ölfass oder dem Metalldeckel einer Mülltonne brannte.

An einer Ecke sah sie einen Schlangenbeschwörer mit einer Schar Zuschauer. Bei den schwermütigen, hypnotisierenden Klängen seiner Flöte erhob sich eine bis dahin verborgene Kobra aus einem Korb zu seinen Füßen, ihre Augen glitzerten wie winzige Strasssteine. Es war ein Anblick, den Estelle bereits Hunderte Male gesehen hatte, doch heute schlug die geschmeidige Bewegung sie in ihren Bann.

So wird es mit ihm sein.

Sie hörte diese Worte so deutlich, dass sie sich fragte, ob der Rikscha-Wallah sie gesagt hatte. Doch der Mann, der ihre Rikscha zog, hielt den Kopf gesenkt. Er blickte auf gar nichts.

Die Straße wurde breiter, als sie ins europäische Viertel kamen. Hier gab es mehr Bäume und weniger Bettler. Autos fuhren neben den Rikschas und Ochsenkarren und die Marktstände wichen Geschäften.

Die Rikscha hielt an, als sie den Maidan erreichten, einen Park, der mit schattenspendenden Eichen und Feigenbäumen bepflanzt war und wo sie für gewöhnlich mit Dorothy zu Mittag aß. Während sie das Geld für die Fahrt übergab, bemerkte sie den Manager von Piggott Chapman, dem Maklerbüro aus dem Gebäude neben ihrem Büro.

»Guten Morgen, Estelle!« Er winkte im Vorbeigehen.

Sie winkte zurück. Wie sie war Mr Hartley Mitglied bei der Chowringhee Amateur Dramatics Society. Sie hatte im vorletzten Sommer an seiner Seite in *Pygmalion* gespielt, und er hatte ihr – wie ein richtiger Professor Higgins – bei ihrem Akzent geholfen, der für ein Londoner Blumenmädchen ganz falsch war.

Als seine Tochter in den Internatsferien aus England nach Hause gekommen war, hatte sie sich eine Vorstellung angesehen. Sie waren nach dem Stück einander vorgestellt worden und Estelle hatte verspürt, dass das junge Mädchen etwas eifersüchtig war. Mr Hartley musste es ebenfalls bemerkt haben. Er sagte Estelle, sie solle es nicht beachten. Er habe seine Tochter wegen der entfernten Schule in den letzten acht Jahren nur zweimal gesehen, daher sei es kein Wunder, dass sie es Estelle übel nahm, so viel mehr von ihm zu haben als sie.

Für Estelle war es eine schmerzhafte und traurige Erfahrung gewesen, ohne einen Vater aufzuwachsen. Doch sie hatte niemals mehr als nur ein paar Stunden ohne ihre Mutter verbracht. Sie konnte sich nicht vorstellen, wie es für Mr Hartleys Tochter gewesen sein musste, in einem so jungen Alter Tausende von Kilometern von beiden Eltern entfernt zu sein. Für die Kinder englischer Familien war es ziemlich normal, im Alter von sechs oder sieben Jahren weggeschickt zu werden. Natürlich gab es auch Schulen in Kalkutta, doch man befürchtete, dass sich die weißen Kinder mit den dunkelhäutigen auf dem Spielplatz anfreunden könnten, wenn sie im Land bleiben würden. Und wie konnten sie in ihre Rolle hineinwachsen, Indien zu beherrschen, wenn ihnen die Menschen hier so lieb geworden waren?

Estelle war von ihrer eigenen Mutter gewarnt worden, sich nicht mit indischen Kindern abzugeben. Die anglo-indische Gemeinde bewohnte einen bestimmten Teil der Stadt und pflegte vorwiegend untereinander gesellschaftlichen Umgang. Die Menschen lebten in einer Art Paralleluniversum, mit den Europäern auf der einen Seite des Zauns und den Indern auf der anderen. Den Rassen war es erlaubt, sich für die Arbeit zu mischen, jedoch nicht zum Vergnügen. Die Chowringhee Amateur Dramatics Society war eine der wenigen Ausnahmen. Wie bei Firpo's galt das ungeschriebene Gesetz, dass man diejenigen willkommen hieß, die hell genug waren, um als Weiße durchzugehen.

Mr Hartley hob kurz den Hut für Estelle, bevor er durch die Tür von Piggott Chapman verschwand. Ein Stück weiter sah sie Dorothy die Straße entlangkommen, so schnell, dass sie fast rannte und ihr das Haar unter dem Helm hervorglitt.

»Ich habe verschlafen!« Sie rang nach Luft, als sie auf einer Höhe mit Estelle war. »Bin erst um vier Uhr ins Bett gekommen!« Sie folgte Estelle durch das Steinportal der Oriental Telephone Company und die Stufen hinauf zum Büro. »Auf dem Rückweg haben wir für einen Cocktail bei Geoffreys Hotel angehalten.« Sie rieb sich den Kopf an der Seite, als sie den Helm abgenommen hatte. »Ein paar Cocktails, genau genommen. Hast du schon mal von einem Hanky Panky gehört?«

Estelle schüttelte den Kopf.

»Köstlich, aber tödlich. Ich habe keine Idee, was da drin ist.«

»Du hast nicht …« Estelle warf ihrer Freundin einen besorgten Blick zu.

»Nein, natürlich nicht!« Dorothy schnalzte mit der Zunge. »Geoffrey war der perfekte Gentleman. Du musst wissen, dass er und William in Eton gewesen sind.«

Estelle bezweifelte, dass Geoffreys Erziehung nach ein paar Drinks noch viel wert gewesen war. Sie hatte die strengste Regel ihrer Mutter gebrochen, indem sie Dorothy erlaubt hatte, mit diesem Mann nach Hause zu gehen. Sie selbst durfte abends nirgendwo allein hingehen. William – Neil Johnsons anderer Freund – hatte angeboten, sie nach Hause zu begleiten. Doch wenn sie das angenommen hätte, wäre das als stilles Zeichen gewertet worden, dass sie an ihm interessiert war. Es wäre nicht richtig gewesen, ihm falsche Hoffnungen zu machen.

»Neil sagt, dass er schrecklich gescheit ist.« Dorothy gab ein leises Seufzen von sich, als sie sich auf ihren Platz mit der Reihe von Telefonen fallen ließ. »Er ist ein Goldhändler, der hier ist, um mit der Minengesellschaft zu verhandeln. Und er lebt in Windsor – fast Tür an Tür mit dem König und der Königin.«

»Wirst du ihn wiedersehen?« Estelle setzte sich neben sie.

Dorothy nickte. »Weißt du, was er gesagt hat, als ich ihm einen Abschiedskuss gab? Er sagte, ich hätte einen großartigen Sex-Appeal!«

»Hm.« Estelle griff nach einem der Kopfhörer, die jeweils unter den Telefonen hingen. »Das ist originell. Ich frage mich, ob er das in Eton gelernt hat.«

Dorothy bemerkte die Ironie nicht. »Das ist das Einzige, was sich auf der Welt zu besitzen lohnt, findest du nicht? Wenn du keinen Sex-Appeal hast, dann kannst du gleich aufgeben.«

Estelle antwortete nicht. Sie dachte über die Menschen nach, an denen sie auf dem Weg zur Arbeit vorbeigekommen war: die mittellosen Familien, die auf Decken lagerten, die von Lepra entstellten Bettler, die Mädchen, die gerade Teenager waren und bereits Babys auf den Hüften balancierten. Was würden sie wohl sagen, fragte sie sich, was für sie das einzig Wichtige auf der Welt wäre? Essen? Geld? Ein Schlafplatz? Auf jeden Fall war es ziemlich sicher, dass Sex-Appeal nicht auf ihrer Prioritätenliste auftauchen würde.

»Ist dir nicht auch manchmal danach … dich einem Mann hinzugeben?« Dorothy schloss die Augen mit theatralischem Schaudern. »Ich meine, ich weiß, dass ich das nicht darf – doch das hält mich nicht davon ab, darüber nachzudenken …« Mit einem weiteren Seufzer verstummte sie.

Vor der letzten Nacht hätte Estelle etwas erwidert. Hätte ihre Freundin davor gewarnt, was sie sich wünschte. Doch war es nicht genau das Gleiche, was sie selbst während der ganzen Fahrt zur Arbeit getan hatte?

Sich Gedanken darüber machen?

»Ja«, murmelte sie. »Ich weiß, was du meinst.«

* * *

Ein paar Straßen weiter nahm Ben Finney in der Penthouse-Suite des Great Eastern Hotel ein Bad. Am anderen Ende der dampfenden Badewanne lag die Frau, die ihm bei Firpo's an den Kragen gefasst hatte.

»Solltest du nicht nach Hause gehen?« Er bewegte sich langsam aus dem Wasser, ein Schaumkranz hing ihm in den Brusthaaren.

»Nun, ich glaube nicht, dass mich irgendwer vermisst.« Sie hob den Fuß und träufelte ihm Schaum auf seinen Bauch.

Dann strich sie mit den Zehen über seinen Oberkörper. »Reggie taucht normalerweise nicht vor Mittag auf. Und ich glaube nicht, dass er gestern Nacht nach Hause gegangen ist. Es könnte gut sein, dass er bei seinem Harem ist.«

»Dem was?«

»Er hat ein halbes Dutzend indischer Mädchen in einem Haus in Beliaghata. Er geht die meisten Abende dorthin. Ich glaube, er bevorzugt die einheimischen Frauen.« Sie zuckte mit den Schultern, sodass sich ihre Brüste in einem Meer aus Schaumblasen hoben und senkten. »Jetzt, da ich ihm einen Erben und einen Ersatz geschenkt habe, behelligt er mich nicht mehr oft.«

»Selber schuld, wenn er dich nicht zu schätzen weiß. Er sollte dir mehr Respekt erweisen.«

»Wie du es tust?« Sie lächelte und strich mit ihren Zehen über seine Leiste.

Mit einem leisen Stöhnen wandte er sich ab. »Tut mir leid, Liebes, ich habe in weniger als einer Stunde ein Geschäftstreffen. Ich muss mich anziehen.«

»Ein Geschäftstreffen?« Sie beobachtete ihn durch halb geschlossene Augen, als er aus der Wanne stieg. »Was für eine Art von Geschäft mag das wohl sein?«

Er antwortete nicht, während er sich ein Handtuch um die Taille wickelte, ein zweites nahm und es ihr hinhielt.

»Oh – diese Sorte von Geschäft …« Sie bespritzte ihn mit Wasser, als sie aufstand. »Du musst nicht so tun, als ob, weißt du. Es interessiert mich nicht, was du anfängst, solange du dir hin und wieder etwas Zeit für mich nimmst.«

»Wie könnte ich ein solches Angebot ablehnen?« Er küsste sie auf die Lippen und dann auf die Nase, als sie tropfnass auf der Bademate stand. »Jetzt muss ich mich rasieren. Findest du allein raus?«

* * *

Estelle spähte auf die Uhr über der Reihe der Telefone. Sie war zuerst ein wenig besorgt, Dorothy darum zu bitten, das Rezept zum Krankenhaus zu bringen, als sie sah, wie erschöpft sie nach der langen Nacht war. Doch zu ihrer Überraschung hatte Dorothy nicht nur zugestimmt, das Rezept abzugeben, sondern ihr auch versprochen, für sie einzuspringen, was ihr eine zusätzliche halbe Stunde Mittagspause gab. Vielleicht hatte sie ein kleines Schuldgefühl, dass sie mit Geoffrey weggegangen war. Oder vielleicht war sie nur aufrichtig darüber erfreut, dass Estelle auch die Aussicht auf etwas Romantik in ihrem Leben hatte.

Um zwanzig vor eins hob Dorothy die Hand und erregte die Aufmerksamkeit des Büroaufsehers gerade lang genug, dass die Freundin unbemerkt aus dem Büro schlüpfen konnte.

Estelle nahm ihren Hut von dem Wandhaken und ging hinaus auf die Straße. Ihr Herz schlug so schnell, dass es sich anfühlte, als müsste es ihr aus der Brust springen. Sie war noch nie zuvor von einem Mann zum Mittag eingeladen worden. Schon viele Male war sie am Great Eastern vorbeigegangen, doch nicht einmal im Traum hatte sie daran gedacht, dass sie jemals dort essen würde. War es zu viel gehofft, dass sich eine solche Einladung in mehr verwandeln würde?

Ben wartete in der Lobby des Hotels. Bei Tageslicht sah er noch besser aus – ein umwerfender Anblick mit blondem Haar und goldbrauner Haut. Als er sie begrüßte, bemerkte sie, dass ihre Hand fast gespenstisch weiß in seiner wirkte. Es war so seltsam, dass sie meistenteils darum bemüht war, sich zu schützen, während manche weiße Leute die Sonne geradezu anbeteten.

Seine Kleider wirkten teuer, aber dezent: eine cremefarbene Leinenhose und ein frisches zartblaues Hemd. Sie fühlte sich schrecklich unsicher und wünschte, sie hätte etwas Verführerisches an und nicht ihr trostloses Bürokostüm.

Er nahm ihren Arm und geleitete sie mit sanftem Druck zum Speisesaal. Er hatte einen sauberen, frischen Duft an sich, der sie an den Frühling in den Bergen von Darjeeling erinnerte. »Ich hoffe, Sie mögen Champagner – ich habe eine Flasche Moët & Chandon auf Eis legen lassen.«

Estelle hatte erst einmal Champagner gekostet. Bei ihrem ersten Besuch bei Firpo's hatten sie und Dorothy versuchsweise ein Glas bestellt. Sie hatte nur einen Schluck geschafft. Von dem Geschmack musste sie schaudern. Dorothy meinte, was sie dort serviert hatten, war womöglich gar kein echter Champagner gewesen. Doch es hatte ihr den Alkohol vollkommen vergrault.

»Wunderbar!« Sie durfte ihn nicht ahnen lassen, dass sie an eine solche Behandlung nicht gewöhnt war. Angesichts der opulenten Einrichtung blieb ihr kurz die Luft weg. Vergoldete Stühle mit purpurroten Seidenpolstern standen um runde Tische, die mit Vasen voll Orchideen geschmückt waren. Damastvorhänge hingen an den Fenstern, und die Decke glitzerte von Kristalllüstern. Ein Kellner in einem schwarzen Frack trat vor, um sie beide zu platzieren. Als er ihnen die Speisekarten reichte, bemerkte Estelle, dass auf ihrer keine Preise standen.

»Das Filetsteak ist hier sehr gut«, sagte Ben, während der Kellner ihre Gläser mit Champagner füllte.

Estelle bekam einen trockenen Mund. Sie ging die Möglichkeiten durch und fragte sich, ob es irgendwas geben würde, was sie essen konnte. Sie war auch besorgt, dass sie womöglich unabsichtlich das Teuerste auf der Speisekarte wählen würde. Sie entdeckte nur ein Gericht, bei dem kein Fleisch dabei war: Hummer Thermidor. Sie hatte noch nie Hummer gegessen, doch sie wusste, dass es ein Schalentier war. Ihre Mutter meinte, dass es in Ordnung sei, Fische zu essen, denn sie hätten kaltes Blut und würden keinen Schmerz empfinden.

»Cheers!« Ben hielt sein Glas hoch und forderte sie auf, es ihm gleichzutun. Sie nahm einen kleinen Schluck und versuchte, nicht zu erschaudern, als die Blasen auf ihrer Zunge kribbelten. Zu ihrer Überraschung war der Geschmack nicht schlecht. Sie nahm einen weiteren Schluck und verspürte ein angenehmes Gefühl, das ihr durch den Körper floss. Davon musste sie lächeln, trotz der Sorgen wegen des Essens.

Wenn das Hummergericht teuer war, so ließ sich Ben nichts anmerken, als sie ihn bestellte. Er sah sie mit einem entzückten Ausdruck an, als sich der Kellner entfernt hatte. »Ich habe überlegt, woran mich Ihre Augen erinnern.« Er lächelte. »Und jetzt ist es mir gerade eingefallen. Rauchopal. Haben Sie schon mal einen gesehen? Sie sind umwerfend. Wie Gewitterwolken in Eis.«

Estelle errötete. Sie hatte bereits von anderen Leuten Komplimente über ihre Augen erhalten, doch niemand hatte es so gewandt formuliert. Die Art, wie er mit ihr sprach, war erfrischend anders als die der Briten, die ihr begegnet waren. Er schaffte es irgendwie, charmant zu sein, ohne manipulativ zu wirken. Sie begann, sich ein wenig zu entspannen. Als sie ihn über den Tisch hinweg anblickte, spürte sie eine Wärme in sich, die nichts mit dem Champagner zu tun hatte.

Während sie auf das Essen warteten, unterhielten sie sich über Filme, die sie gesehen hatten. Sie machte eine Pause, als sie befürchtete, zu viel gesprochen zu haben. Sie hatte ihm verraten, dass sie die meisten Abende im Kino verbrachte. Das hatte sie nicht vorgehabt. Es vermittelte den Eindruck, als wäre sie eine gesellschaftliche Außenseiterin.

»Sie sollten in den Filmen spielen, wissen Sie.« Er füllte ihr das Glas, bevor der Kellner kommen und es für ihn tun konnte. »Sie haben so ein schönes Gesicht. Ich muss Sie unbedingt Mark vorstellen. Auch wenn er nicht mit der Produktion zu tun hat, hat er Kontakte zu Filmleuten in den Staaten und in Europa.«

»Ich …« Sie verstummte, verlegen wegen seiner Komplimente. Sie bewunderte die Frauen, deren Namen in den Lichtern der Kinoreklame auftauchten, und sie fantasierte oft darüber, wie es wohl wäre, ein Filmstar zu sein. Doch ihr war niemals in den Sinn gekommen, dass sie eine von ihnen werden könnte. »Ich mag es zu schauspielern.« Sie bedauerte diese Worte in dem Augenblick, als sie sie ausgesprochen hatte. Die Rolle der Eliza Doolittle bei der Chowringhee Amateur Dramatics Society zu spielen, war kaum dieselbe Liga wie ein Hollywoodfilm.

»Haben Sie dieses Wochenende Zeit?« Ben wischte sich über den Mund und legte die Serviette neben seinen leeren Teller.

»Na … na ja, ich …« Sie zögerte. »Ich könnte Zeit haben. Was haben Sie denn im Sinn?«

»Mark und ich haben eine Einladung vom Maharadscha von Natore. Ein paar von uns reisen von Kalkutta aus das Land hoch. Wie wäre es, wenn Sie mitkommen? Sie könnten Mark kennenlernen und ihn über das Geschäft befragen.«

Estelles Zunge fühlte sich seltsam an, als sie antworten wollte. Von dem Champagner war sie schwer und unförmig geworden, als würde sie in den Mund von jemand anderem gehören.

»Sie könnten natürlich auch Ihre Freundin mitbringen«, fuhr Ben fort. »Die, mit der Sie letzte Nacht unterwegs waren. Ich erwarte nicht, dass Sie allein kommen.«

Estelle war nicht betrunken genug, um nicht zu ahnen, dass es dabei bestimmte Bedingungen geben würde. Doch die Vorstellung war verlockend. Sie war kurz davor zuzusagen, als aus dem Nebel in ihrem Kopf ein Bild auftauchte. Ein Tiger. Er war nach Indien gekommen, um zu jagen. Lud er sie dazu ein, an einem solchen Blutbad teilzunehmen? Sie griff nach dem Glas und nahm einen weiteren Schluck, während sie sich überlegte, wie sie die Frage stellen konnte, ohne ihn zu beleidigen.

»Sie haben gestern Abend eine Tigerjagd erwähnt«, begann sie. »Ist es das, was Sie tun werden? Mit dem Maharadscha?«

»Nun ja, das ist der Plan.« Er hielt ihrem Blick stand. »Es klingt ziemlich grausam, ich weiß, doch es ist nicht nur zum Sport. In diesem Land wird das Töten eines Tigers als wohltätige Handlung des weißen Mannes zum Nutzen der Einheimischen angesehen.«

»Was?« Estelle verschluckte sich fast an dem Champagner.

»Wissen Sie, wie viele Männer, Frauen und Kinder im letzten Jahr in der Provinz Bengalen von Tigern getötet wurden?«

Sie schüttelte den Kopf.

»Dreihundertundzweiundfünfzig.« Er hielt inne und betrachtete ihr Gesicht. »Wenn ein Tiger alt wird, dann ist er unfähig, Tiere zu töten. Menschen – vor allem Kinder – sind eine wesentlich leichtere Beute. Wenn ein Tiger erst einmal ein Menschenfresser geworden ist, dann wird er damit nicht mehr aufhören. Es ist bekannt, dass schon ganze Distrikte ihretwegen evakuiert wurden. Ich habe den Bericht über einen Tiger gehört, der eine Gemeinde so sehr terrorisiert hat, dass dreizehn Dörfer verlassen und zweihundert Quadratmeilen Land nicht mehr kultiviert wurden.«

Estelle blickte auf ihren leeren Teller, unfähig, eine Antwort zu formulieren.

»Sehen Sie, die Hindureligion verbietet das Töten der meisten Tiere, und daneben ist es den Eingeborenen nicht erlaubt, Waffen zu haben.«

Die Eingeborenen. Er hatte keine Ahnung, dass er über die Menschen sprach, deren Blut in ihren Adern floss. Dass sie alles über ihren Glauben wusste, denn ihre Mutter hatte sie als Hindu erzogen. Doch man konnte die Logik seines Arguments nicht leugnen. Da sie in der Stadt lebte, hatte sie auf diese Weise nie darüber nachgedacht: das Leben eines Tigers gegen das Leben eines Kindes.

»Ich werde meine Mutter fragen, ob ich mit Ihnen kommen kann.« Als die Worte aus ihrem Mund kamen, hörte sie die zischende Stimme in ihrem Kopf. *Heuchlerin.* Nicht das Argument, Leben zu retten, hatte bewirkt, dass sie ihre Skrupel abgelegt hatte: Es war die verlockende Gelegenheit, durch die silberne Leinwand in die magische Welt dahinter zu treten. Wie dumm es auch immer sein mochte, darüber zu fantasieren, im Film mitzuspielen, so sehnte sie sich doch danach, mehr über diese Welt zu erfahren – vor allem, wenn das bedeutete, noch mehr Zeit mit Ben zu verbringen.

»Natürlich.« Ben leerte sein Glas. »Sagen Sie ihr, dass wir im Gästehaus des Maharadschapalastes wohnen werden. Und wir werden vom örtlichen Polizeichef begleitet. Ich könnte auch vorbeikommen und mit ihr reden, wenn Sie das möchten.«

»Oh nein!« Sie versuchte, den Schrecken in ihrer Stimme mit einem Lächeln zu überspielen. »Ich bin mir sicher, dass das nicht nötig ist.«

»Es würde die Reise ganz besonders machen, wenn Sie dabei wären.« Er beugte sich über den Tisch, nahm ihre Hand und hob sie an seine Lippen. »Ich werde auch gut auf Sie aufpassen. Das verspreche ich.«

* * *

57

An jenem Nachmittag war die Hitze fast unerträglich. Als Estelle nach Hause kam, begegnete sie ihrer Mutter, die mit einem Musselinbeutel voll Eis auf der Stirn auf dem Sofa lag.

»Geht es dir gut, Mataji?« Sie kniete sich auf den Teppich und nahm die Hand ihrer Mutter.

»Oh! Du bist ja ganz verschwitzt!« Charlotte richtete sich zum Sitzen auf und hielt dabei den Eisbeutel, damit er nicht auf ihren Schoß rutschte.

»Tut mir leid – ich gehe in einer Minute und wasche mich. Möchtest du eine Tasse Tee?«

»Harbir hat gerade welchen gemacht.« Charlotte zeigte schwach auf den Teekessel auf dem Tisch. »Hast du die Tabletten für Mr Sassoon bekommen, Beti?«

Estelle nickte. Sie hatte plötzlich das Bedürfnis, die List zu gestehen, die nötig war, um sie zu bekommen. Sie sehnte sich danach, ihrer Mutter von Ben zu erzählen. Ihr gefiel der Gedanke, seinen Namen hier in der Wohnung laut auszusprechen. Doch sie durfte es nicht tun. Ihre Mutter würde entsetzt darüber sein, dass sie unbegleitet in einem Hotel mit einem fremden Mann zu Mittag gegessen hatte. Und sie würde hysterisch werden, wenn sie von der Tigerjagd wüsste.

Doch sie hatte sich auch in einen weißen Mann verliebt.

Es war nicht das erste Mal, dass Estelle dieser Gedanke in den Sinn gekommen war. Sie hatte sich häufig gefragt, wie es für ihre Eltern gewesen war. Wie ihr Vater den Mut gehabt hatte, eine Frau wie ihre Mutter zu heiraten.

Es fiel ihr schwer, sich Mataji als junges Mädchen vorzustellen, das so empfunden hatte, wie Estelle jetzt fühlte.

»Wie war es?«

Sie hatte nicht vorgehabt, ihre Gedanken in Worte zu fassen.

Ihre Mutter runzelte verwirrt die Stirn. »Was? Sprichst du über Mr Sassoon?«

»Nein, Mataji – tut mir leid. Ich … ich habe heute an Papa gedacht. Ich weiß auch nicht, warum. Und ich habe mich nur gefragt, wie es für euch zwei gewesen ist. Wie ihr euch kennengelernt habt – solche Dinge.«

Ihre Mutter nahm den Eisbeutel vom Kopf und leerte ihn in eine angeschlagene Emailleschüssel, die auf der Armlehne des Sofas balancierte. »Ich habe es dir doch schon erzählt: Ich war Krankenschwester im Krankenhaus in Poona. Dort war er mit der Armee stationiert.«

»Aber was war an ihm, dass …« Estelle verstummte. Es lag ein warnender Ausdruck in den Augen ihrer Mutter. Die Art von Blick, den sie ihr zuwarf, wenn Estelle etwas sagte, was sie nicht in Anwesenheit von Harbir oder Adhika sagen sollte.

»Regt es dich noch immer auf, über ihn zu sprechen?«

»Natürlich nicht.« Das Beben in ihrer Stimme strafte ihre Worte Lügen. Estelle war beschämt. Ihre Mutter war der Mittelpunkt ihrer Welt und sie wollte sie ganz bestimmt nicht zum Weinen bringen.

»Es tut mir leid, Mataji – ich hätte nicht fragen sollen.« Dann fuhr sie gleich fort: »Möchtest du, dass ich dir die Füße massiere?«

Das war ein Friedensangebot. Eine Fußmassage war das Abendvergnügen ihrer Mutter. Während sich Charlotte nach hinten in die Polster lehnte, hielt Estelle die Luft an. Ihre Mutter war eindeutig nicht in dem Zustand, um sich aufzuregen. Sie würde eine überzeugende Lüge vorbringen müssen, was das kommende Wochenende betraf.

Sie zog sich einen Stuhl neben das Sofa. Dann beugte sie sich vor, um den rechten Fuß ihrer Mutter in die Hände zu nehmen, wobei sie die Lichtreklame des Kinos durchs Fenster sah. Der Film hatte gewechselt. Greta Garbos Name war verschwunden. Der neue Star war Jean Harlow in einem Film namens *Why Be Good?*. Während Estelle die Zehen ihrer Mutter knetete, fragte sie sich, wie es wäre, berühmt zu sein: von Menschen bewundert zu werden, die man nicht einmal kannte. Und dann wären da noch das Geld, der Schmuck, die fantastischen Kleider und das große Haus …

Hast du jemals von irgendwem aus Indien gehört, der eine Rolle in einem Film gespielt hat?

Die Frage brannte in ihrem Kopf, während sie mit den Händen über die trockene Haut an der Ferse ihrer Mutter fuhr. Sicher wäre Ben nicht auf die Idee gekommen, wenn es unmöglich wäre. Sie blickte verstohlen zum Fenster und ihr Blick ging in die Ferne. Jean Harlow wurde zu einem Farbklecks, die Buchstaben verschwammen ineinander. Für ein paar kostbare Sekunden erlaubte sie sich die Vorstellung, dass *ihr* Name dort aufleuchten würde.

KAPITEL 5

Drei Tage später

Der Palast des Maharadschas lag eine dreistündige Fahrt von Kalkutta entfernt. Auf den letzten anderthalb Kilometern führte sie der Weg durch einen Wald aus Mangobäumen. Als sie aus seinem dunkelgrünen Schatten herauskamen, hatten sie eine umwerfende Ansicht auf Terrakotta-Minarette, die von den Strahlen der untergehenden Sonne angeleuchtet wurden.

»Das ist ein Anblick, was?« Ben blickte über die Schulter zu Estelle und Dorothy. »So ein Pech, dass Mark es nicht geschafft hat.«

Mark Hanna lag mit einem Malariaanfall im Bett. Ben hatte den Mädchen die Neuigkeit mitgeteilt, als sie am Great Eastern Hotel angekommen waren. Estelle hatte Mitleid mit Mark, doch es war auch eine niederschmetternde Enttäuschung für sie, dass er nicht kommen würde.

Sie wünschte sich, Ben hätte ihr gegenüber niemals angedeutet, dass sie womöglich in die Welt des Films eintreten könnte. Seit dem Moment, als er es erwähnt hatte, war der Gedanke fest in ihrem Kopf. Sie hatte sogar einstudiert, was sie sagen wollte, wenn Ben sie seinem Freund vorgestellt hätte.

61

Jetzt kam sie sich dumm vor, dass sie sich so hatte mitreißen lassen. Das hat man davon, dachte sie, wenn man seine Prinzipien verrät.

Während sie auf der Hoteltreppe stand, drängte sich ihr die Frage auf, ob das alles nur ein Trick gewesen war. Ob Ben die ganze Sache erfunden hatte. Doch jetzt war es zu spät, um zu kneifen, und tief in ihrem Herzen wollte sie das auch nicht. Bens Gesicht mit seinem süßen schiefen Lächeln war einfach unwiderstehlich.

Estelle war mit ihrer Enttäuschung über Marks Abwesenheit nicht allein. Dorothy war sprachlos über diese Neuigkeit. Seit Estelle ihr von der Reise erzählt hatte, hatte Dorothy sich bereits als die zukünftige Gattin des Chefs von Paramount India gesehen. Der arme Geoffrey war in einer Sekunde vergessen.

Als Dorothy jedoch einen anderen Gast zum Jagdwochenende des Maharadschas entdeckte, hatte sie sich rasch wieder gefangen. Sein Name war Rupert Sackville-Hamilton, und er war der jüngere Bruder von Lady Henrietta Stubbs, deren Ehemann halb Kalkutta besaß. Sie fuhren im Wagen hinter ihnen, und immer wieder erwischte Estelle Dorothy dabei, wie sie über die Schulter blickte.

»*A lion prowling through the woods in eager search of prey, by chance was caught within a net and could not get away …*« Dorothy warf Estelle einen verschwörerischen Blick zu, während sie die Anfangszeilen der Verse flüsterte, die sie geübt hatte, um ihren Akzent englischer zu machen. Sie hatte Estelle darum gebeten, ihr dabei zu helfen, den indischen Tonfall zu verlieren, und sie überzeugt, dass die Stimme ihre Achillessehne wäre, wenn es darum ginge, einen wohlhabenden weißen Mann zu angeln.

Geoffrey hat das aber nicht abgehalten, hatte Estelle sie erinnert, da sie nicht widerstehen konnte, ein wenig über den Mann zu sticheln, den Dorothy so beiläufig abserviert hatte.

Ja, schon, doch er war betrunken! Dorothy hatte sich nicht beirren lassen. Und so hatte ihr Estelle in den Pausen bei der Arbeit all die Ratschläge weitergegeben, die sie von Mr Hartley bekommen hatte, als sie die Eliza Doolittle spielte. Und Dorothy hatte alle Mädchen im Büro verrückt gemacht mit ihrem »A Lion Prowling through the Woods«, was sie zwischen jedem Anruf wiederholte.

Als der Autokonvoi an zwei großen bewachten Toren anhielt, blickte Estelle staunend zum Palast. Seine zinnenbewehrten Mauern waren mit edelsteinfarbenen Fliesen bedeckt, die im Abendlicht glänzten. Über dem Tor flatterte die mit Blattgold verzierte Flagge des Maharadschas im Wind. Ein halbes Dutzend edler Pferde wurden von Knechten zu den Ställen rechts vom Hauptgebäude geführt. Vor den Toren stand eine Reihe Männer mit roten Turbanen und weißen Uniformen Wache. Als Estelle und die anderen aus den Autos stiegen, marschierten sie heran, um sie zum Palast zu eskortieren.

Plötzlich empfand Estelle das Bedürfnis, sich umzudrehen und davonzulaufen. Es war einfach zu viel. Der Palast, die Wachen, die Ställe, der ganze Überfluss. Sie verspürte das gleiche flaue Gefühl im Magen wie bei ihrem ersten Auftritt bei *Pygmalion*: das Gefühl, sich nicht mehr an eine einzige Zeile Text erinnern zu können und dort vor allen Leuten als Witzfigur zu stehen.

Sie spürte Bens Hand an ihrem unteren Rücken, während er sie zu den offenen Toren führte. Seine Wärme drang durch die dünne Baumwolle ihres Kleids und jagte ihr einen erregenden Schauer über den Rücken, was die Empfindlichkeit in ihrem Bauch noch verstärkte.

Als sie zu ihm aufblickte, sah sie, wie Lady Henrietta Stubbs hinter ihnen auftauchte und ihren Gang verlangsamte, als sie auf einer Höhe mit Ben war. Im Profil wirkten ihre Augen etwas hervorstehend und fast durchsichtig. Sie waren aus dem blassesten Aquamarin, wie die blauen Curaçao-Cocktails, die bei Firpo's serviert wurden. Ihr Ausdruck war eisig.

Sie erkannte jetzt, dass es die Frau war, die sie aus der Entfernung im Nachtklub gesehen hatte, diejenige, die Bens Fliege ergriffen und ihn zu sich gezogen hatte. Ihr kastanienbraunes Haar war mit einem smaragdgrünen Seidentuch nach hinten gebunden, das zu ihrem Kleid passte. Ihr Stil wirkte beiläufig elegant. Eifersucht flammte in Estelles Herz auf. Was war zwischen den beiden vorgefallen? War es nur ein Flirt oder war da mehr?

Sie versuchte, dem Blick der anderen Frau auszuweichen, während sie durch eine Reihe von Innenhöfen geführt wurden. Schließlich kamen sie zum inneren Palast, vor dem eine zweite Ehrenwache stand. Auf einer Marmortreppe wartete ein Mann ungefähr im Alter ihrer Mutter, gekleidet in einer weiß-goldenen Tracht. Sein Turban, der mit Reiherfedern geschmückt war, hatte in der Mitte einen sehr großen Diamanten, dazu ein Perlengebinde, das dem Mann über die Stirn hing.

»Das ist der Maharadscha«, flüsterte Ben, als sie vorbeigeführt wurden.

»Werden wir ihm nicht vorgestellt?«, fragte Dorothy etwas zu laut.

»Psst!« Lady Henrietta Stubbs drehte sich um und starrte sie vorwurfsvoll an.

»Das werden wir – in einer Minute«, grinste Ben.

Sie wurden weiter zum Gästehaus geleitet, einem Gebäude, das fast so groß war wie das Great Eastern Hotel und das die gleichen leuchtend bunten turmbesetzten Mauern aufwies wie der Palast. Als sie hineinkamen, wurden sie in einen weitläufigen Empfangsraum geführt, auf dessen Fußboden ein halbes Dutzend riesiger Tigerfelle lag. Die Wände waren mit ausgestopften Trophäen von Hirschen, Büffeln, Bären und Wildschweinen geschmückt.

Estelle wusste nicht, wohin sie blicken sollte. Es gab kein Entkommen vor den glasigen Augen der Tiere. Was tat sie eigentlich hier in diesem Palast mit diesen Menschen?

»Guten Abend, meine Damen und Herren.« Der Maharadscha war gekommen, um den Gästen die Ehre zu erweisen – in perfektem Englisch. Er hielt eine kurze Willkommensrede, dann legte er jedem Gast Blumengirlanden um den Hals. Als er zu Estelle kam, senkte sie den Blick. Sie spürte seinen Atem auf ihrer Haut, als er sich mit der Girlande vorneigte. Sie war sich bewusst, dass er innehielt. Ihr Mund wurde trocken. Sie blickte auf, da sie sicher war, entlarvt worden zu sein. Doch er lächelte nur und hob die Blumen über ihren Kopf, dabei kitzelte das Perlengebinde ihre Stirn.

Als alle Gäste ihre Girlanden erhalten hatten, ging er die Reihe erneut ab und gab jedem eine kleine Glasflasche, in der sich eine blassgelbe Flüssigkeit befand.

»Was ist das?«, flüsterte Estelle zu Ben, als ihr Gastgeber außer Hörweite war.

Ben hielt sich die Flasche an die Nase. »Parfüm, denke ich.«

»Das ist Rosenöl.« Lady Henrietta stand an Bens anderer Seite.

Als der Maharadscha das Ende der Reihe erreicht hatte, drehte er sich abrupt um. »Jeder Tigerjäger ist ein großer Mann«, sagte er mit feierlicher Stimme, »und jeder große Mann muss ein Tigerjäger sein.«

Mit einer leichten Verbeugung wünschte er ihnen eine gute Nacht.

»Oh, bleibt er nicht zum Abendessen?«, murmelte Ben.

»Er ist ein Rajput«, erwiderte Lady Henrietta. »Es ist ihnen nicht erlaubt, mit Menschen aus einer anderen Kaste unter demselben Dach zu speisen oder zu trinken.« Ihre abgehackten britischen Vokale gaben ihr den Anschein einer Schulrektorin.

»Aber er darf mit uns jagen?« Ben schüttelte den Kopf. »Was für ein seltsames Land!«

»Oh, du wirst dich dran gewöhnen, glaub es mir.« Ihr eisiger Blick glitt mit einem langsamen, taxierenden Ausdruck von Ben zu Estelle. Es war die Art von Blick, die die Prostituierten der Free School Street jedem zuwarfen, der in ihr Territorium trat.

* * *

Das Schlafzimmer für die Mädchen war größer als Estelles ganze Wohnung.

»Wow!« Dorothy sank auf eine seidenbedeckte Ottomane und starrte hinauf zu den vergoldeten Gipspalmen an der Decke. »Es ist wie in einem Film!«

»*Der Dieb von Bagdad*.« Estelles Lächeln überdeckte ihr Unbehagen. Sie ging durchs Zimmer zum Fenster.

»Jetzt wird jeden Augenblick Douglas Fairbanks hinter diesen Vorhängen hervortreten!«

»Hmm … Rupert wäre mir lieber!« Dorothy stand auf und öffnete ihren Koffer, dann zog sie ein mit grünen und violetten Trauben verziertes weißes Seidenkleid hervor. »Meinst du, ich werde ihm darin gefallen?«

Estelle verdrehte die Augen. »Dann seid ihr also bereits bei den Vornamen. Wie hast du das hinbekommen?«

»Ben hat uns einander vorgestellt, als du im Hotel auf der Damentoilette warst.«

»Oh, hat er das?« Estelle fragte sich, ob das ein absichtlicher Schachzug war, um Dorothy bei erster Gelegenheit zu verkuppeln.

Während sie sich dranmachte, ihre eigenen Sachen auszupacken, verstärkten sich ihre Ängste bezüglich des Abends. Das Kleid aus Georgetteseide in Wedgwoodblau mit silbernen

Gänseblümchen am Korsett hatte perfekt ausgesehen, als es in ihrem Kleiderschrank hing. Jetzt war sie sich nicht mehr sicher, ob es auch gut genug war.

»Was hältst du von Lady Henrietta?« Estelle legte das Kleid aufs Bett. »Findest du sie attraktiv?«

Der etwas irritierte Ausdruck ihrer Freundin zeigte deutlich, dass Dorothy viel zu beschäftigt gewesen war, den Bruder der Frau zu beäugen, als dass sie ihr irgendwelche Aufmerksamkeit geschenkt hätte.

»Nicht besonders.« Dorothy setzte sich an den Frisiertisch, der mit Kristallgefäßen und Parfümflaschen reichhaltig ausgestattet war. »Ich meine, sie ist alt, oder nicht?«

»Nicht so sehr«, erwiderte Estelle. »Sie kann nicht viel älter als ungefähr dreißig sein.«

»Nun, das nenne ich alt.« Dorothy rümpfte die Nase. »Igitt! Ich habe eine Sommersprosse!« Sie neigte den Kopf zur einen Seite und betrachtete sich im Spiegel. Ihr dunkelbraunes Haar war zu einem modischen Shingle-Bob geschnitten – wofür Estelle sie, zusammen mit den blauen Augen, beneidete, denn sie musste ihrer Mutter schwören, sich die Haare niemals so schneiden zu lassen.

»Du denkst daran, worauf wir uns geeinigt haben, ja?« Dorothy drehte den Kopf. »Wenn sie anfängt, dich zu befragen, meine ich.«

»Ja.« Es kam wie ein gereiztes Zischen heraus. Doch Dorothy bemerkte es nicht.

»Ich wette, sie wohnen in einem dieser großen Häuser am Fluss.« Dorothy wandte sich wieder dem Spiegel zu und tupfte sich Puder auf die Stirn. »Die Wände sind wahrscheinlich mit Porträts ihrer aristokratischen Vorfahren bedeckt. Und ihre Mahlzeiten müssen auf bestem Porzellan serviert werden, mit Besteck aus reinstem Silber.«

Estelle konnte sich über die Entfernung in dem Spiegel sehen, wobei ihr Gesicht teilweise vom Kopf ihrer Freundin verdeckt wurde. Sie fragte sich, ob Dorothy ahnte, wie nervös sie war. Der Gedanke an das Abendessen war schlimm genug – sich zu bemühen, das richtige Messer oder den richtigen Löffel zu benutzen, während man Konversation mit falschem englischem Akzent machte. Doch was ihr noch mehr Sorgen bereitete, war der Gedanke, mit dem Netz aus Lügen erwischt zu werden, das sie und Dorothy aufgebaut hatten.

Sie fühlte sich bereits schlecht, weil sie ihre Mutter angelogen hatte. Egal, wie harmlos der Schwindel auch war, er drückte auf ihr Gewissen. Doch ein ganzes Wochenende damit zu verbringen, so zu tun, als wäre man jemand anderes – sich an jedes Lebensdetail zu erinnern, das sie und Dorothy für sie beide ausgedacht hatten –, das war eine andere Art der Lüge. Und sie konnte sich gut vorstellen, dass sie eine Frau wie Lady Henrietta zu Fall bringen würde.

»Was ist los?« Als Dorothy den Ausdruck in Estelles Augen bemerkte, blickte sie über die Schulter.

»Es ist nur …« Estelle stockte.

»Nur was?«

»Denkst du, sie werden uns glauben?«

»Natürlich werden sie das!« Dorothy ergriff sie am Arm und an der Taille und walzte mit ihr durchs Zimmer. »Du bist eine Schauspielerin! Du kannst sein, wer du willst – und ich bin deine beste Schülerin!«

* * *

Estelle schloss die Schlafzimmertür und holte tief Luft. Als sie und Dorothy die breite Treppe hinuntergingen, erblickten sie direkt vor ihnen Lady Henrietta und ihren Ehemann. Das Kleid der Frau war atemberaubend. Es war ein ärmelloses Etuikleid aus Goldchiffon, das von Hunderten winziger Glasperlen flimmerte. Es bedeckte kaum ihre Knie und zeigte äußerst vorteilhaft ihre langen, schlanken Beine.

»Wow«, flüsterte Dorothy. »Sie wirkt, als wäre sie gerade der *Vogue* entstiegen.«

Estelle blickte kurz an ihrem eigenen Kleid hinunter und ihre Befürchtungen über den kommenden Abend wurden mit jedem Schritt größer.

* * *

Das Dinner, das ihnen in jener Nacht angeboten wurde, war anders als alles, was sie je gesehen hatte. Der Tisch war beladen mit den erlesensten Speisen – von denen sie die meisten nicht essen konnte. Ein riesiger Servierteller mit gebratenem Pfau, mit Schwanzfedern dekoriert, bildete das Mittelteil, dazu dampfende Schüsseln mit Hühnerpilaw und Rogan Josh aus Lamm, alles mit echtem Goldstaub gesprenkelt. Eine silberne Miniatureisenbahn fuhr auf winzigen Gleisen die ganze Länge des Bankketttisches entlang und hielt vor jedem Gast, der sich von einer der würzigen Delikatessen in seinen Waggons bedienen wollte.

Estelle war erleichtert, dass sie am gegenüberliegenden Tischende von Lady Henrietta platziert wurde, zwischen Ben und Rupert. Dorothy saß auf Ruperts anderer Seite und verlor keine Zeit, um seine ganze Aufmerksamkeit zu bekommen.

»Die beiden scheinen sich ja recht gut zu verstehen.« Ben hielt den Zug an und tat sich Zwiebel-Bhaji und Limetten-Pickle auf den Teller. »Oh, Sie haben noch nicht viel von Ihrem Wein gekostet. Schmeckt er Ihnen nicht?«

»Ich …« Sie zögerte, da sie nicht preisgeben wollte, bisher noch keinen Rotwein getrunken zu haben. »Ich möchte nicht zu zügellos sein.« Sie konnte nicht aufhören, in die Richtung von

Lady Henrietta zu blicken, deren Glas von einem der Kellner mit Turban bis zum Rand gefüllt wurde.

»Nun, das ist bewundernswert. Ich habe noch nicht viele Expats mit so einer Willenskraft erlebt. Ehrlich gesagt scheint es hier in Mode zu sein, so viel wie möglich zu trinken.«

»Das liegt vielleicht daran, dass sie nicht viel anderes zu tun haben.« Estelle bediente sich von etwas, bei dem sie hoffte, dass es eine Speise aus Currykartoffeln war.

»Was ist Ihr Geheimnis?«

»Was meinen Sie?« Sie hielt inne, die Gabel auf halbem Weg zwischen Teller und Mund.

»Wie überleben Sie die fortwährenden Cocktailpartys und Tänze?« Er lächelte sie über den Glasrand hinweg an.

Sie spürte, wie sich ihr der Magen verkrampfte. Was würde er sagen, wenn sie ihm die Wahrheit verriete? Dass sie noch nie zu einer Cocktailparty eingeladen worden war, dass sie sich den Weg zu den Tanzabenden bei Firpo's erschwindeln musste, dass die Vollzeitstelle in einem Büro nicht viel Gelegenheit zur Langeweile ließ.

Er würde wahrscheinlich Reißaus nehmen.

»Das liegt wahrscheinlich an der strengen Erziehung«, sagte sie. »Meine Mutter akzeptiert keine alkoholischen Getränke.«

»Nun, da haben wir etwas gemeinsam. Meine Eltern rauchen zwar wie die Schornsteine, doch sie haben keinen Schnaps im Haus.« Er nahm noch einen Schluck Wein. »Sie haben mir noch gar nicht erzählt, was Ihr Vater vor dem Krieg gemacht hat?«

»Er … er war Offizier bei der Royal Horse Artillery.« Die Lüge blieb ihr fast im Hals stecken. Ihr Vater war kein Offizier gewesen – nur ein gewöhnlicher Soldat.

»Woher in England stammt Ihre Familie?«

»Ein Ort namens Darlington – das liegt im Norden.« Das kam leichter heraus. Eine Halbwahrheit war leichter zu erzählen als eine ausgewachsene Lüge.

»Sind Sie dort aufgewachsen?«

»Nein, ich bin hier geboren. Mein Vater war in Poona in der Nähe von Bombay stationiert.« Sie nahm einen Schluck von ihrem Getränk, wobei sie die Geste zur Unterstützung nutzte. Es schmeckte bitter auf der Zunge. »Meine Mutter und ich leben noch nicht lange in Kalkutta. Wir sind erst vor ein paar Monaten hergezogen.« Das war die Geschichte, auf die sie sich mit Dorothy geeinigt hatte. Es würde schwierige Fragen vermeiden, warum ihre Mütter nicht Teil des kolonialen Kreises im Royal Calcutta Turf Club waren.

»Es muss wundervoll gewesen sein als Kind in einem Land wie diesem.« Ben legte Messer und Gabel nebeneinander auf den leeren Teller.

Estelle verzog das Gesicht. »Nun ja – wenn man sich nicht an Skorpionen und Eidechsen stört, die nachts durchs Schlafzimmer kriechen.«

»Hmm. Ich hatte einmal ein Stinktier in meinem Zimmer. Der Geruch war ziemlich schrecklich, doch immerhin hat es nicht versucht, mich zu beißen.« Als er Estelle lächeln sah, griff er nach ihrer Hand. »Wenn ich nur daran denke, habe ich das Gefühl, ein wenig frische Luft zu benötigen. Wollen wir uns für einen Kaffee nach draußen setzen?«

Die Berührung seiner Finger jagte ihr ein erwartungsvolles Kribbeln durch den Körper. Als sie sich aufrichten wollte, war bereits einer der aufmerksamen Kellner hinter ihr und half ihr aus dem Stuhl. Während sie sich vom Tisch wegdrehte, bemerkte sie im Augenwinkel eine andere Bewegung. Lady Henrietta war auch auf den Beinen.

»Benjamin! Liebling! Wohin verschwindest du so heimlich?« Die Stimme der Frau hatte etwas von ihrer abgehackten, arroganten Note verloren. Sie lallte die Worte.

Ben blickte sich um und seine Augen schossen mit einem frustrierten Ausdruck zurück zu Estelle. »Entschuldigen Sie mich bitte für einen Moment?« Er nahm Lady Henrietta am Arm und geleitete sie zurück zu ihrem Platz. Estelle konnte nicht hören, was er zum Ehemann der Frau sagte, doch wenn man den Ausdruck überdrüssiger Resignation auf dem Gesicht des Mannes einschätzte, dann war es ein gewöhnlicher Vorfall.

»Es tut mir leid«, flüsterte Ben, als er zu ihr zurückkehrte. »Sie ist ein Schatz, doch sie weiß einfach nicht, wann sie aufhören muss.«

Estelle verspürte eine Welle der Erleichterung. Sie hatte zu viel in das hineingelesen, was sie bei Firpo's gesehen hatte. Lady Henrietta war nur eine weitere gelangweilte Ehefrau, die nach zu vielen Drinks zu vertraulich wurde.

Sie schlüpften hinaus in die Dunkelheit des Gartens. Der abnehmende Mond hing über einer Palmengruppe und die Luft war voll mit den Düften von Jasmin und Frangipani. Ein Brunnen mit Steinelefanten spritzte sprudelndes Wasser in den Himmel.

»Was ist das?« Ben fuhr sich mit der Hand an die Haare, als etwas über ihren Köpfen flatterte.

»Das ist nur ein Nachtfalter.« Estelle sah, wie er ein paar Meter weiter auf einem Rhododendronbusch landete.

»Wow – er ist beeindruckend.« Ben sah in die Richtung, in die sie zeigte. »Ich habe noch nie einen so großen gesehen. Und sehen Sie nur diese Flügel. Es ist, als würde sich der Mond im Wasser spiegeln.«

»So heißt er: Es ist ein Mondspinner. Ich habe einmal gesehen, wie einer geschlüpft ist – als ich ein kleines Mädchen war. Er hing an einem Zweig vor meinem Fenster – ein seltsam geformtes Bündel von der Größe einer Walnuss. Es glänzte wie Gold. Ich wusste nicht, warum, wusste nicht, dass es ein Seidenkokon war. Ich sah, wie es zuckte. Und nach ungefähr einer halben Stunde kam sein Kopf heraus, dann der ganze Körper. Die Flügel entfalteten sich und auf einmal konnte ich ihn nicht mehr sehen. Er hatte sich nicht bewegt, doch er war in dem Baum perfekt getarnt.«

Sie konnte seinen Atem an ihrem Hals spüren, während sie zusahen, wie der Falter leicht mit den Flügeln flatterte.

»Ich konnte die letzten paar Nächte kaum schlafen«, sagte Ben, als der Nachtfalter in die Dunkelheit davonflog.

»Nun, es ist sehr heiß um diese Jahreszeit.«

»Nein, das war es nicht.« Er drehte sich zu ihr, sein Gesicht in Mondlicht getaucht. »Ich konnte nicht aufhören, an Ihre schönen Augen zu denken.«

Estelle blinzelte, aus dem Gleichgewicht gebracht. Bevor sie noch ein Wort sagen konnte, waren seine Lippen an ihrer Stirn und zogen einen sinnlichen Pfad zu ihrem Mund.

»Ben ... ich ...« Es war nicht das erste Mal, dass ein Mann sie zu küssen versucht hatte. Doch sie hatte es noch niemals zuvor gewollt.

»Was ist los?« Sie konnte die Überraschung in seiner Stimme hören. »Ich dachte, du magst mich.«

»Das tue ich!« Sie fand seine Hand und drückte sie fest. »Es ist nicht so, dass ich nicht wollte. Aber ... na ja, du gehst doch bald wieder weg, oder? Zurück nach Amerika.«

»Noch für eine ganze Weile nicht. Wir haben genügend Zeit, um einander kennenzulernen.«

»Davor habe ich Angst. Dass ich dich zu sehr mögen werde.«

»Ist das möglich? Jemanden zu sehr mögen?« Er ließ ihre Hand los und suchte in seiner Tasche nach einer Zigarette. »Können wir nicht eins nach dem andern machen? Sehen, wohin es uns führt?«

Würde es so falsch sein, ihm zu erlauben, sie zu küssen? Man sagt, Indien sei ein Ort, der die Leidenschaft entflammt. Dass Männer von der Hitze, den Farben und der Energie mitgerissen werden. War Ben so? Machte sie ihn dazu?

Sie sah ein Streichholz in der Dunkelheit aufleuchten. Bevor er die Zigarette entzünden konnte, blies sie es aus.

»Oh …« Er drehte sich lächelnd zu ihr.

Als sich ihre Lippen trafen, schien ihr Körper zu vergehen. Es fühlte sich an, als wäre sie in einem Film und würde vor Aufregung ohnmächtig. Wie Dolores Costello in *The Sea Beast*.

»Du weißt nicht, wie man küsst, oder?« Sie spürte, wie sich sein Mund beim Reden bewegte. »Ich werde dir zeigen, wie man küsst. So macht man das.«

KAPITEL 6

Am nächsten Morgen wurde Estelle früh von leisem Klopfen geweckt. Sie sprang aus dem Bett.

»Wie spät ist es?«, stöhnte Dorothy und zog sich die Decke über den Kopf.

»Zeit zum Aufstehen.« Sie sollten um fünf Uhr bereit sein, um in den Dschungel zu gehen.

Als Estelle das Geräusch eines Automotors hörte, ging sie ans Fenster. Im grauen Licht vor Anbruch der Dämmerung konnte sie Lady Henrietta erkennen. Offenbar hatte der Wein keine bleibenden Effekte auf sie gehabt. Sie war bereits angezogen und gab Befehle. An die frühe Stunde wurden keine Zugeständnisse gemacht – auch durch das geschlossene Fenster konnte Estelle jedes Wort vernehmen.

»Wenn ihr Männer so scharf darauf seid, als Erste hinzukommen, dann werde ich wohl mit den Mädchen der Fischfangflotte fahren müssen«, blaffte sie ihren Mann an.

Estelle lächelte kaum wahrnehmbar. Ihr Plan hatte funktioniert. Lady Henrietta hatte sie den Schiffsladungen weißer Mädchen zugeordnet, die jedes Jahr auf der Suche nach einem Ehemann nach Indien kamen. Aus ihrem Bürofenster hatte Estelle diese zukünftigen Bräute an Land kommen sehen: bleich und erschöpft von den Wochen auf See, benommen von dem Anblick und den Gerüchen des Hafens – doch mit strahlendem Blick voller Hoffnung, während sie die Menge erwartungsvoller, sauber geschrubbter Männer am Kai betrachteten.

Die Mädchen der Fischfangflotte blieben nicht lange allein. Das Ziel der Übung war es ja, einen Mann zu finden und so schnell wie möglich zu heiraten – oder zu riskieren, den Hauptgewinn an jemanden zu verlieren, der schneller war.

Der Weltkrieg hatte die Männerknappheit in Großbritannien fast so akut gemacht wie das Fehlen europäischer Frauen in Indien. Und deshalb kamen immer mehr Boote voller williger, verzweifelter Mädchen, für die die Ehe weniger Leidenschaft und Romantik bedeutete als vielmehr ein nüchterner Vertrag war, um nicht allein zu bleiben.

Einige der Frauen auf den Booten waren in Indien geboren, aber dann zurück nach England geschickt worden, als sie ins Schulalter kamen. Rund ein Jahrzehnt später kehrten sie mit Ehegedanken zurück. Estelle und Dorothy gaben vor, zu dieser Kategorie zu gehören. Diese Illusion mussten sie schließlich nur für die nächsten vierundzwanzig Stunden aufrechterhalten.

»Ist Schätzchen da unten?« Dorothy kam zum Fenster und rieb sich die Augen.

»Rupert? Ich sehe ihn nicht.«

»Nicht Rupert!« Dorothy schnalzte mit der Zunge. »Ich rede von Ben. Seid ihr zwei nicht verrückt vor Liebe?«

»Nun, ich …« Estelle zögerte. Wenn Verliebtsein bedeutete, die halbe Nacht wach zu liegen und sich vorzustellen, dass Ben mit ihr im Bett sei, dann ja, dann war sie es.

Dorothy wartete nicht darauf, dass sie den Satz beendete. »Wenn ihr zwei verlobt seid, dann werde ich Mark kennenlernen, ja?«

»Was? Wer hat denn etwas von Verlobung gesagt? Und was hast du plötzlich mit Mark? Was ist denn mit Rupert?«

Dorothy zuckte mit den Schultern. »Er ist mit einem Mädchen in England verlobt. Habe ich das nicht letzte Nacht erzählt?«

Estelle runzelte die Stirn. Sie war auf dem Weg zum Schlafzimmer in einer Art Trance gewesen, hingerissen davon, was im Garten geschehen war.

»Mrs Ben Finney.« Dorothy hob die Augenbrauen. »Wie gefällt dir der Klang?«

»Du überstürzt alles.« Estelle nahm ihre Unterwäsche und ging zum Badezimmer.

»Du wirst nach Amerika gehen!«, rief Dorothy hinter ihr her. »Du musst mich unbedingt einladen für …«

Estelle schlug die Badezimmertür zu, bevor sie noch ausreden konnte. Sie griff nach ihrer Zahnbürste und starrte auf ihr Angesicht im Spiegel. Sah sie anders aus? Würde man es ihr an den Augen ablesen können – was sie letzte Nacht getan hatte? Sie hatte ihm nicht erlaubt … doch es war ein Kampf gewesen. Nicht, weil er sie bedrängt hatte, sondern weil sie ihn so sehr gewollt hatte wie er sie anscheinend auch.

Sie hatte noch nie einem Mann erlaubt, seine Zunge in ihren Mund zu tun. Oder seine Hand in ihr Kleid zu schieben. Als sie sich daran erinnerte, spürte sie, wie sie innerlich brannte.

Vor Scham?

Nein.

Zu was machte sie das?

Sündhaft.

Sie flüsterte das Wort in den Spiegel und beobachtete, wie sich ihre Lippen schürzten.

Hatte sie ihm zu viel erlaubt? Würde er sie für ein Flittchen halten? Das war ein Ausdruck, den ihre Mutter oft benutzte. Die Prostituierten der Nachbarschaft waren Flittchen, natürlich, doch auch die Schulmädchen, die ihre Uniformröcke hoch über die Knie zogen, oder Frauen, die ohne Hut nach draußen gingen. Macht es dich zu einem Flittchen, wenn du einen Mann küsst? Oder ihm erlaubst, dich zu berühren? War sie schon vor Monaten dazu geworden, als der Mann im Tiger Cine die Hand auf ihr Knie gelegt hatte?

Wenn ihr zwei verlobt seid …

Hatte Ben das im Sinn? Meinte er das damit, eins nach dem andern zu machen?

Sie fragte sich, wie weit sie sicher gehen konnte. Sie war nicht naiv. Im Alter von zehn Jahren hatte sie die harte Wirklichkeit des Lebens erfahren, als sie von ihrem Sitz am Fensterbrett zu Jamini gelaufen war, ihrer einheimischen Kinderfrau, um ihr zu sagen, dass zwei Hunde auf der Straße zusammensteckten. Atemlos wegen der Dringlichkeit ihrer Mission hatte sie darum gebeten, sofort nach unten zu gehen und sie zu befreien. Doch Jamini und Adhika hatten einander angeblickt und gelacht. Estelle konnte daran nichts Witziges erkennen: Die Hunde jaulten und wirkten, als hätten sie Schmerzen. Dann nahm Jamini sie beiseite und erklärte ihr ruhig, dass so Welpen gemacht werden. Und Babys.

Du darfst es keinem Mann erlauben, das mit dir zu tun, Missy Baba. Nicht, bevor du heiratest.

Allein der Gedanke war ihr lächerlich erschienen, als sie zehn war. Warum würde jemand so eine seltsame Sache tun wollen? Während sie noch Jaminis Stimme in ihrem Kopf hörte, fragte sie sich, wann sich das geändert hatte. Wann hatte sie angefangen, sich vorzustellen, wie sie es tun würde? Kam dieses Flüstern verbotener Genüsse von ihrem indischen Blut? Hatten englische Mädchen auch solche Fantasien?

»Estelle!« Dorothys Stimme dröhnte durch die Badezimmertür. »Beeil dich! Wir kommen noch zu spät!«

* * *

Das Auto fuhr im Nebel der Morgendämmerung durch geflutete Reisfelder und Kokosnussplantagen, durch Dörfer, in denen Hühner umherstreiften und die Luft nach Dungfeuer und Kaffee roch.

Lady Henrietta fuhr vorn, den Schleier ihres Tropenhelms nach unten gezogen, um ihr Gesicht vor dem Staub zu schützen, der von den Autoreifen hoch aufgewirbelt wurde. Es gab ihr ein seltsames, jenseitiges Aussehen in dem blassen Morgenlicht. Immer wieder drehte sie den Kopf, um ihnen eine Frage zu stellen. Es war, als würde man von einem Gespenst befragt werden.

»Seid ihr schon lange in Kalkutta?« Das war die einleitende Bemerkung, auf welche die Mädchen eine Antwort parat hatten.

»Und was tun eure Väter?«

Sie machte das übliche mitfühlende Geräusch, als sie erfuhr, dass sowohl Estelle als auch Dorothy vaterlos waren. Dann fragte sie Estelle, in welchem Regiment ihrer gedient hatte.

»Die Royal Horse Artillery«, erwiderte sie. »Er war als Offizier in Poona stationiert.« Die Lüge kam diesmal leichter heraus. »Er war Adjutant eines Generals.«

»Wirklich?« Lady Henrietta betrachtete Estelle prüfend durch die Gaze ihres Schleiers. »Mein Onkel war in Poona. Mit welchem General hat denn dein Vater gearbeitet?«

»Ich … äh …«, zögerte Estelle. »Ich kann mich nicht an den Namen erinnern. Ich war erst drei, als er starb.«

»Und deine Mutter hat beschlossen, in Indien zu bleiben?«

»Ja. Sie mag das Klima. Sie hat die Kälte immer gehasst.« Das zumindest stimmte.

Es gab keine Erwiderung aus dem Schleier. Für ein paar Minuten fuhren sie schweigend weiter. Dann drehte sich der geisterhafte Kopf erneut.

»Wo seid ihr Mädchen auf der Schule gewesen?«

Diesmal antwortete Dorothy, indem sie den Namen der Schule nannte, auf die Mr Hartleys Tochter gegangen war. Das war Estelles Idee gewesen. Es war die einzige englische Schule, über die sie etwas wusste.

»Oh, das ist in Hampshire, oder?«

»Ja, das stimmt«, sagte Estelle. Das zumindest wusste sie sicher. Sie hielt den Atem an und betete, dass die Frau nicht irgendwelche Verbindungen dorthin hatte.

Lady Henriettas Schweigen war fast so aufreibend wie ihre Fragen. Ihre Blicke strichen über ihre Gesichter. Zunächst über Estelle, dann über Dorothy.

»Ihr habt einen sehr ungewöhnlichen Akzent«, sagte sie. »Woher stammen eure Familien?«

Estelle spürte, wie Dorothy auf dem Sitz neben ihr unruhig wurde.

»Sie ... sie sind schottisch«, murmelte sie. »Aus Schottland.«

»Das ist lustig«, erwiderte Lady Henrietta. »Mein Vater kam aus Edinburgh, und er klang kein bisschen wie ihr.«

* * *

Das Auto kam in einer Dschungellichtung an einem Flussufer zum Stehen. Büffel grasten an den Böschungen und Wildenten flogen über den schlammigen Strom zu Inseln in der Flussmitte. So wie die Stelle aussah, rechnete Estelle beinahe damit, jeden Moment einem Krokodil zu begegnen.

Auf dem Platz ging es zu wie in einem Bienenstock. Mit Stöcken und Äxten bewaffnete Männer aus den Dörfern waren am Fluss versammelt und bereiteten sich darauf vor, in den Dschungel hineinzugehen und den Tiger herauszuscheuchen. Ein paar Meter neben dem Auto lag eine Reihe toter Tiere: ein Antilopenpaar, ein Wildschwein und drei oder vier große Vögel mit grauen Federn. Selbst ein Makak war erlegt worden, sein kastanienbraunes Fell war mit getrocknetem Blut durchzogen.

Ben und seine Freunde hatten offenbar keine Zeit verschwendet.

Sie erblickte ihn, wie er sich über ein aufgeklapptes Gewehr auf seinen Knien beugte. Er trug Reithosen und ein kakifarbenes Hemd und sah ganz wie ein großer weißer Jäger aus. Er war zu beschäftigt damit, seine Waffe zu untersuchen, und bemerkte nicht, wie sie aus dem Auto stieg. Oder vielleicht tat er nur so, als wäre er in die Arbeit vertieft.

»Willst du nicht wenigstens Hallo sagen?«, zischte Dorothy, während sie in den Schatten eines breiten Mangobaums gingen, wo aufgebockte Tische standen, bedeckt mit weißen Tischdecken.

Estelle tat so, als hätte sie nichts gehört. Es war erst wenige Stunden her, dass sie und Ben einander im Garten verschlungen hatten. Doch es schien eine Veränderung mit ihm vorgegangen zu sein, als hätte das blasse Morgenlicht die Farben der Nacht ausgebleicht. Warum sprach er nicht mit ihr? Hatte er bereits sein Interesse an ihr verloren? Wie konnte sie es ertragen, wenn er sie weiterhin ignorieren würde?

»Was ist los?« Wie kleine Nadeln stach die Neugierde aus Dorothys Augen.

»Nichts.« Estelle nahm Dorothys Arm und drehte sie herum. »Schau da drüben: Elefanten!«

Es waren drei, die mit Ketten an den Beinen an die Bäume gebunden waren. Auf ihren Rücken befanden sich Howdahs, hölzerne Plattformen, die aussahen wie Flachboote.

»Was meinst du, ob sie für uns sind?« Dorothy legte die Hand an die Stirn, um die Augen zu beschatten.

Estelle nickte, erleichtert darüber, dass sie ihre Freundin von dem Thema Ben abgebracht hatte. »Ich bin eigentlich noch nie auf einem geritten, du?«

Ben hatte ihr beim Abendessen am vergangenen Abend erzählt, dass die Männer auf Pferden reiten und die Frauen von

Elefanten getragen würden. So war es sicherer, hatte er gesagt. Ein Tiger würde niemals einen Elefanten angreifen, selbst wenn er verwundet wäre. Und es würde sie die ganze Aktion aus der Vogelperspektive erleben lassen.

»So wie es aussieht, sitzt man da oben ziemlich hoch.« Dorothy schüttelte beim Sprechen den Kopf. »Was geschieht, wenn der Elefant einen Tiger sieht? Geht er dann durch?«

»Ich hoffe nicht.« Alles, was Estelle über Elefanten wusste, hatte sie von Jamini erfahren, die ihr alle möglichen Geschichten über die Dickhäuter erzählt hatte. Jaminis Vater war ein Mahut gewesen – ein Elefantenführer – und sprach eine besondere Elefantensprache. Jamini hatte erzählt, dass es viele Geheimnisse und Aberglauben zu diesen Tieren gab. Sie wurden nach allen möglichen Glückszeichen abgesucht, wie die Anzahl ihrer Haare an ihrem Schwanz und die Farbe und Position ihrer Fußnägel. Und wenn ein Elefant Widerwillen gegenüber einer Person empfand, die ihn ritt, dann saugte er Wasser in den Magen, zeigte dann mit dem Rüssel auf seinen Rücken und spuckte es plötzlich aus, sodass die unglückliche Person eine unerwartete Dusche erhielt.

»Möchten Sie hoch, Missy Sahib?« Ein nur mit einem Lendenschurz bekleideter Mann trat hinter einem der angebundenen Tiere hervor.

Estelle antwortete in Hindi, und er lächelte, wobei er seine zahnlosen Kiefer entblößte. Er sagte ihr, er sei dankbar, dass die weißen Männer gekommen seien, um den Tiger zu erschießen. Dieser Tiger, erzählte er, hatte seinen sechs Jahre alten Neffen und drei andere Kinder aus Nachbardörfern getötet.

»Gestern Nacht haben wir sechs Büffel an Bäume gebunden – dort drüben.« Er zeigte zum Fluss.

Estelle sog entsetzt die Luft ein. Sie hatte das nicht gewusst, hatte nicht begriffen, dass lebende Tiere verwendet wurden, um den Tiger an eine bestimmte Stelle zu locken.

»Er tötet einen. Nimmt die Eingeweide aus wie Metzger. Isst nur sauberes Fleisch. Er kommt bald zurück für mehr.« Der Mann schlug mit der flachen Hand auf das Bein eines der Elefanten. »Ihr geht jetzt hoch – denn seht ihr ihn kommen.«

Das riesige Tier ging anmutig in die Knie. Der Mahut stellte eine kurze Holzleiter an seine Seite und machte Estelle ein Zeichen hinaufzuklettern. An der Seite der Howdah gab es eine kleine Tür, die sie entriegeln musste, um hineinzukommen. Estelle kletterte hinein und ließ sich auf einem ausgeblichenen roten Samtkissen nieder. Dorothy kam hinter ihr hineingekrabbelt.

»Festhalten!«

Die Warnung von unten kam fast zu spät. Sie klammerten sich gerade noch rechtzeitig an die Seitenwände des Howdah, da erhob sich der Elefant. Dorothy schrie, als ihre Kissen seitwärts rutschten.

»Nicht schreien, Missy! Tiger hört euch!«

»Oh Gott!«, jammerte Dorothy, als sie auf die andere Seite rutschten. »Bring mich hier raus!«

Estelle klammerte sich fest, eine Welle der Übelkeit stieg aus ihrem Magen hoch. Sie sagte sich, dass es ihr wieder gut gehen würde, wenn das Tier erst einmal stand.

»Alles okay da oben?«

Das war Bens Stimme. Es gelang ihr, sich auf die Knie zu erheben. Ängstlich, zu nahe an den Rand des Howdah zu kommen, schaffte sie es trotzdem, über die Seitenwand zu spähen. »J…ja. Ich g…glaube schon«, stammelte sie.

»Du siehst großartig aus!« Sein Lächeln hatte eine sofortige Wirkung. Die Übelkeit verschwand augenblicklich und machte dem vertrauten Knoten in ihrem Bauch Platz. »Sag Dorothy, dass sie sich nicht fürchten muss – nichts wird in die Nähe dieser Jungs kommen.«

»Ich glaube, ich würde es lieber mit dem Tiger aufnehmen!«, grimassierte Dorothy. »Was ist, wenn mir schlecht wird?«

»Du wirst schon klarkommen.« Ben hatte sie gehört. »Wenn er erst einmal zu gehen anfängt, dann ist es, als würde man in einer Wiege geschaukelt. Passt nur auf die großen Äste auf – wir sehen uns dann beim Frühstück!«

Er winkte noch einmal, bevor er sich abwandte und aus Estelles Sichtfeld verschwand, während er zu der Stelle ging, wo die Pferde angebunden waren. Aus dem Augenwinkel bemerkte sie einen anderen Elefanten, der sich auf die Füße erhob. Lady Henrietta war oben und wirkte nicht aufgeregter, als wenn sie in einer Rikscha sitzen würde. Die Frau neben ihr war die Gattin des örtlichen Polizeikommissars, der letzte Nacht mit ihnen beim Dinner war.

Estelle hörte, wie die Mahuts einander auf Hindi zuriefen. Dann kam ein anderer Ruf. Es war das Startsignal für die Treiber, sich auf die Suche nach dem Tiger zu machen. Sie spürte, wie sich der Howdah leicht bewegte, dann sah sie, wie der Mahut von dem wie eine Schlange um seine Taille gewickelten Elefantenrüssel an seine Position auf dem Nacken des Tieres gehoben wurde. Als sie sich in Bewegung setzten, schlug Dorothy die Hand an den Mund. Estelle war sich nicht sicher, ob sie damit einen weiteren Schrei zu unterdrücken suchte oder ob sie verhindern wollte, dass ihr übel wurde.

»Sollen wir es versuchen und uns hinstellen? Ich glaube, du würdest dich besser fühlen, wenn du über den Rand blicken kannst.« Estelle richtete sich auf und hielt sich an den Seiten fest. Dann griff sie nach Dorothys Hand. »Komm schon. Das ist einfacher, als es aussieht. Oh, da ist der Maharadscha. Und das da muss sein Sohn sein. Er sieht sehr gut aus!« Es funktionierte wie geplant. Sofort war Dorothy auf den Beinen. Bis sie den Sohn des Maharadschas entdeckt und festgestellt hatte, dass er nicht mehr als ungefähr zwölf Jahre alt war, war ihre Angst vergessen.

* * *

Im Wald war es so leise und friedlich, dass man sich nur schwer vorstellen konnte, irgendwo hier würde ein Tiger lauern. An der Rückseite des Howdah befanden sich Feldstecher in einer Kiste. Estelle blickte durch einen hindurch und konnte die Lichtung sehen, auf der die Ochsen angebunden waren. Nichts wies darauf hin, dass in der Nacht zuvor ein Büffel getötet worden war, doch der Anblick der hilflosen Tiere ließ sie erschauern.

Sie bewegte sich wackelig über den Howdah und suchte den Wald auf der anderen Seite ab. In den Bäumen hielten sich Pfaue auf, ihre langen Schwänze schimmerten, während sie von Ast zu Ast hüpften. Wie sehr sie sich wünschte, dass sie alle nur für eine Spazierfahrt hergekommen wären, um sich die Geschöpfe anzusehen, anstatt sie zu töten.

Jetzt konnte sie die Treiber vor sich hören. Sie schlugen mit den Stöcken gegen ihre Axtstiele und erzeugten so ein klapperndes Geräusch. Plötzlich war ein lauter Schrei zu hören, gefolgt von wilden Rufen und einem furchterregenden Gehämmer, als würden die Stöcke und Axtstiele gegen Baumstämme geschlagen.

Dorothy ergriff Estelles Arm.

»Sieh nur! Da unten!«

Ein orange-schwarzer Blitz brach so nah durch eine Bambusgruppe, dass sie den Schimmer seines Fells in der Morgensonne und seine Wirbelsäule erkennen konnten, als er zurück in das Unterholz lief. Im selben Moment ging ein Schuss los. Dann ein weiterer. Ein markerschütterndes Brüllen übertönte die Schreie der Treiber.

»W…was ist passiert?« Dorothys Kinn bebte beim Sprechen. »Haben sie ihn ge…getötet?«

»Nein, er ist nur verletzt.« Die Antwort kam nicht von Estelle, sondern von Lady Henrietta, deren Elefant sich in dem Tumult gegen ihren gedrängt hatte. »Die Treiber müssen ihn jetzt umzingeln und ihn zu den Männern treiben. Sie müssen es beenden, bevor er auf sie losgeht.«

Ein plötzliches Knacken aus dem Unterholz ließ die beiden Mädchen zusammenzucken. Estelle fuhr herum und sah eine Chinkara – eine kleine Gazelle –, die hinaus auf die Lichtung lief. Dann erblickte sie Ben auf einem Pferd, der unter einem Baum hervorkam. Als das Pferd die Gazelle direkt auf sich zukommen sah, bäumte es sich auf und warf Ben ab. Während es auf die Gazelle losging, bemerkte Estelle entsetzt, dass Bens linker Fuß noch im Steigbügel hing. Das Pferd lief davon und zerrte ihn mit sich – direkt in Richtung der Bambusgruppe, in die der Tiger verschwunden war.

»Helft ihm! Ihr müsst ihm helfen!« Sie beugte sich über die Vorderseite des Howdah und versuchte, den Mahut auf dem Elefantenkopf zu erreichen. Der saß stocksteif da, als wäre er auf dem Tier festgefroren. Sosehr sie es auch versuchte, konnte sie doch nicht zu ihm vordringen.

Das Pferd bäumte sich jetzt erneut wild auf. Ben bemühte sich, den Fuß zu befreien, doch er wurde wie ein abgebrochener Zweig in einem tosenden Fluss herumgewirbelt. Estelle sprang auf der Plattform umher, wobei sie fast das Gleichgewicht verlor, während sie auf dem Boden nach jemandem aus der Gruppe suchte, der ihn retten könnte. Sie bemerkte eine Bewegung zur Linken des Pferdes, ein Stock, der durch Blätter gezogen wurde. Dann sah sie einen Farbklecks: einen Kopf mit einem violetten Turban.

»Da drüben!«, schrie sie auf Hindi. »Der Sahib ist von seinem Pferd gefallen! Du musst ihm helfen! Bevor der Tiger kommt!«

Der Treiber war innerhalb von Sekunden dort. Er griff nach den Zügeln des Pferdes und beruhigte das Tier, bevor er Bens Fuß aus dem Steigbügel zog.

Ben war wieder im Sattel, als ein furchterregendes Brüllen aus dem Wald ertönte, gefolgt von dem widerhallenden Krachen von Gewehrschüssen. Ein Schwarm Papageien flog krächzend aus dem Blätterdach auf. Dann war alles still.

»Ist er tot?« Dorothy drehte sich mit gespenstisch weißem Gesicht zu ihr.

»Ich glaube schon.« Estelle starrte hinunter zu Ben und murmelte ein stummes Dankgebet, dass er lebendig war und trotz der Tortur offensichtlich unverletzt. Als Lady Henriettas Elefant sich von ihrem entfernte, berührte er kurz die Seite des Howdah. Als sie sich umdrehte, bemerkte Estelle einen seltsamen Ausdruck auf dem Gesicht der Frau. Es war ein wissender, selbstzufriedener Ausdruck, als hätte sie gerade den letzten Hinweis in einem besonders schwierigen Kreuzworträtsel entdeckt.

KAPITEL 7

Die Tische unter dem Mangobaum waren für das Frühstück gedeckt, das in der Feldküche vorbereitet worden war – eine Reihe Holzfeuer, über denen Kochutensilien hingen, die wie kleine Zylinder aussahen. Es gab Kedgeree, Haferflocken, Rührei und gebutterte Toastscheiben. Die Köche des Maharadschas hatten sogar einen verzinkten Ofen aufgebaut, aus dem frisch gebackene Muffins geholt wurden.

Estelle war überrascht, wie hungrig sie war. Nachdem sie von dem Elefanten heruntergestiegen war, hatte sie sich schwindlig und krank gefühlt wie jemand, der nach Wochen auf See endlich wieder Festland betritt. Doch das Gefühl war vergangen, sobald sie sich hingesetzt hatte. Sie und Dorothy ließen sich gerade Eier auf Toast schmecken, als Ben zu ihnen kam.

»Weißt du eigentlich, dass Estelle dir das Leben gerettet hat?«, fragte Dorothy, während sie Zucker über eine Schüssel Haferflocken streute. »Du warst ganz kurz davor, das Frühstück dieses Tigers zu werden.«

»Warst du diejenige, die wie am Spieß geschrien hat?« Bens Blick schoss zu Estelle; er verzog die Lippen, als versuchte er, nicht zu lächeln. »Nun, ich denke, ich hätte wohl überlebt – mein

Fuß war fast frei, als der Treiber zu mir kam. Doch es ist schön, zu wissen, dass du dir Sorgen um mich machst.«

Estelle und Dorothy tauschten Blicke miteinander. Typisch Mann, dachte Estelle, spielt es einfach herunter. Dafür hätte sie ihn unter dem Tisch treten sollen, dass er so undankbar war.

»Als Belohnung dafür, dass du so heldenhaft warst, werde ich dich mitnehmen, damit du dir ansehen kannst, wie die alte Miezekatze gehäutet wird.« Ben grinste über Estelles entsetztes Gesicht. »Und später kannst du zuschauen, wie die Eingeborenen den Kadaver ausnehmen.« Er hielt inne und tauchte den Löffel in seine Schüssel. »Es ist beeindruckend, was sie mit den verschiedenen Körperteilen so machen«, sagte er und leckte sich über die Lippen, während er die Haferflocken schluckte. »Sie verwandeln das Fett in ein Öl, das Rheuma heilen soll; die Schnurrbarthaare werden abgeschnitten und in das Essen eines Feindes getan, um ihm den Magen zu durchlöchern; die Zähne und Krallen haben ihren Platz in der Medizin, um Stärke zu verleihen; und ein Stück getrocknetes Fleisch um den Hals eines Babys soll es vor wilden Tieren schützen.«

Estelle schob den Teller von sich.

»Entschuldigung – ich wollte dich nicht vom Essen abbringen.« Sein Lächeln verschwand. »Vermutlich wird man viel zu leicht vom Jagdfieber gepackt. Es macht einen ein wenig überheblich. Man vergisst, dass man dabei mitmacht, eins von Gottes Geschöpfen zu töten.«

»Es ist entsetzlich.« Estelle sah ihm in die Augen und fragte sich, warum sie einfach nicht böse auf ihn sein konnte.

»Na ja, jetzt ist es vorbei«, sagte er. »Wir können noch heute Nachmittag zurückfahren, wenn ihr wollt.«

»Und den ganzen Spaß heute Abend verpassen?«, meldete sich Dorothy zu Wort. »Uns wurde ein Mondscheinpicknick versprochen – und Tanz!«

»Das ist für mich in Ordnung«, nickte Estelle. »Ich will die Party nicht verderben. Solange ich nicht in die Nähe dieses armen Tigers gehen muss.«

* * *

Als die Sonne unterging, wurde die Dschungellichtung mit Laternen in den Bäumen und brennenden Fackeln auf Speeren als Schutz vor den wilden Tieren in eine magische Grotte verwandelt. Einheimische Frauen in roten Saris mit gelb-grün-gestreiften Schärpen führten einen Tanz mit seltsamen trichterförmigen Körben auf, wobei sie von Männern mit Bambusflöten und Ziegenfelltrommeln begleitet wurden.

»Sie erinnern mich an die Sioux-Indianer bei mir zu Hause«, sagte Ben. »Sie tanzen nach einer Jagd und singen Balladen über die Tiere.«

Estelle riss die Augen auf. »Ihr habt Menschen aus Indien? In Amerika?«

Ben lachte kurz auf. »Nein, es sind keine echten Inder, sie werden aber Indianer genannt. Sie lebten schon dort, bevor Christoph Kolumbus auftauchte.«

»Ach so.« Sie versuchte, sich ihre Enttäuschung nicht anmerken zu lassen. Für einen flüchtigen Moment war Hoffnung in ihr aufgekeimt – dass sie damit aufhören könnte, ihre Herkunft zu verbergen.

»Du würdest Virginia lieben.« Er starrte auf sie hinab. Sie konnte sehen, wie sich der Feuerschein in seinen Augen spiegelte. »Ich wünschte, ich könnte dich mitnehmen, damit du meine Leute kennenlernst.«

Estelle hielt den Atem an. Das bedeutete etwas, oder nicht? Er würde das doch nicht sagen, wenn er nicht an eine bestimmte Zukunft denken würde, oder? Sie spürte, dass er auf eine Erwiderung von ihr wartete – darauf wartete, dass sie ihn in ihre Wohnung in Kalkutta einladen würde, um ihn mit ihrer Mutter bekannt zu machen. Doch wie konnte sie Derartiges sagen? Wie konnte sie ihn mit nach Hause nehmen, ohne ihm die Wahrheit zu gestehen?

»Du bist so schön«, flüsterte er und strich mit den Lippen über ihr Ohr. »Ich wünschte, wir könnten einfach in den Wald verschwinden. Auf einen Baum klettern oder so etwas. Für eine Weile allein sein.«

»Das wünschte ich mir auch.« Sie spürte ein köstliches Ziehen in ihrem Bauch. Was auch immer er wollte, sie würde es tun. Wie ein Schlangenbeschwörer lockte er alles Schlechte in ihr hervor.

Als die Abendfeierlichkeiten ihren Höhepunkt erreichten, gelang es ihnen, sich davonzuschleichen. In dem Lärm und Trubel bemerkte niemand, wie sie sich hinter dem dicken Stamm des Mangobaums versteckten.

Ein erwartungsvoller Schauer durchfuhr Estelle, als Bens Finger unter den dünnen Stoff ihres Kleids glitten. Und als er sie gegen die raue Baumrinde presste, konnte sie spüren, wie hart er war. Dann hielten seine Hände ihren Po und hoben sie hoch. Bei dem plötzlichen Stoß seines Körpers schrie sie auf. Doch das Geräusch wurde von den wilden Schreien der Dschungeltänzer übertönt.

* * *

Am nächsten Morgen konnte Estelle erst wieder mit Ben sprechen, als es Zeit war, nach Kalkutta zu fahren. Die Männer waren wieder draußen gewesen, um zu schießen, doch er hatte ihr gesagt, dass sie nicht mitkommen müsse, wenn sie das nicht wolle.

Sie war mit schrecklichen Kopfschmerzen aufgewacht, die von den Bildern noch schlimmer wurden, die sich sofort, als sie die Augen geöffnet hatte, in ihre Erinnerung drängten. Hatten sie das wirklich getan? Was hatte sie sich nur dabei gedacht, ihm zu erlauben, so weit zu gehen? Und was würde er jetzt von ihr denken?

Als die Männer zurückkehrten und sich alle zum Frühstück versammelten, versuchte sie, ihn allein zu erwischen. Doch Lady Henrietta war da und schwebte um ihn wie ein schlechter Geruch. Bevor Estelle auch nur in seine Nähe kommen konnte, wurden sie und Dorothy nach draußen geführt, wo ihre Koffer in die wartenden Autos geladen wurden.

Als Ben schließlich zu ihnen herauskam, sagte er, dass er etwas vergessen habe. Er ließ Estelle und Dorothy hinten im Auto sitzen, während er zurück ins Gästehaus lief. Estelle folgte ihm mit ihren Blicken, bis er durch den Eingang verschwand. Lady Henrietta konnte sie nicht sehen, die am Fuß der Treppe auf ihn wartete. Auch vernahm sie nicht das kurze Gespräch, das zwischen den beiden stattfand.

* * *

Die Reise zurück nach Kalkutta verlief ruhig. Als sie sich Kalkutta näherten und die Reisfelder den verstreuten Dörfern am Stadtrand wichen, spähte Ben über die Schulter. Beide Mädchen schliefen noch. Estelles dunkles Haar war von ihrem Gesicht nach hinten gefallen und enthüllte eine Stirn, die so bleich und perfekt war wie ein Vollmond. Ihre Augenbrauen darunter wirkten wie zarte dunkle Federn. Die dichten Wimpern bebten leicht, als würde sie träumen. Ganz sacht beugte er sich zu ihr und strich über ihr Handgelenk, wobei seine Finger bei der Berührung ihrer Haut zitterten.

»Oh!« Plötzlich wachte sie auf und riss ihre rauchfarbenen Augen erschrocken auf. »Sind wir schon da?«

»Noch nicht.« Er umfasste das Lenkrad fester. »Ich habe mir gedacht, es ist nicht nötig, dass ihr den ganzen Weg zum Hotel mitkommt – warum lasse ich dich nicht bei dir zu Hause raus? Dorothy natürlich auch.«

»Nun, ich …«

»Wie ist die Adresse?«

»Was hast du gesagt?« Dorothy war jetzt auch wach und rieb sich die Augen. »Uns nach Hause bringen?« Sie blickte zu Estelle. »Aber wir haben doch noch Dinge in der Stadt zu erledigen, oder nicht?«

Estelle nickte. »J…ja. Das haben wir.«

»Kann ich euch dabei nicht helfen?«, insistierte Ben. »Wenn ihr einkaufen müsst, dann können wir es mit dem Auto machen.«

»Wir möchten dich nicht aufhalten«, sagte Estelle.

»Und wir wissen nicht, wie lange es bei uns dauern wird«, sprach Dorothy dazwischen.

Danach verstummte Ben. Als sie das Great Eastern Hotel erreichten, half er den Mädchen, ihre Taschen in eine Rikscha zu packen.

»Wann sehe ich dich wieder?«, flüsterte Estelle Ben zu, während Dorothy in die Rikscha kletterte.

»Wie wäre es zum Dinner? Ich bin frei … ähm … am Mittwoch. Sagen wir sechs Uhr dreißig?«

Er lächelte nicht, als er zum Abschied winkte.

* * *

Von seinem Hotelzimmer aus rief Ben Mark Hanna an. Mark lag nicht mehr im Bett, fühlte sich aber noch immer zu schwach, um nach draußen zu gehen. Er klang nicht sehr begeistert, jemanden zu empfangen, doch Ben war verzweifelt.

Eine Stunde später traf Ben bei Marks Haus ein – ein luftiger Bungalow mit einem üppigen Garten voller Rosen, der sich bis ans Ufer des Hooghlyflusses erstreckte.

Ein Diener brachte ein Tablett mit Kaffee und Eiswasser. Mark nippte an einem Glas, während Ben ihm berichtete, was geschehen war.

»Ich habe mich seltsam gefühlt, als ich zurück nach Kalkutta gefahren bin. Henrietta meinte, es sei sehr verdächtig – ein Mädchen, das die meiste Zeit ihres Lebens in einem englischen Internat verbracht hat, spricht einen Treiber in fließendem Hindi an. Ich sagte mir, es sei Blödsinn – dass jemand mit so einer Haut wie Estelle kaum indisches Blut in sich haben könne –, und Henrietta flüchtete sich in die übelste Art von Gaunerei, um sie loszuwerden. Schließlich erkannte ich, dass es nur eine Möglichkeit gab, um es herauszufinden.«

»Was hast du gemacht?«

»Ich bin ihr nach Hause gefolgt. Ich sah, wie sie hoch zu einem Fenster rief – sie musste ihren Schlüssel vergessen haben –, und eine dunkelhäutige Frau steckte den Kopf raus. Ich dachte, vielleicht sei es eine Bedienstete, doch als sie die Tür öffnete, gab Estelle ihr einen Kuss und umarmte sie.«

»Na so was! Der große Tigerjäger hat Angst von einer *Kutcha butcha*«, sagte Mark mit einem matten Lächeln.

»Einer was?«

»So nennen die Inder Mischlinge«, erwiderte Mark. »Das ist Hindi für halb gares Brot.«

Ben verdrehte die Augen. »Ich habe keine Angst vor ihr, Mark – ich mag sie. Ich mag sie sehr. Sie ist ein gutes Mädchen. Und sie ist schön. Es ist nur …«

»… dass deine Eltern ziemlich aufgebracht wären, wenn deine zukünftige Schwiegermutter bei der Hochzeit in einem Sari auftaucht?«, knurrte Mark.

»Ja, das wären sie. Kannst du dir vorstellen, wenn wir heiraten würden und dann ein Baby bekämen und es würde mehr indisch als weiß aussehen?« Er schüttelte den Kopf. »Manchmal geschieht das auf den Plantagen – ein weißer Mann und eine schwarze Frau kommen zusammen und es gibt ein Baby, das sie verrät. Mom und Dad haben schreckliche Ausdrücke für diese Kinder.« Ben ließ den Kopf in die Hände fallen. »Verdammt, was kann ich nur tun?«

»Warum verschwindest du nicht einfach?« Mark zuckte mit den Schultern. »Schick ihr eine Nachricht, in der du ihr mitteilst, dass du unerwartet zurück in die Staaten gerufen wurdest.«

»Das kann ich nicht! Es ist zu gemein! Sie verdient etwas Besseres.« Ben machte eine Pause, als der Diener vortrat, um seine Tasse nachzufüllen. »Sie wollte dich kennenlernen, weißt du. Sie hat genau das richtige Gesicht für die Leinwand.«

»Oh, großartig!« Mark verdrehte die Augen. »Hast du eine Ahnung, wie viele Möchtegernstars jede Woche an meine Tür klopfen? Ich will nicht, dass sie jammernd zu mir kommt, nachdem du sie abserviert hast.« Er pustete laut aus. »Es gibt nichts für Mädchen wie sie in Indien. Wenn du ihr wirklich helfen willst, dann musst du sie dahin bringen, wo die Action stattfindet. Ich nehme an, du möchtest nicht, dass sie bei dir in Virginia vorbeischaut, also fällt Amerika aus. Aber was ist mit Großbritannien? Wann bist du wieder in England?«

»In ein paar Monaten. Ich glaube, im Juli – warum?«

»Sag ihr, dass du Indien schneller verlassen musst, als du geplant hast, doch du kannst sie in London treffen. Sag ihr, wenn sie hinkommen kann, dann wirst du sie einem Filmregisseur vorstellen – Miles Mander. Hast du von ihm gehört?«

Ben schüttelte den Kopf.

»Er ist gut. Er macht Tonfilme. Und er mag indische Mädchen – er hat die Tochter eines Maharadschas geheiratet, als er nach dem Krieg herkam. Ich werde einen Empfehlungsbrief für dich schreiben, den du ihr geben kannst. Dann tust du Folgendes: Du gibst ihr den Namen des Hotels, wo du unterkommen wirst, doch du vereinbarst das Treffen für den Tag *nach* deiner Abreise. Gib ihr das Geld für die Schiffspassage – mach es so, dass es echt klingt.«

Ben nickte langsam. »Ich denke, sie würde es dann als Missverständnis auffassen und annehmen, dass sie das Datum falsch verstanden hat.« Er rieb sich über die Stoppeln an seinem Kinn. »Das ist nicht zu grausam, oder? Nicht, wenn es ihr die Gelegenheit verschafft, zum Film zu kommen.«

»Ich würde sagen, es ist sogar ziemlich großzügig«, sagte Mark nickend. »Ich meine, du schuldest ihr gar nichts, oder? Du hast doch da draußen im Dschungel keinen Kniefall hingelegt, oder?«

»Ich … n…nein. Das habe ich nicht gemacht.« Ben starrte auf seine Füße.

»Na, siehst du.« Mark machte dem Diener ein Zeichen. »Bring mir bitte einen Stift und Papier«, sagte er.

Mark brauchte nur ein paar Minuten, um Estelles Eintrittskarte in die Welt der Leinwand zu schreiben. Als er fertig war, schob er den Brief über den Tisch.

»Danke.« Ben steckte sich den Umschlag in die Jacke. »Das ist zwar nicht die Zukunft, an die ich mit ihr gedacht habe – doch es ist trotzdem eine Zukunft.«

KAPITEL 8

Zwei Tage später

Estelle wankte aus dem Eingang des Great Eastern Hotel und die Tränen trübten ihr die Sicht. Fast wäre sie auf dem Weg über die Marmorstufen zur Straße gestolpert, während sie Bens Brief fest umklammert in der behandschuhten Hand hielt. Ein Bediensteter erwischte sie am Arm und fragte, ob ihr unwohl sei. Sie murmelte eine Entschuldigung, unfähig, ihn anzusehen. Es war demütigend genug gewesen, als der Mann an der Rezeption ihr den Brief ausgehändigt hatte. Jetzt spürte sie, wie sich mehrere Augenpaare in sie bohrten. Sie dachten womöglich, sie sei betrunken.

Irgendwie schaffte sie es, eine Rikscha herbeizurufen und hineinzuklettern. Sie schloss die Augen und holte tief Luft. Dann zwang sie sich dazu, den Brief aus dem Umschlag zu nehmen:

> *Mein Liebling Estelle,*
> *es bricht mir das Herz, Dir mitteilen zu müssen,*
> *dass wir uns heute Abend nicht wie geplant zum*
> *Essen treffen können. Ich habe heute Morgen*
> *ein Telegramm erhalten, das mich zur sofortigen*

Heimkehr aufgefordert hat. Diesen Nachmittag
wird ein Schiff nach Liverpool ablegen, sodass ich
bereits auf dem Weg nach Amerika bin, wenn Du
diesen Brief erhältst. Es tut mir so leid, dass ich mich
nicht richtig von Dir verabschieden konnte …

In der Hotellobby hatte sie nicht mehr als den ersten Absatz gelesen. Nach diesen paar Sätzen drehten sich die übrigen Worte
vor ihren Augen. Sie hatte den Brief in den Umschlag gestopft,
bevor sie zur Tür gelaufen war. Doch jetzt bereitete sie sich
darauf vor, ihn bis zum Ende zu lesen:

Bitte denk nicht schlecht von mir, weil ich so
plötzlich abreise. Ich hoffe, dass wir uns bald
wiedersehen können. Ich habe mir erlaubt, Dir eine
Fahrkarte nach England beizulegen, da ich in ein
paar Monaten geschäftlich dort bin. Wenn Du die
Reise unternehmen kannst, dann wirst Du mich
vom 14. bis zum 21. Juli im Hotel Savoy finden.
Ich lege ebenfalls ein Empfehlungsschreiben
für einen Filmregisseur in London dazu. Mark
Hanna hat den Brief persönlich geschrieben, und er
versichert mir, dass Dir seine Empfehlung ein Treffen
mit Miles Mander ermöglichen wird.
Natürlich verstehe ich, wenn es Dir nicht
möglich sein wird, die Reise nach England zu
unternehmen – doch ich hoffe, dass Du es Dir
überlegst. Du bist eine außergewöhnliche Schönheit,
die von Millionen bewundert werden sollte, nicht
nur von mir.
In Liebe
Ben

Sie musste schwer schlucken, während Hoffnung in ihr keimte. Mit zitternden Fingern öffnete sie den Umschlag weiter. Im Innern lag die Fahrkarte, mit einer Büroklammer an einen kleineren Umschlag geheftet. Die Fahrkarte war für eine Kabine zweiter Klasse auf der *HMS Rawalpindi* für den 20. Juni. Die Worte *Einfache Fahrt* waren oben fett aufgedruckt.

Einfache Fahrt.

Hieß das, er erwartete nicht, dass sie nach Indien zurückkehrte? Dass er annahm, wenn sie zum Film käme, würde sie ihm nach Amerika folgen?

Der an Miles Mander adressierte Umschlag war nicht verschlossen. Sie zog den Brief heraus. »Paramount Pictures« war in der oberen rechten Ecke eingeprägt:

> *Lieber Miles,*
> *erlaube mir, Dir Miss Estelle Thompson vorzustellen, eine junge Frau, auf die ich kürzlich aufmerksam geworden bin.*
> *Ich hoffe, dass Du meiner Meinung beipflichten wirst, dass ein Aussehen wie ihres ein größeres Publikum verdient. Sie reist auf meine Anregung hin nach London, und ich wäre äußerst dankbar, wenn Du mit ihr Probeaufnahmen machen würdest.*
> *Mit freundlichen Grüßen*
> *Mark Hanna*

Estelle schlug das Herz so wild, als würde es ihr aus der Brust springen. Wie konnte sie nur annehmen, dass Ben sie verlassen hatte, wenn er sich solche Mühe machte, um ihr zu helfen. Mitten in einer Familienkrise hatte er seinen kranken Freund aufgesucht und ihn dazu überredet, diesen Brief zu schreiben.

Sie faltete ihn sorgfältig zusammen und hoffte, mit ihren feuchten Fingern keine Spuren auf dem Papier zu hinterlassen. Dann überflog sie Bens Brief erneut.

Natürlich verstehe ich, wenn es Dir nicht möglich sein wird, die Reise nach England zu unternehmen ...

Doch sie stellte sich bereits vor, wie sie mit dem Koffer in der Hand vom Deck der *HMS Rawalpindi* winkte. Wie all die anderen glücklichen, hoffnungsvollen Mädchen, die sie im Hafen ankommen gesehen hatte. Nur, dass sie in die entgegengesetzte Richtung fahren und die Hitze und den Staub Indiens gegen das grüne und angenehme England eintauschen würde.

Als die Rikscha um die Kurve auf die Free School Street bog, kehrte sie in die Realität zurück. Was war mit Mataji? Sie konnte ihre Mutter kaum zurücklassen. Es würde ihr das Herz brechen. Was im Himmel würde sie tun?

* * *

Als Estelle in die Wohnung trat, stellte sie erleichtert fest, dass ihre Mutter bereits zur Arbeit gegangen war. Sie brauchte Zeit zum Nachdenken.

Am nächsten Morgen wachte sie früh auf und war sich noch kein bisschen klarer darüber, was sie sagen sollte. Sie blieb noch für ein paar Minuten im Bett liegen und horchte, doch es kam kein Geräusch aus dem Wohnzimmer. Vielleicht war ihre Mutter bereits zu Bett gegangen.

Nachdem Estelle sich schnell angezogen hatte, ging sie auf Zehenspitzen zur Tür und öffnete sie einen Zentimeter. Der Raum war leer. Das einzige Anzeichen für die Anwesenheit ihrer Mutter waren die zurückgelassenen Schuhe neben dem Sofa. Estelle schlich auf Strümpfen durch den Raum und zog die Schuhe erst an, als sie an der Tür zur Straße war.

Sie beschloss, zu Fuß zur Arbeit zu gehen, und blieb bei einem der Chai Wallah auf der Chowringhee Road stehen, um Frühstück zu kaufen. Sie kam ein paar Minuten früher ins Büro und suchte nach Dorothy, da sie die Freundin sehnlichst einweihen wollte. Doch Dorothy war spät dran, sie schlich sich fünfzehn Minuten nach den anderen Mädchen ins Büro. Dann wurde sie von ihrem Platz gerufen und erhielt von ihrem Vorgesetzten eine ernste Mahnung. Erst zur Mittagszeit hatte Estelle die Gelegenheit, mit ihr zu sprechen.

»Was ist passiert?«, fragte Estelle, während sie über die Straße zu den Baumschatten des Maidan gingen.

»Oh, es war heute Morgen das reinste Chaos. Meine Mutter war hysterisch.« Dorothy atmete laut ein. »Erinnerst du dich an meine Cousine Grace?«

Estelle nickte.

»Sie hat geschrieben, dass sie ein Baby bekommen hat.«

Estelle runzelte die Stirn. »Aber das ist doch eine gute Nachricht, oder nicht?«

»Na ja, das sollte es sein, ist es aber nicht.« Dorothy sank auf die erste Parkbank, an der sie vorbeikamen. »Ihr Baby ist dunkelhäutig auf die Welt gekommen und ihr Mann hat sie rausgeworfen. Sie kommt mit dem nächsten Schiff zurück.«

»Das ist ja schrecklich!« Estelle ließ sich neben ihr nieder. »Die arme Grace!«

Dorothy zuckte mit den Schultern. »Ich denke, sie hätte ihm die Wahrheit sagen müssen – nachdem sie geheiratet hatten, meine ich. Ich glaube, dass sie einfach nur auf das Beste gehofft hatte.«

»Aber wie konnte ihr Mann sie einfach rauswerfen? Das Baby ist sein eigen Fleisch und Blut! Hat er kein bisschen …« Estelle verstummte. Sie konnte sich die ganze Situation nur zu gut vorstellen: die zögernde Hebamme, die in den Salon von Graces feinem Haus in England tritt, das winzige Bündel in die

Arme des Vaters legt, und dessen entsetzten Blick, als er den Wechselbalg sieht, den seine Frau auf die Welt gebracht hat.

Solche Fälle hatte es natürlich auch in Kalkutta gegeben: Babys, die in Familien geboren wurden, in denen sowohl Mutter als auch Vater weiß wirkten, doch auf einmal kam ein dunkelhäutiges Kind auf die Welt, und wenn einer oder auch beide ihre Vorfahren zurückverfolgen konnten, genügte manchmal schon ein einziger Inder darunter, der – in der Ausdrucksweise der herrschenden Elite Indiens – »die Blutlinie verdorben« hatte.

»Nun, sie kommt zurück und das war es dann«, sagte Dorothy. »Ich weiß nicht, wo sie wohnen wird – in unserem Haus ist kein Platz.« Sie öffnete ihre Essensbox, nahm ein hart gekochtes Ei heraus und stieß es gegen den Deckel, um die Schale aufzubrechen. »Wie auch immer, wie lief eigentlich deine Verabredung? Hat er dir schon einen Antrag gemacht?«

Statt einer Antwort zog Estelle Bens Brief aus der Tasche.

»Was ist das denn?« Dorothy biss in das Ei. Ihr Mund hörte zu kauen auf, als sie sah, was er geschrieben hatte. »Oh, mein Gott! Estelle!« Winzige Eikrümel flogen durch die Luft und landeten auf Dorothys Rock. »Er bezahlt dafür, dass du nach England gehst! Um zum Film zu kommen!«

»Ich weiß.« Estelle streckte die Hände mit den Handflächen nach oben aus. »Ich kneife mich die ganze Zeit selbst. Ich meine, als ich am Hotel ankam und sie haben mir gesagt, dass er weg sei, da fühlte ich mich, als müsste ich mir die Augen aus dem Kopf weinen – doch als ich den Brief gelesen habe, da dachte ich … na ja … er wird mich wohl immer noch mögen, oder nicht?«

»Ein bisschen mehr als das, würde ich sagen!« Dorothy verdrehte die Augen. »Hast du die Fahrkarte?«

»Sie ist zu Hause – versteckt in der Schublade mit meiner Unterwäsche. Ich habe meiner Mutter noch nichts gesagt. Ich weiß nicht, wie ich es ihr sagen soll.«

»Musst du das denn?«

»Was?« Estelle blinzelte. »Du meinst, einfach aufs Schiff nach England gehen, ohne ein Wort zu sagen? Das könnte ich nicht!«

»Das ist auf lange Sicht vielleicht die bessere Art.« Dorothy machte eine Pause. »Sie wird nicht wollen, dass du gehst, oder? Also wird sie so oder so verletzt sein – außer du nimmst sie mit dir. Aber das wirst du wohl kaum tun, oder?«

Estelle war für einen Moment still, während ihre Finger der gekrümmten Oberfläche einer Feige folgten. »Das würde ich, wenn ich könnte. Wenn wir das Geld hätten, meine ich.«

»Aber was würdest du Ben erzählen? Du würdest sie verstecken müssen, bis ihr verheiratet seid.«

Estelle schloss die Augen. »Das ist nur eine schöne Fantasie, oder? Gestern habe ich mir noch eingeredet, dass ich fahren könnte – doch ich kann es nicht.«

»Das ist Blödsinn! Du kannst alles machen, was du willst – das sagt Neil auch immer.«

»Vielleicht, wenn du ein Mann bist.«

»Okay«, sagte Dorothy, »stell dir nur diese eine Frage: Wie wirst du dich in einem Jahr fühlen, wenn du nicht fährst?«

* * *

Als sie an jenem Nachmittag von der Arbeit nach Hause kam, traf Estelle ihre Mutter dabei an, einen Karton mit Papieren durchzugehen.

»Was machst du da, Mataji?« Sie setzte sich, trat ihre Schuhe von sich und griff nach der Teekanne.

»Ich sortiere nur ein bisschen«, erwiderte ihre Mutter. »Ein paar von diesen Sachen haben wir aus Bombay mitgebracht – ich hätte sie schon vor Jahren wegwerfen sollen.«

Estelle nickte. Sie ergriff die offenbar passende Gelegenheit und sagte: »Wohnst du gern hier? Gefällt dir Kalkutta besser als Bombay?«

Ihre Mutter zögerte. »Das ist schon in Ordnung, glaube ich. Die Sommer sind stickiger, doch ich mag die kalten Winter. In Bombay habe ich mir immer die Sonnenuntergänge über dem Meer angesehen. Das fehlt mir. Es ist nicht das Gleiche, wenn man sieht, wie sie im Wasser versinkt.«

»Hast du jemals darüber nachgedacht, nach Hause zu fahren? Nach England, meine ich?«

»Vielleicht im Traum.« Ihre Mutter blickte auf das Papier in ihrer Hand, ein wehmütiges Lächeln im Gesicht.

»Was wäre, wenn du es könntest?«

Ihre Mutter zuckte mit den Schultern. »Ich habe darüber nachgedacht, als ich jünger war, doch ich bin jetzt zu alt für solche Abenteuer.«

»Was wäre, wenn ich bei dir wäre? Würdest du dann gehen?«

Charlotte schob die Schachtel beiseite und warf ihrer Tochter einen fragenden Blick zu. »Was ist passiert, Beti? Sag es mir.«

Estelle holte tief Luft. »Du erinnerst dich an Mr Hartley? Von der Dramagesellschaft?«

»Ja.« Ihre Mutter runzelte die Stirn. »Was hat er gemacht?«

»Nichts! Zumindest nichts Schlimmes. Er hat einen Freund – einen Amerikaner, der aus Hollywood hergekommen ist. Er hat mich gesehen und glaubt, dass ich eine Chance hätte, ins Kino zu kommen. Er hat diesen Brief geschrieben.«

Sie zog den an Miles Mander adressierten Umschlag vorsichtig aus ihrer Handtasche, um Bens Brief versteckt zu lassen. Das Herz hämmerte ihr wild in der Brust, als ihre Mutter ihn auseinanderfaltete.

»Du fährst nach London?« Tränen sammelten sich in Charlottes Augen. »Wie denn?«

»Sie haben mir eine Fahrkarte gekauft, Mataji – doch ich will nicht allein fahren. Würdest du mitkommen? Wenn wir das Geld von irgendwo bekommen?«

Ihre Mutter starrte sie mit offenem Mund an.

»Es tut mir leid.« Estelle griff nach der Hand ihrer Mutter. »Ich weiß, es muss wie ein Schock sein. Du brauchst Zeit, um darüber nachzudenken.«

»Nein.« Charlotte nahm die Hand ihrer Tochter fest in ihre beiden. »Ich muss nicht darüber nachdenken! Ich wusste immer, dass du etwas Besonderes werden würdest. In der Nacht, als du geboren wurdest, sah ich eine Sternschnuppe – du hast die Geschichte schon hundert Mal gehört, ich weiß – und jetzt lebst du deinen Namen! Du musst fahren – *wir* müssen fahren!« Sie nickte, als gäbe sie sich selbst die Erlaubnis. »Ich habe einen Ring – einen Diamantring. Eine meiner Patientinnen gab ihn mir, als sie verstarb. Ich habe ihn für dich aufbewahrt, doch …« Sie verstummte und presste die Lippen zusammen. »Wie lange ist es, bis wir fahren?«

»Noch ein paar Monate: der 20. Juni.« Estelle blickte auf ihre Hände. Die Haut an der Handrückseite ihrer Mutter war trocken und wirkte so brüchig wie ein Herbstblatt. Wie oft hatte sie es schon getan – diese Person angeschaut, die sie auf die Welt gebracht hatte, und sich dabei gefragt, wie es möglich war, dass sie so unterschiedlich aussahen.

»Wir sollten uns dann besser mal überlegen, was wir mitnehmen, oder?« Charlottes Blicke gingen im kleinen Raum umher. »Ich werde diese Wohnung nicht vermissen – überhaupt nicht.«

»Wirklich nicht?« Estelle zwinkerte, verunsichert von der Geschwindigkeit, mit der alles beschlossen wurde. Was wie ein unmöglicher Traum erschienen war, befand sich plötzlich in Reichweite. Auf einmal war sie niedergeschlagen davon, was sie von ihrer Mutter verlangte. Wie würde es sein, wenn sie nach

London kämen? Wie würde sie Ben die Dinge erklären? Und wie würde sie ihrer Mutter Ben erklären? Zuzugeben, dass es noch einen anderen Grund für die Reise gab, würde die Dinge verkomplizieren. Ihre Mutter würde alle möglichen Fragen stellen, die Estelle unmöglich beantworten konnte.

»Es hat sich nie wie ein richtiges Zuhause angefühlt.« Ihre Mutter spähte jetzt zum Fenster und kniff die Augen zusammen. »Ich bin hier nicht geboren und du auch nicht. Ich hatte nie das Gefühl, dass wir hierhergehören.«

Estelle nickte, überrascht darüber, dass ihre Mutter das gleiche Unbehagen in sich getragen hatte, dieses Gefühl des Andersseins, das sie verfolgte, seit sie alt genug war, um zu verstehen, dass bei ihr eine indische Seele in einem englischen Körper wohnte. Würde sich das verändern, wenn sie nach England käme? Würde das der Ort sein, wo sie wahrhaftig empfinden würde, dorthin zu gehören?

KAPITEL 9

Sieben Wochen später

Estelle kam etwas früher als gewöhnlich zu Hause an. Es waren noch zwei Tage, bis sie nach England fahren würden, und sie hatte es geschafft, den Nachmittag freizubekommen, um einzukaufen. Sie hatte versucht, passende Kleidung für die kühlen Nächte zu finden, denn man hatte sie gewarnt, dass sie, je näher die *HMS Rawalpindi* ihrem Ziel kommen würde, damit rechnen müssten. Sie hatte nach Wollstrümpfen gesucht, einem Strickpullover und einer passende Baskenmütze, doch es war schwer, solche Dinge mitten im Sommer in Kalkutta zu finden. Schließlich hatte sie die Strümpfe in einem verstaubten kleinen Laden in der Nähe des Hafens aufgetrieben. Sie sahen schrecklich aus. Dick und kratzig. Doch sie bezahlte den geforderten Preis, da sie froh war, wenigstens einen Artikel ihrer Liste gefunden zu haben.

Als sie die Treppe zur Wohnung hinaufstieg, hörte sie ein Geräusch, als würde eine Tür zugeschlagen. Dann eine laute Stimme, die sie nicht erkannte.

»Du kannst uns nicht einfach hierlassen! Was sollen wir denn tun?« Die Worte, in Hindi gerufen, kamen aus ihrer

Wohnung. Estelle fragte sich, ob ihre Mutter Streit mit einem der Bediensteten hatte. Doch es klang nicht wie Adhika. Und die kleine Dipti würde niemals den Mut aufbringen, so mit ihrer Mutter zu sprechen.

»Du hättest bei deinem Mann bleiben sollen, du dumme kleine Schlampe! Das war es, was ich tun musste!«

Estelle erstarrte, die Finger am Türgriff. Das war die Stimme ihrer Mutter.

»Er hat sein ganzes Geld verloren! Ist das meine Schuld? Sollen meine Kinder verhungern, nur weil ihr Vater ein Idiot ist?«

»Wenn irgendwer ein Idiot ist, dann bist du das! Was wagst du dich überhaupt hierher und versuchst, Estelles große Chance zu verderben!«

Beim Klang ihres Namens steckte Estelle den Schlüssel ins Schloss und öffnete die Tür. Ihre Mutter stand mit hassverzerrtem Gesicht am Tisch. An der Küchentür war eine Frau mit blasser Haut und mit zu einem Bob frisiertem blondem Haar, die etwas in ihre Handtasche stopfte. Kleidung und Frisur erinnerten Estelle an Lady Henrietta Stubbs und sie schien ungefähr im gleichen Alter zu sein.

Estelle blickte an ihr vorbei und suchte im Raum nach jemand anderem – nach der Frau, die sie auf Hindi schreien gehört hatte. Doch da war sonst niemand. Nur ihre Mutter und diese englisch aussehende Person.

Als die Frau zur Wohnungstür blickte, bemerkte Estelle, dass ihre Augen strahlend blauviolett waren. »Estelle! Ist das die kleine Estelle?« Der wütende Ausdruck auf ihrem Gesicht verschwand und wurde zu Erstaunen. Sie streckte die Arme aus.

»Wag es nicht!« Charlotte schoss so schnell zwischen die beiden, wie Estelle sie noch nie erlebt hatte. »Verschwinde!«, schrie sie. »Und komm niemals wieder!«

Die Luft in der Wohnung schien plötzlich zu implodieren, als wäre ein Taifun hindurchgefegt. Estelle spürte eine beschützende Hand an ihrem Arm. Ihre Mutter schob sich wie ein Schutzschild vor sie, während die Frau zur Tür hinausging. Sie hinterließ einen Hauch von Parfüm in der Luft, einen schweren, exotischen Duft, vermischt mit kräftigem Schweißgeruch.

»Wer in aller Welt war das denn?« Estelle kam hinter ihrer Mutter hervor und trat seitlich in den Flur. Der leuchtende blonde Schopf der Fremden war alles, was sie noch sehen konnte, als sie im Treppenhaus um die Kurve verschwand.

»Niemand.« Ihre Mutter wandte sich ab. Sie ging halb durch den Raum und ließ sich auf die Armlehne des Sofas nieder, als hätten ihre Beine plötzlich nachgegeben.

»Niemand?«, wiederholte Estelle. »Wenn sie niemand war, warum hast du sie dann angeschrien? Was hat sie gewollt? Und woher kannte sie meinen Namen?«

Sie erhielt keine Antwort. Ihre Mutter blickte zu Boden, Haarsträhnen verdeckten ihre Augen. Estelle sah, wie sich die Schultern krümmten und dann bebten. Sie eilte durch den Raum und ließ sich auf die Knie fallen, als sie das Sofa erreicht hatte.

»Oh, Mataji! Wein doch nicht!« Estelle suchte in ihrer Tasche nach einem Taschentuch. »Was hat sie dir angetan? Ich werde sie umbringen!«

»Ich ... w...wollte nicht, dass du es weißt.« Charlotte griff nach dem Taschentuch und hielt es an ihr Gesicht. »Ich ... da... dachte, wir könnten sie loswerden. Sie in B...Bombay zurücklassen. Doch sie ...« Der Rest des Satzes löste sich in frischen Tränen auf.

»Wer ist sie?«, flüsterte Estelle.

»S...sie ist d...deine ...«, Charlottes Stimme bebte vom Schluchzen, »deine Schwester.«

Estelle blinzelte. Die Rückseite des Sofas löste sich auf, seine braunen Kanten verwirbelten mit den Creme- und Rosatönen der Rosen auf der Tapete. Sie wollte den Mund öffnen, doch die Muskeln versagten ihr den Dienst.

»D…deine Halbschwester.« Die Hand ihrer Mutter fand ihre, sie war feucht vom Schweiß.

»Ich habe eine Schwester?« Es war, als würde sie etwas unter Wasser hören. Ihre Stimme schien jemand anderem zu gehören.

»S…sie kam auf die Welt, als ich sehr jung war.« Charlotte tupfte sich die Augen mit dem Taschentuch. Dann holte sie tief Luft. »Es war, als ich noch in Ceylon lebte – bevor ich deinen Vater kennengelernt habe.«

»In Ceylon? Aber du warst doch …«

Charlotte umklammerte mit den Fingern das Taschentuch. »Ich war vierzehn, als ich herausfand, dass ich schwanger war. Fast fünfzehn, als sie geboren wurde.«

»Wie ist ihr Name?«

»Connie Soarez. So heißt sie jetzt. Mrs Constance Soarez.«

»Warum hast du mir nie von ihr erzählt?« Estelle hielt den Atem an. Sie hatte nicht gewollt, dass es wie ein Vorwurf klang.

»Ich habe mich für sie geschämt, Beti. Sie hat mich verletzt. Sie hat sich in einen schlechten Mann verliebt, der …« Charlotte verstummte, ihr Blick ging über die Wand, als würde dort ein Film über ihr Leben projiziert.

»Was hat er getan, Mataji?«

»Das spielt keine Rolle.« Charlotte schüttelte den Kopf wie in Trance. »Sie hat geheiratet. Es war ungefähr die Zeit, als du und ich Bombay verlassen haben. Deshalb sind wir weggegangen. Ich wollte nicht mehr in ihrer Nähe sein.«

»Wegen ihres Mannes?«

»Ihretwegen. Die Art, wie sie sich benahm. Sie hat mich dazu gebracht, mir zu wünschen, ich hätte sie niemals geboren.« Charlottes Blick war noch immer wie abwesend, während sie

110

Bilder aus der Vergangenheit heraufbeschwor. »Ich hätte ihren Vater nicht heiraten sollen. Er war schwach und hinterlistig – doch ich fand das erst heraus, als es bereits zu spät war.«

Estelle riss die Augen auf. »Wer war er? Was ist geschehen?«

»Sein Name war Henry. Henry Selby.« Der Blick ihrer Mutter ging hinab zu ihren Händen. »Er war der Sohn eines Teeplantagenbesitzers. Sehr gut aussehend. Ich war ein Dienstmädchen im Haus der Plantage. Wir haben uns verliebt und …« Ihre Stimme versiegte in der Dunkelheit.

»Hat er dich verlassen? Als er herausgefunden hat, dass du …« Estelle konnte den Satz nicht beenden. Es fiel ihr schwer, ihre Mutter über eine so private Angelegenheit wie Schwangerschaft zu befragen.

»Nicht sofort.« Charlotte ließ den Kopf hängen. Sie blickte auf ihren Schoß. »Wir heirateten sogar, bevor Connie geboren wurde. Wir mussten zum Friedensrichter in Colombo, weil ich da noch eine Hindu war und kein Priester uns getraut hätte.« Sie holte tief Luft. »Seine Eltern müssen es herausgefunden haben. Ich weiß nicht genau, was geschehen war. Er sagte mir, wir würden nach Bombay gehen, um gemeinsam ein neues Leben zu beginnen. Doch als ich ihn im Hafen treffen sollte, hatte er einen Diener geschickt, der mich überlistete, damit ich an Bord ging. Er schloss mich mit Connie in der Kabine ein, und bis ich es bemerkte, war das Schiff bereits auf See.«

»Oh, Mataji!« Estelle schlang die Arme um ihre Mutter und zog sie zu sich heran, während ihre eigenen Tränen in den Stoff von Charlottes Kleid sickerten. »Was hast du gemacht?«

»Ich konnte gar nichts tun. Ich hatte nur ein paar Rupien in der Tasche, als ich in Bombay eintraf. Ich musste Arbeit finden und jemanden, der sich um das Baby kümmert. Ich hatte Glück. Es gab eine Pestepidemie in Bombay.«

»Glück?«

»Ja. Sie brauchten Krankenschwestern. Ich hatte keine Ausbildung, aber das spielte keine Rolle. Die Krankenhäuser waren überfüllt und sie waren verzweifelt.«

»Aber du hättest dir was einfangen können! Du hättest sterben können!«

»Ich weiß. Aber ich hatte keine andere Wahl. Wir wären verhungert, wenn ich es nicht gemacht hätte.« Charlotte zuckte mit den Schultern. »Ich kümmerte mich aber darum, dass Connie versorgt war. Ich nahm einen Zug nach Poona oben in den Bergen und fand eine parsische Familie, die sich bereit erklärte, sich um sie zu kümmern. Nach ein paar Jahren konnte ich selbst nach Poona ziehen, als ich dort im Krankenhaus eine Stelle bekam.«

Estelle biss sich auf die Lippe. *Ein paar Jahre.* Dann war diese Halbschwester ohne Mutter aufgewachsen. War das der wahre Grund für das böse Blut zwischen ihnen? Sie versuchte, sich ihre Mutter vorzustellen: gerade fünfzehn Jahre alt, ganz allein in einer fremden, von einer Epidemie beherrschten Stadt, auf der Suche nach Nahrung, einem Platz zum Wohnen, einer Möglichkeit, Geld zu verdienen, während sie sich um ein kleines Baby kümmern musste. Was hätte sie selbst in einer solchen Lage getan? Vor ihrem inneren Auge blitzte das Bild der Prostituierten auf der Free School Street auf. Nein, dachte sie, Pestkrankenschwester und das Baby von Fremden versorgen lassen, das war nicht das Schlechteste, was ihre Mutter hatte tun können.

»Ein paar Jahre danach lernte ich deinen Vater kennen.« Charlottes Stimme schnitt durch ihre Gedanken. »Connie war damals zwölf Jahre alt.« Sie machte eine Pause, ihre Lippen zitterten. Für einen Moment dachte Estelle, dass sie erneut zu weinen beginnen würde. Es wühlte sie immer auf, wenn sie über ihn redete.

Ein Bruchstück des Streits, den sie mit angehört hatte, kam ihr wieder in den Sinn, während sie das Gesicht ihrer Mutter

112

betrachtete. *Du hättest bei deinem Mann bleiben sollen, du dumme kleine Schlampe! Das war es, was ich tun musste!*

Was hatte Mataji mit diesen wuterfüllten Sätzen gemeint? Sie dachte an die vielen Male, als sie versucht hatte, über ihren Vater zu sprechen, und als Antwort nur Schweigen oder Tränen erhalten hatte. Hatte sie es immer falsch gedeutet? Waren das womöglich Tränen der Verbitterung, nicht des Bedauerns?

Eine solche Frage auszusprechen, würde ihre Mutter womöglich noch mehr aufwühlen. Sie würde kein Wort mehr sagen. Und es gab noch so viel, was Estelle über diese mysteriöse Halbschwester erfahren wollte. »Wie alt war Connie?«, fragte sie. »Als sie geheiratet hat, meine ich.«

»Oh.« Ihre Mutter schniefte. »Sie war ungefähr in deinem Alter, glaube ich.«

»Glaubst du? Weißt du es denn nicht?«

Charlotte schüttelte den Kopf. »Sie war bereits von zu Hause weg. Sie hatte eine Stelle in einem Blumengeschäft in Bombay. Ich erfuhr erst von ihrer Ehe, als sie mir schrieb, dass sie ein Kind habe. Einen Sohn. Danach bekam sie noch drei weitere: zwei Mädchen und einen Jungen.«

»Ich habe Nichten und Neffen?« Estelle gelang es nicht, den Schmerz in ihrer Stimme zu verbergen. All die Jahre hinweg hatte ihre Mutter sie in dem Glauben gelassen, dass sie keine Familie hatte. Wenn sie das nur gewusst hätte! Sie hätte sie besuchen können. Teil ihres Lebens werden können.

Charlottes Augen spiegelten die Gedanken ihrer Tochter wider. »Ich wusste, wenn ich es dir erzählt hätte, dann hättest du sie sehen wollen«, flüsterte sie. »Doch sie ist wie Gift. Sie hätte dich gegen mich aufgebracht.« Sie schnalzte mit der Zunge. »Sie hat ihren Mann verlassen, als sein Geschäft scheiterte, und jetzt sucht sie nach dem nächsten Essensgutschein. Sie hat mir Briefe geschrieben und mir erzählt, sie habe kein Geld.«

Ein Bild tauchte vor Estelle auf – Fetzen verbrannten Papiers in der Küchenspüle. Sie musste die Briefe verbrannt haben, um alles geheim zu halten.

»Sie kam heute, weil ich ihr geschrieben hatte, dass wir nach England fahren«, fuhr Charlotte fort. »Sie hat ihre Kinder sich selbst überlassen und ist in den nächsten Zug gesprungen. Dann ist sie hermarschiert und hat verlangt, dass sie alle mit uns kommen und ich solle es bezahlen.«

»Was hast du ihr gesagt?«

»Ich habe ihr die Wahrheit gesagt, dass ich es mir nicht leisten kann. Doch auch wenn es mir möglich wäre, würde ich sie nicht mitnehmen. Sie ist ein Blutsauger. Und sie ist auf dich eifersüchtig – ich habe es sofort in ihrem Gesicht gesehen, als sie den Blick auf dich gerichtet hat.«

Estelle erhob sich von den Knien, ihr linkes Bein war eingeschlafen und kribbelte. »Wohin wird sie jetzt gehen? Hat sie einen Platz zum Bleiben?«

Charlotte wedelte mit den Händen durch die Luft. »Ich habe ihr etwas Geld gegeben. Es war die einzige Möglichkeit, um sie loszuwerden. Genug, damit sie zurück nach Bombay kommt.«

»Aber was wird sie tun? Was ist mit den Kindern?« Estelle spürte ein fast überwältigendes Bedürfnis, sie alle zu sehen, hinter ihrer Schwester herzulaufen und mit ihr in den nächsten Zug nach Bombay zu steigen. Doch sie wollten am übernächsten Tag das Schiff besteigen. Sie hatte dafür keine Zeit mehr.

»Wir können ihnen Geld schicken«, erwiderte Charlotte. »Wenn du erst einmal beim Film angefangen hast.«

»Ja.« Estelle nickte langsam. »Das können wir, oder?« Sie blickte kurz zum Fenster. Draußen war es fast schon dunkel. Die Lichter des Kinos blinkten durch die Scheibe. Was bisher nur ein ferner Traum gewesen war, hatte jetzt den bitteren Beigeschmack der Realität. Sie musste es schaffen. Unbedingt.

TEIL 2

KAPITEL 10

Ein paar Minuten nach sechs Uhr morgens kam die *HMS Rawalpindi* rumpelnd zum Stehen. Die aufgehende Sonne war hinter einer Wolkenbank versteckt. Regensäulen trieben über das aufgewühlte Meer. Das vom Salz frei gewaschene Bullauge zeigte eine gespenstische Landschaft aus Beton und Schiefer. Estelles erster Eindruck von England bestand darin, dass alles grau war. Wo waren die Schwäne und Rosen, über die sie gelesen hatte? Wo die Apfelgärten und die Weiden voller Schafe und Kühe?

Ihre Enttäuschung wurde ein wenig durch die Vorfreude gedämpft, dass sie Ben in wenigen Stunden treffen würde. Bald würde sie im Zug nach London sitzen. Sie würde ihre Mutter zu einem Hotel bringen und dann für ein romantisches Wiedersehen zum Savoy gehen.

Sie schloss die Augen, um den Anblick der düsteren Lagerhäuser und rostigen Kräne auszusperren. Sie stellte sich Bens Gesicht vor, sein witziges schiefes Lächeln und den Ausdruck in seinen Augen, als er ihr im mondbeleuchteten Garten des Maharadschapalastes gezeigt hatte, wie man küsst.

Bestimmt würde er mit eisgekühltem Champagner auf sie warten, wie er es bei ihrer ersten Verabredung in Kalkutta getan hatte.

Während der ganzen Reise hatte sie darüber fantasiert, was geschehen würde. Sie war sogar so weit gegangen, sich eines Tages eine Hochzeit in Amerika vorzustellen. Natürlich würden sie etwas warten müssen – sie musste das Beste aus dieser Gelegenheit machen, zum Film zu kommen, bevor sie ein gemeinsames Leben planen konnten.

Sie war sich noch immer nicht sicher, was sie ihm sagen würde. Wie Ben reagieren würde, wenn sie ihm erklärte, dass sie nicht länger als ungefähr eine Stunde im Hotel bleiben konnte. Es würde ein heikler Balanceakt werden, ihn und ihre Mutter eine ganze Woche lang voneinander fern zu halten.

Sie würde Ben erzählen müssen, dass ihre Mutter von der Seereise schwach und erschöpft war und sich nicht wohlfühlte. Es würde keine große Lüge sein. Während der vergangenen drei Tage waren sie beide schrecklich seekrank gewesen. Genau genommen war ihre Mutter von dem Augenblick an, als sie den Fuß auf das Schiff gesetzt hatte, nicht mehr dieselbe gewesen. Estelle hatte sich gefragt, ob die Reise womöglich zu viele unglückliche Erinnerungen in ihr geweckt hatte.

* * *

Zwei Stunden später gingen sie von Bord und folgten ihren Koffern zum nahe gelegenen Bahnhof. Der Regen hatte aufgehört, doch es wehte ein kräftiger Ostwind, der ihnen Gischt vom Meer ins Gesicht trieb.

»Wie kann es nur so kalt sein? Und das soll ihr Sommer sein?« Charlotte zog sich das Halstuch bis unter die Ohren.

»Na ja, es ist besser, als in Kalkutta zu Tode geröstet zu werden.« Estelle erschauerte, als der Wind am Saum ihres neuen

Regenmantels zerrte. Als sie ihn erworben hatte, war ihr schon bei dem Gedanken daran, ein solches Ding zu tragen, der Schweiß ausgebrochen. Jetzt war er hoffnungslos unpassend, denn der Stoff war viel zu dünn, um die Kälte abzuhalten. Sie hätte eine weitere Schicht über ihr Kleid ziehen müssen.

Am Bahnhof kauften sie sich Tee, um sich aufzuwärmen. Er schmeckte widerlich und war fünfmal so teuer, wie er bei einem Chai Wallah zu Hause gekostet hätte. Doch als sie endlich im Zug saßen, wurde alles besser. Die Waggons waren beheizt, und sie entspannten sich ein wenig, während der trostlose Anblick des Hafens einer hügeligen Landschaft wich.

»Sieh nur, Beti! Es ist genauso wie das Bild auf der Keksdose!« Ihre Mutter zeigte auf ein hübsches Häuschen mit einem strohgedeckten Dach und Rosen, die sich um den Eingang rankten. Sekunden später schoss ein ganzes Dorf mit strohgedeckten Häusern am Fenster vorbei. Und da waren auch Kühe – viel fetter als die in Indien. Sie fraßen Gras am Ufer eines Flusses, der sauber und klar aussah – nicht braun und voll treibendem Müll wie der Hooghly.

Doch Estelles Aufregung beim Anblick der englischen Landschaft war nur von kurzer Dauer. Zu schnell erreichte der Zug die Außenbezirke von London. Der Himmel wurde dunkler und der Regen peitschte herab, während sie an Reihen schäbiger Häuser mit schmutzigen Fensterscheiben vorbeifuhren. Sie reckte den Hals, um all die Gebäude zu sehen, von denen sie gelesen hatte: den Buckingham Palace, wo der König und die Königin wohnten; den Westminster Palace und Big Ben, das Kuppeldach der St. Paul's Cathedral. Doch sie sah nur schmutzige, deprimierende Häuser, die gelegentlich von einem Lagerhaus oder dem Schornstein einer Fabrik abgelöst wurden.

Am Bahnhof Fenchurch Street drängten sie sich in eine Warteschlange für ein Taxi, wobei sie versuchten, dem vom Vordach tropfenden Regen auszuweichen. Estelle hielt ein Stück

Papier in der Hand, auf das Dorothy die Adresse eines Hotels geschrieben hatte. Ihre Cousine Grace war dorthin gegangen, nachdem ihr Mann sie rausgeworfen hatte. Übernachtung und Frühstück kosteten zehn Shilling und sechs Pence pro Person und Nacht – was für Estelle wie ein Vermögen klang. Doch Dorothy meinte, dass es für London preiswert sei. Sie hoffte, nur ein paar Nächte dort bleiben zu müssen. Alles hing davon ab, dass sie einen guten Eindruck auf Miles Mander machte. Wenn er ihr eine Rolle anbot, würden sie und Mataji nach einer Wohnung suchen können.

Der Taxifahrer hob eine Braue, als Estelles Mutter sich neben sie setzte. Es war seltsam, einen weißen Mann bei einer Arbeit zu sehen, die in Kalkutta nur Inder ausüben würden. Estelle gefiel sein Blick nicht. Als sie ihm sagte, wohin sie wollten, legte er die Hand ans Ohr und meinte, er könne ihren Akzent nicht verstehen.

»Zum Cranbourne Court Hotel«, wiederholte sie langsam. »Die Adresse lautet Lisle Street, Soho.«

Das Hotel war nicht gerade so, wie der Name es vermuten ließ. Estelle hatte sich eine kleinere Version des Great Eastern vorgestellt. Doch es war nur ein großes Reihenhaus mit einem verblichenen Schild über einer verschrammten Eingangstür. Zu beiden Seiten der Tür wuchs Unkraut in zwei angeschlagenen Blumentöpfen, daneben lagen vertrocknetes Laub und Papierfetzen.

Eine füllige Frau mit leuchtend rot angemalten Lippen öffnete die Tür. Im Mundwinkel hing ihr eine Zigarette. »Was wollen Sie? Ich habe keine freien Zimmer.« Die Zigarette wackelte gefährlich beim Sprechen. Ihr Dialekt klang seltsam – nicht wie bei den weißen Leuten, die Estelle in Indien gehört hatte, und auch nicht das Cockneynäseln, das Mr Hartley ihr für *Pygmalion* beigebracht hatte.

»Wir haben eine Reservierung«, sagte Estelle mit ihrem geschliffensten Akzent.

Die kleinen grünen Augen der Frau schossen von Estelle zu ihrer Mutter. »Woher sind Sie?«

»Wir sind britisch«, erwiderte Estelle. »Wir haben auswärts gelebt und sind gerade zurückgekehrt.«

»Sie habe ich nicht gefragt.« Die Frau zeigte mit dem Kopf auf Charlotte. »Ich nehme keine Farbigen, das ist hier Hausregel. Sie ist Ihr Dienstmädchen, oder?«

Estelle konnte ihre Mutter nicht anblicken. Konnte es nicht ertragen, den Schmerz auf ihrem Gesicht zu sehen.

»Sie ist meine Mutter.« Estelle bemühte sich, ruhig zu klingen.

»Ach, wirklich?« Die Frau kniff die Augen zusammen.

»Und wir haben ein Zimmer gemietet. Ich habe einen Brief geschrieben – schon vor Wochen.«

»Sie haben aber noch nicht bezahlt, oder?«

Estelle griff nach ihrem Portemonnaie. »Hier«, sagte sie und betrachtete die fremdartigen Münzen, als sie sie herausnahm. »Das ist genug für heute Nacht, oder? Ich werde morgen wieder bezahlen – wenn das Zimmer gut ist.«

»Ganz schön frech!«

Ihre Finger, mit denen sie nach dem Geld griff, waren mit abgeblättertem rotem Nagellack verziert. Die Frau trat beiseite und gab den Blick auf eine steile Treppe mit einem fleckigen, fadenscheinigen Teppich frei.

»Die Vordertür wird um elf Uhr abgeschlossen – und ich erlaube keine zusätzlichen Gäste in der Nacht.« Ihre fast vollständig ausgezupften Augenbrauen gingen nach oben, während sie Estelle anblickte.

Im Zimmer roch es muffig, wie nicht richtig getrocknete Wäsche. Es war kaum groß genug für die zwei Einzelbetten. Über dem Fenster befand sich eine feuchte Stelle, und einer der Vorhänge hatte sich dort, wo seine Häkchen abgebrochen waren, von der Stange gelöst und hing herab.

»Es ist nicht gerade das, was ich erwartet habe, Beti.« Sobald sie die Tür hinter sich geschlossen hatten, sank Estelles Mutter auf das Bett und fuhr mit der Hand über die dunkle rosafarbene Tagesdecke.

»Es ist ja nur für ein paar Nächte. Wenn ich morgen bei der Filmgesellschaft gewesen bin, können wir nach einer Wohnung suchen.«

»Nach dem, was die Frau gesagt hat?« Charlotte verdrehte die Augen. »Ich glaube nicht!«

»Sie werden nicht alle so sein wie sie«, sagte Estelle und betete, dass es stimmte. Um das Thema zu wechseln, fragte sie dann: »Bist du hungrig? Da ist ein Café an der Straße – wir sind mit dem Taxi daran vorbeigefahren. Ich habe Kuchen im Schaufenster gesehen.« Kuchen war ein sicheres Mittel, um ihre Mutter aufzuheitern. »Sollen wir auf einen Bissen hingehen und später auspacken?«

* * *

Es war längst Nachmittag, als Estelle endlich wegkam. Sie ließ ihre Mutter ein Mittagsschläfchen machen und sagte ihr, sie wolle nachsehen, wo das Büro von Miles Mander war. Doch sobald sie das Hotel verlassen hatte, schlüpfte sie in die rote Telefonzelle, die sie auf dem Rückweg vom Café gesehen hatte. Sie rümpfte die Nase, als sich die schwere Tür schloss. Es roch fürchterlich, als hätte sie jemand als Toilettenhäuschen genutzt. Die Anleitung zur Verwendung des Telefons befand sich an der Wand, geschützt von einer Glasscheibe, die in der Mitte gebrochen war. Jemand hatte eine Postkarte in den Riss gesteckt, auf der mit roter Tinte geschrieben stand: »Für Französisch frag nach Marie – Apartment B, 53 Rupert Street.«

Estelle fand, dass eine Telefonzelle ein seltsamer Ort für die Reklame einer Fremdsprachenlehrerin war. Doch sie hatte bereits so viele seltsame Dinge gesehen, seit sie von Bord gegangen war, dass sie es kaum noch bemerkte. Sie leerte die ihr noch nicht vertrauten Münzen aus dem Portemonnaie in ihre Hand und hoffte, dass sie genug Geld hatte. Sie hatte keine Ahnung, wie viel sie für den Anruf benötigen würde. Mit großer Sorgfalt wählte sie die Nummer der Telefonvermittlung.

»Hallo? Bitte das Hotel Savoy.«

»Einen Moment, Madam. Ich verbinde.« Es war seltsam, das Mädchen von der Vermittlung zu hören. Jemand wie sie, aber englisch. Und sie sprach schön – nicht wie die schreckliche Frau im Hotel.

»Guten Tag, möchten Sie eine Reservierung vornehmen?« Die Männerstimme erschreckte sie. Sie hatte nicht damit gerechnet, so schnell verbunden zu werden.

»Ich … ich … nein … danke«, stammelte sie. »Ich … ich würde gern mit einem Gast verbunden werden, der bei Ihnen wohnt.«

»Sicher, Madam. Wie lautet der Name?«

»Mr Finney. Benjamin Finney.«

Die sich anschließende Stille wurde unterbrochen von den Hintergrundgeräuschen des Hotels, dem Quietschen von Gepäckwagenrädern, dem An- und Abschwellen von Gelächter, einer Tür, die geöffnet und geschlossen wurde.

»Es tut mir leid, Mr Finney ist nicht mehr hier. Er ist gestern abgereist.«

»Abgereist?« Sie atmete tief ein, wobei sich die Luft aus der Telefonzelle widerlich auf ihrer Zunge anfühlte. »Aber das kann nicht sein! Er hat vom 14. dieses Monats bis zum 21. gebucht.«

»Ich glaube, da liegt ein Missverständnis vor, Madam. Mr Finney ist am 6. dieses Monats eingetroffen. Er war in der letzten Woche hier.«

»Letzte Woche?« Ihre Worte hallten von den Kabinenwänden.

»Ja, Madam.«

»A...aber ... wohin ist er gegangen?«

»Es tut mir leid, das weiß ich nicht, Madam. Einen Moment, bitte.« Sie hörte Papierrascheln, dann unterdrücktes Sprechen, als hätte der Mann den Hörer mit der Hand bedeckt. Nach einer gefühlten Ewigkeit hörte sie ihn sagen: »Können Sie mir bitte Ihren Namen nennen, Madam?«

»Miss Thompson. Estelle Thompson.«

»Es scheint, dass Mr Finney einen Brief für Sie hinterlegt hat. Würden Sie mir Ihre Adresse geben, damit ich Ihnen den Brief zukommen lassen kann?«

Ein *Brief* ... Es war, als ob sich die Geschichte wiederholen würde. Doch diesmal war sie nicht am anderen Ende der Stadt, versetzt für ein Abendessen – sie befand sich am anderen Ende der Welt. Irgendwie gelang es ihr, die nächsten Worte herauszubringen, obwohl ihr Kiefer bebte. »N...nein, danke. Ich komme vorbei und hole ihn ab.«

* * *

Während Estelle den Strand entlangging, jene historische Straße im Zentrum Londons, war ihr kalt. Unglaublich kalt. Es schien Hunderttausende Weiße in London zu geben, die an ihr vorbeieilten. Und die großen Gebäude wirkten wie Gesichter, die auf sie herabblickten. Es war wie in einem Albtraum. Verschreckt und einem inneren Drang folgend taumelte sie weiter – und redete sich ein, dass es einen schrecklichen Fehler gegeben hatte.

Als sie aus der Telefonzelle getreten war, wollte sie in einem ersten Impuls ein Taxi rufen – um so schnell wie möglich zum Savoy zu gelangen. Doch als sie die Hand ausgestreckt hatte, zog sie sie gleich wieder zurück. Die Dinge waren hier anders:

Es war nicht so, als würde man sich eine Rikscha nehmen. Sie konnte sich nicht noch einmal einen solchen Fahrpreis leisten, wie es das Taxi vom Bahnhof gekostet hatte.

Deshalb war sie zu Fuß losgegangen und hatte an dem Café gehalten, in dem sie mit ihrer Mutter Tee und Kuchen zu sich genommen hatte, um nach der Richtung zu fragen. Die Kellnerin hatte sie seltsam angeblickt.

»Das Savoy? Verdammt – du bist aber schnell dabei, was?«

Der Akzent war reinste Eliza Doolittle. Estelle wunderte sich, was das Mädchen wohl gemeint hatte, doch sie hatte keine Zeit, um sie danach zu fragen.

Zum Glück war der Weg nicht zu kompliziert: die Lisle Street entlang bis zum Leicester Square, dann nach rechts auf die Charing Cross Road und links auf den Strand. Sie kam an Theatern mit riesigen Werbetafeln vorbei, die ihre Vorstellungen ankündigten. Unter anderen Umständen wäre sie bei jedem einzelnen stehen geblieben, um alle Einzelheiten zu genießen, doch sie war zu benommen, um irgendwas wahrzunehmen.

Im Weitergehen redete sie sich ein, dass Ben noch in London sei, dass er aus irgendeinem Grund das Hotel gewechselt habe. Der Brief würde ihr mitteilen, wo sie ihn finden konnte. Ja – das musste es sein. Sie klammerte sich an diesen Hoffnungsschimmer.

Der Weg dauerte nur ungefähr zwanzig Minuten. Doch als sie endlich das Savoy erblickte, war ihr der beißende Wind von der Themse bereits durch alle Knochen gefahren.

»M…miss Thompson.« Ihre Zähne klapperten, als sie auf den fragenden Blick des Mannes hinter dem Schalter antwortete. »Da ist ein Brief für mich – von Mr Finney.«

Beim Anblick von Bens vertrauter Handschrift machte ihr Herz einen Satz. Sie sah sich nach einer ruhigen Ecke um, weil sie den Brief nicht vor dem scharfäugigen Concierge öffnen wollte. Doch die Lobby war voll mit elegant gekleideten Herren und Damen mit teuer aussehendem Gepäck.

Sie ging zur Glasdrehtür, den Brief fest in der behandschuhten Hand. Draußen zerrte der Wind an dem dünnen Umschlag und riss ihn ihr fast aus der Hand. Sie überquerte die Straße und duckte sich in den Eingang eines Schuhgeschäfts. Mit zitternden Fingern zog sie die Handschuhe aus und riss den Brief auf.

> *Meine liebste Estelle,*
>
> *es tut mir so leid, dass ich meine Pläne ändern musste. Das Schicksal hat sich erneut gegen uns verschworen. Doch ich habe es so gemeint, wie ich es gesagt habe, dass Du für den Film wie geschaffen bist. Bitte gib Dir diese Chance – geh und triff Dich morgen mit Miles Mander.*
>
> *Viel Glück. Ich werde Dich niemals vergessen.*
>
> *Ben*

* * *

Estelle hatte keine Erinnerung an ihren Rückweg nach Soho. Sie kämpfte sich, blind vor Tränen, durch die Menschenflut, wobei sie gegen Ellbogen, Aktentaschen und Regenschirme stieß. Irgendwie fand sie den Weg zurück zur Lisle Street. Da war das Café, dessen Lichter jetzt aus waren, und die Stühle standen umgekehrt auf den Tischen. Sie machte eine Pause, als sie die rote Telefonzelle erreichte. Mark Hannas Brief war in ihrer Handtasche. Neben der Adresse stand auch seine Telefonnummer. Sie konnte den Rest ihres Geldes nehmen, um ein Ferngespräch zu führen. Er wusste sicher, wo Ben war.

Doch sie zwang sich weiterzugehen. Es wäre absolut sinnlos. Die letzte Zeile vernichtete jede Hoffnung darauf, dass sie jemals wieder zusammen sein würden. Ein Wort hämmerte ihr im Kopf herum: *Warum?* Warum sie den ganzen Weg herholen, nur um sie dann so plötzlich abzuschieben?

Sie dachte an das letzte Mal, als sie ihn gesehen hatte, wie er zum Abschied winkte, während sie und Dorothy in eine Rikscha gestiegen waren, und an die Zeit davor: die Berührung seiner Haut und sein Geruch, ihre Körper in der Mitternachtshitze des Dschungels zusammengeschweißt.

Das schien hundert Jahre entfernt. Wer war jenes Mädchen? Estelle griff an das Geländer vor einem der Häuser, schwindlig vor Entsetzen. Es war, als würde sie die Person aus den Augen verlieren, die sie gewesen war, als sie ihn traf: das Mädchen, das wusste, wie man auf den Straßen Kalkuttas auf sich selbst achtgibt; das Mädchen, dessen Leben sicher und vorhersehbar war.

Ich habe es so gemeint, wie ich es gesagt habe ... Bitte gib dir diese Chance ...

Bei dem Gedanken an jene geschriebenen Worte verhärtete sich etwas in ihr. Plötzlich erkannte sie, wie idiotisch sie gewesen war, Ben zum Mittelpunkt dieses Sprungs ins Ungewisse zu machen. Ja, sie wusste noch immer genau, wer sie sein wollte. Nicht Mrs Ben Finney. Nicht Mrs Irgendwer. Noch nicht.

Was auch immer in Ben vorgegangen war, dass er ihr die Fahrkarte für das Schiff gekauft hatte, jetzt war sie hier und es gab kein Zurück. Es lag an ihr, das Beste daraus zu machen. Sie war in der Vergangenheit entschlossen gewesen. War für sich selbst eingestanden. Diese Widerstandsfähigkeit musste sie jetzt wieder erwecken.

Als sie das Geländer losließ, hörte sie hinter sich eine Stimme. Eine Männerstimme.

»Haben Sie Zeit, Miss?«

Sie fuhr herum. Sein Gesicht war nur Zentimeter von ihrem entfernt und er verzog seine schmalen Lippen zu einem lüsternen Grinsen. Schlagartig tauchte vor ihrem inneren

Auge eine Reihe Bilder auf: die Reklame in der Telefonzelle für Französischunterricht, die erhobenen Augenbrauen der Kellnerin über die Verabredung im Savoy, der schmierige Blick der Wirtin, als sie ihr den Zimmerschlüssel reichte.

Oh mein Gott, ich bin auf der Londoner Version der Free School Street gelandet.

Ohne ein Wort riss sie ihr Bein hoch und beugte dabei das Knie, um einen schnellen, präzisen Stoß abzugeben. Dann rannte sie davon und ließ ihn zusammengekrümmt und fluchend zurück. Die Treppe des Cranbourne Court Hotel hinauf, vorbei an dem Unkraut in Töpfen und durch die schäbige Vordertür, die sie eilig hinter sich zuschlug.

* * *

Estelle konnte ihrer Mutter nichts von Bens Brief erzählen. Sie musste den ganzen Schmerz für sich bewahren. So tun, als hätte sie die letzte Stunde damit verbracht, sich mit der Gegend vertraut zu machen.

Sie beschrieb und schilderte, was draußen auf der Straße los war, dankbar für die Ablenkung. Und beim Erzählen dieser Geschichte kam es ihr vor, als würde sie sich selbst von irgendwo an der Zimmerdecke aus beobachten.

Es ist alles ein Schauspiel. Ich spiele Theater.

Ihre eigene Stimme flüsterte in ihrem Kopf, während die anderen Worte aus ihrem Mund kamen. Das war es, was sie tun musste. *Schauspielern.* Für ihre Mutter, für den Mann, den sie morgen treffen würde, und für jeden anderen, dem sie in dieser kalten, abweisenden Stadt begegnete.

KAPITEL 11

Als Estelle am nächsten Morgen die schmuddeligen Vorhänge zurückzog, überflutete das Sonnenlicht den Raum. Das Fenster ließ sich nur schwer öffnen, doch sie schaffte ein paar Zentimeter. Von den Dächern konnte sie Tauben rufen hören. Es war ein beruhigender Klang. Es erinnerte sie an den Maidan, wo sie und Dorothy mittags zu essen pflegten. Wie sehr sie Dorothy vermisste. Sie hätte alles dafür gegeben, um ihr von ihrem ganzen Elend erzählen zu können. Doch jetzt war nicht der Zeitpunkt für Selbstmitleid. Sie musste sich auf den vor ihr liegenden Tag vorbereiten.

Sie sah auf die Uhr, die noch immer die Zeit von Kalkutta anzeigte. Als sie umrechnete, stellte sie überrascht fest, dass es in London fast neun Uhr war. Sie war mit der Gewissheit ins Bett gegangen, kaum Ruhe zu finden, doch sie hatte mehr als zehn Stunden fast wie bewusstlos geschlafen.

Sie spähte hinüber zu ihrer Mutter, die sich mit dem Gesicht zur Wand gedreht hatte und sanft schnarchte. So leise wie möglich zog Estelle ihre Kleider an. Sie würde rasch hinausgehen und für Mataji etwas zum Frühstück und eine Zeitung kaufen, damit die Mutter sie lesen konnte, während sie Miles Mander in seinem Büro besuchte. Wenn sie beschäftigt war, würde Charlotte hoffentlich nicht auf die Idee kommen, selbst draußen umherzulaufen.

Das Verhalten der Wirtin war schlimm genug gewesen. Estelle schauderte, als sie daran dachte, was für Kommentare ihre Mutter zu hören bekommen würde, wenn sie an einen Mann wie den geraten würde, der ihr auf der Straße ein Angebot gemacht hatte. Wie um alles in der Welt würde sie es anstellen, dass ihre Mutter in dieser fremdartigen Stadt sicher und beschäftigt war, wenn sie einmal zu arbeiten anfangen würde? Nun, diese Frage würde wohl noch einen Tag auf ihre Antwort warten müssen.

Sie entdeckte einen Jungen, der am anderen Ende der Lisle Street an einem Stand Sandwiches verkaufte. Er sah ungefähr wie vierzehn aus, doch er verdrehte die Augen, als sie ihn fragte, was zwischen den dünnen Scheiben Weißbrot sei.

»Kannst du nicht lesen?« Er zeigte auf ein Pappschild an der Vorderseite des Standes.

Estelle konnte nicht entziffern, was darauf gekritzelt stand. »F.-fleisch: six-d«, las sie laut. »Was bedeutet das?«

Der Junge lachte laut auf. »Frühstücksfleisch, Süße – haben sie das dort, wo du herkommst, etwa nicht?« Er zwinkerte ihr unter seiner Mütze zu. »Sixpence, das kosten sie. Bist du ein Froschfresser, oder was? Du siehst wie ein Froschfresser aus.«

Estelle widerstand der Versuchung, darauf zu antworten. Sechs Pence, das war wesentlich billiger als alles, was sie in dem Café gestern angeboten hatten. »Hast du nichts ohne Fleisch?«

»Hier hab ich Käse.« Er bot ihr zwei Scheiben Brot mit einem Belag, der aussah, wie wenn Maden an den Rändern hervorkrochen. »Wenn du willst, kannst du dazu eingelegte Gurken haben – das ist ein halber Penny extra.«

»Ich nehme es, wie es ist, danke.« Sie blickte zu dem Teekessel, der neben einem Stapel Plastikbecher an der Seite des Standes stand. Es machte keinen Sinn, etwas davon zu kaufen, dachte sie: Ihre Mutter hatte den Tee in dem Café gestern als untrinkbar erklärt, und das Zeug in der dreckig aussehenden Kanne würde kaum besser schmecken.

Estelle nahm eine Handvoll Münzen aus der Tasche und suchte nach den passenden. Sie hörte, wie der Junge mit der Zunge schnalzte, und er streckte die Hand aus und zählte laut ab, während er eine zwölfeckige grüne Münze und drei runde braune aus ihrer ausgestreckten Hand nahm.

Sie ging die Straße zurück und kam sich dumm vor, während sie Käsekrümel von ihrem Mantel klaubte. Sie würde sich niemals an dieses Geld oder diese Menschen gewöhnen.

Ihre Mutter wachte auf, als sie die Tür öffnete. Sie roch das Sandwich und rümpfte die Nase.

»Käse? Zum Frühstück?«

»Das ist nur für heute, Mataji.« Estelle ging zum Waschbecken und füllte das einzige Glas mit Wasser für sie beide. »Wir werden bald unsere eigene Wohnung haben, und dann werden wir essen können, was wir wollen.«

»Was würde Harbir wohl sagen, wenn er uns sehen könnte?« Mit einem lauten Seufzer biss Charlotte in das Sandwich.

Sie aßen schweigend. Estelle fragte sich, wie ihre Mutter mit diesem neuen Leben fertig werden würde. Niemand, der kochte, putzte oder ihre Wäsche wusch. Ihr war ganz übel vor schlechtem Gewissen. Hier waren sie jetzt also – in diesem kalten, unfreundlichen Land, Tausende von Kilometern entfernt von allem, was sie kannten –, weil sie auf die leeren Versprechungen eines Mannes hereingefallen war. Wenn Mataji die Wahrheit kennen würde, dann würde sie sicher sagen, dass sich die Geschichte wiederholt.

Ihre Mutter aß noch, als Estelle aufstand, um sich die Zähne zu putzen und frischen Lippenstift aufzutragen. Sie zog das neue Kleid an, das sie sich für diesen Tag aufbewahrt hatte. In Kalkutta hatte sie lange darüber nachgedacht, welche Art von Kleidung den besten Eindruck auf einen Filmproduzenten machen würde. Schließlich hatte sie eine Fotografie der französischen Modeschöpferin Coco Chanel ausgeschnitten, auf dem sie eine ihrer letzten Kreationen trug. Es war ein langärmliges, knielanges Kleid aus schwarzem Wolljersey und Seidensatin, das mit einem Gürtel auf den Hüften getragen wurde. Estelle hatte das Bild zu einem der Schneider in Hogg's Bazaar gebracht, der es innerhalb von ein paar Tagen kopiert hatte.

Eine Doppelkette falscher Perlen vervollständigte ihr Outfit, dazu noch eine schwarze Kappe, verziert mit einer Schleife, die zu ihrem Mantel passte. Sie betrachtete sich in dem fleckigen Spiegel an der Garderobentür. War sie gut genug? Das war ihre große Chance. Ihre einzige Chance. Sie durfte sie nicht vermasseln.

»Gehst du jetzt etwa, Beti?« Charlotte erhob sich aus dem Bett, die Rinde des Sandwiches noch immer in der Hand.

»Ich muss – es ist schon spät.« Estelle mied den Blick ihrer Mutter, als sie ihre Handtasche unter dem Bett hervorzog.

»Aber ich wollte mit dir kommen.«

»Ich glaube, es ist am besten, wenn ich allein gehe. Nur dieses erste Mal. Sie glauben sonst, ich bin ein Baby, wenn ich meine Mutter zum Vorsprechen mitnehme.«

Das wurde mit Schweigen erwidert. Estelle ließ den Kopf gesenkt, als sie nach ihrem Mantel griff. Sie wusste nicht, ob ihre Mutter den wahren Grund erraten hatte. Der verachtende Ausdruck im Blick der Wirtin hatte sich in ihrem Kopf eingeprägt. Sie wollte das nicht noch einmal sehen – nicht, wenn so viel auf dem Spiel stand.

»Ich werde auch nicht lange weg sein, das verspreche ich.« Sie zog eine zusammengerollte Zeitung aus ihrer Manteltasche. »Ich habe dir was zu lesen mitgebracht: die *Daily Mail.* Auf der ersten Seite ist ein Artikel über den König – über seine Krankheit. Ich dachte, das interessiert dich vielleicht.«

Charlotte nahm die Zeitung, als sie auf dem Bett landete. »Was machst du, wenn du wieder einem Mann wie dem in der letzten Nacht begegnest? Ich mag es nicht, dass du allein rausgehst.«

»Mach dir keine Sorgen!«, rief Estelle über die Schulter. »Wenn sie so sind wie die in Kalkutta, dann werden sie nicht vor dem Abend auftauchen – deshalb sollte ich bis dahin vor ihnen in Sicherheit sein.«

»Was? Woher ...«

Doch Estelle war bereits zur Tür hinaus.

* * *

Der Sitz von Mander Phonofilms befand sich in Soho, deshalb wusste Estelle, dass es nicht weit weg sein konnte. In einem Antiquariat auf der Charing Cross Road kaufte sie sich für zwei Pence einen Plan von Londons Innenstadt. Als sie sich orientiert hatte, stellte sie fest, dass die Brewer Street nur ein paar Blocks entfernt war. Sie bog nach links auf eine belebte Straße, die voller Marktstände war. Wenn nicht die andere Hautfarbe gewesen wäre, dann hätte sie sich fast vorstellen können, sie sei wieder in Indien. Die Rufe der Händler erklangen unter einem Durcheinander gestreifter Markisen hervor, und die Luft war stechend von den Gerüchen. An Bändern aufgehängte Seidenstrümpfe flatterten im Wind. Körbe mit Eiern kämpften um den Platz mit Tabletts voll eingelegter Heringe, und ein Händler bot frische Milch von einer Kuh an, die im Gang neben seinem Stand angebunden war. Zwischen den Zeltständen hindurch sah sie Fenster, hinter denen Männer mit Kappen und gekreuzten Beinen saßen und nähten. Und als sie nach oben schaute, fiel ihr Blick auf eine Frau, die sich aus einem Fenster lehnte und eine Stola trug, die kaum ihre Brüste bedeckte.

»Hallo, mein Schatz!«

Estelle riss den Kopf herum.

»Wunderbare Äpfel! Nur drei Pence das Pfund!«

Ein rotgesichtiger Mann mit blauem Kittel lächelte sie an. Es war kein lüsterner Blick wie bei dem Mann auf der Straße am Vorabend, sondern ein nettes, freundliches Lächeln. Und die Äpfel, blassgelb und rosa getönt, sahen köstlich aus. Sie trat einen Schritt näher heran.

»Was kostet einer?«

»Für dich, Süße?« Er nahm einen Apfel und hielt ihn ihr hin. »Hier, der geht aufs Haus!«

Estelle zögerte, die Finger im Portemonnaie.

»Nöh! Ich will kein Geld!« Er kicherte, als er ihn ihr reichte. »Du bist so ein schöner Anblick für meine müden Augen, das bist du wirklich! Lass ihn dir schmecken!«

»Da…danke schön.« Sie schob den Apfel in die Manteltasche und ging die Straße weiter. Zum ersten Mal seit ihrer Ankunft in diesem Land fühlte sie sich nicht mehr so fremd.

Ein paar Minuten später hatte sie die Brewer Street erreicht. Sie ging sie zweimal hinauf und hinab und suchte nach dem großen Schild, das sie erwartet hatte. Doch da war nichts. Sie zog die Karte heraus und betrachtete sie prüfend. Konnte es eine andere Brewer Street in London geben? War sie an der falschen Stelle? Auf halbem Weg die Straße entlang war ihr das Schild eines Cafés aufgefallen, *Legrain's Coffee House*. Sie entschied sich, hineinzugehen und nachzufragen.

Als sie durch die Tür trat, empfing sie ein Mief aus Zigarettenrauch. Neugierige Blicke musterten sie. Das Café war voll Männer. Nicht solche wie die Markthändler, sondern gut gekleidete, lässig aussehende Männer. Die Hände, die die Zigaretten hielten, wirkten, als hätten sie niemals in ihrem Leben Tagesarbeit geleistet.

Sie entdeckte ein Mädchen in einer schwarzen Uniform und einer weißen Schürze hinter der Theke. Als das Mädchen sie erblickte, kam sie hervor und runzelte die Stirn.

»Entschuldigen Sie«, sagte Estelle, »ich suche nach Mander Phonofilms. Können Sie mir sagen, wo das ist?«

Bevor das Mädchen antwortete, ertönte ein lautes Stuhlknarren, als sich jemand vom Stuhl erhob.

»Ich kenne Mander.«

Er war nicht viel größer als Estelle, hatte hervorstehende Augen und fleischige Lippen.

»Ich bin gerade auf dem Weg raus – ich kann Sie hinbringen, wenn Sie möchten.«

»Oh ... ähm ... das wäre sehr nett.« Estelle warf der Kellnerin einen fragenden Blick zu. Doch das Mädchen zuckte nur mit den Schultern und wandte sich ab.

Der Mann öffnete die Tür und hielt sie für sie auf. Sie trat wieder auf die Straße und hörte ihn atmen, als er ihr die Stufen hinunter folgte.

»Hitchcock.« Er streckte die Hand aus, als er auf einer Höhe mit ihr war. »Alfred Hitchcock.« Seine Stimme war tief und kehlig, eine alte Stimme im Körper eines jungen Mannes. »Miles Mander ist ein Freund von mir, meine Frau hat das Drehbuch für seinen letzten Film geschrieben. Und wer sind Sie?«

Die Erwähnung einer Ehefrau beruhigte sie ein wenig. Und sein Name klang vage vertraut. Sie fragte sich, ob er womöglich schon über die Leinwand in einem der Kinos in Kalkutta gelaufen war. »Miss Thompson.« Sie nahm seine Hand. »Estelle Thompson.« Seine Hand war weich und etwas feucht.

»Sind Sie Schauspielerin, Liebes?«

Estelle spürte, wie sie vom Hals zu den Wangen hinauf errötete. »Noch nicht. Ich hoffe, es zu werden.«

»Woher kommen Sie?« Die hervorstechenden Augen waren fest auf sie gerichtet.

»Ich ... ich habe in Indien gelebt«, stammelte sie. »Ich bin gerade erst nach England zurückgekehrt.« Ihre Hand ging an ihre Tasche. »Ich habe einen Brief von Mark Hanna von Paramount Pictures. Kennen Sie ihn?«

»Ah, Paramount? Ich kann nicht behaupten, dass ich einen Hanna kenne …« Er fasste sich mit seiner pummeligen Hand ans Kinn.

»Ich hoffe, dass Mr Mander mit mir Probeaufnahmen macht – dafür ist der Brief gedacht.«

»Nun, ich befürchte, darauf werden Sie eine Weile warten müssen, meine Liebe. Miles ist im Augenblick drüben in Amerika. Vor September wird er nicht zurückkehren.«

Estelle wurde der Mund trocken. Sie spürte, wie sich in ihren Augen Tränen sammelten. Sie musste schlucken. Jetzt durfte sie nicht weinen. Nicht vor diesem Fremden.

»A…aber was kann ich machen? Ich muss ihn sehen … Ich muss …« Sie unterbrach sich, beschämt darüber, sich so verletzbar gezeigt zu haben.

»Oje.« Er warf ihr einen verlegenen Blick zu. »Ich wünschte, ich könnte Ihnen etwas anbieten – doch ich habe gerade nichts in Produktion.« Er zeigte mit dem Kopf zum Café. »Wie Sie sehen, verbringe ich gerade mehr Zeit damit, Kaffee zu trinken, als Filme zu drehen.«

Sie nickte und wagte nicht, noch mehr zu sagen.

»Warten Sie eine Minute – da ist ein Ort, wo Sie es versuchen könnten. Sie machen heute Morgen ein Vorsprechen beim Café de Paris – Nebenrollen für einen Fox-Film.«

»Oh … ist das weit von hier?«

»Das ist beim Piccadilly – Sie können leicht hingehen.«

Mit zitternden Händen entfaltete Estelle den Stadtplan und er zeigte ihr den Weg mit dem Finger.

»Viel Glück, meine Liebe.« Er drückte ihr einen Kuss auf den Handrücken.

Sie drehte sich um und ging die Straße zurück. Eine Windböe blies ihr das Haar ins Gesicht. Als sie es zurückstrich, spürte sie eine kühle Stelle, wo seine Lippen ihre Haut berührt hatten.

KAPITEL 12

Estelle fand es seltsam, dass eine Filmgesellschaft in einem Café vorsprechen ließ. Doch als sie eintrat, erkannte sie, dass es überhaupt kein Café war. Der Kellerraum, in dem sie sich befand, war eine Luxusversion von Firpo's – ein Nachtklub mit einer zeltähnlichen Decke, vergoldeten Möbeln und rosafarbenen Kronleuchtern. Sie blieb im Schatten stehen und versuchte, den Mut für das aufzubringen, was vor ihr lag.

Das Café de Paris war zweimal so groß wie sein Gegenstück in Kalkutta. Es gab eine weitläufige Tanzfläche, die von Tischen mit weißen Leinentüchern umgeben war, und eine zweite Reihe Tische auf dem eleganten Balkon, der an drei Seiten des Saals entlanglief. Doch was die Blicke wirklich anzog, war die hufeisenförmige Treppe, die einen schräg abfallenden Orchestergraben einrahmte.

Oben an der Treppe stand eine Schar junger Frauen. Jede hielt etwas in der Hand, was wie ein großer Dauerlutscher aussah. Ihre Aufmerksamkeit war auf einen Tisch gerichtet, der vor die Übrigen auf die Tanzfläche gestellt war. Ein Mann saß an dem Tisch. Estelle konnte sein Gesicht nicht erkennen. »Name, bitte!«, zischte eine Frauenstimme aus dem Schatten.

Estelle zuckte zusammen. Sie war vom ganzen Ambiente so eingeschüchtert, dass sie den anderen Tisch gar nicht bemerkt hatte, der innen neben der Tür stand. Zögernd näherte sie sich. Dann holte sie tief Luft und schritt mit so viel Selbstvertrauen, wie sie aufbringen konnte, zum Tisch.

Als sie ihre Daten angegeben hatte, erhielt sie ebenfalls einen Dauerlutscher: eine Pappscheibe an einem Stock, auf der die Nummer sechsunddreißig aufgedruckt war.

»Geh links im Saal nach hinten und durch die Schwingtüren.« Die Frau flüsterte wie eine Platzanweiserin, die jemanden in einen Kinosaal führt, nachdem der Film schon angefangen hat. »Nimm die Steinstufen hoch zu den Türen für die große Treppe. Wenn du durch bist, dann geh nach rechts und warte darauf, dass deine Nummer aufgerufen wird. Wenn du dem Besetzungschef gefällst, dann kommst du hierher zurück. Wenn nicht, dann gehst du die Treppe zurück nach oben – rechte Seite – und durch die Hintertür hinaus auf die Straße.«

Während Estelle um die Tanzfläche ging, sah sie eins der Mädchen über die geschwungene Treppe nach unten kommen. Dabei bewegte sie sich langsam und elegant und trug den Kopf hoch aufgerichtet. Vor dem Mann am Tisch blieb sie stehen. Es wurde kein Wort gewechselt. Der Besetzungschef nickte nur mit dem Kopf und zeigte mit dem Daumen über die Schulter.

Estelle fragte sich, wonach er suchte. War es die Haltung oder ein bestimmtes Aussehen? Das Mädchen war groß und blond. Würde er an einer zierlichen Brünetten interessiert sein? Die Frau an der Tür hätte sie doch sicherlich weggeschickt, wenn sie der falsche Typ gewesen wäre, oder? Es gab nur eine Möglichkeit, um das herauszufinden. Sie drückte die Schwingtüren am Ende des Saals auf und eilte zur Hintertreppe.

Oben war ein enger, stickiger Raum, in dem sich nur eine Reihe Haken befand. Sie hängte ihren Mantel neben die anderen, holte tief Luft und trat hinaus auf die große Treppe.

Sie stellte sich dort auf und fühlte sich unbehaglich im Glanz der Kronleuchter, während sie sich der Seitenblicke des halben Dutzend Hoffender bewusst wurde, die dort in einer Reihe standen. Dann trat ein anderes Mädchen durch die Tür und stellte sich neben sie. Sie wirkte älter als die anderen. Sie überragte Estelle ein ganzes Stück und hatte braune Haare, die in glatten Wellen ihr hübsches, fast männliches Gesicht umrahmten.

»Ich hasse das, du nicht?« Ihre Augen waren sehr blau und blickten intensiv, fast hypnotisierend. Die Augenwinkel mündeten in Lachfalten.

»Ich habe das noch nie zuvor gemacht«, flüsterte Estelle zurück. »Es ist mein erstes Mal.«

»Es ist ein bisschen wie auf einem Viehmarkt. Sie lassen dich nicht sprechen – blicken nur an dir rauf und runter.«

»Die Nächste!« Die dröhnende Stimme des Besetzungschefs beendete ihr Gespräch. Estelle sah zu, wie erst eines, dann ein weiteres Mädchen abgelehnt wurde. Dann wurden zwei nacheinander angenommen. Danach war sie an der Reihe. Sie holte tief Luft, zog den Bauch ein und schob die Schultern zurück. Bei ihrem ersten Schritt hob sie das Kinn und stieg so langsam und anmutig hinab, wie sie konnte.

Der Mann auf dem Stuhl blickte sie unverwandt an, als sie die Kreuzmarkierung auf dem Boden vor ihm erreicht hatte.

»Nein, danke. Du bist nicht unbedingt das, was wir suchen.«

Estelle stand wie erstarrt auf der Stelle, unfähig, sich auf den demütigenden Gang zur anderen Seite der Treppe zu machen. »A…aber…«, stammelte sie, »w…warum? Warum gefalle ich Ihnen nicht?«

An seinem Gesichtsausdruck erkannte sie, dass sie sich nur noch tiefer in die Nesseln setzte. Dieser Mann war es nicht gewohnt, eine Erwiderung zu hören. Er erwartete, dass Mädchen wie sie ihr Schicksal widerspruchslos und mit Würde akzeptierten.

»Komm her!« Er rief sie mit einer Handbewegung zu sich. »Noch näher!« Als sie nur noch Zentimeter vom Tisch entfernt war, beugte er sich vor und fuhr mit dem Zeigefinger über die Haut zwischen ihrer linken Augenbraue und dem Augenlid. »Da ist eine Schwäche: hier.« Sein Tonfall war kalt und brutal. »Dieses Auge hat einen leichten Silberblick.«

Er hätte ihr genauso das Herz durchbohren können. Einen Silberblick? Sie dachte an die vielen Male, die sie vor dem Spiegel gestanden hatte und ihr Aussehen ganz genau nach allem abgesucht hatte, was womöglich ihr indisches Blut verraten würde. Sie hatte niemals an ihre Augen gedacht. Die Leute hatten immer schöne Dinge über ihre Augen gesagt.

Sie waren das Erste, worüber ihr Ben ein Kompliment gemacht hatte.

Ben.

Was war sie doch für eine ausgesprochene Idiotin gewesen. Sie würde niemals ein Filmstar werden. Er hatte ihr den Kopf mit Schmeicheleien gefüllt, um das zu bekommen, was er wollte, und dann hatte er sie auf diese sinnlose Unternehmung angesetzt, um sein Gewissen zu retten.

Sie hatte das Gefühl, als würde sich der Boden unter ihren Füßen aufbäumen. Sie hörte, wie der Besetzungschef die nächste Nummer bellte. Irgendwie musste sie sich dazu bringen, jene Stufen hinaufzukommen und dann hinaus auf die Straße zu gehen. Sie musste sich so lange zusammenreißen, bis sie draußen wäre. *Ich darf nicht weinen.*

Der Weg die Treppe hinauf fühlte sich an, als würde sie den Mount Everest besteigen. Sie hielt den Kopf gesenkt und bemühte sich verzweifelt, die mitleidigen Blicke der Mädchen auf der anderen Seite zu ignorieren. Hatten sie den Silberblick bemerkt? Hatten sie darüber gerätselt, was, im Himmel, sie sich dabei gedacht hatte, zum Vorsprechen aufzutauchen?

Fast wäre sie halb blind vor Tränen, die sie nicht länger zurückhalten konnte, die Stufen zum Straßenausgang hinuntergefallen. Als sie die Tür erreichte, hörte sie hinter sich Schritte.

»Was für ein Monster!«

Estelle spähte über die Schulter. Durch die Tränen sah sie das Mädchen, das neben ihr in der Reihe gestanden hatte.

»Er hat gesagt, ich gehe wie ein Esel!« Als sie Estelles Gesicht bemerkte, sagte sie: »Oh, Liebes, was hat er zu dir gesagt?«

»Er ... er ... h...hat gesagt, ich würde schielen«, würgte Estelle hervor.

»Schielen!« Das Mädchen machte ein Geräusch wie eine Lokomotive, die Dampf ablässt. »Du hast die wundervollsten Augen an diesem verdammten Ort!« Sie schüttelte den Kopf. »Du darfst es dir nicht zu Herzen nehmen, weißt du. Sie denken sich Sachen aus, diese Leute. Sie suchen nach etwas Bestimmtem, doch sie sagen nie, was es ist. Ich bin nur hingegangen, weil ich gehört habe, dass sie große Mädchen suchen.«

»Groß?«, echote Estelle.

»Er sucht offenbar nach einem Amazonenstamm.«

»A...aber warum hat er das nicht einfach gesagt? Ich habe ihn gefragt, was mit mir nicht in Ordnung sei. Es hätte mich nicht gestört, wenn er mir einfach gesagt hätte: Du bist nicht groß genug.«

»Ich glaube, solche Männer genießen es, grausam zu sein – aber du darfst ihnen nicht ihre Träume nehmen.« Mit einem Zucken ihrer breiten Schultern trat das Mädchen an Estelle vorbei und öffnete die Tür zur Straße. »Sollen wir uns mit einer Tasse Tee und einem Windbeutel aufmuntern? Da ist ein nettes kleines Café direkt um die Ecke.« Sie streckte die Hand aus. »Übrigens, mein Name ist Flora. Flora Robson.«

* * *

Die Sonne schien durch die Fenster des Lyons Corner House und erleuchtete Floras Gesicht. Sie hatte die ausdrucksvollsten Augen, die Estelle je gesehen hatte – als ob Zwillingsfeuer in ihrem Kopf brennen würden, die in einem Moment leuchtend aufflammten, dann zu glühender Asche wurden.

»Vor ein paar Jahren hätte ich fast aufgegeben.« Flora starrte in ihre Teetasse und rieb den Henkel zwischen Zeigefinger und Daumen. »Ich hatte genug von den Versuchen, all diese selbstgefälligen, fetten, kleinen, nach Zigarrenrauch stinkenden Männer in ihren Büros von meinen Fähigkeiten zu überzeugen.« Sie blickte auf und ihre Augen brannten blau. »Die Leute schienen nur daran interessiert, wie ich aussah. Ein Regisseur meinte, ich sei zu unattraktiv, um jemals damit rechnen zu können, eine Hauptrolle zu bekommen. Ich meine, ich wusste, dass ich keinen Schönheitswettbewerb gewinnen würde, aber …« Sie verstummte mit einem schiefen Lächeln. »Also habe ich eine Stelle bei der Shredded Wheat Factory in Welwyn Garden City angenommen. Es war kein schlechtes Leben – zum ersten Mal seit Jahren hatte ich regelmäßig Geld verdient –, doch das Schauspielern hat mir gefehlt. Es ist wie eine Droge, nicht wahr?«

Estelle wollte nicht zugeben, wie wenig sie erst geschauspielert hatte. Sie nickte und fragte: »Hast du in vielen Filmen gespielt?«

Flora schnaubte kurz, als sie die Tasse an die Lippen nahm. »In keinem einzigen!« Sie trank einen Schluck Tee. »Ich habe meine Stelle in der Fabrik aufgegeben, als mir ein Freund von der Schauspielschule eine Rolle in einem Stück anbot, das er in Cambridge aufführte. Doch seitdem – nichts.«

»Du warst auf der Schauspielschule?«, fragte Estelle mit aufgerissenen Augen.

»Ich war auf der Royal Academy of Dramatic Art. Ich habe es so sehr geliebt. Tony, mein Freund, war zur gleichen Zeit wie ich dort.« Sie aß ein Stück Windbeutel. An den Seiten quoll Sahne hervor und sie leckte sich die Lippen. »Als er mir von der Rolle in Cambridge erzählt hatte, fühlte ich mich wie eine Champagnerflasche, die jeden Moment explodiert. Da beschloss ich, wie arm ich auch immer sein würde, dass ich zurück zur Schauspielerei musste.«

Estelles Blick huschte zu den Windbeutelresten, die noch auf dem Teller lagen. Sie fühlte sich jetzt schuldig, dass sie Flora bezahlen ließ.

»Mach dir keine Sorgen – ich nage noch nicht am Hungertuch«, sagte Flora lächelnd. »Ich habe mir bis zum Ende des Monats gegeben. Wenn bis dahin nichts passiert, dann werde ich zurück ins Haus meiner Eltern unten im Süden ziehen müssen. London ist schockierend teuer, oder?«

»Ich bin erst seit ein paar Tagen hier.« Estelle zögerte und überlegte, wie viel sie dieser neuen Freundin erzählen konnte. Da war etwas an Flora, dass sie ihr am liebsten ihr ganzes Herz ausgeschüttet hätte. »Ich muss eine Bleibe finden«, begann sie. »Eine Wohnung – nicht zu teuer. Doch ich bin noch nie zuvor in London gewesen. Ich weiß gar nicht, wo ich zuerst suchen soll.«

»Nun, du könntest es in Marylebone versuchen«, erwiderte Flora. »Da wohne ich. Das ist nicht gerade Buckingham Palace, aber es ist sehr nah zur Drury Lane.« Sie machte eine Pause. »Da sind die ganzen Theater«, fuhr sie fort und betrachtete erneut Estelles Gesicht. »Versuch es an der Baker Street – du wirst Hinweise in den Fenstern finden, wo es freie Plätze gibt.«

143

»Baker Street? Vielen Dank, das werde ich tun.« Estelle wollte sie fragen, wie viel die Miete ungefähr kosten würde, doch das wäre zu peinlich. Wie würde sie es sich überhaupt leisten können, irgendwo in dieser Stadt zu wohnen, wenn sie nicht einmal eine Statistenrolle in einem Film bekam?

»Ich nehme an, wir sehen uns dann beim nächsten Vorsprechen.« Flora griff in ihre Tasche, als sie aufstand. Sie kritzelte etwas auf ein Stück Papier. »Das ist meine Adresse. Komm mal vorbei, wenn du irgendwas brauchst. London ist eine seltsame alte Stadt – aber du wirst sie noch mögen.«

Erst auf der Straße bemerkte Estelle, dass sie ihren Mantel im Café de Paris gelassen hatte. Sie schauderte, als sie daran dachte, den ganzen Weg zurückgehen zu müssen – doch sie konnte ihn auch nicht dort lassen. Sie fand den Weg zurück und zögerte kurz, als sie den Eingang erreichte. Die Vorstellung, der Frau am Eingang alles erklären zu müssen, war ihr unerträglich. Deshalb ging sie lieber durch eine enge Gasse an die Rückseite des Hauses zu der Tür, durch die sie herausgekommen war. Als sie die Treppe erreicht hatte, zuckte sie wegen einer Männerstimme zusammen.

»Du bist zu spät, Liebes – das Vorsprechen ist vorbei.«

Estelle fuhr herum. »Ich … ich habe meinen Mantel vergessen. Ich wollte ihn gerade holen.«

»Oh, ach so, dann geh nur.« Es war ein kleiner Mann mit dünnem, nach hinten gekämmtem Haar und buschigen Brauen. Er warf ihr einen einschätzenden Blick zu, wobei sich seine Stirn in Falten legte. »Der alte Willy hat dir eine Rolle gegeben, oder?«

Sie hoffte, dass er nicht bemerkte, wie ihr die Tränen kamen. *Zu dumm.* Sie musste sich beherrschen.

»Nein, das hat er nicht.« Es war ein Kampf, dabei ruhig zu klingen, doch sie schaffte es.

»Was? Er sollte mal zum Augenarzt gehen!«

Estelle bemerkte das Kompliment in diesen Worten und verspürte plötzlich einen unbändigen Drang, zu lachen.

»Ich nehme an, dass du dein Herz an den Film verloren hast, oder?« Seine Brauen hoben sich einen Zentimeter. »Du könntest dir nichts anderes vorstellen?«

»Nun, ich ... ich würde vielleicht«, zögerte sie. Was bot er ihr an? Er wirkte anständig genug. Und er duzte sich offenbar mit dem Besetzungschef von Fox Films.

»Wir sind immer auf der Suche nach Mädchen wie dir.« Er trat einen Schritt näher. »Das ist ein sehr exklusives Etablissement, nur die schönsten Mädchen sind für unsere Kunden gut.«

»Was meinen Sie damit?« Sie trat zurück, und ihr Magen drehte sich, als ihr Bilder von den Prostituierten in Kalkutta in den Sinn kamen.

»Keine Sorge, Liebes – da ist nichts Schmutziges dabei. Das Café de Paris ist ein anständiges Unternehmen. Durch unsere Türen kommt die Creme der Londoner Gesellschaft. Der Prince of Wales ist ein regelmäßiger Gast. Unsere Tanzhostessen arbeiten nach den strengsten Verhaltensvorschriften.«

»Eine Tanzhostess? Ist das der Job?«

Er nickte. »Es tut mir leid, es ist nicht ganz so viel, wie die Filmleute anbieten. Zehn Pfund die Woche. Aber du bekommst zusätzlich Trinkgeld und sonntags frei. Es gibt auch Geschenke, wenn ein Kunde an dir Gefallen findet: Champagner, Abendkleider, Schmuck. Und ein paar unserer Mädchen haben sich gut verheiratet. Letzte Woche ist eine unserer Hostessen Lady Docker geworden. Deshalb gibt es jetzt eine freie Stelle.« Er zeigt auf eine Tür rechts von der Treppe. Daran hing ein Messingschild mit der eingravierten Bezeichnung »Unterhaltungsdirektor«. »Wenn du mit den Bedingungen zufrieden bist, dann können wir direkt einen Vertrag machen.«

»Nun, Mr ...« Estelle verstummte, verwirrt von der ganzen Geschwindigkeit.

»Urry. Klingt fast wie Ärger, aber ich versuche, es zu vermeiden«, sagte er lächelnd. »Und dein Name, Liebes?«

Er nahm ihre ausgestreckte Hand in seine beiden und drückte sie leicht. »Estelle. Nun, mit einem solchen Namen musst du einfach ein Star werden!«

Er geleitete sie in ein Büro, dessen Wände mit Fotografien von Männern und Frauen in Abendkleidung verziert waren und auf denen das unverwechselbare Dekor des Café de Paris im Hintergrund zu erkennen war. »Deine Tage gehören natürlich dir, wenn also irgendein Filmauftrag des Weges kommt, dann bist du frei, ihn anzunehmen. Also, hast du ein Abendkleid? Dezente Eleganz ist der Look, den wir von unseren Hostessen erwarten.«

Estelle dachte an den Inhalt ihres Koffers. Das rosa Satinkleid, das sie bei Firpo's getragen hatte, konnte kaum als dezent bezeichnet werden. Und sie vermutete, dass das fließende Chiffon-Outfit von dem Abend im Dschungel in einem englischen Ballsaal völlig fehl am Platz sein würde.

»Macht nichts, wenn du keins hast.« Urry schob die Hand in seine Jacke und zog eine Zwanzigpfundnote heraus. »Nimm das als Anzahlung und kauf dir etwas Passendes. Kannst du morgen Abend anfangen? Neun Uhr?«

Die Note war frisch und neu. Sie steckte sie in ihr Portemonnaie. Am liebsten hätte sie sich über den Tisch gebeugt und Mr Urry mitten auf die faltige Stirn geküsst.

Kapitel 13

Bis Estelle sich für ihr Debüt im Café de Paris vorbereitet hatte, war fast der ganze Vorschuss von Mr Urry ausgegeben. In einem Geschäft in Knightsbridge fand sie ein Kleid, das im Sommerschlussverkauf auf nur sechs Pfund reduziert war. Dann suchte sie nach einer Wohnung und gab zehn Pfund, um eine Zweizimmerwohnung direkt neben der Baker Street zu reservieren. Die Wohnung war unmöbliert, doch Flora kam ihr zur Hilfe. Sie brachte Estelle zu einem Gebrauchtwarenladen, wo sie einen Tisch, zwei Stühle und zwei Betten für insgesamt drei Pfund, fünf Shilling und sechs Pence kaufte.

»Ich würde an deiner Stelle auch eine Dose Flohpulver kaufen«, flüsterte Flora, als sie das Geschäft verließen. »Mein Bett ist jetzt in Ordnung, doch als ich eingezogen bin, war es ziemlich lebendig.«

»Es gibt Flöhe in diesem Land?« Die Worte waren raus, bevor sie merkte, was sie gesagt hatte.

Flora blickte sie mit halb geschlossenen Augen an wie eine Katze. »Du bist also gar nicht britisch? Ich hatte zuerst gedacht, du könntest walisisch sein. Ich bin eigentlich ganz gut bei Akzenten, doch deinen konnte ich nicht ganz einordnen. Woher kommst du?«

147

»Ich bin britisch. Ich habe aber in Indien gelebt, deshalb ist mein Akzent ein wenig seltsam.« Das war mehr, als sie eigentlich preisgeben wollte. Die vergangenen paar Tage in London hatten ihr gezeigt, dass sie nur dann vorwärtskommen würde, wenn sie ihre Identität wie ein schuldiges Geheimnis verbarg. Nach zwei demütigenden Begegnungen mit potenziellen Vermietern war sie dazu übergegangen, beim dritten Versuch ihre Mutter hinter einer Reihe Mülltonnen zu verstecken. Mataji hatte während des ganzen Rückwegs zum Hotel geweint, weshalb sich Estelle elend fühlte, sie in diese feindselige Stadt gebracht zu haben. Sie sehnte sich danach, Flora in die Wohnung einzuladen und ihrer Mutter ihre neue Freundin vorzustellen. Doch sie hatte Angst. Würde Flora danach noch immer ihre Freundin sein wollen?

»Wirklich?« Flora riss die Augen auf. »Ich würde so gern nach Indien gehen. Mein Onkel hatte einen Freund auf der Kunstschule, der Inder war. Sein Name war Vasu Deva Sharma, und er war großartig – ich war erst neun, als ich ihn kennen-lernte, doch ich habe mich wahnsinnig in ihn verliebt.« Sie brach mit einem leichten Schulterzucken ab. »Er ist einmal mit mir in den Londoner Zoo gegangen. Er wollte eine Szene von einer berühmten Schlacht aus der indischen Geschichte malen, und er bekam die Erlaubnis, ein Pferd und einen Elefanten zu vermessen!«

Estelle schämte sich, als Flora ihr den Tag im Zoo beschrieb. Dieser indische Kunststudent hatte genau das Gegenteil von dem gemacht, was sie tat. Weit entfernt davon, sich zu drücken, um die Auseinandersetzung zu vermeiden, war er offen damit umgegangen und hatte bekommen, was er wollte. Nun, er war auf jeden Fall mutiger als sie – das war klar.

»Eigentlich ist meine Mutter indisch.« So. Jetzt war es raus.

»Donnerwetter! Da kannst du dich aber glücklich schätzen! Ich habe mich immer nach exotischen Eltern gesehnt. Mein Dad ist Ingenieur und Mum leitet die hiesigen Pfadfinderinnen.

Sie sind total lieb, aber ich glaube nicht, dass sie mich jemals wirklich verstanden haben.«

»Nun, eigentlich ist sie nur halb indisch«, fuhr Estelle fort. Es fühlte sich seltsam an, plötzlich für Dinge auf einem Sockel zu stehen, die ihr bisher nur Ärger eingebracht hatten.

»Kann ich sie kennenlernen? Wir könnten einen Kuchen besorgen und ihn zu eurer neuen Wohnung bringen.«

»Oh, das würde ihr gefallen!« Estelle sah auf ihre Uhr. »Können wir das aber auf morgen verschieben? Ich muss mich für heute Abend fertig machen und bin richtig nervös.«

»Ja, natürlich.« Flora griff in die große Baumwolltasche an ihrem Arm. »Übrigens, ich habe dir das hier besorgt.« Sie reichte ihr einen Strauß winziger weißer Blumen, die mit braunem Band zusammengebunden waren.

Estelle hielt sich den Strauß ans Gesicht und atmete einen Duft ein, der Erinnerungen an Kindheitsausflüge nach Shimla weckte.

»Das ist weißes Heidekraut – habt ihr das auch in Indien? Es soll Glück bringen. Ich habe es von einer Zigeunerin auf dem Petticoat Lane Market.«

Estelle wollte sie am liebsten umarmen. Doch sie war sich bewusst, dass ihr Kopf auf einer Höhe mit Floras Brust war. Deshalb nahm sie nur ihre Hand und drückte sie. »Danke schön. Mir hat noch nie jemand Blumen geschenkt.«

»Das ist nicht nur für heute Abend – es ist für die Zukunft«, sagte Flora mit einem Lächeln. »Hast du schon den Weg zur Wardour Street gefunden?«

»Wardour Street?« Der Name klang vertraut. Estelle dachte, sie musste ihn auf der Karte gesehen haben. »Ist das in Soho?«

»Ja. Da haben die amerikanischen Filmgesellschaften ihren Sitz. Dort ist auch das zentrale Filmbesetzungsbüro. Du gibst ihnen deine Daten, und sie lassen dich wissen, wenn irgendwo ein Vorsprechen ist.«

Estelle nickte. Bei dem Gedanken, wieder abgelehnt zu werden, zog sich ihr der Magen zusammen. Vielleicht sollte sie einfach abwarten, bis Miles Mander aus Amerika zurückkehrte, anstatt sich noch einmal einer solchen Tortur auszusetzen. Doch bis September waren es noch sechs Wochen.

»Pass heute Abend auf dich auf, ja?« Flora hatte jetzt einen ernsten Ausdruck in den Augen. »Lass dich von keinem dieser Männer davon weglocken, was du wirklich willst.«

»Das werde ich nicht.« Estelle lächelte, während sie das sagte. So ängstlich sie auch wegen ihrer Zukunft war, eins war sicher: Sie würde keinem Mann erlauben, das zu tun, was Ben getan hatte. Ihr Herz war verschlossen und den Schlüssel hatte sie weggeworfen.

* * *

Es war ein warmer, windstiller Abend. Estelle brauchte das Chiffontuch kaum, das sie sich über ihr neues perlengraues Seidenkleid gelegt hatte. Sie atmete tief aus, als sie die Baker Street entlangging, und empfand plötzlich ein Gefühl von Freiheit und Abenteuer.

Es hatte lange gedauert, ihre Mutter davon zu überzeugen, dass dieser neue Job anständig sei. Sie hatte ihr alles berichtet, was Mr Urry über die Aufgabe gesagt hatte: Sie sollte leichte Unterhaltung und weibliche Gesellschaft für bedeutende Männer bieten. Es war ihr verboten, sich zu verheirateten Männern zu setzen, und alle männlichen Gäste wurden sorgfältig überprüft. Hostessen durften während des Abends nicht mehr als zwei alkoholische Getränke zu sich nehmen und Rauchen war nicht erwünscht. Sie durften nicht zusammen mit den Gästen essen, doch sie hatten einen eigenen Tisch auf dem Balkon.

Den letzten Abschnitt der Verhaltensregeln ließ sie aus: dass die Tanzhostessen auf keinen Fall eine Nacht mit einem Gast verbringen oder in eine sonstige sexuelle Situation mit ihm geraten durften. Es war nicht nötig, Mataji mit einer solchen Information zu belasten.

Estelle hatte ihre Mutter mit der Aufgabe zurückgelassen, für sie ein Cocktailkleid aus einem Stück dunkelblauer Seide zuzuschneiden, das sie aus Indien mitgebracht hatten. Ihre Mutter schien wieder zuversichtlich zu sein, dass alles gut werden würde. Sie sah diesen neuen Job nur als eine Notlösung an, bis der Boss der Filmgesellschaft aus Amerika zurückkehren und Estelle ihr neues Leben als Filmstar beginnen würde.

Sie in dem Glauben zu belassen, machte es für sie beide einfacher. Das Vorsprechen für den Fox-Film hatte einen bitteren Nachgeschmack in Estelles Mund hinterlassen. Floras freundliche Worte konnten nichts an der Tatsache ändern, dass sie abgelehnt worden war. Was auch immer dafür der Grund war, der Besetzungschef hatte sie nicht gemocht. Warum sollte Miles Mander anders sein?

Sie versuchte, nicht daran zu denken. Sie redete sich ein, dass sie sich glücklich schätzen konnte, so schnell einen Job gefunden zu haben, dazu eine Wohnung und eine Freundin, die ihren Hintergrund eher als interessant empfand denn als abschreckend. Heute Abend musste sie selbstbewusst wirken, selbstsicher. Es war eine andere Art des Schauspielens und dafür musste sie all ihre Unsicherheiten in den Hintergrund schieben.

Die Neonschilder am Piccadilly warfen blitzende Strahlen in Rot und Weiß, als sie die Straße unterhalb der geflügelten Statue des Eros überquerte. Sie war schneller als erwartet zum Café de Paris gelangt. Auf der großen Uhr am Kaufhaus von Swan and Edgar's war es gerade erst halb neun.

Wie Mr Urry ihr gesagt hatte, trat sie durch die Hintertür ein. Es war sehr still. Kein Mensch war zu sehen. Sie klopfte an seine Bürotür und wartete. Es kam keine Antwort. Während sie dort stand und sich überlegte, was sie tun sollte, hörte sie entfernt ein Klavier. Dann das Singen einer Männerstimme. Eine magische, einschmeichelnde Stimme, bei der sich ihre Nackenhärchen aufstellten.

»I'll build a stairway to paradise … With a new step every day …«

Die Stimme war hypnotisierend. Eine kultivierte englische Stimme mit einem rauchigen, verführerischen Unterton. Sie ertappte sich dabei, wie sie darauf zuging, weg von Mr Urrys Büro, den schmalen Flur entlang zu den Schwingtüren, die zur Tanzfläche führten. Als sie den Saal betreten hatte, blieb sie stehen. Sie hatte jemanden erwartet, der wie Noël Coward aussah. Doch der Mann am Klavier war schwarz.

Er trug ein elegantes Jackett, dessen Schöße über den Rand des Stuhls hingen, ein frisches weißes Hemd und eine Fliege, dazu eine rote Nelke am Revers. An seinen Handgelenken glitzerten diamantene Manschettenknöpfe, während seine Hände über die Tasten tanzten.

Er bemerkte die Bewegung, als sie auf Zehenspitzen zum nächsten Tisch ging. Offensichtlich übte er und erwartete noch kein Publikum. Ohne zu unterbrechen, setzte er sein Spiel fort, während er den Blick auf ihr Gesicht gerichtet hielt und den Text sang, als handle er von ihr.

Als das Lied zu Ende war, klatschte sie und bemerkte, wie klein und unbedeutend das Geräusch ihrer Hände im Vergleich zur Herrlichkeit seiner Stimme war. Er erhob sich vom Stuhl und machte eine Verbeugung. Dann kam er über die Tanzfläche zu ihr. Er war groß und schlank und hatte hohe, markante Wangenknochen. Von ihrem Bürofenster in Kalkutta aus hatte sie hin und wieder schwarze Menschen gesehen. Männer, die auf den Schiffen arbeiteten, die in den Hafen kamen. Doch sie hatte noch nie einen aus der Nähe gesehen. Sie betrachtete ihn fasziniert, während er sich einen Stuhl nahm und zu ihr setzte.

»Guten Abend, junge Dame. Du bist ein wenig früh für die Show – ich habe mich gerade aufgewärmt.«

»Oh, ich bin nicht für die Aufführung hier.« Sie lächelte nervös. »Ich werde hier arbeiten – als Tanzhostess.«

»Aha!« Er griff nach ihrer Hand und nahm sie an die Lippen. »In dem Fall freue ich mich darauf, mit dir zusammenzuarbeiten, Miss …«

»Thompson. Estelle Thompson.«

»Estelle. Was für ein wunderbarer Name. Und das ist ein schönes Kleid.« Seine Hand ruhte noch immer auf ihrer. »Ich bin Leslie Hutchinson – doch jeder nennt mich Hutch. Ich bin …«

Ein Ruf vom anderen Ende des Saals unterbrach ihn. »Hutch! Telefonanruf für dich!« Mit einem gemurmelten »Entschuldige mich« eilte Hutch davon, während Mr Urry hinter der Schwingtür auftauchte. Estelle sah, wie der Manager Hutch kurz zunickte, als sie aneinander vorbeigingen.

»Ich sehe, du hast bereits unseren Star kennengelernt.« Mr Urry hob eine buschige Augenbraue, als er an den Tisch kam. Er lächelte nicht.

»Ähm … ja«, erwiderte Estelle. »Er scheint sehr nett zu sein.«

»Du musst ihn auf Abstand halten, Liebes. Er hat zwar die Stimme eines Engels, doch die Moral eines Straßenkaters.« Er spähte zur Bürotür. »Seinetwegen fallen selbst die Gesellschaftsdamen übereinander her – sogar die verheirateten. Er ist ein hochgradiger …« Er verstummte schulterzuckend. »Wie auch immer, kommen wir zum Geschäft. Du siehst übrigens reizend aus. Einfach perfekt. Ich werde dich den anderen Mädchen vorstellen, wenn sie kommen. Es sind insgesamt fünf wie du, und ihr werdet alle dort oben sitzen.« Er zeigte auf eine

153

Stelle auf dem Balkon. »Das ist dein Ausgangspunkt. Du sitzt dort, bis dich jemand zum Tanz auffordert, und kehrst dorthin zurück, wenn der Kunde mit jemand anderem tanzen möchte.« Er warf ihr einen ersten Blick zu. »Du darfst auf keinen Fall akzeptieren, dass dich jemand nach Hause bringt. Wir bieten allen Mädchen Taxis an, es gibt also keinen Grund zur Sorge, wie man sicher nach Hause kommt. Wenn dich jemand fragt, dann sag ihm, es sei gegen die Regeln. Und wenn dich jemand belästigt, bleib höflich – aber komm direkt zu mir.«

»Vielen Dank, Mr Urry – ich bin mir sicher, dass ich klarkommen werde.« Sie dachte an den Mann, der ihr an jenem ersten Abend vor dem Hotel ein Angebot gemacht hatte. Sicherlich war es nicht in Mr Urrys Sinn, jemandem das Knie in den Schritt zu rammen.

»Gut. Dann lassen wir dich mal anfangen, oder?«

* * *

Estelle fühlte sich unsicher, als die ersten Gäste eintrafen. Es war wie bei Firpo's – sie hatte Angst, dass die Leute sie anblickten, weil sie ihren Hintergrund errieten. Sie musste sich immer wieder daran erinnern, dass sie jetzt in England war – nicht in Kalkutta. Niemand würde sie prüfend betrachten, um herauszufinden, ob sie sich womöglich hereingemogelt hätte. Erst als sie sich das einige Male klargemacht hatte, entspannte sie sich ein wenig.

Den ersten Teil des Abends verbrachte sie mit einem Baronet, der alt genug aussah, um ihr Großvater sein zu können. Nach zwei oder drei Tänzen verkündete er, dass er bereit sei fürs Bett, und schenkte ihr einen hoffnungsvollen Blick. Sie gab ihm die Antwort, die ihr Mr Urry gesagt hatte. Er nahm es mit Anstand und schien glücklich darüber, hinüber zu seiner Suite im Claridge's gehen zu können, und schob ihr eine Zehnshillingnote in die Hand, als er ihr eine gute Nacht wünschte.

Ihr zweiter Partner war ungefähr zehn Jahre jünger und recht attraktiv. Er war der Erbe eines weitläufigen Grundstücks in den schottischen Highlands. Sein Annäherungsversuch war subtiler als der des alten Herrn. Er bot ihr an, sie zu einer Aufführung von *Schwanensee* im Royal Opera House mit anschließendem Abendessen im Ritz einzuladen. Doch so verlockend die Einladung auch war, hatte sie keine Probleme damit, ihn abzuweisen. Sie musste sich nur daran erinnern, wie Ben sie abgeschleppt hatte, nur um sie dann mit ein paar hastig hingekritzelten Zeilen wieder loszuwerden.

Wenn sie nicht auf der Tanzfläche herumgeschwungen wurde, beobachtete sie von der sicheren Warte ihres Tisches auf dem Balkon das Treiben im Nachtklub. Sie sah, wie die Menschen reagierten, als Hutch sein Programm begann. Selbst die Kellner blieben bei den Klängen seiner Stimme stehen. Männer und Frauen waren gleichermaßen verzaubert. Es war schwer zu glauben, dass jemand mit so viel Talent ein solcher Flegel sein konnte, wie Mr Urry es beschrieben hatte. Sie begann sich zu fragen, ob ihr neuer Boss absichtlich übertrieben hatte, um sie von Hutch fernzuhalten, damit er sie nicht von den Gästen ablenkte. Schließlich wurde sie dafür bezahlt, sich um diese zu kümmern.

Die anderen Tanzhostessen huschten von dem Tisch auf dem Balkon hin und her, keine von ihnen blieb lange genug für ein richtiges Gespräch. Sie hatte gehofft, vielleicht unter diesen Mädchen eine neue Freundin zu finden, doch von dem Moment an, als sie ihnen vorgestellt wurde, bemerkte sie eine eiskalte Distanz. Sie grüßten höflich, doch es gab keinen Versuch einer freundschaftlichen Annäherung. Estelle spürte, dass sie alle in Wettbewerb miteinander standen, immer auf der Suche nach dem dicksten Fisch. Sie erkannte schnell, dass sie als Neue eine unwillkommene Bedrohung darstellte.

Sie waren alle sehr hübsch und nicht viel älter als sie. Estelle fragte sich, warum sie hier waren. Was hatte sie zu dem Entschluss geführt, dass es ihre einzige Option im Leben war, einen reichen alten Mann zum Heiraten zu finden? Sie hatte nicht erwartet, dass englische Mädchen eine so eingeschränkte Auswahl hatten.

Um zwei Uhr morgens schloss der Klub seine Türen. Als sie die Treppe zur Garderobe hinunterstieg, um ihre Sachen zu holen, gab es kein Anzeichen von den anderen Hostessen. Während sie den schmalen Korridor entlangging, sah sie eine offene Tür. Eine Frau kam heraus und richtete ihre Kleidung. Ihr juwelenbesetztes Stirnband war schief und ihre Haare wirr. An der linken Seite ihres Gesichtes prangte ein Fleck von rotem Lippenstift.

Estelle versuchte, sie nicht anzusehen, als sie sich an der Frau vorbeidrückte. Doch sie konnte nicht umhin, zu bemerken, aus welcher Tür sie gekommen war. Sie war mit einem Stern verziert. Es war die Garderobe von Hutch.

Sie spürte ein unerklärliches Gefühl der Enttäuschung. Offenbar war er wirklich so schlecht, wie Mr Urry angedeutet hatte. Warum spielte das eine Rolle? Warum sollte sie sich Gedanken um einen Mann machen, mit dem sie nur ein paar Worte gewechselt hatte?

Sie eilte an seiner Garderobe vorbei und schloss hinter sich die Tür zu ihrem Umkleideraum. Ein paar Minuten später war sie fertig und wollte nach dem Taxi sehen, das angeblich am Hinterausgang auf sie warten würde. Doch als sie hinaus auf den Korridor trat, entdeckte sie jemanden, der neben der Tür zur Straße wartete.

Hutch.

Er war makellos gekleidet mit einem langen Abendmantel, einem Seidenschal im Paisleymuster und einem schwarzen Hut. Und er trat mit der Energie eines eingesperrten Tigers von einem Fuß auf den anderen.

»Oh, Estelle …«

Sie spürte seine Hand an ihrem Arm, als sie auf einer Höhe mit ihm war.

»Darf ich dich um einen Riesengefallen bitten? Da ist ein Mädchen draußen auf der Straße. Ein Fan. Normalerweise gehe ich zu Fuß nach Hause, doch ich befürchte, dass ich sie nicht abschütteln kann. Ich habe überlegt, ob ich mit dir im Taxi fahren kann.«

Das kam überraschend. »Ähm … ich … nun, ich denke, ja.« Die Worte waren raus, bevor sie noch darüber nachdenken konnte. War das ein Trick? Sie sträubte sich bei dem Gedanken, der zweite Gang in seinem nächtlichen Menü zu werden.

»Vielen Dank.« Als er versuchte, sich bei ihr unterzuhaken, zuckte sie zurück. »Keine Sorge«, sagte er. »Sie wird dir nicht die Augen auskratzen.«

Als sie auf die Straße hinaustraten, war Estelle kurz von den Scheinwerfern des wartenden Taxis geblendet.

»Hutch! Bitte! Warum sprichst du nicht mit mir?« Die Stimme des Mädchens kam aus dem Schatten. Schrill und verzweifelt hallte es von den Wänden wider wie das Klagen eines rastlosen Geistes.

Estelle spürte, wie Hutch sie fester ergriff. Er sah sich nicht um. Kurz darauf saßen sie hinten im Taxi. Als es davonfuhr, hörte sie einen Schlag. Eine Faust, die gegen das Fenster schlug, nur Zentimeter von ihrem Kopf entfernt. Kurz konnte sie einen verschwommenen Blick auf ein Gesicht werfen.

Er atmete so laut aus, dass es sogar über das Dröhnen des Motors hinweg zu hören war. Dann öffnete sich die Glastrennscheibe.

»Wohin, Mr Hutchinson?«

Hutch sah zu Estelle. »Musst du direkt nach Hause? Da ist ein kleiner Laden, wo ich immer hingehe – um mich nach der Show zu entspannen. Magst du mitkommen?«

»Nun … ich …« Sein Körper berührte sie nicht, doch sie konnte seine Hitze spüren, als wäre sein Mantel mit glühenden Kohlen gefüllt.

»Nur ein paar Drinks – das ist doch nichts Schlimmes, oder?«

»Ich … ich darf nicht zu spät kommen …« Warum sagte ihr Mund Ja, wenn ihr Gehirn Nein brüllte?

»Ich verspreche, dich nach Hause zu bringen, bevor die Sonne aufgeht.« Er warf ihr ein langsames, neckendes Lächeln zu.

KAPITEL 14

Der Rectory Club auf der Tottenham Court Road unterschied sich sehr vom Café de Paris. Es war so dunkel und verräuchert, dass Estelle zunächst keine Gesichter erkennen konnte. Doch als sich ihre Augen an die höhlenartige Atmosphäre gewöhnt hatten, bemerkte sie, dass mindestens die Hälfte der Leute im Raum schwarz war. Eine vollständig schwarze Band, bestehend aus einem Saxofonisten, einem Cellisten und einem Posaunisten, schmetterte Jazzmusik. Die winzige Tanzfläche war gerammelt voll.

»Halt dich fest!« Hutchs Stimme dröhnte dich an ihrem Ohr. Während er sie durch das Gedränge an Körpern führte, sah sie Männer und Frauen lächeln und winken. Eine Frau fasste ihn am Revers und küsste ihn mitten auf die Lippen.

Am anderen Ende der Tanzfläche gab es eine Nische, die vom Rest des Raums abgetrennt war. Es erinnerte Estelle an die Kalajuggahs bei Firpo's.

»Willkommen in meiner Höhle.« Hutch lächelte, dann ging er über ein breites Kuhfell und ließ sich auf ein Sofa fallen, das mit Samt im Leopardenmuster gepolstert war. »Komm her – entspann dich!« Er zeigte auf die Stelle neben sich. »Wenn es dir zu laut ist, dann kann ich die Vorhänge schließen.«

»Nein, das ist gut so.« Estelle setzte sich, während sie sich der neugierigen Blicke der Tänzer auf der anderen Seite der Absperrung bewusst wurde.

»So, was möchtest du trinken? Ich weiß nichts über dich, doch ich bin am Verdursten. Len Urry ist ziemlich streng, was das harte Zeug angeht, oder?«

Estelle nickte. Es hatte viel Willenskraft gekostet, den endlosen Nachschub an Champagner abzulehnen, den ihre männlichen Begleiter ihr angeboten hatten. Doch so waren die Regeln und sie hatte sich daran gehalten.

»Wie wäre es für den Anfang mit einem Manhattan?«

»Ja, wenn du einen nimmst.« Sie hatte keine Ahnung, was ein Manhattan war, doch es klang schrecklich vornehm. Es fühlte sich gut an, an seiner Seite in diesem exklusiven Teil des Klubs zu sitzen – wie eine Königin in einem exotischen unterirdischen Palast.

Als die Cocktails kamen, erhob er sein Glas. »Cheers! Auf deinen neuen Job. Möge er kurz, aber glorreich sein!«

Sie blinzelte ihn über den Rand ihres Glases an. »Kurz?«

Er kicherte, wobei seine Zähne im Halbdunkel leuchteten. »Sag mir nicht, du würdest es auch tun, wenn du nicht müsstest. Ich habe viele Tanzhostessen wie dich kommen und gehen sehen, und mir scheint, als gäbe es nur zwei Gründe, um so einen Job anzunehmen: um einen reichen Mann zu finden oder ein Bein in die Filmbranche zu bekommen. Du bist noch ein bisschen jung, um dir ernsthaft Sorgen zu machen, auf dem Regal stehen zu bleiben, deshalb nehme ich an, dass es das Letztere ist.«

Ihr Gesicht zeigte ihm, dass er richtig geraten hatte.

»So! Bist du Sängerin, Estelle?«

»Nein.« Sie nahm noch einen Schluck von ihrem Drink. Er schmeckte sehr stark. »Ich hoffe, zum Film zu kommen.« Sie wollte ihm nichts über das Empfehlungsschreiben von Mark

Hanna und die Enttäuschung erzählen, als sie herausfand, dass der Mann, den sie treffen sollte, nicht einmal im Land war. Sie wollte sich auch nicht an das Elend ihres Vorsprechens für Fox erinnern.

»Zum Film?« Hutch nickte. »Nun, du hast ein sehr einnehmendes Gesicht – doch ich nehme an, das weißt du bereits, oder?«

»Einnehmend?« Sie warf ihm ein schiefes Lächeln zu und fragte sich, ob er der Frau das Gleiche gesagt hatte, die sie aus seiner Garderobe hatte kommen sehen.

»Oh! Du denkst, ich schmeichle dir …« Er griff nach ihrer Hand und bedeckte sie mit seiner. Es war die größte Hand, die sie jemals gesehen hatte. »Ich sage vielleicht viele Dinge, die ich nicht meine«, fuhr er fort, »doch jetzt gerade meine ich es zu hundert Prozent. Du hast das Zeug zum Star. Das habe ich in dem Moment gespürt, als ich zum ersten Mal den Blick auf dich gerichtet habe. Und das ist die Wahrheit – unabhängig davon, ob du mit mir schlafen willst oder nicht.«

Estelle verschluckte sich an ihrem Drink und sprühte eine Ladung Manhattan durch die Luft.

»Du musst nicht versuchen, mich zu ertränken.« Hutch grinste und tupfte dann sein Gesicht mit einem Seidentaschentuch ab, das zu der Nelke in seinem Knopfloch passte. »Ein einfaches Nein hätte ausgereicht.«

Da musste sie lachen.

»Ich scheine langsam meinen Charme zu verlieren.« Er drückte ihr die Finger, einen schelmischen Ausdruck im Gesicht. »Die meisten weißen Mädchen finden mich unwiderstehlich.«

»Wirklich?« Sie hob die Augenbrauen. »Nun, vielleicht ist es deshalb, weil ich nicht wie die meisten weißen Mädchen bin. Ehrlich gesagt, bin ich nicht einmal weiß – nicht wirklich.«

Für einen Moment sagte er nichts, während sein Blick über ihr Gesicht wanderte. »Nicht wirklich? Was bedeutet das?«

Sie biss sich auf die Lippe. Sie hatte es ihm nicht sagen wollen, genau wie sie es nicht Flora sagen wollte. Wenn er weiß gewesen wäre, dann hätte sie es niemals erwähnt. Doch mit ihm an diesem Ort, da fühlte sie sich irgendwie sicher. »Meine Mutter ist halb indisch.«

»Was? Du bist halb Cherokee oder was?«

»Nicht diese Art von indisch.« Sie tippte ihm auf den Handrücken. »Sie ist in Ceylon geboren. Ich bin in Kalkutta aufgewachsen. Ich bin erst seit ein paar Tagen in Großbritannien.«

»Liebling! Wie exotisch!« Er stieß erneut mit seinem Glas gegen ihres. »Aber was immer du auch machst, sag es nicht diesen Filmbossen. Du hast Glück – denn sie würden es nie erraten. Ich wünschte, ich würde damit auch durchkommen.«

»Aber ...« Sie zögerte und fragte sich, ob er Scherze machte. »Du bist berühmt. Die Leute lieben dich.«

»Oh ja ...« Er zuckte mit den Schultern. »Sie lieben mich so sehr, dass sie mich einladen, in ihren schicken Häusern in Mayfair zu spielen, doch sie lassen mich durch den Lieferanteneingang kommen. Und ihre Frauen stehen Schlange, um mit mir zu schlafen, damit sie ihren Freundinnen gegenüber damit prahlen können, einen Neger im Bett gehabt zu haben. Ich fühle mich wie eine Trophäe, wie eines dieser ausgestopften Tiere, die sie in ihren Salons haben.« Er nahm das Glas an die Lippen und trank es aus. »Ich dachte, es sei in Großbritannien anders. Ich dachte, die Leute seien toleranter als in Amerika. Sie verkleiden es nur anders, das ist alles.«

Estelle spürte durch die Haut den Puls in seinem Daumen schlagen. Sie wusste nicht, was sie sagen sollte. Dass jemandem, der so erfolgreich war, mit solcher Scheinheiligkeit begegnet wurde, war wie ein Schock. In Kalkutta hatte es keine indischen Stars am weißen Firmament gegeben. Der Gedanke, dass man in einem Augenblick gelobt und im nächsten wie ein Diener behandelt wird, war kaum vorstellbar. Und die Idee, dass jemand nur wegen deiner Hautfarbe mit dir schlafen will, war geradezu grotesk.

»Bist du in Amerika aufgewachsen?«, fragte sie. »Du klingst so britisch.«

»Ich denke, dass ich immer ein Ohr für Akzente hatte.« Er hob die Hand und rieb sich über das kurz geschnittene Haar in seinem Nacken. »Ich wurde in der Karibik geboren: eine kleine Insel namens Grenada. Doch ich bin nach New York gezogen, als ich siebzehn war. Ich sollte Medizin studieren, doch ich habe meine ganze Zeit in den Bars in Harlem verbracht und Klavier gespielt. Dann habe ich eine Stelle in einer Band bekommen und wir sind auf Tour zu einem protzigen Ort namens Palm Beach gegangen.« Er atmete laut aus. »Wir haben im Negerviertel gewohnt, von den Millionären durch eine Holzbrücke getrennt, und eines Nachts sah ich in der Ferne ein Feuer.« Er kniff die Augen zusammen. »Hast du schon einmal vom Ku-Klux-Klan gehört?«

Sie schüttelte den Kopf.

»Das ist eine Geheimgesellschaft für weiße Menschen im Süden Amerikas. Sie tragen lange weiße Kutten mit Kapuzen vor den Gesichtern, und sie jagen schwarze Menschen, von denen sie annehmen, dass sie über die Stränge geschlagen haben. Sie sind an dem Haus vorbeigekommen, in dem wir wohnten, traten die Türen ein und zerschlugen die Möbel. Sie suchten einen Mann, der sich mit einer weißen Frau traf.«

»Was haben sie mit ihm gemacht?«

»Wir haben seinen Körper am nächsten Morgen gefunden, er war an einem Baum aufgeknüpft. Da habe ich beschlossen, Amerika zu verlassen.«

Estelle sah ihn an und konnte es nicht begreifen. Das war meilenweit von dem Bild von Amerika entfernt, das sie sich aus den Filmen gemacht hatte. Sie hatte gewalttätige Mobs auf den Straßen Kalkuttas gesehen – Hindus und Moslems, die einander mit Stöcken und zerbrochenen Flaschen attackierten. Doch sie hatte noch nie einen weißen Lynchmob erlebt.

Sie dachte an Ben, an seine belehrenden Kommentare über Eingeborene. War er wie die Leute, die Hutch beschrieb? Jagte er schwarze Menschen, wie er auch Tiere jagte?

»Ich … ich weiß nicht viel über Amerika«, zögerte sie. »Ich kannte mal jemanden aus Virginia. Ist das im Süden?«

Hutch nickte. »Da gibt es viele Plantagen. Man glaubt nicht, dass die Sklaverei jemals wirklich abgeschafft wurde, wenn man sich ansieht, wie sie die Neger behandeln.«

»Ich hatte keine Ahnung, dass es so ist.« Sie nahm einen Schluck von ihrem Drink. Die Flüssigkeit fühlte sich kalt und bitter auf der Zunge an. »Amerika ist der Ort, von dem ich immer geträumt habe. Das klingt aber sehr verschieden von dem, was ich mir vorgestellt habe.«

»Oh, das Leben kann dort sehr angenehm sein, wenn du die richtige Hautfarbe hast. Wenn du nach Hollywood kommst, dann sei bloß vorsichtig, Liebes. Lass nicht raus, woher du kommst. Denk dir eine Geschichte aus, die dich weißer als weiß macht.« Hutch griff wieder nach ihrer Hand. »Es tut mir leid, ich wollte dich nicht deprimieren.«

Sie blickte auf und bemerkte, dass das schelmische Funkeln in seine Augen zurückgekehrt war.

»Möchtest du tanzen? Das ist das Zweitbeste, wenn Sex nicht auf der Speisekarte steht.«

Sie hielt seinem Blick stand, verwirrt von der Art, wie er von einem ernsten Thema zu etwas so Frivolem wechseln konnte. Vielleicht war das die Art, wie er gelernt hatte, mit der Heuchelei umzugehen. Vielleicht sollte sie seinem Beispiel folgen.

Als sie ihm auf die Tanzfläche folgte, spürte sie, wie die Schlange in ihr aufwachte. Wollte sie sie zurück in ihren Korb sperren? Vor der heutigen Nacht wäre die Antwort ein entschiedenes Ja gewesen. Doch Hutch war anders als alle Männer, die sie bisher getroffen hatte. Es war berauschend, in seiner Nähe zu sein – als würde man reinen Sauerstoff atmen. Konnte sie widerstehen? Wollte sie das? Es war ganz klar, dass er nichts als eine vorübergehende, angenehme Flucht anbot. War das so verkehrt? War es nicht genau das, was sie brauchte?

* * *

Der Himmel war rosa gesprenkelt, als Estelle aus dem Taxi stieg. Mit den Schuhen in der Hand schlich sie die Stufen zur Wohnung hoch und betete, dass ihre Mutter nicht wach war. Bei dem Geräusch, das der Schlüssel im Schloss machte, zuckte sie zusammen. Für einen Moment blieb sie völlig reglos stehen, das Ohr an die Tür gepresst. Ganz langsam drehte sie den Türgriff und trat ein.

Der Nähkasten ihrer Mutter stand noch immer auf dem Tisch. Estelle fühlte sich schuldig, als sie das blaue Seidenkleid über die Rückseite des Stuhls hängen sah. Was würde ihre Mutter sagen, wenn sie wüsste, was vorgefallen war, während sie bis in die Nacht gearbeitet hatte?

Die Tür zum Schlafzimmer ihrer Mutter war geschlossen, doch Estelle konnte das leise Heben und Senken ihres Schnarchens hören. Sie ging auf Zehenspitzen zu ihrem eigenen Zimmer. Wenn sie nur unter die Bettdecke kriechen konnte, bevor ihre Mutter aufwachte, dann könnte sie so tun, als wäre sie schon seit Stunden im Bett.

Das Bett quietschte, als sie sich hineinlegte. Sie hatte ihr Kleid ausgezogen, trug aber noch immer ihre Unterwäsche. Als sie das Laken und die Decke anhob, wehte etwas Luft über ihren Körper und trug den Duft von Hutch mit sich. Es war ein angenehmer, würziger Duft, der sie an die Stände in Hogg's Bazaar erinnerte. Es war, als wäre seine Essenz in ihre Poren eingedrungen. Sie fragte sich, ob die Leute das meinten, wenn sie sagten, jemand würde einem unter die Haut gehen.

Als sie sich im Bett umdrehte, sah sie die Fotografie ihres Vaters, die auf ihrem Nachttisch stand. Seine Augen schienen sie direkt anzublicken. Sie konnte seine Enttäuschung fühlen, seine Ablehnung.

Sie schloss die Augen fest zu, da sie den Blick nicht länger ertragen konnte, als die Erinnerungen an die Ereignisse der Nacht zurückkehrten. Den zweiten Cocktail hätte sie nicht annehmen sollen. Er hatte ihr die Zunge noch mehr gelöst, sodass sie schließlich erzählte, wie sehr Ben sie verletzt hatte.

Hutch hatte ihre Hand genommen, ihr tief in die Augen geblickt und gesagt, dass er nur eine einzige wirkliche Heilung für ein gebrochenes Herz kenne. Er hatte ihren Arm vom Tisch genommen und war mit der Zunge über ihre nackte Haut an der Innenseite zwischen Ellbogen und Handgelenk gefahren. Die Wirkung war elektrisierend gewesen. Augenblicke später hatten sie sich geküsst. Und als sie die Augen geöffnet hatte, waren die Vorhänge geschlossen und hüllten sie in eine abgeschiedene Welt, in der alles möglich war.

Hatte sie das wirklich getan? Ihm erlaubt, ihr das Kleid abzustreifen und ihren Körper zu erobern, während all diese Leute nur wenige Schritte entfernt hinter dem Vorhang tanzten? Sie hob die Hände an ihre Augen und erschauerte innerlich bei dem Gedanken. Wie hatte er es geschafft, dass es wie die natürlichste Sache der Welt schien? Wie hatte sie sich erlaubt, so völlig von ihm verzaubert zu werden?

Hör jetzt auf oder du wirst wieder verletzt.

Das war Dorothys Stimme in ihrem Kopf. Die liebe, witzige, nach Jungen verrückte Dorothy. Was in den letzten paar Stunden vorgefallen war, war selbst für ihre Verhältnisse schockierend. Doch die Stimme hatte recht. Estelle durfte nicht damit anfangen, sich irgendeine gemeinsame Zukunft jenseits der fellübersäten dunklen Höhle im Rectory Club vorzustellen.

Hutch hatte etwas von dem Schmerz getilgt, den Ben verursacht hatte. Seinetwegen hatte sie sich sorglos und begehrt gefühlt. Doch es war nur eine Nacht des Entfliehens von der harten neuen Welt, in der sie gelandet war. Wenn sie überleben wollte, dann musste es durch ihre eigenen Anstrengungen geschehen, nicht an den Rockschößen eines Mannes wie Hutch.

Oder irgendeines anderen.

Was hatte er gesagt? Dass sie das Zeug zum Star hatte – das waren die Worte, die er verwendet hatte. Doch was bedeutete das? Nichts – wenn sie nicht die Gelegenheit hätte, es zu beweisen. Und es bedeutete, jede Gelegenheit zu nutzen, die sich ihr bot. Sie durfte nicht darauf warten, dass Miles Mander aus Amerika zurückkehrte. Sie musste Floras Rat annehmen und selbst zur Wardour Street gehen und sich bei der Castingfirma anmelden. Sie würde es gleich heute tun – sobald sie es geschafft hatte, ein paar Stunden zu schlafen.

Und später, im Café de Paris, musste sie Hutch klarmachen, dass es keine Wiederholung der letzten Nacht geben würde. Es würde ihn wahrscheinlich nicht stören angesichts seiner Popularität bei den Frauen. Sie dachte an das arme Geschöpf, das an das Taxifenster geschlagen hatte, als sie letzte Nacht davongefahren waren. An die Verzweiflung in ihrer Stimme, als sie über die Straße nach ihm gerufen hatte. *Es ist viel besser, einen Mann wie ihn als Freund zu haben denn als Geliebten,* dachte sie. Konnten sie noch immer Freunde sein nach dem, was zwischen ihnen geschehen war? Sie hoffte es.

Kapitel 15

Die Nachmittagssonne funkelte auf den Fensterscheiben des roten Londoner Busses, der Estelle nach Soho brachte. Sie ging hinauf zum Oberdeck, um Marylebone und Oxford Circus aus der Vogelperspektive sehen zu können. Während der Bus sich seinen Weg über die Shaftesbury Avenue und in die Wardour Street bahnte, lockten sie die magischen Namen von Columbia, Warner und Universal. Sie verspürte ein aufgeregtes Kitzeln, ähnlich der erwartungsvollen Spannung, wenn die Lichter im Tiger Cine ausgingen und der Vorspann begann.

Die Büros von Film Casting waren anders, als sie es sich vorgestellt hatte. Sie befanden sich in einem schäbigen, unauffälligen Gebäude zwischen einem italienischen Restaurant und einem Fotostudio. Eine ernst wirkende Frau saß hinter dem Empfangstisch. Ihr graues Haar war zu einem Dutt hochgebunden, in dem eine Schildpattnadel steckte. Sie blickte von ihren Unterlagen kurz zu Estelle auf.

»Ja?« Der überdrüssige Ton passte genau zu dem Ausdruck in ihrem Gesicht.

»Guten Tag«, lächelte Estelle freundlich. »Ich bin Schauspielerin und neu in London. Könnte ich meine Daten hinterlegen?«

»Hast du eine Fotografie?« Die Frau angelte in einer Schublade und zog eine blassrosa Dateikarte heraus.

»Ähm … nein, das habe ich nicht.« Estelle kam sich dumm vor. Warum hatte sie nicht daran gedacht?

»Du kannst nebenan eine machen. Ohne Foto können wir dich nicht registrieren.«

Estelle wandte sich ab. Sie hatte keine Ahnung, wie viel ein professioneller Fotograf verlangen würde. Nachdem sie die Busfahrt bezahlt hatte, waren ihr nur zehn Shilling und sechs Pence im Portemonnaie geblieben. Und sie brauchte das Geld, um für die restliche Woche Essen zu kaufen.

Als sie zur Tür ging, kam gerade ein Mann herein, er stieß sie an und brachte sie aus dem Gleichgewicht. Sie hielt sich an einem Hutständer fest, um nicht umzufallen.

»Oh, das tut mir leid!« Er fuhr sich mit den Fingern durch seinen wilden braunen Haarschopf. »Ich hoffe, ich habe Ihnen nicht wehgetan?«

Sein Akzent war ungewöhnlich, anders als alles, was sie bisher in London oder Kalkutta gehört hatte.

»Nein, mir geht es gut, danke.« Sie richtete sich auf und glättete ihren Mantel. Als sie wieder aufblickte, bemerkte sie, dass er sie eingehend über den Rand seiner Hornbrille betrachtete. Seine Augen waren olivgrün mit goldenen Tupfern.

»Sind Sie Schauspielerin?«

Sie schaute von ihm zu der Frau am Empfangstisch. »Ähm … ja, das bin ich.«

»Können Sie sie bitte eintragen, Agnes?«, rief er durch den Raum. »Uns fehlt eine Statistin bei *Wedding Rehearsal*.«

»Aber sie ist noch nicht einmal registriert!«, rief die Frau zurück. »Sie …«

»Macht doch nichts!« Er wandte sich wieder zu Estelle. »Können Sie morgen früh um sieben Uhr bei den Elstree Studios sein?«

»Ja.« Das Herz schlug ihr wild gegen die Rippen. Sie hatte keine Ahnung, wo Elstree war, doch sie würde hinkommen, selbst wenn sie die ganze Nacht aufbleiben müsste. »Was soll ich ...«

»Agnes wird das alles mit Ihnen klären.« Er lächelte und ging zur Tür, dabei flatterte ihm die Krawatte über die Schulter, als er nach draußen ging.

»Nun, da hat aber jemand Glück gehabt, was?« Die Frau hinter dem Schalter hob die Brauen. »Weißt du überhaupt, wer das war?«

»Ich ... ähm ... Tut mir leid, ich weiß es nicht.«

»Mr Korda. Von London Films.« Sie verdrehte die Augen bei Estelles fragendem Blick. »Er wird dich für den ganzen Tag wollen: sieben Uhr morgens bis sechs Uhr abends. Wenn du richtig Glück hast, dann wird es zwei Tage dauern. Es sind drei Guineen pro Tag, wenn du Anweisungen bekommst, zwei, wenn nicht. Weißt du, wo Elstree ist?«

Estelle schüttelte den Kopf und fragte sich, wie viel eine Guinee ist. Es kümmerte sie nicht, selbst wenn es weniger als ein Shilling war. Sie würde in einem Film mitspielen – und das war alles, was zählte.

»Du kannst einen Zug von Kings Cross nehmen. Es dauert weniger als eine Stunde, also brauchst du nicht vor sechs Uhr dort zu sein. Hast du einen schönen Hut?«

»Oh ... ich ...« Estelle fuhr mit der Hand an die Kappe, die schräg auf ihrem Kopf saß. Sie hatte gedacht, dass sie ganz hübsch zu ihrem neuen Mantel aussehen würde.

»Ich meine, einen großen Hut – die Art, wie man sie bei vornehmen Hochzeiten trägt. Sie haben ein knappes Budget, deshalb müssen Statisten ihre eigene Kleidung tragen, soweit das möglich ist. So, jetzt brauche ich deinen Namen, Alter, Adresse und Unterschrift, bitte.«

Estelle zitterte die Hand so sehr, dass sie kaum den Stift halten konnte.

»Danke. Vielen, vielen Dank.« Sie schob den Vertrag über den Tisch zurück.

»Dank nicht mir.« Die Frau zuckte mit den Schultern, als sie den Stift zurücknahm. »Ich hätte dich nicht engagiert. Nicht ohne Fotografie. Denk dran, beim nächsten Mal eine mitzubringen.«

* * *

Estelle lief die Treppe zur Wohnung hoch. Sie konnte es nicht erwarten, ihrer Mutter die gute Nachricht mitzuteilen. Sie hatte es kaum herausgebracht, als es hinter ihr läutete.

»Oh, das wird Flora sein! Ich gehe und lasse sie herein.«

Sie wusste, dass Mataji nervös war, ihre neue Freundin kennenzulernen. Es war ihr peinlich, dass sie kein gutes Porzellan oder anständige Möbel hatte. Sie war sogar besorgt über die Qualität des Tees, den Estelle im Geschäft auf der Baker Street gekauft hatte. Sie konnte nicht glauben, dass solche Dinge nicht allen weißen Frauen wichtig waren und dass Flora an Estelle als Person interessiert war und nicht wegen ihrer gesellschaftlichen Stellung.

»Ich hoffe, ich bin nicht zu früh.« Flora balancierte einen Victoria-Sponge-Kuchen in der einen Hand und ein in braunes Papier gewickeltes Päckchen in der anderen. »Ich kann leider nicht allzu lange bleiben – ich habe um halb sechs ein Vorsprechen für ein Stück im *The Westminster*.« Sie hielt inne, als sie in den engen Hausflur getreten war. »Was ist geschehen? Deine Augen strahlen so! Hast du gestern Abend irgendeinen umwerfenden Mann kennengelernt?«

Estelle starrte sie sprachlos an. War es wirklich erst letzte Nacht? Es kam ihr vor, als wäre es vor hundert Jahren gewesen.

Sie schüttelte den Kopf und hoffte, Flora würde nicht merken, dass sie etwas verbarg. »Es ist kein Mann – es ist ein Film. Ich bin zu Film Casting gegangen, wie du vorgeschlagen hast, und hatte den ungeheuerlichsten Glücksfall.«

Sie erzählte ihr alles darüber, als sie die Stufen hinaufkletterten.

»Ich freue mich so für dich.« Die Wärme in Floras Stimme war unmissverständlich. Darin lag keine Spur von Neid oder Missgunst.

»Flora …« Estelle wandte sich zu ihr, als sie die Wohnungstür erreichten. »Was ist eine Guinee?«

»Ein Pfund und ein Shilling.«

»Oh, mein Gott!«

»Ist es das, was sie dir zahlen?« Flora wirkte besorgt.

»Nein – es sind drei Guineen, wenn man Anweisungen annimmt, und zwei, wenn nicht, obwohl ich nicht genau weiß, was das bedeutet.«

»Das ist der Unterschied zwischen dem Herumstehen im Hintergrund und wirklich Anweisungen erhalten, um etwas Bestimmtes zu tun.« Flora lächelte. »Das ist gutes Geld, wie auch immer es sein wird. Weißt du, wer die Hauptdarsteller sind?«

»Ich weiß nichts darüber, abgesehen davon, dass es um eine Hochzeit geht und ich einen großen Hut brauche.«

»Hast du einen?«

»Nein, aber meine Mutter. Sie hat ihn getragen, als der König und die Königin nach Indien gekommen waren. Er ist schon ein paar Jahre alt – ich hoffe, er geht.«

»Du wirst wunderbar sein«, strahlte Flora. »Und wer weiß, wohin das noch führt?«

Estelle drückte die Tür auf und sah, dass ihre Mutter hinter dem Tisch stand. Der Ausdruck auf ihrem Gesicht glich dem eines ängstlichen Vogels, der nach einer Katze Ausschau hält.

»Mrs Thompson, es ist mir ein Vergnügen, Sie kennenzulernen.« Flora durchquerte den Raum mit mehreren Schritten,
legte den Kuchen auf den Tisch und hielt ihr das Päckchen
entgegen.

Estelle fand, ihre Mutter sah neben Flora wie ein Kind aus.
Der Anblick des Kuchens führte zu einem zaghaften Lächeln,
doch es war das Päckchen in braunem Papier, das Charlottes
Ausdruck verwandelte.

»Darjeelingtee!« Sie hielt ihn an ihr Gesicht und atmete das
Aroma ein. »Woher haben Sie ihn?«

»Es gibt einen kleinen Laden an der Whitechapel Road.
Der indische Freund meines Onkels ist immer dorthin gegangen. Er konnte den Tee nicht ertragen, den wir hier haben – er
sagte, er sei untrinkbar.«

Estelle und ihre Mutter wechselten wissende Blicke.

»Bitte, nennen Sie mich doch Charlotte.« Sie zog die Stühle
hervor und machte Flora ein Zeichen, sich neben sie zu setzen.
»Estelle, könntest du bitte den Kessel aufsetzen?«

Als der Tee fertig gekocht war, waren Charlotte und Flora
tief ins Gespräch vertieft. Estelle hörte verwundert zu, während sie den Kessel über die Tassen hielt. Ihre Mutter erzählte
Flora alles über Ceylon, beschrieb Dinge, über die sie nie zuvor
gesprochen hatte: die Bambushütte, in der sie aufgewachsen
war, die grünen Papageien mit den roten Schnäbeln, die in den
Bäumen lebten und sie jeden Morgen mit ihrem Gekrächze
aufweckten, die Brüder und Schwestern, auf die sie aufgepasst
hatte, als sie alt genug war, um ein Baby zu halten.

»Möchtest du ein Stück Kuchen, Mataji?«

»Grundgütiger! Wo sind meine Manieren?« Ihre Mutter
atmete laut aus. »Du musst mir verzeihen, Flora – dass ich mich
so verplaudere, während dein wunderbarer Kuchen unberührt
da steht!«

»Überhaupt nicht – es ist völlig faszinierend«, erwiderte Flora. »London muss im Vergleich dazu schrecklich trostlos sein.«

»Ich habe noch nicht viel davon gesehen.« Charlotte vermied den Blick ihrer Tochter, als sie den Teller von ihrer ausgestreckten Hand nahm. »Estelle war so beschäftigt gewesen. Es wäre besser, wenn ich auch eine Arbeit finden würde. Ich war private Krankenschwester in Kalkutta – doch ich weiß nicht, ob ich das hier machen kann.«

Estelle schnitt den Kuchen weiter, während sie sich nicht zu reden traute. Es war das erste Mal, dass ihre Mutter überhaupt das Thema Arbeit erwähnte. Sie sollte sich ausruhen.

»Du machst dir Sorgen wegen Vorurteilen?« Floras Stimme war sachlich. »Ich glaube nicht, dass das nötig ist. Es gibt viele Familien in London, die in Indien gewesen sind. Da wird es sicher welche geben, die nach einer Krankenschwester suchen. Es gibt eine Zeitschrift namens *The Lady*. Hast du davon gehört? Das könnte ein guter Ausgangspunkt für die Suche sein.« Flora griff hinter sich und zog eine Zeitung aus ihrer Tasche, die am Stuhl hing. »Das erinnert mich an etwas«, sagte sie und drehte sich zu Estelle. »Ich habe die hier für dich gekauft – aber du brauchst sie jetzt vielleicht gar nicht mehr.«

»*The Stage?*« Estelle öffnete sie.

»Es ist nicht nur für Theaterschauspieler – darin sind auch alle Neuigkeiten, was den Film anbelangt: Was gerade in Produktion ist, wo ein Vorsprechen veranstaltet wird, wer in den neusten Filmen mitspielt, solche Dinge. Sie kommt einmal pro Woche heraus und kostet nur einen Penny.«

Während Estelle durch die Seiten blätterte, zog ein vertrautes Gesicht ihre Aufmerksamkeit auf sich. Es war der Mann aus Legrain's Coffee House – der ihr von dem Vorsprechen bei Fox erzählt hatte. Über dem Foto stand die Schlagzeile »*Erpressung* gewinnt Preis als Bester britischer Film«. Deshalb war ihr der

Name vertraut vorgekommen. *Erpressung* war einer der spannendsten Filme, die sie je gesehen hatte. Sie war so von den Schauspielern begeistert gewesen, dass sie sich den Namen des Regisseurs nicht gemerkt hatte. Und trotzdem hatte Alfred Hitchcock ihr gesagt, dass er sich im Moment die Beine in den Bauch stehen würde ohne eine aktuelle Produktion. Es war eine schonungslose Erinnerung daran, wie brutal der Wettkampf in der Welt war, in die sie jetzt eintreten würde.

»Ich gehe jetzt besser.« Flora nahm ihr Stück Kuchen und verzehrte es mit zwei Bissen. »Vielen Dank für die Einladung.«

Estelle folgte ihr die Treppe hinab. »Lässt du mich wissen, wie das Vorsprechen gelaufen ist?«

»Wenn ich die Rolle bekomme, ja, wenn nicht, dann gehe ich nach Hause und verkrieche mich unter der Bettdecke.«

»Danke, dass du so lieb zu meiner Mutter warst. Du bist die erste Person, mit der sie sich unterhalten hat, seit wir vom Schiff gekommen sind.«

»Sie ist so nett.« Flora hielt für einen Moment in der Tür inne. »Sie ist so stolz auf dich, weißt du. Aber sie ist einsam, oder? Es muss schwer für dich sein. Ich hoffe, sie findet eine Arbeit.«

Estelle sah Flora hinterher und war erstaunt, dass sie ihre Mutter in so kurzer Zeit durchschaut hatte. Sie fühlte sich schuldig, da sie offenbar so sehr mit ihren eigenen Zielen beschäftigt war, dass sie nicht bemerkt hatte, wie isoliert ihre Mutter war. Anstatt wieder die Treppe hinaufzugehen, lief sie über die Straße und Allsop Place entlang zum Zeitungshändler auf der Marylebone Road.

Es dauerte ein wenig, bis sie es gefunden hatte, doch dann verließ sie den Zeitungsmann mit einer Ausgabe von *The Lady* unter dem Arm.

* * *

175

Flora wartete am Hintereingang des Café de Paris, als Estelle an jenem Abend zur Arbeit kam.

»Ich musste es dir einfach sagen – ich habe die Rolle!«

»Das ist ja fantastisch! Wie heißt das Stück?«

»Na ja, es ist ein wenig düster. Es heißt *The Anatomist* und handelt von Leichenräubern in Schottland. Ich spiele eine Prostituierte, die ermordet wird.«

»Wirklich? Dann bringe ich besser meine Mutter nicht mit hin.« Estelle grinste. »Wann fängst du an?«

»Es beginnt in zwei Wochen. Ich bin so nervös …« Sie hielt sich die Hand vor den Mund und schüttelte den Kopf. »Da ist diese Szene – kurz bevor sie mich umbringen –, wo ich weinen muss. Ich habe noch nie zuvor auf der Bühne geweint. Es wird schwierig werden, dabei nicht lächerlich zu klingen.«

»Wie wirst du es machen?«

»Ich habe an Dinge gedacht, die mich im wirklichen Leben zum Weinen gebracht haben – meine Schwester zum Beispiel, als sie gehört hat, dass ihr Verlobter im Krieg gefallen war. Ich werde nie vergessen, wie sie ausgesehen hat, als sie den Brief von seinen Eltern geöffnet hatte. Wenn ich mich daran erinnere, dann werde ich sicher weinen.«

»Wann kann ich kommen und es mir ansehen?«

»Ich könnte dir eine Karte für die Premiere besorgen – aber an dem Abend arbeitest du hier, oder nicht?«

»Sonntags habe ich aber frei.«

»Am Sonntag gibt es keine Vorstellung – aber wir haben samstags eine Matinee, zu der könntest du kommen.«

Flora trat zur Seite, als eine der anderen Tanzhostessen an die Tür kam. »Ich lass dich jetzt besser arbeiten – lass mich wissen, wie du bei Elstree klarkommst, ja? Ich will einen vollständigen Bericht!«

Als Estelle ihr zum Abschied winkte, sah sie, wie ein paar Meter von ihr entfernt ein schnittiger schwarzer Daimler anhielt. Ein Chauffeur mit Schirmmütze und Uniform ging auf die andere Seite des Autos und öffnete die Tür des Fonds, dann stand er stramm da. Estelle beobachtete, wie aus dem Innern ein Bukett Straußenfedern zum Vorschein kam, das – wie gleich darauf zu sehen war – am Kopf einer Frau mittleren Alters befestigt war, die ein enges Paillettenkleid trug. Sie hatte etwas Mühe beim Aussteigen, doch als der Chauffeur ihr eine Hand reichen wollte, stieß sie ihn weg. Während sie dann über das Kopfsteinpflaster schwankte, warf sie sich einen Pelz über die Schultern.

»Miss Tucker!«

Mr Urry kam aus der Tür heraus. Er küsste der Frau auf beide Wangen, bevor er sie vorbei an Estelle in das Düstere des Nachtklubs geleitete. Die Federn wurden zur Seite gedrückt, als sie durch die Tür trat, weshalb sie eine Tirade von Schimpfwörtern mit amerikanischem Akzent von sich gab.

»Wer war das?«, fragte Estelle, als sie ein paar Minuten später Mr Urry auf dem Flur begegnete.

»Weißt du das nicht?« Er lächelte sie verwundert an. »Das ist Sophie Tucker. Sie ist ein großer Star. Wir hatten Glück, sie so kurzfristig zu bekommen. Es gibt nicht viele Entertainer, die Hutch ersetzen können.«

»Ihn ersetzen? Warum? Was ist passiert?«

»Er hat eine Menge Ärger.« Mr Urry holte laut Luft. »Einer unserer Stammkunden hat einen Prozess gegen ihn angestrengt.«

Estelle zog sich der Magen zusammen. »Was im Himmel hat er denn getan?«

Mr Urry faltete die Hände und starrte auf seine Knöchel, als würden sie die Antwort enthalten. »Da ist eine junge Dame – die Tochter einer der wohlhabendsten Familien dieses Landes. Hutch hatte eine Affäre mit ihr, und sie hat bemerkt, dass sie … ähm … na, weißt du …«

Estelle starrte ihn an. Das Mädchen gestern Abend auf der Straße – das gegen die Scheibe des Wagens geklopft hatte …

»Als wäre das nicht schon schlimm genug«, fuhr Mr Urry fort. »Als sie es ihren Eltern erzählt hat, haben sie sie mit einem passenden Mann verheiratet und hofften, das Baby als seins auszugeben. Doch als das kleine Ding geboren wurde, war es unmissverständlich klar, dass es das nicht sein konnte. Er weigerte sich, das Kind als seins anzuerkennen, und strengte die Scheidung an. Und jetzt verklagt der Vater des Mädchens Hutch.«

Estelles Mund war so trocken, als wäre die Zunge am Gaumen festgeklebt.

»Damit hat er sich seine Chancen in London verdorben. Seine Freunde aus der Gesellschaft werden ihn jetzt nicht mehr kennen wollen.« Mr Urry löste seine Hände, hob sie ein wenig an und drehte dabei die Handflächen nach oben. »Na ja. The show must go on!« Estelle hoffte, er würde nicht bemerken, wie schockiert sie war, und eilte in ihre Garderobe. Dort ließ sie sich auf einen Stuhl sinken, betrachtete sich im Spiegel und wandte sich gleich darauf ab, weil sie ihren Anblick nicht ertragen konnte.

Hutch! Bitte! Warum sprichst du nicht mit mir?

Der gequälte Klang des Mädchens, das Hutch abgewiesen hatte, hallte noch in ihrem Kopf wider. War sie diejenige, die sein Baby hatte? Wenn dem so war, dann musste sie vollkommen verzweifelt sein. Doch Hutch war wie ein Feigling in die Nacht verschwunden.

Und ich habe ihm dabei noch geholfen.

Sie hatte ihm nicht nur geholfen, sondern sich ihm wenige Stunden später auf dem Tablett serviert.

Sie stand auf, schluckte angestrengt und strich an ihrem Kleid herab. Sie war nicht stolz auf das, was zwischen ihnen vorgefallen war. Doch er hatte sich ihr nicht aufgedrängt. Und zweifellos war das Mädchen, das nun sein Baby hatte, genauso willig gewesen, als die Affäre begonnen hatte.

Ihre Frauen stehen Schlange, um mit mir zu schlafen, damit sie ihren Freundinnen gegenüber damit prahlen können, einen Neger im Bett gehabt zu haben.

Sie hörte Hutchs Stimme so klar, als würde er direkt neben ihr stehen. War das Mädchen, das sein Baby hatte, genauso? Jemand, der ihn nur als Trophäe betrachtete und das Pech hatte, dabei schwanger geworden zu sein?

Ihr wurde heiß im Gesicht. Das konnte ihr nicht geschehen, oder? Man konnte nicht davon schwanger werden, dass man nur einmal mit einem Mann zusammen war. Das hatte Dorothy immer gesagt, und es musste stimmen: jene unglückselige Nacht im Dschungel mit Ben hatte es bewiesen.

Plötzlich verspürte sie ein mächtiges Bedürfnis, Hutch wiederzusehen und ihm zu helfen, wenn sie konnte. Wie schlecht er sich auch immer benommen haben mochte, er war jetzt in Schwierigkeiten. Und ein gesellschaftlich Ausgestoßener, wenn Mr Urry recht hatte. Was würde nun aus Hutch werden?

KAPITEL 16

Der Taxifahrer runzelte die Stirn, als sie ihn bat, sie zum Rectory Club zu bringen. Es gab Dutzende Gründe, weshalb sie nicht dorthin gehen sollte – vor allem nicht allein. Sie sollte in die Wohnung zurückkehren und ein paar kostbare Stunden schlafen, bevor sie den Zug nach Elstree nehmen würde. Doch sie musste Hutch finden – und das Rectory war der einzige Ort, der ihr zum Suchen einfiel.

Der Türsteher betrachtete sie von oben bis unten, als sie aus dem Taxi gestiegen war.

»Das ist kein Lokal zur Anmache, Süße. Fahr lieber nach Soho, wenn du hinter einem Johnny her bist.«

Estelle biss sich auf die Zunge. Sah sie denn wirklich wie eine Prostituierte aus?

»Ich treffe hier einen Freund.« Sie blickte ihn herausfordernd an. »Und er wäre sehr verärgert, wenn er hören würde, dass Sie so mit mir sprechen.«

»Ist das wahr?« Er hob beim Sprechen den einen Mundwinkel und entblößte einen fehlenden Zahn.

»Sagen Sie einfach Ihrem Boss, dass der Gast von Mr Leslie Hutchinson eingetroffen ist, ja?«

Sie beobachtete, wie sich sein Ausdruck veränderte.

»Oh ja – er hat viele Freunde, oder?« Er trat mit einem gewitzten Ausdruck zur Seite. »Gehen Sie nur rein zu ihm!«

Es fühlte sich anders an als in der Nacht zuvor, als sie jetzt die Stufen hinab in die dämmerige Dunkelheit des Klubs stieg. Ihr ganzer Mut schwand, während sie sich durch das Körpergewirr auf der Tanzfläche drängte. Sie spürte eine Mischung aus Feindseligkeit und Verlangen. Das war kein Ort für eine Frau allein, gleich welcher Hautfarbe.

Sie schlug um sich, als eine Hand ihren Hintern berührte. Ihr Herz pochte wild, und sie hatte das Gefühl, kaum atmen zu können. Sie war nicht groß genug, um über das Meer aus Köpfen hinwegzublicken. Plötzlich kam ihr der Gedanke, dass Hutch nicht allein sein könnte. Was würde sie tun, wenn er eine andere Frau in seiner Ecke hatte?

Endlich erblickte sie ihn, wie er allein auf dem Leopardensofa saß, einen Cocktail auf halbem Weg zum Mund. Auch wenn sie nicht gewusst hätte, was geschehen war, hätte sie allein an seiner Haltung erkannt, dass etwas nicht Ordnung war.

»Hutch?«

Er blickte auf, die Augen waren halb geöffnet. »Estelle.« Seine Stimme hatte ihre ganze Kraft und Wärme verloren. »Keine Angst, mit einem Paria gesehen zu werden?«

»Das ist übrigens ein indisches Wort, wusstest du das?« Sie setzte sich neben ihn.

»Nein, das wusste ich nicht.« Er stellte sein Glas ab. »Wenn du gekommen bist, um mir Salz in die Wunde zu streuen, nur zu. Ich verdiene es. Ich hätte dir den wahren Grund nennen sollen, warum ich letzte Nacht am Klub herumgeschlichen bin. Ich nehme an, Urry hat dir alle Details erzählt, oder?«

Sie nickte. »Ich bin aber nicht gekommen, um dir noch mehr Ärger zu machen.«

»Wirklich?« Er legte ihr eine Hand auf das Knie.

Sie nahm sie und ließ sie auf das Sofa fallen. »Nein, Hutch. Dafür bin auch nicht gekommen. Ich dachte, du würdest vielleicht jemanden zum Reden brauchen, das ist alles. Mir gefiel der Gedanke nicht, dass du ganz allein bist.«

»Das ist süß von dir. Ich bin aber nicht ganz allein auf der Welt.« Er warf ihr einen kleinlauten Blick zu. »Da ist noch eine andere Sache, die ich dir hätte sagen sollen. Ich habe eine Frau. Und ein paar Kinder.«

»Oh, Hutch …« Sie blies die Luft aus. Für eine Weile sprach keiner von ihnen. Dann sagte sie: »Was wirst du tun?«

»Ich weiß es nicht.« Er zuckte mit den Schultern. »Da ist immer noch Paris, nehme ich an. Sie sind nicht ganz so prüde da drüben. Was ist mit dir? Wirst du im Café de Paris bleiben?«

»Für den Moment, ja. Ich brauche das Geld. Ich habe etwas Arbeit für einen Film – nur als Statistin, aber das ist ein Anfang.«

»Sei vorsichtig, hörst du? Ich weiß, ich bin nicht gerade der Richtige, um dir das zu sagen, doch das ist eine harte Industrie, in die du hineinkommst. Vertrau keinem Mann, der dir das Blaue vom Himmel verspricht. Besorg dir einen Agenten, wenn du kannst.«

»Wie kann ich das machen?«

»Nun, ich würde dir meinen vorstellen, doch wie du dir denken kannst, bin ich im Augenblick eine Persona non grata. Du könntest die anderen Schauspieler fragen, die du auf dem Set triffst.«

»Das werde ich tun.« Sie stand auf. »Ich muss gehen. In dreieinhalb Stunden muss ich am Studio sein.«

Er stand etwas schwankend auf. »Ich bringe dich nach Hause – das ist das Mindeste, was ich für dich tun kann.« Er hielt die Hand zum Pfadfinderehrenwort hoch. »Und ich verspreche, dass ich mich benehmen werde.«

Im Taxi schlief er an ihrer Schulter ein und wachte mit einem überraschten Knurren auf, als es vor ihrer Wohnung stehen blieb.

»Leb wohl, Hutch.« Sie beugte sich vor und küsste ihn auf die Stirn. »Ich hoffe, die Dinge entwickeln sich gut für dich.«

»Für dich hoffentlich auch.« Er nahm ihre Hand und strich mit den Lippen darüber. »Merk dir, was ich dir gesagt habe.« Er tippte sich an die Seite der Nase. »Kein Wort über Kalkutta. Wenn sie dich fragen, woher du kommst, denk dir was aus. Vertrau ihnen niemals die Wahrheit an.«

* * *

Es war zu spät, um ins Bett zu gehen. Estelle zog ihr Abendkleid aus, machte sich Sandwiches für den Zug und schlich dann ins Zimmer ihrer Mutter, um die kostbare Hutschachtel zu holen.

Die Sonne spähte gerade über die Dächer der Marylebone Road, als sie zum Bahnhof Kings Cross ging. Der Spaziergang erfrischte sie ein wenig, doch sie musste kämpfen, um im Zug wach zu bleiben. Sie aß ihre Sandwiches so langsam wie möglich, in der Hoffnung, dass sie nicht einnicken und ihren Halt verpassen würde, solange ihre Hände und ihr Mund beschäftigt waren.

Bald wichen die schiefergedeckten Häuser Weiden mit Kühen. Nebelschwaden hingen über den Feldern und gaben der Landschaft ein traumartiges Aussehen. Das trug noch zu dem Gefühl des Unwirklichen bei, das der Schlafmangel bei ihr verursachte. Sie dachte an die champagnerselig Feiernden im Café de Paris, an die rauen, wilden Tänzer im Rectory Club – alle zweifellos inzwischen im Bett, während sie wie ein Geist aus der einen Welt in die andere schlüpfte.

Sie fragte sich auch, ob Hutch schlief. Fragte sich, ob er auf Zehenspitzen herumgeschlichen war, um seine schlummernde Frau nicht aufzuwecken, und dabei hoffte, sich noch für ein paar Stunden nicht würde rechtfertigen müssen. Sie dachte an seine Kinder. Er hatte nicht gesagt, wie alt sie waren – wahrscheinlich

183

nicht alt genug, um zu verstehen, dass sich ihre Leben völlig ändern würden. Und sie dachte an das Baby, dessen Farbe das Geheimnis seiner Mutter verraten hatte. Was würde jetzt mit ihm geschehen?

Sie erinnerte sich daran, was Dorothy über ihre Cousine Grace erzählt hatte – die brutale Behandlung, die sie von ihrem englischen Ehemann erfahren hatte. Und es kam Estelle in den Sinn, wenn sich die Dinge mit Ben anders entwickelt hätten, dann hätte sie sich ein paar Jahre später in genau der gleichen Lage befinden können.

In Indien heiratete man einfach einen Anglo-Inder, um einen solchen Skandal zu vermeiden. Doch was war, wenn sie in Großbritannien blieb? Oder es nach Hollywood schaffte? Wie konnte sie auch nur an Ehe und Babys denken, wenn sie weiterhin ihre Identität versteckte?

Sie klappte ihre Handtasche auf und nahm die Puderdose heraus, tupfte sich damit über das Gesicht, bevor sie ihren Lippenstift erneuerte. Sie warf ihrem Spiegelbild einen bösen Blick zu, da sie wütend auf sich selbst war, dass sie an Ben gedacht hatte. Sie musste diese Gedanken beiseitelegen, wenn sie erfolgreich sein wollte. Das hier war ihre große Gelegenheit. Sie musste schwer dafür arbeiten und ihre Aufgabe gut erfüllen.

Sie sah wieder aus dem Fenster. Der Zug fuhr an einer Häuserreihe vorbei, deren Gärten an den Gleisen endeten. Sie erblickte ein kleines Mädchen, das einem ungepflegt aussehenden Terrier einen Ball zuwarf. Aus irgendeinem Grund, den sich Estelle nicht erklären konnte, erinnerte sie das Kind an Constance – die Halbschwester, die sie niemals kennenlernen durfte. Sie fragte sich, wie alt Connies Kinder waren. Ihre Mutter hatte es ihr nicht gesagt. Sie schien unfähig oder unwillig, darüber zu sprechen. Und im Augenblick war das Leben schwierig genug, sodass man gut daran tat, nicht noch mehr aufzuwirbeln. Vielleicht würde sich Mataji ein wenig öffnen, wenn die Dinge in England irgendwann einfacher sein würden.

* * *

In Elstree stieg eine Handvoll Menschen aus dem Zug. Sie fragte sich, ob einige von ihnen auch zu den Studios unterwegs waren. Als sie durch die Fahrkartenschranke trat, schienen alle anderen verschwunden zu sein. Sie stand auf der leeren Straße und überlegte, wohin sie gehen sollte. Sie sah keine Schilder – nur eine Reihe hübscher Häuschen mit vorgezogenen Vorhängen.

Sie schaute auf die Uhr und Panik machte sich in ihrem Magen breit. Es gab weder Taxis noch eine Bushaltestelle. Sie hätte die Frau bei Film Casting nach dem genauen Weg fragen sollen. Nun war sie so weit gekommen, nur um …

Das Klappern von Pferdehufen auf der taubedeckten Straße weckte ihre Aufmerksamkeit. Ein struppiges Tier von der Größe eines Elefanten zog einen Karren voller Milchkannen. Ein Mann sprang herab und tippte sich an die Schirmmütze, als er sie erblickte.

»Schöner Morgen, was!« Sein Akzent war weicher als die Cockneyakzente, die sie in London gehört hatte.

»Entschuldigen Sie, können Sie mir sagen, wie ich zu den Elstree Studios komme?«

»Einfach die Straße hoch, Miss.« Er zeigte mit dem Kopf zurück zum Bahnhof.

»Ist das sehr weit?«

Er schüttelte den Kopf. »Ich kann Sie bringen, wenn Sie möchten. Hüpfen Sie hinten auf – ich habe nur noch eine Auslieferung hier, dann bin ich fertig.«

Und so erreichte Estelle das Studio auf einem Karren voller Milchkannen, die bei jedem Schlagloch alarmierend klapperten.

185

Obwohl das Pferd mit entspanntem Gang dahintrottete, war sie fünf Minuten zu früh am Eingang.

Es war nicht so, wie sie es sich vorgestellt hatte. Hinter den aufragenden Metalltoren erstreckte sich eine Reihe riesiger Ziegelgebäude mit gewölbten Dächern, so weit das Auge reichte. An der Mauer rechts von den Toren stand eine Art Wächterhäuschen. Sie überreichte das Papier, das ihr die Frau von Film Casting gegeben hatte.

»Das ist Ihr erstes Mal, oder?« Der ältere Diensthabende hatte den gleichen Akzent wie der Milchmann. Er lächelte ihr über den Rand seines Klemmbretts zu.

»Ja.« Sie lächelte zurück. »Ich bin ein wenig nervös.«

»Oh, das sind zuerst alle – selbst die großen Stars. Sie werden nicht glauben, was gestern passiert ist. Kennen Sie Mr Young?«

Sie nickte, obwohl sie keine Ahnung hatte, von wem er sprach.

»Er ist über einen Schemel gestolpert und mit dem Kopf voran in die Kulisse gefallen!«

»Ach du Schreck! Geht es ihm gut?«

»Ein blaues Auge – aber bei seinem hässlichen Gesicht macht es keinen großen Unterschied.«

»Dann bin ich besser vorsichtig, was?«, sagte sie lachend. »Haben Sie irgendwelche Überlebenstipps?«

»Immer lächeln. Das klingt einfach, aber glauben Sie mir, Sie müssen die Zähne zusammenbeißen. Die Menschen meinen, es sei alles glamourös, doch es bedeutet auch eine Menge Geduld und Warten.«

Er öffnete eine Tür neben dem Wärterhäuschen und zeigte ihr einen großen Hof. »Sie müssen zu Studio E am anderen Ende der Reihe.«

Sie ging an vier weitläufigen Ziegelgebäuden entlang, wich Männern in Overalls aus, die Karren voller Möbel zogen. Überall waren Menschen. Sie kam an einer Gruppe von einem halben

Dutzend Mädchen in Engelskostümen vorbei, deren transparente Flügel im Wind flatterten. Ein Stück weiter schlenderten ein paar Männer in Matrosenuniform, die einander beim Gehen schubsten. Und als sie den Eingang zu Studio E erreichte, sah sie ein Paar identischer Zwillinge in passenden Hochzeitskleidern, die für Fotos unter einem Bogen weißer Rosen posierten.

Es war, als würde sie in eine fremde und wunderbare Welt der Illusion treten, ein Platz, an dem alles möglich war.

* * *

Zu Estelles Überraschung kam der Hut ihrer Mutter sehr gut an. Sie hatte befürchtet, dass er zu altmodisch sein würde, doch die Kostümausstatterin meinte, die Federn seien das Ungewöhnlichste, was sie je gesehen hatte, und wollte wissen, wo der Hut angefertigt worden war.

Estelle sagte, sie wüsste es nicht. Sie erzählte der Frau, dass ihre Mutter ihn in Gegenwart des Königs und der Königin getragen hätte, hielt aber die Tatsache zurück, dass sie nur eine unter Tausenden war, die den Kai in Bombay bevölkert hatten, als das königliche Paar angekommen war. Dass sie nicht mehr als einen kurzen Blick auf sie werfen konnte, als sie die Gangway herabkamen.

Als ihr Kostüm akzeptiert worden war, wurde Estelle von einem Bühnenhelfer zum Set gebracht, der kaum alt genug aussah, um sich schon zu rasieren. In der Zeit, die sie brauchten, um von einem Ende des Gebäudes zum andern zu gelangen, fragte er sie nach ihrem Namen, wo sie wohne und ob sie einen Freund habe. Die letzte Frage verwirrte sie. Um sich nichts anmerken zu lassen, nutzte sie einen Trick, den sie in der Schule gelernt hatte.

»Und ich frage mich, warum du das wohl wissen willst.«

»Ist das nicht offensichtlich?« Er grinste zurück. »Ein Mädchen wie du – na ja, ich nehme an, dass ein Dutzend Kerle hinter dir her sind. Kann man einem Jungen kaum vorwerfen, wenn er es versucht, oder?«

Sie warf ihm einen tadelnden Blick zu, als er eine Tür mit rotem Licht darüber öffnete und zur Seite trat, um sie hineinzulassen.

Der Raum, in dem sie sich wiederfand, erinnerte sie an eine Fotografie des Crimson Drawing Room im Windsor Castle, die sie in einer Zeitschrift gesehen hatte. Riesige Gemälde mit Männern in Roben und Frauen mit Reifröcken hingen in vergoldeten Rahmen über Kandelabern von der Größe kleiner Bäume. Männer in braunen Overalls stellten Stühle und Sofas mit vergoldeten Beinen und roten Samtpolstern auf, während am anderen Ende des Raums eine komplette Rüstung das Licht einer riesigen Bogenlampe reflektierte, die soeben an ihren Platz gerollt wurde.

Ein Mann mit einem Klemmbrett führte Estelle zu der Gruppe von Hochzeitsgästen, die bereits um einen großen Eichentisch versammelt waren.

»Stell dich bitte da drüben hin, neben dem älteren Mann mit dem Bart und der Pfeife. Und wenn das Brautpaar ankommt, guck fröhlich.«

Sie nickte. »Sonst noch was?«

»Nein.« Er runzelte die Stirn, während er über den Rand des Klemmbretts blickte. »Bitte übertreib es nicht. Es ist vielleicht eine Komödie, aber es ist kein Tingeltangel.«

Ihr schwirrte der Kopf bei dem Gedanken, an einem echten Filmset zu sein und gefilmt zu werden. Wie kurz auch immer die Aufnahme sein würde, ihr Gesicht würde dort sein – würde von Tausenden in Kinos im ganzen Land gesehen werden. Es gab nichts, was dem Gefühl gleichkam, das sie empfand. Es war berauschend – elektrisierend. Sie legte die Hand an den Kopf und prüfte nervös den Sitz ihres Hutes. Das war ihr Augenblick, und sie war entschlossen, das Beste daraus zu machen.

KAPITEL 17

Im Zug nach Hause schlief Estelle schnell ein. Es war gut, dass King Cross der letzte Halt war, sonst wäre sie noch durch halb England gefahren.

»Aufstehen, Miss.« Der Fahrkartenschaffner musste sie am Arm schütteln, um sie wach zu bekommen.

Sie brauchte ein paar Sekunden, um sich zu vergegenwärtigen, wo sie war. Trotz der Erschöpfung lächelte sie, als sie aus dem Zug stieg.

»Sie wollen mich morgen wieder!« Sie strahlte ihre Mutter an, als sie durch die Wohnungstür trat. »Ich werde sogar ein wenig richtig schauspielern – nicht nur eine Massenszene. Soll ich es dir zeigen?« Sie nahm ihre Mutter bei der Schulter und bewegte sie durchs Zimmer. »Du stehst da und tust so, als wäre der Tisch eine Telefonzelle in einem Hotel. Du versuchst hineinzukommen, doch ich komme raus und stehe dir im Weg. Wir weichen nach hier und nach da aus, weil wir beide versuchen, einander Platz zu machen, bis du schließlich müde wirst und an mir vorbeigehst.«

»Sagst du etwas?«

»Nein.«

»Was ist mit deinem Gesicht? Musst du böse gucken?«

»Die Kamera ist auf dem Gesicht des anderen Schauspielers, nicht auf meinem. Man sieht mich nur von hinten.«

»Ach, das ist schade!«

»Na ja, schon – aber es ist besser als nichts, findest du nicht? Keinem anderen Statisten wurde mehr angeboten, als beim Hochzeitsempfang herumzustehen.«

»Wir müssen aussehen wie ein Paar turtelnder Tauben.« Charlotte schmunzelte, als sie sich vor- und zurückneigten.

Estelle brach lachend auf einem Stuhl zusammen. »Ja, es ist komisch, das zu machen, aber es ist ein Anfang, oder?«

Ihre Mutter ging, um einen Tee zuzubereiten, und als sie zurückkehrte, hatte Estelle die Arme auf den Tisch gelegt und ließ ihren Kopf darauf ruhen. Bei der Berührung von Charlottes Hand an der Schulter setzte sie sich erschrocken auf.

»Warum gehst du nicht noch für eine Stunde ins Bett, Beti? Ich verspreche, dass ich dich rechtzeitig zur Arbeit wecke.«

»Aber es ist nicht fair, dich wieder allein zu lassen. Du bist den ganzen Tag allein gewesen.«

»Das war ich eigentlich nicht.« Ihre Mutter lächelte. »Flora ist vorbeigekommen, um mich zu sehen. So ein nettes Mädchen. Sie war ziemlich aufgewühlt, wie sich herausstellte.«

»Aufgewühlt? Warum denn?«

»Sie ist zu ihrer ersten Probe für das neue Stück gegangen, in dem sie mitspielt, und musste feststellen, dass der Direktor ihr Ex-Verlobter ist. Er hatte ihr vor ein paar Jahren einen Antrag gemacht und hat dann eine andere geheiratet.«

»Oh, die arme Flora!« Estelle fragte sich, wie sie damit umgehen würde, neben dem Mann zu arbeiten, der ihr das Herz gebrochen hat. Was Ben tat, war schlimm gewesen, doch immerhin hatte sie nicht die Tortur zu erleiden, ihn mit jemand anderem zu sehen.

»Ich glaube, sie war froh, dass sie sich jemandem anvertrauen konnte«, fuhr ihre Mutter fort. »Ich habe den Eindruck, dass sie ihren Eltern nicht so nahesteht.« Charlotte beugte sich vor und strich Estelle über das Haar. »Wir sind glücklich, oder?«

Estelle wich dem Blick ihrer Mutter aus und nickte. Insgeheim fand sie es seltsam, dass Mataji mehr über Floras Privatleben wusste als über das ihrer Tochter.

»Und da ist noch etwas, was ich dir erzählen möchte, bevor du dich ausruhst.« Charlotte lächelte. »Ich gehe morgen zu einem Vorstellungsgespräch. Für eine Arbeit. Flora hat von der Telefonzelle unten an der Straße den Anruf für mich gemacht.«

»Was für eine Arbeit?«

»Gesellschaft für eine ältere Dame. Es ist nicht weit von hier. Flora meinte, ich kann gut zu Fuß hingehen.«

»Was musst du machen?«

»Nichts allzu Schweres. Nur leichte Hausarbeit, Essen zubereiten, solche Dinge.«

»Aber du hast in Kalkutta nie Hausarbeit gemacht! Oder Essen gekocht!« Estelle schüttelte den Kopf.

»Kochen und Putzen für eine alte Dame wird wie ein Spaziergang sein im Vergleich zu einigen der Jobs, die ich hatte. Hast du eine Ahnung, wie es in Bombay zum Höhepunkt der Pestepidemie war? Die Menschen starben reihenweise, unter unsäglichen Schmerzen, übersät von Beulen. Korridore voller Körper, belagert von Fliegenschwärmen …« Charlotte zuckte mit den Schultern. »Woher kannst du das auch wissen? Du warst nicht einmal geboren.«

Estelle öffnete den Mund, um das auszusprechen, was ihr bei der Erwähnung von Bombay in den Sinn gekommen war – die Frage, die nie weit entfernt war. *Nein, ich war noch nicht geboren – doch meine Schwester war es. Erzähl mir von ihr. Erzähl mir, wie du allein mit einem Baby klargekommen bist. Und erzähl mir, wie sich die Liebe in Hass verwandelt hat.*

Doch die Worte blieben ungesagt. Ihre Mutter war in guter Stimmung – lebhafter als je zuvor, seit sie Kalkutta verlassen

191

hatten. Estelle wollte es nicht kaputt machen, indem sie eine Wand des Schweigens hervorrief. Sie würde geduldig sein müssen – Mataji noch ein wenig mehr Zeit geben, um sich an dieses neue Leben zu gewöhnen, bevor sie versuchen konnte, das alte noch einmal zu durchleben. Stattdessen sagte sie also: »Nun, solange du dich nicht verausgabst.«

»Das werde ich nicht.« Ihre Mutter goss einen Tee ein und schob die Tasse mit Unterteller über den Tisch. »Trink jetzt und geh ins Bett. Ich werde dich rechtzeitig zur Arbeit wecken. Und am Morgen, wenn du zum Film gehst, brauchst du dir keine Sorgen um mich zu machen. Ich werde den ganzen Tag beschäftigt sein.«

* * *

Estelle richtete gerade ihren Hut in der Statistengarderobe, als einer der Bühnenhelfer den Kopf durch die Tür steckte.

»Nachricht für Miss Thompson: Mr Korda will Sie in seinem Büro sehen.«

»Mr Korda?«

Er hatte bisher nicht mit ihr gesprochen und sie in keiner Weise wahrgenommen, seit er sie im Castingbüro angestellt hatte. Er war eine gottgleiche Person und rief seine Anweisungen von weit oben. Beim Sprechen schob er sich das Haar aus der Stirn und wirkte eher wie ein Universitätsprofessor als ein Filmregisseur. Und er war immer höflich, schrie niemals jemanden an. Er überzeugte die Menschen einfach, das zu tun, was er wollte.

Sie hatte gehört, wie sich die anderen Statisten flüsternd über seine Frau unterhielten – die atemberaubend schöne Frau mit den riesigen dunklen Augen, die vom Rand aus zusah. Estelle hatte sie sofort erkannt. Sie war die Helena von Troja. Als der Film nach Kalkutta kam, hatte Estelle ihn fünfmal gesehen. Doch die anderen erzählten, dass das Aufkommen des Tonfilms ihre Karriere beendete, da ihr ungarischer Akzent noch stärker war als der ihres Mannes. Wie traurig, dachte Estelle, dass jemand so Schönes auf dem Höhepunkt des Erfolgs auf einmal am Ende war.

Während sie dem Bühnenhelfer zum Büro des Regisseurs folgte, fragte sie sich, worum es ging. Hatte sie etwas falsch gemacht? Hatte er seine Meinung über sie in der Szene mit der Telefonzelle geändert?

Als sie den Raum betrat, blickte er von dem Haufen Unterlagen auf seinem Schreibtisch auf. Er schob seine Brille ein Stück die Nase hinunter und blickte sie über den Rand hinweg an.

»Können Sie weinen, Miss Thompson?«

»Weinen?« Verwirrt blickte sie ihn an. »Sie meinen, in der Telefonzelle?«

Er schüttelte den Kopf. »Eine der Schauspielerinnen kann nicht rechtzeitig zum Dreh kommen. Ann Todd. Sie hat sich bei einem Autounfall ein Bein gebrochen. Sie sollte Miss Hutchinson spielen, die Sekretärin.«

»Oh, das ist …«

»Sie ist in ihren Boss verliebt, doch er bemerkt es nicht, bis es fast zu spät ist«, fuhr er fort, bevor sie noch ihr Mitleid zum Ausdruck bringen konnte. »Sie sind im richtigen Alter und Sie haben das richtige Aussehen. Und, wie meine Frau bemerkt hat, stechen Sie zwischen den anderen Statisten heraus wie eine Goldmünze in einer Tasche voll Pennys.«

»S…sie bieten mir die Rolle an?«

»Wir müssen Sie natürlich erst testen.« Er nahm die Brille ab und rieb sie über den Stoff seines Hemdes. »Es ist eine kleine Rolle, doch sie ist absolut wichtig. Sie benötigt viel … Feinheit, eine Gefühlstiefe, die auf subtile Weise vermittelt wird. Meinen Sie, Sie können das?«

* * *

Anfangs blendeten sie die Lichter. Es unterschied sich sehr davon, ein Statist zu sein, jemand in einer Menge. Der Beleuchter hatte mehr als eine halbe Stunde gebraucht, um den gewünschten Effekt zu erzielen. Es war nur ihr Gesicht, das in der Aufnahme zu sehen sein würde, hatte er gesagt. Die Kamera musste die Gefühle erfassen.

Sie hatte nur eine Textzeile, bevor sie in Tränen ausbrechen musste. Sie wiederholte sie unentwegt in ihrem Kopf. Die Diktion musste perfekt sein. Es durfte keinen Hinweis auf ihren indischen Akzent geben, der den Jungen am Sandwichstand auf der Lisle Street zu der Annahme veranlasst hatte, dass sie Ausländerin war.

Als sie Mr Korda »Action!« rufen hörte, holte sie tief Luft und zählte stumm bis drei, wie er ihr gesagt hatte. Die Worte kamen heraus, wie sie sie eingeübt hatte, kein Zögern oder Stolpern über Silben. Sie blinzelte einmal, zweimal, befahl ihren Augen überzufließen. Sie erinnerte sich daran, was Flora ihr vor ein paar Abenden vor dem Café de Paris erzählt hatte: *Ich denke an Dinge, die mich im wirklichen Leben zum Weinen gebracht haben …*

Sie stellte sich Ben vor, erinnerte sich daran, was sie empfunden hatte, während sie vor dem Savoy stand und seinen Brief gelesen hatte. Doch die Tränen wollten nicht kommen. Irgendwas in ihr war verhärtet. Die Erinnerung an sein Gesicht hatte nicht mehr die Macht, sie zum Weinen zu bringen.

Bitte, lieber Gott, lass mich diese Chance nicht vertun!

Die Lichter brannten auf sie herab. Sie fühlte, wie sie von der Hitze fast ohnmächtig wurde und Panik in ihrem Bauch aufstieg. Sie konnte die Gesichter der Männer dahinter nicht sehen, doch sie spürte, dass sie verlor.

Dann blitzte ein Bild in ihrem Kopf auf: ihre Mutter, die in der Wohnung in Kalkutta auf dem Sofa zusammengebrochen war, von Schluchzern geschüttelt, während sie das Geheimnis preisgab, das sie fast zwei Jahrzehnte für sich behalten hatte, und dabei den Albtraum noch einmal erlebte, wie sie im Alter von vierzehn mit einem Baby verlassen wurde.

Bei der Erinnerung schnürte sich Estelle die Kehle zu und Tränen traten ihr in die Augen.

»Und Cut!«

Estelle zitterte, als sie wieder in Mr Kordas Büro gerufen wurde.

»Sie können sich entspannen, Miss Thompson – das war gut.« Er nahm die Brille ab und rieb sie über den Stoff seines Hemdes. »Eigentlich war es sogar besser als gut. Die Pause vor den Tränen – da werden die Zuschauer gespannt auf der Stuhlkante sitzen und sich fragen, was Sie gerade denken, wie Sie reagieren werden. Es gibt nicht viele Nachwuchsschauspielerinnen, die das hinbekommen.«

»Da...danke, Mr Korda, ich ...«

»Aber der Akzent«, fuhr er fort. »Der ist fast zu sehr Oberklasse für eine Sekretärin, oder? Zu sehr oberstes Regal. Aber das ist eine Kleinigkeit. Daran können wir arbeiten. Ich werde Ihren Vertrag bis heute Abend fertig haben. Vergessen Sie alles andere, was man Ihnen gesagt hat. Sie werden Make-up- und Kostümproben brauchen. Morgen drehen wir Ihre erste Szene.«

KAPITEL 18

Drei Wochen später

Am Ende der Samstagsmatinee im Westminster hatte sich Estelle in Floras enge Garderobe unter der Bühne gedrängt. Sie prosteten sich mit Teetassen zu und aßen Schokoladenéclairs.

»Weißt du«, sagte Estelle zwischen zwei Bissen. »Ich habe dich erst gar nicht erkannt, als du auf die Bühne gekommen bist.«

»Das wundert mich nicht, mit der schrecklichen Perücke!« Flora neigte den Kopf zu dem roten Lockenmopp, der an einem Haken neben dem Spiegel hing.

»Nein, das war es gar nicht. Du warst eine völlig andere Person. Dein Akzent, wie du dich bewegt hast – alles an dir war einfach nur …« Sie machte eine Pause und suchte nach den richtigen Worten, um zu beschreiben, wie sich Flora von der bezaubernden, kultivierten Person, die sie sonst war, zu einer groben und bemitleidenswerten schottischen Prostituierten verwandelt hatte. »Die Sache ist, dass ich Wendy Barrie und Joan Gardner – die Hauptdarstellerinnen bei dem Film – beobachtet und versucht habe, zu lernen, was sie machen. Doch beide sind nichts im Vergleich zu dir.«

»Das ist lieb von dir.« Flora lächelte.

»Damit stehe ich aber nicht allein, das weißt du, oder?« Estelle wühlte in ihrer Handtasche. »Hast du die Kritik im *Evening Standard* gelesen? Hör zu: ›Miss Robsons pointierte Darstellung ist der Höhepunkt des Stücks. Ihre großartigen, schluckenden Schluchzer scheinen so tief aus einem verletzten Herzen zu kommen, dass man es beim Zuhören kaum ertragen kann.‹«

»Ich lese nie, was die Kritiker schreiben.« Flora zuckte mit den Schultern. »Sie sind normalerweise entsetzlich und das schreckt einen ab.«

»Nun, dieser eine nicht. Er sagt weiter, dass du eine ›traurige, tragische Schönheit‹ hast.«

»Er muss was getrunken haben, als er das geschrieben hat! Niemand hat mich jemals eine Schönheit genannt – ob tragisch oder sonstwie!«

Estelle schüttelte den Kopf. »Du solltest nicht so hart mit dir selbst sein. Du warst umwerfend – und es muss doppelt schwierig für dich sein, wo Tony Regie führt.«

»Es ist nicht einfach, ihn jeden Tag zu sehen.« Floras Augen trübten sich. »Er hat am Premierenabend seine Frau mitgebracht. Ihr Name ist Judy. Das war hart. Ich habe fast die Nerven verloren. Aber die nackte Wahrheit ist, dass ich das Schauspielern mehr liebe, als ich ihn je geliebt habe. Als ich das erkannt habe, hatte ich plötzlich die nötige Kraft, auf die Bühne zu treten.«

Estelle stellte sich vor, was sie empfunden hätte, wenn Ben am Set in Elstree mit einer neuen Frau im Schlepptau aufgetaucht wäre. Obwohl sie darüber hinweg war, um ihn zu weinen, wusste sie nicht, wie sie damit umgehen würde, wenn sie ihn leibhaftig vor sich sehen würde.

Flora beugte sich vor, um Estelles Tasse nachzufüllen. »Wie auch immer, ich habe interessanten Tratsch für dich. Hast du schon gehört, was London Films als Nächstes macht?«

Estelle schüttelte den Kopf.

»Einen Film über die Frauen von Heinrich VIII. Mein Freund Robert Donat hat eine Einladung zum Vorsprechen für die Rolle des Thomas Culpeper bekommen. Offenbar gibt es da großes Interesse aus Hollywood. Es klingt, als ob dein Mr Korda kurz davor ist, einen Volltreffer zu landen.«

Estelle spürte einen Stoß Adrenalin. »Davon ist noch nichts am Set erwähnt worden – zumindest habe ich nichts davon gehört.«

»Hat er mit dir über andere Rollen nach dieser gesprochen?«

»Nein, hat er nicht. Ich fühle mich, als wäre ich auf Probe. Ich bin mir nie sicher, ob ich etwas richtig oder falsch gemacht habe.«

»Bist du bei deiner Suche nach einem Agenten schon weitergekommen?«

»Irgendwie habe ich nie Zeit.« Estelle seufzte. »Ich schaffe es so gerade, mich aus Elstree zum Café de Paris zu schleppen und wieder zurück. Meine Mutter möchte, dass ich aufhöre, als Tanzhostess zu arbeiten, da sie jetzt eine Stelle hat – doch ich habe Angst davor.«

»Ich weiß gar nicht, wie du das alles schaffst.« Flora griff nach den Éclairs und bot sie Estelle an.

»Nein, danke. Ich hätte schon das letzte nicht mehr essen sollen.« Estelle stand auf. In dem Umkleideraum war es heiß und stickig. Sie fühlte sich, als bräuchte sie etwas frische Luft. »Ich geh besser – in weniger als einer Stunde hast du noch eine Vorstellung, oder?«

Floras Antwort hörte sie nicht mehr. Während sie den Raum durchquerte, krümmte sie sich auf einmal von einem durchdringenden Schmerz in ihrem Innern. Sie brach auf dem harten Linoleumboden zusammen und hielt sich den Bauch. Es fühlte sich an, als hätte man sie mit einem glühend heißen Schürhaken gestochen. Das Letzte, was sie sah, war Floras rote

Perücke, die wie ein toter Makak vor ihren Augen hing, dann wurde sie ohnmächtig.

* * *

Estelle wachte in Panik auf, strampelte unter der gestärkten Krankenhausdecke und drehte den Kopf in dem vergeblichen Bemühen hin und her, ihre Anwesenheit in diesem fremden Zimmer zu begreifen.

»Alles ist gut. Versuch, dich nicht zu sehr zu bewegen. Du wirst schon wieder gesund werden.«

Floras Gesicht tauchte über ihr auf. Sie spürte eine Hand an der Schulter.

»W...wo bin ich?« Ihr Mund war staubtrocken. Sie zeigte auf einen Plastikkrug Wasser auf dem Nachttisch.

»Du bist im St. Thomas's Hospital. Dir ist in meiner Garderobe schlecht geworden – erinnerst du dich?« Flora goss Wasser in ein Glas.

»Welcher Tag ist heute?« Estelle versuchte sich aufzurichten, die Augen entsetzt aufgerissen. »Ich muss im Studio sein!«

»Beruhige dich! Es ist Sonntag, du musst nirgendwo sein.« Sie hielt Estelle das Glas an den Mund.

»A...aber letzte Nacht – ich hätte arbeiten müssen.«

»Mach dir keine Sorgen. Ich habe Mr Urry angerufen und ihm erklärt, dass du im Krankenhaus bist. Ich bin auch bei deiner Mutter gewesen. Sie will dich unbedingt sehen, doch sie darf erst zur Besuchszeit kommen. Ich darf eigentlich auch nicht hier sein – doch die Oberin war letzten Abend im Publikum, und es gelang mir, sie dazu zu überreden, mir fünf Minuten zu gewähren.«

»Was ist denn passiert? Was ist los mit mir?« Estelle hob die Bettdecke und bemerkte plötzlich den grünen Operationskittel an ihrem Körper.

»Du hattest eine … eine Operation.«

Estelle betrachtete Floras Gesicht. »Wie das? Ich … ich fühle überhaupt nichts …« Sie ließ das Laken los und hatte jetzt Angst vor dem, was sie erfahren würde.

»Das liegt an dem Morphium, das sie dir gegeben haben. Es war nur ein kleiner Eingriff an deinem Bauch. Ich … weiß auch nicht mehr, tut mir leid. Bald wird ein Arzt vorbeikommen und dir alles erklären. Ich muss jetzt zurück zum Westminster, um ein paar Sachen zusammenzusuchen, doch ich komme am Nachmittag zurück, das verspreche ich.«

* * *

»Können Sie sich aufsetzen?«

Die Stimme kam durch den Nebel eines Traums. Estelle dachte zuerst, sie sei von dem Beleuchter in Elstree. Sie trug das weiße Kleid mit den Chiffonärmeln, das in der Schlussszene zu ihrem Hochzeitskleid geworden war. Doch als sie an sich hinabblickte, bemerkte sie, dass es voll Blut war. »Miss Thompson – können Sie mich hören?«

Sie öffnete die Augen und sah ein unbekanntes Gesicht. Graue Iris und blasse, sommersprossige Haut. Ein Schnurrbart in derselben Farbe wie Floras Perücke.

»Ich muss Sie untersuchen.« Die Stimme war lebhaft und sachlich.

Sie versuchte, sich aus dem Kissen zu erheben, und fasste sich an den Bauch, als ihr eine Welle des Schmerzes durch den Körper schoss.

»Tut es weh?« Er neigte den Kopf zur Seite. Er erinnerte Estelle an die Sittiche, die von den Bäumen der Chowringhee Road herabgeflogen kamen, wenn sie und Dorothy ihre Proviantdosen im Maidan geöffnet hatten. »Sie werden eine weitere Dosis

Morphium benötigen. Sie haben sehr viel Glück gehabt, junge Frau – eine Eileiterschwangerschaft kann tödlich ausgehen.«

Sie versuchte den Mund zu öffnen, doch ihre Muskeln gehorchten ihr nicht, als ob sie noch immer bewusstlos und in einem Albtraum wäre. Nur ihr Herz registrierte die Wirkung und schlug gegen ihre Rippen wie ein Vogel, der hinter Glas eingesperrt ist.

»Wussten Sie, dass Sie ein Baby erwarteten?«

Fast unmerklich schüttelte sie den Kopf.

»Das ist keine Überraschung. Der Fötus war sehr klein – nicht mehr als ein Bündel Zellen –, doch eine Bauchhöhlenschwangerschaft kann trotzdem beträchtlichen Schaden anrichten. Es wird keine Babys mehr geben. Da können Sie sicher sein.«

Estelle starrte ausdruckslos in die Augen, die frei von Mitleid waren. Gelähmt vor Schock und Schmerz, konnte sie weder sprechen noch weinen.

»Wissen Sie, wir mussten beide Eileiter entfernen.« Er fuhr unbarmherzig fort, während er sich offensichtlich der schonungslosen Gewalt seiner Worte nicht bewusst war. »Sie hatten eine Infektion, vielleicht schon vor Monaten bekommen. Eine beim Geschlechtsverkehr übertragene Krankheit, die die Eileiter vernarben lässt.« Er schürzte die Lippen, als er den Satz beendete, als hätte er es mit einem üblen Geruch zu tun, den er möglichst schnell loswerden wollte.

»Ich muss die Wunde untersuchen. Können Sie bitte Ihr Nachthemd anheben, Miss Thompson?«

Erst als er ging und die grünen Vorhänge noch immer um ihr Bett zugezogen waren, kamen ihr die Tränen.

* * *

»Estelle!« Floras Gesicht tauchte hinter dem Vorhang auf. »Oh, Liebes – bitte wein doch nicht!«

Das Mitleid ihrer Freundin verstärkte nur noch Estelles Trauer. Sie konnte ihr Schluchzen nicht verhindern und weinte in das gestärkte weiße Laken, sodass es weich und durchsichtig wurde. Wie konnte sie es Flora erklären? Was im Himmel würde sie sagen, wenn sie wüsste, was die Ursache des Dramas in ihrer Garderobe war?

»Es ist schon gut.« Flora strich Estelle über den Kopf. »Du musst nichts sagen. Ich weiß, was passiert ist.«

Estelle riss entsetzt die Augen auf.

»Ich habe mit angehört, wie es der Arzt der Oberin erzählt hat.«

»Ich … ich … ha…habe nicht …« Estelles Stimme holperte und erstarb.

»Psst! Hol einfach tief Luft. Versuch, nichts zu sagen. Du musst mir gar nichts erklären. Du bist nicht das erste Mädchen, das eine ungeplante Schwangerschaft hatte, weißt du. Es geschieht oft, wenn du in der Fabrik arbeitest. Ich war Fürsorgebeauftragte, so sind die Mädchen aus der Produktion, um Hilfe bittend, zu mir gekommen.« Sie machte eine Pause, ergriff mit den Fingern eine Haarsträhne und schob sie sanft hinter Estelles Ohr. »Also denk bitte nicht, dass ich dich verurteilen werde. Es passiert einfach. Das Wichtigste ist jetzt, dass es dir wieder gut geht.«

»D…du wirst nicht …«, stammelte Estelle. »M…meine M…mutter …«

»Keine Sorge – ich werde kein Sterbenswörtchen sagen. Wir können ihr erklären, dass es eine Blinddarmentzündung war. Der Arzt wird ihr nichts sagen – er darf es nicht.«

Estelle nickte. Ihre Mutter durfte das niemals erfahren. Sie hatte in ihrem Leben schon genug erlitten, um jetzt noch diese neue Last zu tragen.

Während Flora ihr die Schläfen massierte, schloss Estelle die Augen und versuchte, die Gedanken zu verdrängen, die ihr im Kopf hämmerten. Sie hatte das Baby von Hutch in sich getragen. Und die Krankheit, die es getötet hatte, musste von Ben gekommen sein. Ein einziges Mal reichte also aus. Denn es war nur einmal gewesen, mit jedem von ihnen. Wie hatte sie annehmen können, dass es keine Folgen hat? Dass sie sich diesen verlangenden Gefühlen hingeben und ungeschoren davonkommen konnte?

Sie hatte nie darüber nachgedacht, ob sie einmal Kinder bekommen würde. Das war etwas, das sie einfach für gegeben betrachtet hatte – dass es eines Tages in der fernen Zukunft geschehen würde. Und jetzt würde es das niemals.

»Ich hätte gern Kinder gehabt.« Floras Stimme unterbrach ihre Gedanken. »Als Tony mich gefragt hatte, ob ich ihn heiraten wolle, da wollte ich drei oder vier. Ich glaube, das hat ihn vielleicht abgeschreckt. Er hatte seine Vorstellung von uns beiden, wie wir durchs Land reisen, Theaterstücke aufführen und eine wunderbare Zeit zusammen haben. Ich glaube nicht, dass Kinder da hineingepasst hätten. Und jetzt …« Sie verstummte mit einem leichten Seufzer. »Nun, man kann nicht alles haben, oder?«

* * *

Nachdem ihre Mutter am Abend gegangen war, lag Estelle reglos da und beobachtete die Dämmerung durch das Fenster neben ihrem Bett. Als die Sonne hinter dem Horizont verschwunden war, wirkte der Himmel wie von dunklem Rot, Orange, Rosa und Blau gesprenkelt. Sie dachte an das winzige Wesen, das in ihr lebendig geworden war, noch bevor sie von seiner Existenz gewusst hatte. Es kam ihr so unpassend vor, dass die Welt da draußen trotzdem noch schön aussehen konnte.

Sie quälte sich selbst, indem sie sich fragte, ob das Baby ein Junge oder ein Mädchen geworden wäre, und versuchte sich vorzustellen, wie er oder sie ausgesehen hätte. Sie war außerstande, sich auszumalen, was sie getan und wie sie mit ihrem Leben weitergemacht hätte, wenn das Baby auf die Welt gekommen wäre. Sie konnte die Gedanken nicht ertragen, wie ihre Mutter reagiert hätte. Ein uneheliches Baby war schlimm genug. Dann hätte es noch den zusätzlichen Schock gegeben, wenn sie erfahren hätte, dass der Vater ein verheirateter Mann war. Und dass er nicht weiß war. Das wäre für ihre Mutter am schwersten zu ertragen gewesen.

Wo hätten sie mit einem Baby gewohnt? Wie hätten sie sich die Wohnung leisten können, wenn sie ihre Arbeit verloren hätte? Estelle stellte sich vor, wieder in dem verwahrlosten Hotelzimmer zu wohnen, das sie und ihre Mutter nach ihrer Ankunft in London belegt hatten. Das Hotel, in dem sich Dorothys Cousine Grace mit ihrem eigenen Baby versteckt hatte. Sie konnte sich die Kommentare fast im Wortlaut vorstellen, die Grace sicher zu hören bekommen hatte, als sie mit ihrem dunkelhäutigen Baby im Arm die Lisle Street entlanggegangen war – die feindseligen Blicke, die bissigen Bemerkungen, die Menschen, die hinter ihrem Rücken tuschelten, wenn sie ein Café oder ein Geschäft betrat.

Als das Tageslicht völlig verschwunden war, gingen ihre Gedanken zu ihrer Halbschwester in Bombay, die ohne Geld, mit einer zerbrochenen Ehe und einem Haufen Kinder zurückgeblieben war. Wäre sie wie Constance geendet? Verbittert, habgierig, gehasst von ihrer eigenen Mutter?

Dann tauchte Bens Gesicht vor ihren Augen auf. Indem sie sich ihm hingegeben hatte, hatte sie einen Pakt mit dem Teufel geschlossen, ihm erlaubt, sie mit der Vorstellung einer umwerfenden gemeinsamen Zukunft zu verführen, die er beschworen hatte. Was für einen Preis hatte sie für diesen brüchigen Traum bezahlt.

Nun, man kann nicht alles haben, oder?

Fast konnte sie Floras flüsternde Stimme in der Dunkelheit vernehmen. Flora hatte bereits in diesen Abgrund geblickt und sich mit einer Zukunft ohne Kinder abgefunden. Sie tat das, was sie liebte, und hatte damit Erfolg.

Doch Estelle war eine blutige Anfängerin. Was wäre, wenn die Kritiker *The Wedding Rehearsal* hassen würden? Würde es danach noch weitere Rollen für sie geben? Weit davon entfernt, alles zu haben, könnte sie schnell mit nichts zurückbleiben.

Sie schloss die Augen, als das Morphium sie überwältigte, und wollte einfach vergessen.

* * *

Estelle träumte von dem mondbeleuchteten Garten am Palast des Maharadschas – von den duftenden Zweigen von Jasmin und Frangipani, von den Flügeln eines Nachtfalters, die über ihr Gesicht strichen.

Sie konnte ihren Blick zunächst nicht fokussieren, als sie die Augen öffnete. Alles, was sie vor sich sah, war ein Durcheinander aus Rosa und Grün.

»Die sind heute Morgen abgegeben worden.«

Vage erinnerte sie sich an die Stimme. Sie gehörte einer der Schwestern von gestern.

Langsam wurde das Bild scharf. Es war ein riesiger Strauß Rosen – in ihrer Lieblingsfarbe –, so groß, dass sich der Vorhang nicht ganz um ihr Bett ziehen ließ.

»Da steckt eine Karte darin. Soll ich sie Ihnen geben?«

Der Tonfall war missgünstig. Offensichtlich wurde Estelle nicht als für ein solches Geschenk würdig empfunden.

»Ja, bitte.« Sie erkannte kaum ihre eigene Stimme. Noch immer heiser. Mehr wie eine Männer- als wie eine Frauenstimme.

In dem Umschlag befand sich eine Karte mit dem Logo von London Films. Auf der anderen Seite stand eine mit eleganter gestochener Handschrift geschriebene Nachricht:

Meine liebe Estelle,
mit Bedauern haben Maria und ich erfahren, dass Du krank bist. Wir senden Dir unsere besten Wünsche für eine schnelle Genesung.
Ich frage mich, ob Du nicht anfangen möchtest, über die nächste Rolle nachzudenken, die ich für Dich geplant habe, während Du Dich erholst. Ich finde nämlich, dass Du eine perfekte Anne Boleyn abgeben würdest.
Mit freundlichen Grüßen
Sándor Korda

»Von Ihrem Liebsten?« Die Krankenschwester warf ihr ein hämisches Grinsen zu, während sie sich über das Bett beugte.

»Nein, von meinem Regisseur.« Sie sagte die Worte mit so viel Würde, wie sie aufbringen konnte. Sie drückte die Karte an ihre Brust und klammerte sich an diese Rettungsleine, die ihr zugeworfen worden war.

Ich finde nämlich, dass Du eine perfekte Anne Boleyn abgeben würdest.

Als die Schwester hinter dem Vorhang verschwunden war, presste Estelle die Augen zusammen und schlug sie wieder auf, da sie befürchtete, dass alles nur ein Traum gewesen war. Doch da standen die Blumen, hell und duftend, nur wenige Zentimeter vor ihrem Gesicht. Und da waren seine Worte, schwarz auf weiß.

»Danke, lieber Gott«, flüsterte sie.

Kapitel 19

Sechs Wochen später

Auf dem Weg zu ihrem Treffen bei London Films schaute Estelle am Café de Paris vorbei. Der unverwechselbare Geruch beim Hinabsteigen der Treppe – von vergossenem Alkohol und schalem Zigarettenrauch – drehte ihr fast den Magen um. Dieser Ort würde für sie immer bittersüße Erinnerungen bewahren – an Hoffnung in jenen ersten trostlosen Tagen in London, vermischt mit dem Schmerz, was Hutch widerfahren war. Es war eine Erleichterung, dass sie hier nicht länger arbeiten und mit ihren Kräften Raubbau treiben musste, übernächtigt durch London zu jagen, während sie versuchte, das Filmen am Tage und den Tanz in der Nacht zusammenzubringen. Sie hatte viel geschlafen, als sie aus dem Krankenhaus gekommen war. Ihre einzige Verpflichtung vor Beginn der Dreharbeiten zu *Das Privatleben Heinrichs VIII.* waren Frisur- und Schminktermine und eine Fotositzung. Sie hatte Zeit, um London zu erkunden, einkaufen zu gehen und die Wohnung gemütlicher zu machen. Sie kaufte sich sogar ein Kochbuch und begann, die Rezepte an ihrer Mutter auszuprobieren.

Zu ihrer Überraschung war das Geld, das sie für *The Wedding Rehearsal* verdient hatte, mehr als ausreichend gewesen, um ihr über die Runden zu helfen. Sie hatte ihre Mutter um keinen Penny bitten müssen. Und Mr Korda hatte ihr nach Anne Boleyn weitere Rollen in Aussicht gestellt. Sie würde Teil einer neuen Gruppe Schauspieler und Schauspielerinnen sein, die in seinen verschiedenen Projekten mitspielen würden.

Sie hatte sich davor gefürchtet, Mr Urry sagen zu müssen, dass sie die Arbeit als Tanzhostess aufgeben würde. Doch anstatt wütend zu sein, freute er sich über ihren Erfolg. Sie hatte nicht gewusst, dass er neben seiner Tätigkeit als Unterhaltungsdirektor auch eine Agentur führte. Seine Kompetenz, erklärte er ihr, bestand nicht darin, Rollen für Schauspieler zu bekommen, sondern sich darum zu kümmern, dass ihre Verträge in finanzieller Hinsicht wasserdicht waren. Und so wurde er von ihrem Boss zu ihrem Agenten. Heute wollte er mit ihr die Konditionen durchgehen, die er für ihre zukünftige Karriere bei London Films vorbereitet hatte.

»Hast du über deinen Namen nachgedacht?«, fragte er sie, während sie das Dokument durchlas, das er vorbereitet hatte.

»Meinen Namen?«

»Wir sollten an etwas denken, woran man sich erinnert, an etwas Ungewöhnliches.«

»Oh.« Estelle ließ den Kopf sinken.

»Tut mir leid, ich wollte dich nicht beleidigen. Da ist nichts verkehrt an deinem Namen. Es ist nur so, dass Thompson ein ziemlich häufiger Name ist. Du brauchst etwas, mit dem du dich aus der Menge abhebst.«

»Ja, das brauche ich wahrscheinlich.« Darüber hatte sie noch nicht nachgedacht. Es war ihr bisher nicht in den Sinn gekommen, dass die von blinkendem Neonlicht umrahmten Namen am Tiger Cine genauso sehr einer Fantasie entsprungen sein konnten wie die Filme selbst.

»Hast du einen zweiten Namen?«

»Ich habe sogar zwei. Ich wurde getauft als Estelle Merle O'Brien Thompson.«

»Merle O'Brien, der Klang gefällt mir …« Er verstummte, sein Blick ging in die Ferne. Er sah aus, als würde er sich auf etwas konzentrieren, das sich an der Wand hinter ihr befand. »Was ist mit Oberon?«

»Oberon?«

»Du weißt schon, die Figur in *Ein Sommernachtstraum.*«

»Der Elfenkönig?«

»Ich glaube, es spielt keine Rolle, dass es eine männliche Figur war, oder? Es klingt sehr stark, sehr britisch.«

* * *

»Dann ist es Miss Oberon, richtig?«

»Ja, Mr Korda.« Estelle hielt den Atem an.

»Merle Oberon …« Er nahm die Brille ab und lehnte sich in seinem Stuhl zurück. Seine goldgesprenkelten Augen fixierten sie. »Ja. Das gefällt mir!« Er griff in eine Schublade und zog einen Stapel Papiere heraus. »Ich werde den neuen Namen auf deinen Vertrag setzen. In der Zwischenzeit benötige ich ein paar zusätzliche Einzelheiten von dir. Die Leute in Hollywood haben nach den Profilen aller Hauptdarsteller gefragt, die ich in den Filmen verwenden werde, die sie mitfinanzieren. Ich muss deinen Hintergrund kennen – wo du geboren bist, die Namen deiner Eltern, solche Dinge.«

Offenbar hatte er bemerkt, dass sie zusammengezuckt war. »Was ist los?«

»N…nichts. Mir ist nur ein wenig kühl, das ist alles.«

»Oh, das tut mir leid.« Er stand auf und schloss das Fenster. »Das Wetter ist auf einmal umgeschlagen, oder?«

Sie antwortete nicht. Ein Gefühl der Panik hatte ihre Zunge gelähmt. Er hatte ihr den Rücken zugewandt, und sie bemerkte vage, wie sich seine Schultermuskeln anspannten, als er das Fenster nach unten zog. Blöd, so etwas zu bemerken, wenn sie doch nachdenken musste, und zwar schnell.

Was auch immer du tust, erzähl es nicht den Filmbossen. Kein Wort über Kalkutta ... Die Worte von Hutch waren fest in ihrem Kopf eingebrannt.

»Also, dann fangen wir mal an, was? Deine Eltern – wie sind ihre Namen?«

Sie suchte nach ihrem Taschentuch und hielt es sich an den Mund. Sie hüstelte und murmelte eine Entschuldigung, während sie ihren Mund zur Bewegung zwang. »Ähm ... Charlotte und Arthur Thompson.«

»Und beide sind britisch?«

Was würde sie sagen, woher ihre Mutter kam? Sie schalt sich, dass sie nicht vorausgedacht und angenommen hatte, die Vergangenheit würde nicht mehr von Bedeutung sein, da sie jetzt eine Hauptrolle in einem Film hatte, der von Hollywood finanziert wurde.

»Mein Vater ist tot«, erwiderte sie. »Er kommt aus dem Norden von England. Meine Mutter kommt aus ... Wales.« Das Zögern war ihr Verderben. Sie hätte sich daran erinnern sollen, dass er sie durch die Kameralinse betrachtet hatte und ihre Gesichtsausdrücke besser kannte als sie selbst.

»Du verbirgst etwas vor mir, Estelle, oder?« Seine Augen waren die eines Fuchses.

In quälender Stille saß sie da. Er war so gut zu ihr gewesen. Sie wollte ihm die Wahrheit sagen.

Vertrau keinem Mann, der dir das Blaue vom Himmel verspricht.

Und wenn Hutch recht hatte? Wie könnte sie ertragen, dass ihre Träume zusammenbrechen würden?

»Maria fand, du hättest ein ausländisches Aussehen – ein exotisches Aussehen. Sie fragte sich, ob du von irgendwo anders nach Großbritannien gekommen bist, so wie wir.« Er nahm seine Brille und betrachtete sie, bevor er sie wieder aufsetzte. »Weißt du, Estelle, mir ist es egal, woher du kommst, woher deine Eltern sind – ob du überhaupt Eltern hast. Doch für die Amerikaner ist es wichtig.« Er faltete die Hände und ballte sie zu einer Faust. »Sie haben dort drüben strenge Regeln im Filmgeschäft. Hast du schon einmal von dem Hays Code gehört?«

Sie schüttelte den Kopf.

»Das ist eine Liste dessen, was man auf der Leinwand zeigen darf und was nicht. Will Hays ist der Leiter der Zensurbehörde. Regel Nummer sechs lautet, dass in einem Liebesfilm kein Mischling als Schauspieler oder Schauspielerin in einer Hauptrolle mit einem weißen Darsteller spielen darf.« Er seufzte missbilligend. »Sie haben dafür ein hässliches Wort: Rassenmischung. In Amerika ist es gegen das Gesetz, dass Menschen unterschiedlicher Rasse heiraten. Deshalb können sie auch nicht zulassen, dass so etwas dargestellt wird.«

Gegen das Gesetz? Das war sogar noch schlimmer als das, was Hutch angedeutet hatte.

»Verstehst du, was ich meine?«

Sie erkannte an seinem Blick, dass er es bereits gemerkt hatte.

»Wir haben alle unsere Geheimnisse, Estelle – Dinge, die wir nicht über uns preisgeben wollen.«

Er blickte von ihr weg zum Fenster. Sie sah, wie er seine Kiefermuskeln anspannte. »Du stehst am Anfang deiner Karriere. Niemand weiß irgendwas über dich. Wir können aus dir alles machen, was du sein willst.«

»Ist das wirklich möglich?« Ihre Stimme war nicht mehr als ein Flüstern.

»Im Kino geht es nur um Fantasie.« Er drehte sich wieder zu ihr und lächelte sie an. »Doch ich muss die Wahrheit über die echte Estelle Thompson kennen, bevor ich die Geschichte der Merle Oberon gestalten kann.«

* * *

Während sie an ihrer falschen Biografie arbeiteten, wurde das Mittagessen hereingebracht: geräucherter Lachs und Kaviar auf einem Silbertablett, dazu eine gekühlte Flasche Chablis und zwei Kristallgläser. Sie hatte gar nicht bemerkt, wie hungrig sie war.

»Ich denke, wir sollten sagen, du bist in einer relativ unbekannten Gegend geboren – nicht in Großbritannien, aber in einer weißen britischen Kolonie«, meinte er, während er den Wein einschenkte. »Hast du schon einmal von Tasmanien gehört?«

»Nein. Wo ist das?«

»Das ist eine Insel bei Australien. Ich habe neulich darüber gelesen. Irgendein Typ von dort hat gerade den Rekord im Fliegen um die Welt gebrochen. Du würdest nicht viel lernen müssen, um die Menschen davon zu überzeugen, dass du tasmanisch bist.«

»Tasmanisch«, wiederholte sie und horchte auf den Klang des Wortes. »Ja – ich denke, das könnte ich.« Sie löffelte etwas Kaviar auf eine Rolle Räucherlachs.

»Ich glaube, wir sollten trotzdem Indien in der Geschichte lassen«, fuhr er fort. »Es ist wahrscheinlich am sichersten, zu erzählen, dass deine Eltern beide tot sind, dass du nach Indien gebracht wurdest, als sie starben, um von deinen Taufpaten aufgezogen zu werden.« Er nahm das Glas an die Lippen und stellte es wieder ab, ohne davon getrunken zu haben. »Jetzt weiß ich es! Wir werden sagen, du bist im Palast eines Maharadschas aufgewachsen, dass dein Taufpate der Hausverwalter war – etwas in der Art. Es gibt dir den Hauch von Exotik, während es dich zugleich mit soliden englischen Vorfahren versieht.«

Er hatte sie mit vollem Mund erwischt. Sie hob die Hand, während sie schluckte. »Aber meine Mutter ist hier – in London.«

»Darüber wirst du Stillschweigen bewahren müssen.« Er strich sich übers Kinn. »Vielleicht könntest du sagen, dass sie deine Haushälterin ist.«

Estelle konnte ihre Reaktion nicht verbergen.

»Es tut mir leid, wenn das hart klingt.« Er beugte sich vor, um ihr Glas zu füllen. »Ich weiß, es ist nicht das Gleiche, doch auch ich musste mich völlig neu erfinden, als ich Ungarn verließ.« Er lehnte sich wieder auf seinem Stuhl zurück. »Meine Eltern hatten ein Gewürzgeschäft in Budapest. Als mein Vater starb, half ich meiner Mutter, es zu betreiben, doch antijüdische Gesetze zwangen uns dazu, es zu schließen. Deshalb fing ich an, Filmkritiken zu schreiben, um die Familie zu unterstützen. Ich habe zwei Brüder, die damals noch zur Schule gingen. Doch es war eine schlechte Zeit, um nach dem Weltkrieg als Jude in Ungarn zu sein. Hast du jemals von dem Weißen Terror gehört?«

Sie schüttelte den Kopf.

»Tausende Juden sind erschossen worden. Ich wurde verhaftet und …« Er brach mit einem Seufzer ab. »Du willst das alles gar nicht wissen. Wie auch immer, ich hatte Glück – sie haben mich nicht umgebracht. Danach habe ich meinen Namen geändert und versucht, mich weniger jüdisch zu machen. Ich bin nach Österreich gegangen, dann nach Amerika, und jetzt bin ich hier.« Er zeigte auf die Speisereste auf dem Tablett. »Wenn du den Eindruck hast, dies alles sei ein wenig extravagant, dann ist es das aus dem Grund, weil ich weiß, wie es ist, nichts zu haben. Ich will damit sagen, dass wir nicht darum herumkommen, alles zu tun, was notwendig ist, um zu überleben. Das mag hart sein, doch wir haben es auch mit einer harten Industrie zu tun. Wenn du es schaffen willst, dann musst du alles tun, was nötig ist, um dich einzufügen.«

Estelle beobachtete ihn, während er sein Glas hob und den Duft des Chablis einatmete, bevor er es an den Mund führte. Die Durchsichtigkeit der blassgold schimmernden Flüssigkeit im Kristall weckte eine Erinnerung in ihr an ein Erlebnis vor langer Zeit: der Mondfalter, der vor ihrem Fenster aus dem seidenen Kokon herauskam und seine durchsichtigen Flügel entfaltete.

Du musst alles tun, was nötig ist, um dich einzufügen.

Er hatte recht. Sie musste ihr altes Leben abstreifen, es so vollständig verbergen, dass es niemand erraten würde. Sie würde die Tafel abwischen und neu anfangen. Jawohl. Es gab Dinge, die sie liebend gern für immer vergrub. Doch was im Himmel würde sie ihrer Mutter erzählen? Wie würde sie ihr erklären, dass sie, ihre Mataji, aus ihrem neu geschriebenen Leben ausgeklammert wurde?

»Und noch eine Sache.« Er blickte sie fest an, während er sein Glas leerte. »Damit es klappt, musst du aufhören, Estelle Thompson zu sein. Von diesem Augenblick an musst du Merle sein. Ich werde allen am Set sagen, dass sie dich Miss Oberon nennen. Und du musst allen außerhalb von London Films sagen, dass sie dich mit deinem neuen Namen anreden. Das ist der einzige Weg.«

»Was – sogar meine Mutter?«

»Vor allem deine Mutter. Und wenn irgendwer anderes zum Haus kommt, dann muss sie daran denken, dich Miss Oberon zu nennen.« Er sah auf die Uhr. »So, ich habe eine Lichtprobe für dich bestellt. Von jetzt an hast du deinen eigenen Beleuchter. Er wird darauf achten, dass dein Gesicht vorteilhaft ausgeleuchtet ist. Danach habe ich für dich eine Kostümprobe bei Simmons in Covent Garden gebucht. Ich hoffe, du hast keine anderen Verpflichtungen – das kann schon ein paar Stunden dauern.«

»Vielen Dank, Mr Korda. Ich weiß es wirklich zu schätzen, was Sie alles für mich tun.« Sie stand auf, wobei ihr ganz schwindlig war von dem Ausmaß des Versprechens, das sie gegeben hatte. Doch ihre Sorge wurde von der Vorfreude darauf überdeckt, als eine Tudorkönigin ausstaffiert zu werden.

»Bitte – nenn mich doch Sándor.« Er lächelte. »Bei Mr Korda fühle ich mich wie hundert. Ich bin vielleicht älter als du, doch so alt bin ich auch nicht!«

»Danke ... Sándor.« Aus einem unerklärlichen Grund erinnerte sie der Klang seines Namens an sonnenwarme Feigen, die Dorothy und sie immer von den Bäumen im Maidan pflückten.

Als sie zur Tür ging, bemerkte sie eine gerahmte Fotografie an der Wand: ein Standbild seiner Frau aus einem Film namens *Love and the Devil*. Sie erinnerte sich daran, ihn gesehen zu haben. Was hätte sie damals gesagt, wenn ihr jemand erzählt hätte, dass sie sich eines Tages mit dem Ehemann der Darstellerin duzen würde?

»Sie war sehr schön, nicht wahr?«

»Sehr«, erwiderte Estelle. Erst als sie die Tür schon geschlossen hatte, bemerkte sie, dass er die Vergangenheitsform benutzt hatte. Als würde er über jemanden sprechen, der schon gestorben war.

KAPITEL 20

»Wir glauben, dass sie dies bei der Hinrichtung getragen hat.«
Der Kostümbildner trat zur Seite und Estelle sah sich im Spiegel.
»Die Kopfbedeckung und der Halsschmuck wurden natürlich
in der letzten Minute entfernt – sonst wäre das Beil womöglich
abgerutscht.«

Sie bemerkte, dass sich sein Gesicht überhaupt nicht veränderte. Während der vergangenen paar Wochen hatte sie
besonders auf die Gesichtsausdrücke der Menschen geachtet. Es
hatte in Elstree angefangen, wenn sie an der Seitenlinie gestanden und den Bemerkungen der Crew zugehört hatte. Sie sah,
wie schwierig es für manche Schauspieler war, die sich einen
Namen im Stummfilm gemacht hatten. Ihre Manierismen
waren übertrieben, und ihnen fehlte die Subtilität, die mit dem
neuen Medium des Tons benötigt wurde.

Sie machte sich bereits ihre Gedanken, wie sie mit dieser
neuen Rolle umgehen würde. Das Kostüm war wunderschön.
Atemberaubend. Doch wie würde sie die Gefühle einer Frau
zum Ausdruck bringen, die kurz vor ihrer Hinrichtung stand,
ohne dabei melodramatisch zu werden?

Sie hatte keine Zeit mehr, um nach der Anprobe nach Hause
zu gehen. Flora hatte sie zu einem Abendessen eingeladen, um

Robert Donat kennenzulernen – der die Rolle des Thomas Culpeper spielen würde.

»Robert bringt auch seine Frau Ella mit«, sagte Flora, als sie Estelle die Jacke abnahm. »Du wirst sie mögen. Ich habe eine Weile bei ihnen gewohnt, doch sie bekommen um Weihnachten herum ein Baby.« Als ihr bewusst wurde, was sie gerade gesagt hatte, presste sie fest die Lippen zusammen.

»Das ist schon in Ordnung.« Estelle berührte Flora am Arm. »Du musst nicht auf Zehenspitzen um mich herumschleichen.«

»Es ist schwer, oder? Über Jahre hinweg denkst du gar nicht daran, und dann siehst du auf einmal überall Babys.« Sie führte Estelle in die kleine Wohnküche an einen Tisch, der mit weißen Servietten verziert war, auf die Flora mit blassblauen Schnüren gebundene Lavendelzweige gelegt hatte. Fünf Plätze waren gedeckt. »Robert bringt auch einen Freund mit.«

»Oh.« Estelles Magen zog sich bei dem Gedanken zusammen, ihre neue Persönlichkeit bei drei weiteren Menschen auszuprobieren. Als sie Flora alles erklärt hatte, nickte diese nur.

»Dann ist es jetzt Merle! Und ich verspreche, deine Mutter nicht zu erwähnen. Roberts Freund sitzt eigentlich in demselben Boot. Er ist wie du neu in London und hat neulich einen Agenten kennengelernt, der ihm geraten hat, den Namen zu ändern und vorzugeben, sein Vater sei ein Earl, wenn er ins Filmgeschäft möchte.« Sie machte sich mit dem Korkenzieher an einer Flasche Chianti zu schaffen. »Ich dachte, du könntest ihm vielleicht ein paar Ratschläge geben.«

»Ich?«, lachte Estelle. »Ehrlich gesagt wollte ich deinen Rat hören, bevor die anderen eintreffen. Ich habe Angst, dass ich Anne Boleyn zu übertrieben darstellen werde. Ich komme irgendwie nicht in ihren Kopf hinein. Ich habe mich gefragt, was du tun würdest.«

Bevor Flora noch antworten konnte, läutete es im Flur. »Ich gehe mal und lass sie herein«, sagte sie. »Mach dir keine Sorgen – wir können später darüber reden.«

Es fühlte sich seltsam an, als Merle Oberon vorgestellt zu werden. Doch weder Robert noch seine Frau zeigten irgendwelche Anzeichen von Überraschung bei dem Namen.

Dann kam Roberts Freund. Estelle war etwas verwirrt von der Wirkung, die er auf sie hatte, indem er ihr einfach die Hand gab.

»David Niven. Es freut mich, dich kennenzulernen.« Seine Augen waren genauso dunkelblau wie Floras. Doch sie hatten ein schelmisches Zwinkern. »Robert hat mir erzählt, dass du ein großer Star wirst. Jetzt sehe ich auch, warum.«

Zu ihrer großen Verlegenheit spürte Estelle, wie sie errötete. »Es ist eigentlich nur eine kleine Rolle«, sagte sie. »Ich bin nur in den Eingangsszenen des Films.«

»Oh, aber sie ist die faszinierendste von allen Ehefrauen!« Er zog einen Stuhl für sie unter dem Tisch hervor, dann setzte er sich neben sie. »Ich wette, du wirst die anderen Königinnen in die Tasche stecken.«

Darüber musste sie einfach schmunzeln. Kurz danach erzählte sie ihm alles über Elstree, was sie von ihrer Teilnahme an *The Wedding Rehearsal* gelernt hatte. Von der entzückenden Maria Korda, die dazu verbannt war, hinter der Kamera zu sitzen und sehnsüchtig zuzuschauen, und alles nur wegen ihres ungarischen Akzents.

Sie fand heraus, dass David genau wie sie den Vater im Krieg verloren hatte. Sie spürte ihr schlechtes Gewissen, als sie ihm erzählte, dass ihre Eltern beide tot waren, und breitete dann die Geschichte aus, die sich Sándor ausgedacht hatte. Zum Glück war sie wirklich in einem Maharadschapalast gewesen, denn David wollte alles darüber wissen. Nachdem sie etwas über die

Ungerechtigkeit gegrübelt hatten, die Eltern so früh im Leben zu verlieren, brachte er sie mit Geschichten aus seinem englischen Internat zum Lachen, von dem er mit vierzehn geflogen war, weil er während einer Lateinprüfung gemogelt hatte.

Als der Abend vorbei war, küsste er ihr die Hand und sagte, er hoffe, sie wiederzusehen.

»Ich glaube, du hast einen neuen Verehrer«, sagte Flora, als sie das Geschirr spülten.

Estelle zuckte mit den Schultern. »Er ist sehr nett, unglaublich charmant. Aber ich möchte im Augenblick keinen Mann in meinem Leben haben.«

»Nun, das ist kaum verwunderlich bei dem, was du durchgemacht hast.« Flora wischte sich die Hände an der Schürze ab. »Soll ich uns noch Kaffee machen? Du wolltest ein paar Ratschläge, oder? Über das Spielen von Anne Boleyn.«

»Ja, bitte. Ich weiß wirklich nicht, wo ich anfangen soll. Es geht alles darum, dass sie hingerichtet wird. Es gibt nicht viele Dialoge. Ich muss mir wirklich vorstellen, wie sie sich gefühlt hat – und das muss ich irgendwie umsetzen.«

»Robert hat mir das Drehbuch gezeigt. Die Eingeweihten erzählen, der Teil mit Anna Boleyn wurde extra für dich hinzugefügt. Ursprünglich sollte der Film an der Stelle beginnen, wo Jane Seymour zur Königin gekrönt wird.«

»Wirklich?«

»Jetzt guck nicht so überrascht.« Flora schmunzelte. »Du hast ganz offensichtlich einen guten Eindruck gemacht. Du hast vielleicht nicht viele Szenen, doch es ist die emotional herausforderndste Rolle im ganzen Film. Mach es richtig und du bist auf dem Weg nach Hollywood – merk dir meine Worte.«

»Aber werde ich es auch richtig hinbekommen? Das ist es, wovor ich Angst habe.«

»Es ist etwas knifflig, das gebe ich zu, jemand Berühmtes zu spielen. Du musst dich mit der echten Frau auseinandersetzen.

Ich musste einmal Königin Viktoria spielen, als ich auf der Schauspielschule war. Die einzige Möglichkeit, wie ich sie in den Griff bekommen konnte, bestand darin, Ewigkeiten auf ein Gemälde in der Tate Gallery zu starren.« Sie machte eine Pause, der Löffel in ihrer Hand schwebte über dem Kaffeebecher. »Etwas Seltsames geschieht, wenn du richtig intensiv auf das Gesicht von jemandem starrst – eine Art Alchemie, die jeder rationalen Erklärung trotzt. Ich weiß nur, dass das Gemälde irgendwie mit mir gesprochen hat. Warum versuchst du es nicht auch einmal?«

* * *

Estelle entdeckte Anne Boleyn direkt am Trafalgar Square in der National Portrait Gallery. Sie blickte starr unter einem steif wirkenden Kopfputz aus perlenbesetztem schwarzem Samt hervor. Die weiße Haut der tragischen Königin wurde von einem Perlenhalsband betont, an dem ein goldenes B hing – genau wie das, welches der Kostümbildner ihr bei Simmons um den Hals gebunden hatte.

Estelle stellte sich so nah heran, wie es ging, und starrte in ein Paar verschmitzter kastanienbrauner Augen. Obwohl sie nicht lächelte, konnte man fast sehen, wie sich ihr Gesicht vor Heiterkeit verzog. Das war eine Frau, die gern Spaß hatte – jemand, der für den Künstler gut aussehen wollte, sich aber zweifellos danach sehnte, die unbequeme Kleidung und das enge Halsband so schnell wie möglich abzulegen. Das war eine Frau, stellte Estelle fest, die es wahrscheinlich vorgezogen hätte, nackt gemalt zu werden.

Sie dachte darüber nach, was sie über Anne gelesen hatte: über die Reihe von Liebhabern, für die sie angeklagt wurde. Wenn das stimmte, dann hatte sie gewusst, dass sie mit dem Feuer spielte, als sie mit ihnen schlief, obwohl sie mit einem

König verheiratet war. Doch wenn es nicht so war? Wenn es eine erfundene Anklage war, um sie loszuwerden, da es ihr nicht gelungen war, einen Sohn zu gebären?

Während Estelle noch immer in Annes Augen blickte, stellte sie sich vor, wie es sein müsste, gesagt zu bekommen, dass man bald sterben wird, während man ein Kind von gerade zwei Jahren hat. Wie es sich anfühlen würde, zu wissen, dass sich deine Tochter nicht an dich erinnern wird. Und plötzlich verschmolzen Annes Züge zu dem, was Estelle jeden Morgen als Erstes sah, wenn sie die Augen öffnete: das Gesicht ihres Vaters auf dem sepiafarbenen Bild.

Ihr schnürte sich die Kehle zu, als sie daran dachte, wie er starb, Tausende Kilometer von zu Hause entfernt. Hatte er gewusst, dass er sterben würde? War ihm bewusst, dass ihn sein einziges Kind niemals kennen würde?

Während sie die Tränen zurückdrängte, erkannte sie, dass sie gefunden hatte, wonach sie suchte.

* * *

Zwei Tage später begannen die Dreharbeiten. Die Szenenbildner von London Films hatten das Zimmer aus dem Tower of London nachgebildet, in dem Anne Boleyn in den Tagen vor ihrer Hinrichtung festgehalten wurde. Estelle wusste, wie authentisch es war, denn sie hatte am Vortag den richtigen Tower besucht. Als sie mit einer Gruppe Touristen durch die alte Festung ging, hatte sie nachempfunden, wie es sich angefühlt haben musste, innerhalb der dicken Steinmauern eingesperrt zu sein und zu wissen, dass der Tod der einzige Ausweg war.

Sie schloss die Augen, während sie vor dem Spiegel der Garderobe saß und in ihrer Erinnerung zurück an diesen Ort reiste. Um die Rolle gut zu spielen, musste sie sich selbst vergessen, wenn sie zum Set kam. Sie musste zu einem Gefäß für den Geist der todgeweihten Königin werden.

Und so wurde der Gang von der Garderobe zum Set zur Reise vom Hampton Court Palace zum Gefängnis am Fluss. Sie hatte darum gebeten, von niemandem angesprochen zu werden, bis gefilmt wurde – und dass das Produktionsteam sie so behandeln sollte, als wäre sie wirklich die verurteilte Frau. Als die Kameras liefen, war sie in einem so angespannten Zustand, dass ihre Hand zitterte, als sie sie an ihr Gesicht hielt.

In dieser ersten Szene hatte sie keinen Text zu sprechen. Sie musste nur durch das Zimmer gehen. Sándor wollte genau die richtige Menge an unterdrückter Qual. Das wären die Anfangsminuten des Films, und die Art, wie sie es spielte, würde die Atmosphäre für alles Nachfolgende festlegen. Sie musste es mit so wenigen Versuchen wie möglich hinbekommen. Sie spürte, je länger es dauerte, desto schwieriger würde es ihr fallen, die Subtilität des Gefühls herauszuarbeiten, die er suchte.

»Und Cut!«

Als seine Stimme über das Set dröhnte, wäre sie fast aus der Haut gefahren.

»Das war wundervoll! Genau richtig!«

Sie blickte auf und musste blinzeln, da sie von den starken Scheinwerfern geblendet wurde. Seine Worte gaben ihr ein Hochgefühl, doch sie musste es unterdrücken – sonst wäre der Geist von Anne Boleyn verschwunden.

Für die nächste Szene brauchten sie drei Aufnahmen, bis sie gut war. Sie musste an einem Tisch sitzen und nach einem Spiegel verlangen, damit sie ihren Nacken betrachten konnte. Dann musste sie eine der Kammerfrauen fragen, ob ihr Haarnetz die Haare aus dem Nacken halten würde, wenn das Beil herabkäme.

Der Spiegel ruinierte die ersten beiden Aufnahmen. Er musste in einem ganz bestimmten Winkel gehalten werden, damit sich die Lampen nicht darin spiegelten. Estelle spürte, wie ihre Konzentration nachließ. Sie benötigte jedes bisschen an Selbstdisziplin, um die Stimmung der Szene zu bewahren.

Die folgende Szene war für Sándor die entscheidende Einstellung. Es war der schwierigste Augenblick ihres kurzen Auftritts in dem Film, als die Männer kamen, um sie zum Schafott zu geleiten.

»Ist es schon Zeit?« Sie machte eine kleine Pause zwischen dem dritten und dem vierten Wort. Sie blickte zu Boden und biss sich von innen auf die Unterlippe. Sie musste jetzt feuchte Augen bekommen. Während sie die nächste Zeile sprach, mussten Tränen in ihren Augen sein.

»Mir wurde gesagt, der Henker sei … sehr gut.« Tränen brannten ihr in den Augen. Sie musste sie zurückhalten. Durfte sie nicht fließen lassen. Sie legte sich die bebende Hand an den Hals. »Und ich habe doch so einen zarten Hals, oder?«

»Und Cut!«

Irgendwo hinter den Lichtern hörte sie einen bewundernden Ruf. Und auf einmal applaudierte ihr die ganze Crew.

* * *

Estelle genoss es, ihrer Mutter von den Szenen zu erzählen, die sie filmte – doch sie wartete bis zum Wochenende, um ihr von der falschen Biografie zu erzählen, die das Studio erfunden hatte. Sie fürchtete sich vor der Krise, die es bei ihr auslösen würde. Die Fahrt nach England hatte ein besseres Leben bescheren sollen – und zwar für sie beide. Mataji in die Rolle der Haushälterin zu stecken, war demütigend und ungerecht.

Estelle kam am Samstagmorgen ein paar Minuten vor zehn aus ihrem Zimmer und roch das Brot, das im Bratrost getoastet wurde.

»Ich mache pochierte Eier!«, rief Charlotte aus der Küche. »Wie viele möchtest du?«

»Zwei, bitte!«, rief Estelle zurück. Sie setzte sich mit einem verkrampften Lächeln an den Tisch. Ihre Mutter war zu einer Expertin im Pochieren von Eiern geworden. Trotz ihrer anfänglichen Bedenken, keine Angestellten mehr zu haben, musste sie jetzt zugeben, dass sie wie ihre Tochter das Kochen genoss. Sie hatte sich schneller an diese neue Lebensweise gewöhnt, als Estelle erwartet hätte. Vielleicht würde sie sich genauso schnell an die neuen Anforderungen gewöhnen können.

»Da bist du ja, Beti.« Charlotte stellte den Teller vor sie auf den Tisch.

»Danke!« Für ihre Mutter würde sie immer Beti sein, egal, wie andere Menschen sie nannten. Und Mataji würde immer ihre Mutter sein – das würde sich auch nicht ändern, wie sehr man vorgeben würde, dass sie die Haushälterin wäre.

Nachdem Charlotte sich hingesetzt hatte, zog sie etwas aus ihrer Schürzentasche. »Das hier ist gestern angekommen.«

Sie schob einen Brief über den Tisch.

Estelle betrachtete den Umschlag. Die große, unsaubere Handschrift wirkte fast, als hätte es ein Kind geschrieben. Die Briefmarke trug das Antlitz des Königs vor dem Triumphbogen in Neu-Delhi.

»Er ist von deiner Schwester. Ein Bettelbrief.«

Estelle zog ein hauchdünnes Blatt Papier heraus. Der Inhalt bestand nur aus wenigen hingekritzelten Sätzen:

Mein Konto ist leer. Ich habe nichts als Reis und Kekse für die Kinder. Ich habe bei der Post nachgefragt, und sie haben gesagt, dass Du mir Geld aus London überweisen kannst …

Estelle schob den Teller mit dem halb gegessenen Frühstück von sich. »Ich gehe zum Postamt auf der Marylebone Road. Wie viel soll ich ihr schicken? Ich habe nichts von dem Vorschuss für *Heinrich VIII.* ausgegeben – was meinst du, wäre das genug?«

»Nein! Schick bloß nicht alles!« Charlotte fuhr sich verstört mit den Fingern durchs Haar. »Ich dachte, wir könnten vielleicht fünf Pfund geben. Mehr als das braucht sie nicht.«

»Aber die Kinder verhungern, Mataji!«

»Vergiss nicht, wie weit man in Indien mit Geld kommt, Beti. Mit fünf Pfund kann sie sie einen Monat lang ernähren!« Charlotte griff nach der Zuckerdose. Mit bebender Hand rührte sie zwei großzügig gefüllte Löffel in den Tee. »Sie will das Geld für sich selbst, nicht für die Kinder. Sie wird sie wahrscheinlich weiter mit Reis und Keksen füttern und ausgehen und sich von deinem Geld ein paar schöne Kleider kaufen.«

Warum hasst du sie so sehr?

Die Frage schwebte ungefragt in der Luft zwischen ihnen. Die Verbitterung in der Stimme ihrer Mutter war unnatürlich. Was konnte eine Frau dazu bringen, ihre Tochter so sehr zu hassen, dass sie lieber ihre eigenen Enkelkinder hungern ließ, als das Zerwürfnis zu schlichten?

»Lass mich zwanzig Pfund schicken, Mataji. Ich schreibe ihr und sage, dass die Hälfte davon für neue Kleider für die Kinder ist. Ich werde sie darum bitten, mir beim nächsten Mal ein Foto zu schicken, auf dem die Kinder die Kleider tragen.«

»Das ist trotzdem zu viel.« Charlotte schüttelte den Kopf. »Es würde mich wundern, wenn wir wirklich ein Foto bekommen. Sie hat noch nie einen Penny für diese Kinder ausgegeben. Wenn sie Geld hatte, dann ist sie schmuckbehangen herumgelaufen, während die Kinder gebrauchte Kleider trugen.«

»Was ist eigentlich passiert?« Estelle hielt den Atem an. »Ich meine, mit ihrem Mann? Wie hat er sein Geld verloren?«

»Er hat Autos importiert. Es gab einen Schiffbruch, und er verlor alles Geld, das er investiert hatte.« Charlotte zuckte mit den Schultern. »Armer Alec. Sie war nur an ihm interessiert, als er reich war. Seine Schwestern hatten versucht, ihn von der Hochzeit mit ihr abzubringen. Sie konnten sehen, was sie für eine kleine Goldgräberin war. Als die Ehe zerbrach, kamen sie ins Haus und nahmen ihr den ganzen Schmuck weg – der offenbar ihrer Mutter gehört hatte.«

Armer Alec? Estelle blickte verwirrt zu ihrer Mutter. Hatte sie nicht erzählt, dass Constance an einen bösen Mann geraten war? War es nicht der Grund gewesen, mit dem der Streit zwischen ihnen begonnen hatte?

»Wie auch immer, ich möchte jetzt nicht mehr darüber reden.« Als hätte sie ihre Gedanken gelesen, nahm Charlotte die Tasse an den Mund. »Lass dir nicht von ihr das Frühstück verderben, Beti. Komm schon, iss auf!« Sie schob den Teller mit Eiern zurück auf den Tischuntersetzer. »Ich möchte alle Neuigkeiten vom Studio hören. Du hast mir nicht erzählt, wie dein Treffen mit Mr Korda verlaufen ist.«

Estelle zögerte, während sie sich fragte, ob jetzt der richtige Zeitpunkt wäre, um von ihrem neuen Namen zu erzählen und den Konsequenzen, die sich daraus ergaben.

»Erzähl mir nicht, er hat seine Meinung darüber geändert, dich in alle diese Filme zu bringen.«

»Nein, Mataji, das ist es nicht.« Estelle grub mit ihrem Messer in ein Stück Toast. Geronnener Eidotter haftete an der Klinge. »Es ist nur, dass … na ja, ich habe einen neuen Namen. Einen Bühnennamen. Und er will, dass ich so tue, als sei es mein richtiger Name …«

Ihre Mutter hörte schweigend zu, während Estelle ihr die Notwendigkeit für die erfundene Lebensgeschichte erklärte.

»Ich muss so tun, als wäre ich deine Haushälterin!«
Charlotte grub sich den Daumennagel tief in das Fleisch ihrer
Handfläche, wie sie es immer tat, wenn sie etwas sehr aufregte.

»Nur, wenn jemand herkommt.« Estelle griff nach ihrer
Hand. »Es tut mir leid – es ist falsch, doch …«

»Doch das ist deine große Chance.« Ihre Mutter schloss die
Augen. Eine Träne lief ihr über das Gesicht und landete auf der
Tischdecke.

»Ach, Mataji!« Estelle sprang auf die Beine und zog ihre
Mutter an sich. »Bitte wein nicht – ich werde es wiedergutma-
chen, das verspreche ich dir. Wir werden ein großes Haus haben,
wunderschöne Möbel – all die Dinge, von denen du geträumt
hast. – Und dass wir einander mit anderen Namen anreden,
wird niemals etwas daran ändern, was wir wirklich sind, oder?«
Sie hasste es, was sie von Mataji verlangte. Während sie ihre
Mutter im Arm hielt, sprach sie ein stummes Stoßgebet, dass
sich dieses qualvolle Opfer lohnen würde.

TEIL 3

KAPITEL 21

Oktober 1932

Die Premiere von *Das Privatleben Heinrichs VIII.* lockte Unmengen von Kinogängern zu Londons Leicester Square. Fotografen drängten sich, um den Moment einzufangen, als Merle Oberon am Arm von Alexander Korda auf den roten Teppich trat.

»Denk nur immer dran zu lächeln, Liebling«, flüsterte Sándor, kurz bevor die Tür der Limousine geöffnet wurde. »Sie werden dich lieben!«

»Miss Oberon! Merle!« Fotoapparate klickten wie ein auffliegender Taubenschwarm, als sie das Auto verließ. Für einen Augenblick blieb sie so stehen, wie Sándor es ihr gesagt hatte, die Schultern zurück, den Kopf erhoben, ein Bein wenige Zentimeter vor dem anderen, mit gestreckter Zehenspitze und leicht gebeugtem Knie.

Sie erblickte den Mond, der blassgold gefärbt über dem Dach des Empire-Kinos stand. Für den Bruchteil einer Sekunde war sie wieder in Kalkutta auf dem Balkon bei Firpo's, wo sie den Nachthimmel über dem Kalighat-Tempel betrachtete. An jenem Abend hatte sie sich vorgestellt, Greta Garbo in *Das göttliche Weib* zu sein, und über die Macht fantasiert, die ein Filmstar ausstrahlte. Jetzt war der Traum Wirklichkeit geworden.

»Merle! Merle! Bekomme ich ein Autogramm?«

Sie hatte sich an ihren neuen Namen gewöhnt. Es war schon Monate her, seit jemand sie Estelle genannt hatte. Inzwischen dachte sie von sich selbst nur noch als Merle. Sie nahm den angebotenen Stift und unterschrieb mit einem Schnörkel, und ein halbes Dutzend andere hielten ihr Notizblöcke vors Gesicht, als sie fertig war.

Sie spürte den leichten Druck von Sándors Finger durch den langen weißen Handschuh, der ihren Arm bedeckte – das von ihnen vereinbarte Zeichen, um weiter über den roten Teppich zu schreiten. Die Handschuhe waren das einzige Kleidungsstück an ihr, das wirklich ihr gehörte. Das schräg geschnittene weiße Seidenkleid, entworfen von Madeleine Vionnet, war eine Leihgabe von Harrods, und auch das Diamantenhalsband und die Ohrringe gehörten ihr nur für diese Nacht und waren von Garrard – dem königlichen Juwelier. Der Silberfuchs um ihre Schultern stammte von Maria Korda, deren Parfüm sich wegen der Hitze, die Merles Körper ausstrahlte, gespenstergleich aus dem Pelz erhob.

Ein Meer lachender und jubelnder Gesichter säumte den Weg zum Kino. Sie blickte in diese und in jene Richtung, staunte, dass so viele Menschen an einem kalten Herbstabend nach draußen gekommen waren, um sie zu sehen. Natürlich nicht nur sie. Charles Laughton war der große Star – und Elsa Lanchester als Anna von Kleve. Doch – wie Flora ihr bei einem Besuch triumphierend mitgeteilt hatte – die Kritiken sagten, dass Anne Boleyn die herausragende Figur des Films war. Ihre Mutter war sofort hinausgeeilt, um eine Ausgabe des *Evening Standard* zu kaufen.

Ihre Mutter.

Wie erinnerungswürdig dieser Abend auch sein würde, so gab es doch eine spürbare Abwesenheit. Mataji saß allein zu Hause, anstatt an der Feier teilzunehmen.

Sándor hatte versucht, das Schuldgefühl zu lindern, das sie empfand, indem er vorschlug, dass ihre Mutter mit zu Harrods kommen sollte, als sie die Kleidung für die Premiere anprobierte. Doch Charlotte hatte während der ganzen Einkaufstour kein Wort von sich gegeben und es vorgezogen, still zu bleiben, anstatt sich der Demütigung auszusetzen, als bezahlte Angestellte vorgestellt zu werden. Es hatte sich unangenehm angefühlt und der anschließende Nachmittagstee im Ritz hatte die Spannung nicht vermindert. Ihre Mutter hatte die ganze Zeit über ihre Tasse und Unterteller gebeugt verbracht, als hätte sie versucht, ihr Gesicht zu verbergen.

»Hier entlang, Liebling.«

Sie blinzelte, als Sándor sie von den hellen Lichtern und knallenden Blitzbirnen des Leicester Square in das schwach erleuchtete Innere des Kinos führte. Beim Hinsetzen glitt ihr der Fuchspelz von der Schulter. Ihr Sitz bebte, als sich jemand neben ihr niederließ. Sie spähte zur Seite und sah die dickbäuchigen Umrisse von Charles Laughton.

Sekunden später war das Publikum in Dunkelheit gehüllt. Dann leuchtete das vertraute Logo von London Films auf der riesigen Leinwand: der Big Ben, wie er sich gegen einen finsteren Himmel abhebt, während die Glocken läuten und ein Gefühl von etwas Bedeutungsschwerem vermitteln. Und plötzlich war da ihr Name, auf der Hälfte unten an der Leinwand, in großen weißen Buchstaben.

Nach weniger als einer Minute tauchte sie im Film auf, angespannt und blass, wie sie am Morgen der Hinrichtung durch das kahle Schlafgemach im Tower von London schritt. Sie erschauderte innerlich beim Anblick ihrer selbst und fand, dass sie nervös aussah und ihre Stimme seltsam klang. Es gab nur wenige Szenen, bis das Beil fiel. Zu ihrer Überraschung brach das Publikum, das bis zu diesem Punkt völlig still gewesen war, in spontanen Applaus aus. Sie spürte Sándors Hand an ihrer Schulter.

»Sie lieben dich«, flüsterte er.

* * *

Als der Film zu Ende war, wurde sie in eine Reihe zwischen Charles Laughton und Elsa Lanchester geführt, um dem Herzog und der Herzogin von York vorgestellt zu werden, die als Ehrengäste bei der Premiere waren.

Sándor führte das königliche Paar die Reihe der Schauspieler entlang und stellte einen nach dem anderen vor. Als Merle an der Reihe war, war ihre Zunge wie gelähmt. Vielleicht war es der Gedanke, wie stolz ihre Mutter gewesen wäre, in so einem Augenblick dabei zu sein, der ihr einen Kloß in den Hals brachte. Sie erinnerte sich daran, zu knicksen, doch sonst brachte sie nur ein Lächeln zustande, als der Herzog sie für ihre Vorstellung lobte und die hübsche blauäugige Herzogin ihr Diamantenhalsband bewunderte.

Im Anschluss gab es eine Feier im Hotel Savoy. Es war ein bittersüßer Moment, als sie an Sándors Arm in die Lobby trat und sich daran erinnerte, wie sie an jenem kalten Sommernachmittag hergekommen war und nach Ben gesucht hatte. Waren wirklich erst fünfzehn Monate vergangen? Es kam ihr vor wie eine Ewigkeit.

»Wird Maria zu der Feier kommen?« Merle spähte über die Schulter, als Sándor ihr den Fuchspelz abnahm und der Garderobiere übergab. Auf seiner anderen Seite war im Kino ein Platz leer geblieben. Er hatte etwas gemurmelt, dass seine Frau Kopfschmerzen habe und sich bemühe, sie loszuwerden.

»Vielleicht.« Sein Gesicht war undurchdringlich, während er sie zu der Suite geleitete, wo der Rest der Schauspieler und das Filmteam bereits Champagner schlürften und Cocktailhäppchen knabberten. Sie fragte sich, ob die Gerüchte stimmten – dass Maria Korda den Erfolg nicht ertragen konnte, den ihr Mann genoss, während ihre eigene Karriere vorbei war.

»Geh und vergnüg dich.« Er ließ ihren Arm los. »Du hast es dir verdient.«

Merle entdeckte Flora auf der anderen Seite des Raums, wo sie sich angeregt mit Robert Donat und seiner Frau unterhielt. Flora war die neuste Verpflichtung von London Films. Auf Merles Drängen hin hatte Sándor sie sich in *The Anatomist* angesehen. Er war so von ihrer Bühnenpräsenz beeindruckt, dass er sie am nächsten Tag angerufen hatte, um ihr die Rolle von Kaiserin Elisabeth von Russland in seinem neuen Film über Katharina die Große anzubieten.

Sie hatte Merle zum Lachen gebracht, als sie beschrieb, wie sie gerade auf allen vieren das Treppenhaus ihrer Wohnung geputzt hatte, als der Anruf kam. Wenn er sie am anderen Ende der Leitung hätte sehen können, mit rosa Gummihandschuhen und einem Haarnetz, dann hätte er seine Meinung sicherlich sofort geändert.

Flora wohnte nicht mehr in der Wohnung in Marylebone. Sowohl sie als auch Merle hatten wegen ihrer guten Verträge mit London Films in den wesentlich eleganteren Bezirk St. John's Wood umziehen können. Merle drehte bereits Szenen für eine Verfilmung der *Scharlachroten Blume,* wo sie Lady Blakeney spielte, die weibliche Hauptrolle. Und Flora war als Königin Elisabeth I. für einen Film mit dem Titel *Feuer über England* besetzt worden.

»Hier kommt unser Star!«, rief Flora, als Merle zu der Gruppe kam. »Die Kritiker hatten recht: Du hast die anderen Ehefrauen in die Tasche gesteckt!«

»Psst!«, kicherte Merle und nahm ein Glas Champagner von einem vorbeikommenden Kellner. »Da drüben ist Elsa Lanchester!«

Flora drehte den Kopf. »Ich glaube nicht, dass sie mich gehört hat«, flüsterte sie. »Oh, sieh nur. Da ist David Niven – ich wusste gar nicht, dass er zurück ist.«

»Zurück von wo?« Merle hatte Roberts Freund seit dem Abendessen in Floras Wohnung vor einem Jahr nicht mehr gesehen. David stand neben einer Schauspielerin, die in dem Film Catherine Howard gespielt hatte.

»Er war drüben in Amerika, oder?« Flora schaute Robert fragend an.

Robert nickte und zeigte auf seinen Mund.

»Er hat gerade einen Teller Backpflaumen im Speckmantel verputzt – verfressener Kerl«, erklärte seine Frau. »Er wird erst wieder sprechen können, wenn er sie geschluckt hat.«

»Entschuldigung«, murmelte Robert endlich. »Wir hungernden Schauspieler müssen jede Gelegenheit nutzen, oder?« Er zeigte zu den Kellnern im Livree, die mit gefüllten Tabletts neben ihnen standen. »David ist gerade aus Hollywood zurückgekehrt. Er ist bei Samuel Goldwyn unter Vertrag, der ihn an unseren Mr Korda verliehen hat.«

»Samuel Goldwyn?«, fragte Merle und wechselte einen Blick mit Flora.

»Er hat ordentlich Glück gehabt. Er ist ein ziemliches Risiko eingegangen, als er hingefahren ist. Zunächst hat er Arbeit als Statist bekommen, doch er kam nicht weiter, wie er sagte, und konnte kaum davon leben, was sie ihm bezahlten. Also nahm er einen Teilzeitjob auf einem Boot an und fing Speerfische und wurde eines Tages mit seinem Boot von einer Gruppe wichtiger Leute aus Hollywood gebucht, von denen einer Sam Goldwyn war. Vor ein paar Tagen ist David zu Besuch gekommen«, fuhr Robert fort. »Wir haben uns über *Heinrich*

unterhalten – darüber, was die Kritiker über dich gesagt haben.«
Er warf Merle einen vielsagenden Blick zu. »Er meinte, dass
er wünschte, er hätte seine Chance im letzten Jahr genutzt. Er
nimmt an, dass du ihn jetzt wohl kaum noch anblicken wirst.«

Merle spürte, wie sie errötete. »Nun, ich … ich hatte nicht
viel Zeit für irgendwas dieser Art gehabt.« Das war nicht weit
von der Wahrheit entfernt. Innerhalb von einer Woche nach
ihrer Neuerfindung hatte Sándor eine Reihe von Regeln heruntergespult, denen sie vom ersten Drehtag bis zum Zeitpunkt der
Filmveröffentlichung zu folgen hatte. Wenn sie wollte, dass das
Publikum sie liebte, reichte es nicht, eine gute Schauspielerin zu
sein – sie musste die Art von mustergültigem, sauberem Image
kultivieren, die dem Kinopublikum gefiel. Was bedeutete, dass
sie sehr wählerisch in Bezug auf ihre Begleitung sein musste.
Für den Augenblick war es besser, überhaupt keinen Freund zu
haben. Und sie durfte unter gar keinen Umständen mit einem
verheirateten Mann oder einem mit zweifelhaftem Ruf in der
Öffentlichkeit gesehen werden.

Es war nicht einfach gewesen. Auf einmal schien es überall Männer zu geben – Männer, die ihr ohne die geringste
Ermutigung ihrerseits zu verstehen gaben, dass sie an ihr interessiert waren. Bei dem Tontechniker von *Das Privatleben
Heinrichs VIII.* war es ihr besonders schwergefallen, ihm zu
widerstehen. Groß und schlank mit feuchten braunen Augen,
hatte er ihr Kuchen oder Schokolade mitgebracht, die sie zum
Tee zwischen den Szenen essen konnte, ihr angeboten, sie nach
den Dreharbeiten nach Hause zu fahren, und sogar vor der
Garderobentür gewartet, um zuzusehen, wie die Maskenbildner
jeden Morgen ihre Haare machten und das Make-up auftrugen.

Einmal zu oft wurde er von Sándor von seinem erhöhten
Regisseurstuhl aus dabei erwischt, wie er mit ihr plauderte.
Sándor hatte Merle eindringlich angeblickt, als sie die Teetasse
an den Mund nahm. Er sagte nichts, bellte keine Warnung von

237

seinem erhöhten Sitz. Er hob nur die linke Augenbraue ein kleines Stück. Das war ausreichend, um sie wissen zu lassen, dass sie sich von einem Mann wie Anthony Watkins fernhalten sollte.

Vor Kurzem war die Versuchung in Gestalt ihres Filmpartners bei der *Scharlachroten Blume* aufgetaucht. Er hatte denselben Vornamen wie Hutch – Leslie. Sein Nachname begann sogar mit demselben Buchstaben: Es war Leslie Howard. Dieser Zufall hätte ihr wahrscheinlich eine Warnung sein sollen. Doch sie wurde von seinem eleganten, fast aristokratischen Benehmen angezogen und seiner Fähigkeit, sie zum Lachen zu bringen, wenn die Dinge beim Dreh mal danebengingen.

Die Sache hatte mit einer leidenschaftlichen Kussszene begonnen, für die sie fast zwanzig Aufnahmen brauchten, um sie richtig zu machen. Danach hatte er zugegeben, dass er sich absichtlich im entscheidenden Moment bewegt hatte, um die Intimität so lange wie möglich zu verlängern.

An jenem Nachmittag war er zu ihrer Garderobe gekommen, als sie nicht mehr als das Korsett ihres georgianischen Kostüms trug. Er hatte die Ankleiderin bestochen wegzugehen, damit er sich ihr nähern und die nackte Haut ihrer Schultern küssen konnte – und so ihren Körper entflammt. Allein aus Angst vor einer Entdeckung hatte sie ihn davon abgehalten, noch weiterzugehen.

Sándor hatte irgendwie davon erfahren. Am nächsten Tag nahm er sie beiseite und fragte, ob sie wisse, dass Leslie verheiratet sei. Dann zeigte er ihr einen Zeitungsausschnitt mit Leslie neben seiner Frau und dem achtjährigen Sohn. Wenn er ihr einen Eimer voll Eis über den Kopf geschüttet hätte, dann hätte der Effekt nicht wirkungsvoller sein können.

Da begriff sie, dass ihr Verhalten nicht nur für die Geldgeber der Filme eine Rolle spielte – sondern auch für Sándor selbst. Sie musste sich – mit Hutchs Worten – weißer als weiß malen, obwohl er das nicht mit diesem Satz gemeint hatte.

Sie hatte sich bemüht, die Schlange in ihr fest unter dem Deckel verschlossen zu halten: der Teil in ihr, der es genoss, mit gut aussehenden Männern zu flirten, und sie manchmal nachts mit Fantasien darüber wach bleiben ließ, wie sich ihre Körper im Bett anfühlen würden. Doch die Schlange konnte nicht für immer in ihrem Korb bleiben.

»Würdest du gern mit David sprechen?« Ella Donat beugte sich zu ihr und unterbrach ihre Gedanken. »Er wäre entzückt, da bin ich mir sicher.«

»Aber ist er nicht mit jemandem hier?« Merle spähte durch den Raum. »Das ist Binnie Barnes, oder?«

»Er ist ihr offizieller Gast, ja, doch nur, weil sie von oben Anweisungen bekommen hat, ihn einzuladen. Sie hat im Augenblick die Hände voll – hast du das nicht gehört?« Ella senkte die Stimme zu einem Flüstern. »Sie schläft mit Anthony Watkins – dem Tontechniker.«

* * *

Vielleicht lag es an dem Champagner, doch David Nivens Augen waren noch blauer, als sie in Erinnerung hatte. Er führte sie zu einem Sofa in der Ecke des Raums.

»Du warst wunderbar«, sagte er. »Betörend schön. Niemand in diesem Kino heute Abend wird jemals die Szenen mit dir vergessen.«

Ein Lächeln war alles, was sie zustande brachte. Sie mochte es, Komplimente zu bekommen, doch diesmal fiel ihr keine passende Antwort ein.

»Du hast die Emotion unterdrückt«, fuhr er fort, »was es noch viel intensiver gemacht hat. Hast du das auf der Schauspielschule gelernt?«

Sie schüttelte den Kopf. »Flora war meine Lehrerin. Ich hab noch nicht viel geschauspielert, bevor ich in dieses Land kam.«

»Nun, dann auf Miss Robson.« Er hob sein Glas. »Ich frage mich, ob sie mich annimmt – ich könnte auch ein paar Ratschläge gebrauchen.«

Sie unterhielten sich über die anderen Schauspieler in dem Film, und dann hörte sie gebannt zu, wie er ihr die Geschichte seiner Reise nach Hollywood erzählte.

»Ich hatte einen Freund, der mit einer Schauspielerin ausging, die einen Film bei Fox machte, und sie schmuggelte mich eines Nachmittags in die Studios.« Er legte die Augenwinkel in Falten. »Ich musste unter einem Teppich auf dem Fußboden im Auto liegen, um an den Argusaugen der Wache am Tor vorbeizukommen. Doch es hat sich gelohnt. Wenn man es einmal hineinschafft, dann ist es wie eine Traumwelt. Wir sind an Indianerdörfern vorbeigefahren, Dschungel, einem französischen Schloss, sogar an einem See mit einem großen Schoner und echten Kanonen darauf. Es war wie eine Miniaturstadt. Die Straßen waren voller Menschen in Kostümen: Soldaten, Polizisten, Cowboys und Tanzmädchen. Ich hing mit offenem Mund am Fenster und fragte mich, ob ich jemals ein Teil davon werden könnte.«

Seine Worte erinnerten Merle an ihren ersten Tag in Elstree – das Gefühl, in eine Märchenwelt zu treten, wo alles möglich war.

»Am nächsten Tag habe ich mich beim zentralen Besetzungsbüro gemeldet«, fuhr David fort. »Vor dem Haus hing ein Schild. In großen Buchstaben stand darauf: ›Versuch nicht, Schauspieler zu werden. Für jeden, den wir anstellen, schicken wir tausend weg.‹«

Merle fragte sich, wie sie reagiert hätte, wenn es ein ähnliches Schild vor dem Büro auf der Wardour Street gegeben hätte.

»Ich habe eine gefühlte Ewigkeit gewartet und bin schließlich zu einer Frau gekommen, die wie der große, böse Wolf im

Rotkäppchen aussah. Sie vermerkte mich als angelsächsischen Typen, Nummer zweitausendundacht, und fragte mich dann, ob ich eine Arbeitserlaubnis habe. Als ich verneinte, zeigte sie mir die Tür.«

»Was hast du dann gemacht?«

»Ich hing für ungefähr eine Woche herum und arbeitete auf einem Fischerboot, bis eines Tages ein Mann in der Hotellobby auftauchte. Er war von der Einwanderungsbehörde der Vereinigten Staaten. Er meinte, ich hätte vierundzwanzig Stunden, um von amerikanischem Boden zu verschwinden, sonst würde ich verhaftet. Also sprang ich an jenem Nachmittag in einen Zug nach Süden. An einem gottverlassenen Ort namens Calexico stieg ich mitten in einem Sandsturm aus und ging über die Grenze nach Mexiko.«

»Wie lange warst du dort?«

»Fast einen Monat.« Er verzog das Gesicht. »Mexicali ist die schlimmste Müllhalde. Überall gibt es Fliegen. Es besteht aus einer einzigen unbefestigten Straße neben einem heruntergekommenen Hotel und ein paar zerfallenen Pensionen. Ich nahm mir ein Zimmer für einen Dollar die Nacht und telegrafierte meiner Schwester, um mir meine Geburtsurkunde zuschicken zu lassen. Ich dachte, sie würde per Esel kommen, so lange hat es gedauert. Und mir ging das Geld aus, deshalb wurde ich ein Revolvermann.«

»Ein Gangster?«

»Oh, ich habe niemanden erschossen.« Er grinste. »Da waren amerikanische Jäger in der Stadt – sie kamen nach Mexiko, um Wachteln zu schießen –, und ich reinigte und polierte ihre Waffen, während sie tranken und herumprahlten. Dafür bekam ich Chili und Tortillas und manchmal Trinkgeld – genug, um am Leben zu bleiben, bis ich endlich mein Visum erhielt.«

David blinzelte, als irgendwo zu ihrer Rechten eine Blitzbirne knallte. »Ich glaube, das war der Fotograf von *The*

Times«, sagte er. »Es tut mir leid, wir werden wohl morgen auf der Unterhaltungsseite sein.«

Merle überlegte, ob David sie nur deshalb in ein Gespräch verwickelt hatte, um mit jemandem fotografiert zu werden, an dem die Zeitungen interessiert waren. Doch sie schob den Gedanken schnell beiseite, bevor er sich ausbreiten konnte. Er hatte bei Sam Goldwyn unterschrieben – einem der bedeutendsten Namen im Filmgeschäft. Warum sollte er das Bedürfnis haben, das Rampenlicht mit ihr zu teilen?

Sie bemerkte, dass sich die Party ihrem Ende näherte. Die Gäste tranken ihre Gläser aus und gingen zur Tür. Sie war so mit David beschäftigt gewesen, dass sie nicht auf die Uhr geschaut hatte.

»Kann ich dich nach Hause bringen?«

Die Frage schnitt durch den warmen, verschwommenen Champagnerdunst.

»Oh, vielen Dank – das ist ein freundliches Angebot – aber ich habe Flora versprochen, sie mitzunehmen.«

»Das hat nichts mit Freundlichkeit zu tun.« Sein Blick hielt ihrem mit einem unmissverständlichen Ausdruck stand: Sie hatte ihn in Bens Augen im Garten des Maharadschas gesehen und in dem durchtriebenen Blick, den Hutch ihr in jener Nacht im Rectory Club zugeworfen hatte.

»Sehen wir uns morgen? Ich muss am Nachmittag für ein Drehbuchtreffen in Elstree sein.«

»Warum kommst du nicht vorbei und besuchst mich?« Sie berührte ihn am Arm, als sie aufstand. Ihre Finger verweilten nur den Bruchteil einer Sekunde länger als nötig. Durch den feinen Stoff seiner Jacke konnte sie die Wärme seiner Haut spüren.

KAPITEL 22

Als Merle am nächsten Tag zur Vormittagspause in ihre Garderobe zurückkehrte, fand sie ein Dutzend roter Rosen in einer Vase vor dem Spiegel. Auf einem beiliegenden Zettel stand:

Für Merle – den strahlendsten Stern am Firmament.
Vielen Dank für einen wunderbaren Abend. David.

Er wartete auf sie, als sie für den Tag mit Dreharbeiten fertig war. Am Nachmittag waren Szenen mit Leslie gedreht worden, was anstrengend war nach dem, was fast zwischen ihnen vorgefallen wäre.

»Darf ich dich zum Abendessen ausführen?« David beugte sich zu ihr und küsste sie auf beide Wangen. Aus dem Augenwinkel bemerkte sie, wie Leslie sie mit Blicken durchbohrte.

»Das wäre schön!« Sie hakte sich bei ihm unter. Es war sinnlos, die Tatsache zu verbergen, dass sie an ihm interessiert war. Davids Vorhersage war richtig gewesen: In der Morgenzeitung prangte eine Fotografie mit ihnen beiden, ihre Köpfe nur Zentimeter auseinander. Die Kamera hatte sie mit einem bewundernden Gesichtsausdruck eingefangen. Es war der Moment gewesen, in dem er ihr erzählt hatte, wie er von den Almosen der Jäger überlebte, während er in Mexiko auf sein Visum gewartet hatte.

Sie war mit einem unguten Gefühl zum Dreh gegangen und hatte sich gefragt, ob Sándor das Foto gesehen hatte. Doch auch wenn dem so war, so ließ er sich nichts anmerken.

Sie spähte zu seinem Stuhl hinauf, als David sie vom Set geleitete. Es reichte nicht, dass er sie nicht vor David gewarnt hatte – sie musste wissen, dass er es guthieß. Es war ein seltsames, unerklärliches Gefühl – sie wünschte sich, dass er nur das Beste von ihr dachte. Als wäre er … was? Ihr fiel nicht der richtige Ausdruck ein, der ihre Beziehung beschreiben konnte. Er war ihr Beschützer, ihr Wächter. Vielleicht empfand man so bei seinem Vater.

* * *

Draußen war es schon fast dunkel. Als das Studiofahrzeug durch das Tor auf die Landstraße von Hertfordshire fuhr, legte David den Arm um Merles Taille. Sekunden später küssten sie sich. Das Gefühl seiner Lippen an ihrer Haut und die Bewegungen seiner Zunge ließ sie fast dahinschmelzen. Sie fühlte sich, als würde sie innerlich vergehen.

Sie verlor jedes Gefühl für Zeit und Raum, deshalb war es wie ein Schock, als sie auf einmal die Neonlichter des Piccadilly vorbeiblitzen sah.

»Wohin fahren wir?« Sie reckte den Hals, als das Auto auf die Regent Street fuhr. Draußen eilten die Menschen von der Arbeit an den Geschäften, deren Rollläden bereits für die Nacht herabgezogen waren, vorbei nach Hause.

»Das ist eine Überraschung!« David beugte sich vor und tippte an die Glasscheibe, die sie von dem Fahrer trennte. Das

Auto blieb gegenüber den elegant dekorierten Schaufenstern des Liberty-Kaufhauses stehen. Merle suchte auf dem Boden nach ihrer Handtasche, die vom Sitz gerutscht war, als sich ihr Küssen in die Horizontale verlagert hatte.

»Oh! Meine Frisur!« Sie klappte ihre Puderdose auf und blickte erschrocken auf ihr Spiegelbild.

»Du siehst umwerfend aus!« David nahm ihren Mantel vom Sitz und legte ihn ihr um die Schultern.

»Ich sehe aus, als hätte man mich rückwärts durch eine Hecke gezogen!« Sie versuchte, Lippenstift aufzutragen, doch ihr Mund wollte nicht ruhig bleiben. Er kitzelte sie unter dem Mantel, sodass sie kichern musste.

»Keine Sorge, Liebling – es wird sehr dunkel in dem Restaurant sein, deshalb musst du dir keine Sorgen machen, dass du die Kellner erschreckst.«

Sie stieß ihm in die Rippen, als sich die Autotür öffnete. Ein kalter Windstoß begrüßte sie beim Aussteigen.

»Komm schon, wir wollen doch nicht, dass du dich erkältest. Wir können nicht zulassen, dass Lady Blakeney auf die scharlachrote Blume niest, oder?«

Sie lachte, während er sie eine schmale Treppe hinaufführte. »Wohin bringst du mich? Es sieht nicht gerade wie ein Restaurant aus!«

Die Wände des Treppenhauses waren mit Batikbehang in leuchtenden Farben verziert. Elefanten, Affen und Pfaue wurden von verschlungenen Laubzweigen umrahmt. Als sie oben angekommen waren, wurden sie von einem dunkelhäutigen Mann mit einem violetten Turban und einem knielangen weißen Achkan empfangen. »Willkommen bei Veeraswamy, meine Dame und mein Herr.«

Merle blinzelte.

»Ein indisches Restaurant?«

David nickte.

»Ich wusste gar nicht, dass es ein indisches Restaurant in London gibt.«

»Soweit ich weiß, ist es das einzige. Mein Bruder hat mir davon erzählt. Er liebt indisches Essen – er hat ein paar Jahre dort in der Armee gedient, und er mag Curry.«

Sie versuchte, ihr Unbehagen zu verbergen, als der Kellner ihr beim Ausziehen des Mantels half. Er erinnerte sie an den Türsteher bei Firpo's. Sie bemerkte, dass er sie prüfend betrachtete, als könnte er ihr gemeinsames Blut erkennen. Dasselbe unangenehme Gefühl stieg in ihr hoch, das sie in Kalkutta stets verspürt hatte, wenn sie mit Dorothy über die Schwelle in die Dämmerwelt mit falschen Palmen und gingetränkten Memsahibs trat – dass ihre Tarnung jede Minute auffliegen könnte.

»Ich dachte, vielleicht erinnert es dich an deine Kindheit.« David machte eine Handbewegung zu den von Kerzen erleuchteten Tischen. Goldenes Licht flackerte auf samtbesetzte Sitzbänke, die mit seidenen Kissen in Regenbogenfarben bedeckt waren. Über ihnen an der Decke konkurrierten Aquarellszenen von Dschungeldörfern mit vergoldeten Statuen von Hindugottheiten um den Platz.

»D…das ist wirklich süß von dir.«

Er nahm sie am Arm, während sie dem Kellner zu einem Tisch in der Ecke des Raums folgten. Es gab ungefähr ein weiteres Dutzend Gäste. Sie konnte sehen, dass keiner von ihnen indisch war. Es fühlte sich seltsam an. Als wäre man in einen Traum von Indien transportiert worden, in dem nichts so war, wie es sein sollte. Solche Restaurants gab es in Kalkutta nicht. Bei den seltenen Gelegenheiten, wenn sie und ihre Mutter auswärts gegessen hatten, waren sie in Restaurants gegangen, wo ausschließlich englische Speisen serviert wurden.

»Du musst mir sagen, was ich bestellen soll.« David lächelte, während er sich setzte. »Ich bin nicht so kenntnisreich, was ausländisches Essen betrifft. Meine Mutter war Französin und hat versucht, meinen Gaumen zu entwickeln, doch ich bin im Herzen ein Steak-und-Pommes-Mann.«

»Sprichst du Französisch?« Merle nutzte die Gelegenheit, um das Gespräch von allem Indischen wegzulenken.

»Das habe ich als Kind, doch das Meiste habe ich vergessen. Sam Goldwyns Werbeleute waren allerdings begeistert, als sie hörten, dass ich halb französisch sei. Es war wie bei der spanischen Inquisition, als sie meine Biografie machten. Dieser hässliche Typ namens Jock Lawrence hat mich hingesetzt und dann all diese Fragen heruntergespult: ›Deine Mutter ist Französin? Und sie lebt noch? Okay, da können wir was machen. Was ist mit deinem Vater? Er ist im Krieg gefallen? Großartig! Aber warte eine Minute – er war ein Leutnant? Das ist lausig! Wie wäre es, wenn wir ihn zum General machen?‹« David lachte kurz auf. »Ich kann mir vorstellen, dass du etwas Ähnliches mit Kordas Leuten erlebt hast.«

Merle nickte. Wie sehr sie sich wünschte, genauso ehrlich über ihre Vergangenheit reden zu können. Wie könnte sie diese Heuchelei aufrechterhalten, wenn sich diese Beziehung auf eine Weise entwickelte, wie sie es sich erhoffte?

Zu ihrer Erleichterung lenkte der Kellner David ab, indem er ihnen die Speisekarten reichte. Sie konnte seiner Frage ausweichen, indem sie sich in eine Erklärung der verschiedenen Gerichte im Angebot erging. Doch sie war nicht darauf vorbereitet, was mit ihr geschah, als die halb vergessenen Gerüche von Kurkuma, Koriander und Garam masala aus der Küche drangen. Das Aroma umhüllte sie mit einer Welle von Heimweh nach Indien – dem Ort, der niemals ihr Zuhause war. Plötzlich war ihr nach Weinen zumute. Es war, als hätte sich ein großer Tränensee hinter ihren Augen aufgestaut.

»Was ist mit dir, Liebling?« David griff über den Tisch nach ihrer Hand. »Ist etwas nicht in Ordnung? War es eine schlechte Idee, dich herzubringen?«

Sie musste schlucken. »Nein – überhaupt nicht! Es ist albern, wirklich. Ich weiß gar nicht, warum Gerüche einen so mächtigen Effekt auf die Erinnerung haben.«

»Ich weiß genau, was du meinst.« Er nickte. »Bei mir ist es Apfelsinenschale – erinnert mich immer an den Eisenbahnwaggon, der mich zum Internat brachte.«

»Warst du auf der Schule sehr unglücklich?«

»Das war ich bei der ersten, auf die sie mich geschickt hatten. Das Essen war so schlecht, dass ich ganz dünn wurde und ein großes und sehr schmerzhaftes Geschwür am Hals bekam, das die Oberin mit einer Schere aufgestochen hat.«

»Autsch! Das muss wehgetan haben.«

»Das hat es auch. Und ich habe davon eine Infektion bekommen und landete im Krankenhaus. Doch dort war das Essen immerhin halbwegs gut.« Er ließ ihre Hand los, als der Kellner eine brutzelnde Portion *Mesasabaka Hasina* auf den Tisch zwischen sie stellte. »Hmm! Das riecht himmlisch! Was ist es noch gleich?«

»Das ist Lamm mit einer Mischung aus Gewürzen, Ingwer und Kurkuma. Ich glaube, vielleicht Muskat …« Schulterzuckend verstummte sie. »Ich kann mich nicht mehr genau erinnern. Ich habe es nie selbst gekocht.« Als die Worte herauskamen, merkte sie, dass sie ungewollt von sich das Bild des verwöhnten Kindes verstärkt hatte, das von einem Gefolge Angestellter bedient wurde. Sie fragte sich, was David sagen würde, wenn er in ihren Kopf sehen könnte. Was er wohl von der engen Wohnung halten würde, die nur einen Steinwurf vom Rotlichtbezirk Kalkuttas entfernt war, und von ihrer Mutter, die sich mühevoll nach einer Nachtschicht, in der sie eine ältere weiße Person betreut hatte, die Treppen hinaufkämpfte, von ihren Hausangestellten nur durch das Blümchenkleid zu unterscheiden, das sie gegen die Schwesternkleidung eingetauscht hatte.

David war damit beschäftigt, seinen Teller mit einer Mischung aller Speisen zu füllen, die der Kellner brachte. Merle war viel zu aufgewühlt, um mehr als einen Happen von dem verführerischen Aufgebot an vegetarischem Essen zu nehmen, das sie zum Lamm bestellt hatten.

»Ich nehme an, du achtest auf deine umwerfende Figur.« David grinste, als sie die Reste einer weiteren Portion zu ihm schob. »Aber du solltest wirklich mehr essen, weißt du.« Er stieß seine Gabel in ein Stück *Aloo Ghobi*. »Musst du morgen früh am Set sein?«

Sie nickte.

»Das ist schade. Ich hatte gehofft, dich für einen Absacker nach Hause bringen zu können.«

Sie spürte, wie sein Bein unter dem Tisch gegen ihres strich.

»Ich würde dich gern mit zu mir nach Hause einladen.« Sie glitt mit dem Fuß aus dem Schuh und strich mit den Zehen über den Stoff seiner Hose, am Knie vorbei hinauf zu seinem Oberschenkel. Es fühlte sich verrucht und raffiniert an. Sie beobachtete sein Gesicht, während ihre Zehen noch höher wanderten. »Ich würde es wirklich gern tun, doch ich kann nicht.«

Er stöhnte, seine Augen halb geschlossen. »Was? Warum nicht?«

»Ich wohne nicht allein, David. Ich wohne bei meinen … meinen Taufpaten. Die Leute, die sich in Indien um mich gekümmert haben.«

»Ach so. Ich verstehe.« Er bewegte sich auf seinem Stuhl. »Wir können auch zu mir gehen. Es ist leider nicht so anspruchsvoll, muss ich gestehen, nur ein kleines Hotel in Bloomsbury. Ich soll keine ›Gäste haben‹, wie sie es ausgedrückt haben,

249

doch ich bin mir sicher, dass wir mit ein wenig List an dem Nachtportier vorbeikämen.«

»Könntest du etwas warten?« Sie ließ ihre Zehen kreisen, bis er sie sanft in die Hand nahm.

»Wie lange?« Er warf ihr einen leidenden Blick zu.

»Nur bis zum Wochenende. Ich verspreche dir, dass wir dann Zeit miteinander verbringen werden.«

* * *

Am nächsten Tag ging Merle während einer Drehpause zu Flora. Sie hatte keine Zeit, um ihr Kostüm als Lady Blakeney auszuziehen. Die Petticoatschichten erschwerten ihr jeden Schritt, und sie fragte sich, wie im Himmel es die Frauen im England des achtzehnten Jahrhunderts geschafft hatten, sich irgendwo hinzubewegen. Sie versuchte, den Stoff über ihre Knöchel zu heben, doch mit den glatten Glacéhandschuhen konnte sie nicht richtig greifen. Sie auszuziehen, war keine Option: Jeder von ihnen hatte ein Dutzend winziger Knöpfe, die mit einem speziellen Haken von einer der Bekleidungsassistentinnen geschlossen wurden und nur auf dieselbe Art wieder geöffnet werden konnten.

Endlich erreichte sie das andere Ende der Studioreihe in Elstree, wo Flora eine Make-up-Probe für die Rolle hatte, die sie in *Katharina die Große* spielen würde.

»Ich dachte, ich komme mal vorbei und sehe mir an, wie du so zurechtkommst.« Merle warf der Maskenbildnerin einen flehenden Blick zu, sodass sie sich taktvoll aus dem Raum entfernte.

»Sieh mich nur an! Ich bin ganz gelb!« Flora drehte sich auf ihrem Stuhl herum und grinste Merle unter einer dicken Schicht buttergelber Grundierung an. »Und diese Perücke!« Sie zeigte an die Stelle, wo ein kunstvolles Haarteil auf einer

Ankleidepuppe lag. Es war über einen halben Meter hoch und aus bläulichem Weiß, wie ein Eisberg. »Sie sagen, die Farben sind im Film perfekt. Schwer zu glauben, oder?« Sie drehte sich wieder zum Spiegel zurück und verzog das Gesicht.

»Sándor hat mir erzählt, dass er Douglas Fairbanks jun. als deinen Neffen ausgewählt hat – hast du ihn schon kennengelernt?«

Flora schüttelte den Kopf. »Er ist noch immer auf dem Schiff und wird nicht vor nächster Woche erwartet. Ich hoffe, wir werden einander vorgestellt, bevor die Dreharbeiten beginnen – kannst du dir die Demütigung vorstellen, Hollywoods heißestes Sexsymbol in einem Aufzug wie diesem zu treffen?«

»Hmm. Hätte ich ein solches Kostüm gehabt, dann wäre mir wahrscheinlich der ganze Ärger mit Leslie Howard erspart geblieben.«

»Ach, hör doch auf! Er würde dich auch toll finden, wenn du wie eine der drei Hexen in *Macbeth* angezogen wärst! Wie auch immer, ich dachte, du hättest ihm den Laufpass gegeben. Du und David, ihr habt im Savoy ziemlich vertraut gewirkt.«

»Wir sind gestern Abend essen gewesen.«

»Und?«

»Es war …« Sie zögerte, während sie überlegte, wie sie die verwirrende Vielfalt an Gefühlen beschreiben sollte, die ihr der Abend beschert hatte.

»Was?«

»Nun, er hat mich zu einem indischen Restaurant geführt, was eine süße Idee war, doch es hatte einen seltsamen Effekt auf mich. Ich habe plötzlich schreckliches Heimweh empfunden, und zugleich fühlte ich mich wie eine Betrügerin.« Sie ließ sich auf einen Stuhl sinken und drückte die Petticoats nach unten, die sich durch die Luftbewegung wie ein Soufflé aufplusterten. »Es ist schwer zu beschreiben. Ich habe meine ganze Kindheit damit verbracht, wie ein englischer Mensch auszusehen und zu leben. Ich dachte, wenn ich in dieses Land komme, dann ist es so, als würde ich nach Hause kommen. Doch als ich in dieses Restaurant trat, wurde mir auf einmal bewusst, dass ich mich nur selbst betrüge. Der Geruch des Essens, die Kleidung der Kellner – alles daran erinnerte mich daran, dass ich ein Mischling bin, eine Außenseiterin. Ich gehöre nirgendwo hin.« Sie machte eine Pause und zog an den Fingern ihrer Handschuhe. »Und ich konnte David kein Wort davon sagen. Das war eigentlich das Schlimmste.«

Flora nickte. Das gelbe Make-up gab ihren Augen einen seltsam grünlichen Hauch, doch sie hatten nichts von ihrer Intensität verloren. Sie blieb stumm und wartete darauf, dass Merle fortfuhr.

»Ich will es ihm sagen – das ist das Problem. Ich weiß nicht, wie man jemandem nahe sein kann und dabei etwas zurückhält, was …« Sie verstummte und ließ die Luft heraus.

»Bist du dabei, dich in ihn zu verlieben?«

Merle schloss die Augen. »Ich weiß es nicht. Vielleicht. Doch wie kann ich das zulassen, wenn ich nicht … wirklich ich selbst sein kann?«

»Ich glaube nicht, dass ich die beste Ratgeberin bin, wenn es um Herzensangelegenheiten geht«, murmelte Flora. »Ich wünsche mir oft, ich wäre weniger offen mit Tony gewesen. Ich meine, wenn ich nicht davon angefangen hätte, dass ich einen Haufen Kinder will, als er mir den Antrag gemacht hatte, dann hätte er vielleicht weitergemacht und mich anstelle von Judy geheiratet.« Sie rieb sich über die Haut unter dem Kinn, erinnerte sich dann an das Make-up und verdrehte die Augen, als sie die Farbe an den Fingern sah. »Deins ist ein anderes Problem, oder?«, fuhr sie fort. »Wenn du dich David anvertraust, dann gibst du ihm gewaltige Macht über dich. Und ich muss dir nicht sagen, dass die Welt des Showbusiness genauso wechselhaft ist wie die Liebe selbst. Hab doch einfach Spaß mit ihm. Gib dich nur nicht selbst auf – es steht zu viel auf dem Spiel.«

* * *

»Ich bin eingeladen worden, das Wochenende bei den Kordas in ihrem Haus in Surrey zu verbringen.«

Merle hatte die Lüge vor dem Spiegel ihres Umkleideraums geprobt. Und sie hatte den Moment genau ausgewählt, um sie auszusprechen. Ihre Mutter lag auf dem Sofa und war noch ganz träge von ihrer Fußmassage.

»Das ist ja schön, Beti.« Charlottes Tonfall war ohne jede Verbitterung. Sie schien die unbequeme Rolle als geheime Mutter eines aufsteigenden Filmstars akzeptiert zu haben. Das Geld half dabei natürlich. Es gestattete ihrer Mutter, die Art von Luxus zu genießen, von dem sie geträumt hatte, als sie in Kalkutta lebten, was Merles Gewissen ein wenig beruhigte. Es bedeutete auch, dass sie sich einen Koch und ein Dienstmädchen leisten konnten, obwohl beiden gesagt werden musste, dass die Frau, die ihnen die Anweisungen gab, die Haushälterin war, nicht Fleisch und Blut ihrer Arbeitgeberin. Wenn Ruby und Olive Probleme damit hatten, Anweisungen von einer dunkel-häutigen Ausländerin zu erhalten, dann hatten sie immerhin so viel Taktgefühl, es nicht zu zeigen.

»Und was wirst du machen?« Merle hatte David versprochen, dass sie die Nacht über bleiben würde. Doch sie fühlte sich schuldig dabei, ihre Mutter das ganze Wochenende über allein zu lassen.

»Es gibt im Victoria and Albert Museum eine Ausstellung: *Königliche Kostüme im Wandel der Zeit.* Vielleicht gehe ich hin und sehe sie mir an. Ich werde Freda fragen, ob sie mitkommen möchte.«

»Freda?«

»Aus der Kirche in St. John's Wood. Ich habe sie bei einer Messe kennengelernt.«

»Ach so, das ist ja nett.« Sie fragte sich, warum ihre Mutter ihr nichts von diesen Kirchenbesuchen erzählt hatte. Es war jedoch schön, zu erfahren, dass sie eine neue Freundin hatte.

»Und ich muss mit diesem Paket zum Postamt gehen.«

Merle nickte. Ihre Mutter hätte vielleicht noch ein »für deine Schwester« hinzugefügt, doch sie vermied es immer, Constance zu erwähnen, solange es nicht absolut notwendig war. Das Paket enthielt Kleider für Merles Nichten und Neffen. Die Fotografie, die bei der letzten Geldsendung erbeten wurde, war nie eingetroffen. Deshalb hatten Merle und ihre Mutter beschlossen, Kleider, kurze Hosen und Unterwäsche per Post nach Bombay zu schicken, auch wenn man diese Dinge für einen Bruchteil des Geldes in Indien kaufen konnte. Es war die einzige Möglichkeit, um sicherzustellen, dass die Kinder angemessen gekleidet waren, falls Constance wirklich das ganze Geld für sich selbst ausgab.

Es quälte Merle schrecklich, wenn sie an das Leben dachte, das diese Kinder führen mussten. Sie war hin und her gerissen zwischen Mitleid für ihre Schwester wegen ihrer Lebensumstände und Wut darüber, dass sie offenbar ihre eigenen Bedürfnisse über jene ihrer Söhne und Töchter zu stellen schien. Natürlich hatte Merle nur die Aussage ihrer Mutter, dass dem so war – es gab keinen richtigen Beweis, dass das von ihnen gesandte Geld wirklich verschwendet worden war. Wie sehr sie sich wünschte, dass sie Mataji dazu bringen könnte, über Connie zu reden, ohne sich aufzuregen. Es war entmutigend, auf Zehenspitzen um die Gefühle ihrer Mutter herumschleichen zu müssen, wo es doch so vieles gab, was sie unbedingt erfahren wollte.

»Was wirst du anziehen?« Ihre Mutter hob den Kopf von der Armlehne des Sofas. »Bei den Kordas?«

»Oh, darüber habe ich noch gar nicht nachgedacht.« Das war eine weitere Lüge. Sie hatte Stunden damit verbracht, sich zu überlegen, was sie an dem Wochenende mit David tragen würde. Und sie hatte neue Unterwäsche in der Lingerieabteilung von Harvey Nichols gekauft. Ein schwarzes Seidenhemdchen mit Spitzenrand und einem scharlachroten Satinband.

»Wird Charles Laughton auch dort sein? Ich hoffe nicht. Ich mag ihn nicht – er hat solche Hängebacken.«

»Ich weiß es nicht, Mataji«, lächelte Merle. »Und er ist sowieso verheiratet.« Charlotte hatte eine Antipathie für den vorherigen Leinwandgatten ihrer Tochter entwickelt, seit sie sein Bild im *Evening Standard* gesehen hatte. Sie hatte gesagt, es habe nichts mit der Tatsache zu tun, dass er für Anne Boleyns Enthauptung verantwortlich war. Er sah einfach nicht gut genug aus – das war das Problem.

Merle fragte sich, was sie von David halten würde. Er sah ganz bestimmt attraktiv genug aus. Sie konnte sich gut vorstellen, wie er ihre Mutter mit seinen zwinkernden blauen Augen und seinen witzigen Anekdoten – von denen die Hälfte anderen Leuten widerfahren war, wie sie annahm – verführen würde. Es war einfach unmöglich, ihn nicht zu mögen. Doch wie würde es ablaufen, das erste Treffen zwischen David und ihrer Mutter? Konnte sie ihn wirklich glauben lassen, dass Mataji die Haushälterin war? Und was war mit der Lüge, die sie ihm bereits erzählt hatte, dass sie mit ihren Taufpaten lebte? Sie schloss die Augen und wünschte die dunklen Gedanken weg, da sie nicht bereit war, sich von ihnen die Vorfreude auf eine Nacht in Davids Bett verdüstern zu lassen.

* * *

Sie hatten eigentlich vorgehabt, zu Abend zu essen, doch sie konnten es nicht mehr erwarten. Der Moment, als David sie bei ihrem verabredeten Treffpunkt am Bedford Square unterhakte, fühlte sich an, als würden ihre Körper ineinanderfließen. Es war nicht nötig, dass er sie fragte, ob sie das Essen auslassen könnten – es war überhaupt nicht nötig, irgendwas zu sagen.

Sein Hotel war um die Ecke des Bedford Square. Er ging zuerst hinein, da er sich eine List ausgedacht hatte, um die Person an der Rezeption abzulenken. Sie beobachtete ihn durch die Glastür und lief schnell hinein und die Treppe hinauf, als die Luft rein war.

Er kam eine Minute später hinterher und hatte es so eilig hineinzukommen, dass er mit dem Schlüssel kämpfte. Im Zimmer war es dunkel, die Vorhänge waren zugezogen. Er wollte eine Lampe auf dem Nachttisch anmachen, doch sie nahm seine Hand weg, plötzlich nervös bei dem Gedanken, dass er sie in Unterwäsche sehen würde, da sie befürchtete, etwas zu Provokantes, zu Flittchenhaftes ausgewählt zu haben.

»Aber ich will sehen …«

Sie brachte ihn mit ihren Lippen zum Schweigen und drehte sich seitlich aufs Bett, während er sie in die Arme nahm. Mit den Händen glitt er sanft zum Reißverschluss ihres Kleids, während ihre Finger an seine Brust flogen und an den Knöpfen seines Hemdes zerrten. Dann war sein Mund an ihrem Nacken und seine Zunge folgte einem glühenden Pfad an ihrem Schlüsselbein entlang zu ihren Brüsten.

Sie spürte seine Härte, als er sich aus seiner Hose wand. Dann zog er ihr die Unterwäsche aus, wobei er in seiner Eile fast die zarte Spitze zerrissen hätte. Ihr Körper erschauerte, als seine Fingerspitzen zwischen ihre Schenkel glitten.

»Das fühlt sich so … uh … Ich höre besser kurz auf …«

Er hielt schwer atmend inne, während er sich von ihr zurückzog. Sie hörte das Quietschen von Holz auf Holz, als er eine Schublade des Nachtschränkchens öffnete. Dann das Rascheln von Zellophan, während er an der Verpackung nestelte. »Ich hasse diese Dinger«, murmelte er.

Sie öffnete den Mund, dann schloss sie ihn wieder. Sie konnte ihm nicht erzählen, dass es keine Notwendigkeit für seine Vorsorge gab. Konnte sich nicht dazu durchringen, die geheime Schande zu enthüllen. Sie nahm den schwachen Geruch wahr, als er es aus der Packung zog und anlegte: ein leicht fischiger, gummiartiger Geruch. Als es angelegt war, kehrte seine Hand dahin zurück, wo sie zuvor gewesen war. Doch es war nicht das Gleiche. Etwas hatte sich verändert. Ihr war unbehaglich zumute – verlegen und schuldig, da ihre Geheimnisse minderten, was eine lustvolle, spontane Sache sein sollte.

Wir alle haben Geheimnisse, Estelle – Dinge, die wir nicht über uns preisgeben wollen.

Das Flüstern von Sándors Stimme in ihrem Kopf ließ sie zusammenzucken. Warum dachte sie plötzlich an ihn, während sie mit David schlief? Es war, als wäre er auch im Raum und würde sie beobachten. Sie konnte das Bild seines Gesichts in ihrem Kopf nicht abschütteln.

Sekunden später war David in ihr. Sie versuchte, sich gehen zu lassen, das Feuer zu entfachen, das nur wenige Minuten zuvor so leuchtend gebrannt hatte. Doch sie konnte nur an die Lügen denken, die wie eine unsichtbare Mauer zwischen ihnen standen. Sie wusste nicht mehr, welches ihrer beiden Ichs im Bett mit diesem Mann lag. War es Estelle Thompson oder Merle Oberon?

Er keuchte und brach auf ihr zusammen. Sie schlängelte sich unter ihm hervor an die Seite, da sie keine Luft mehr bekam, und er ließ sich auf das Laken fallen und murmelte etwas Unzusammenhängendes.

Während er totengleich an ihrer Seite lag, überlegte sie, ob sie womöglich durch das Verbergen ihrer alten Identität auch das leidenschaftliche Wesen getötet hatte, das sie einmal war.

Ihr kam das Bild von ihr in den Sinn, wie sie nackt vor dem Spiegel in der alten Wohnung in Kalkutta stand. Sie erinnerte sich, wie sie sich wie ein Schlangenmensch verrenkt hatte, um ihren Körper einzupudern, und spürte, dass sie wirklich versucht hatte, den magischen, gefährlichen Teil ihres Ichs zu unterdrücken, der von dem alten Blut stammte, das sie von ihrer Mutter geerbt hatte.

Nun, dachte sie verbittert, sie hatte es gut hinbekommen. Merle Oberon war eine echte Eiskönigin.

* * *

Als sie aufwachte, fuhr sie erschrocken hoch, und ihr Herz schlug wild, während ihre Augen die schattigen Umrisse des unbekannten Raums zu begreifen versuchten. Sie spürte die Wärme von Davids Körper durch das Laken, das sich wie ein Schleier um ihn gewickelt hatte. Er war innerhalb von Minuten eingeschlafen, nachdem er von ihr herabgeglitten war.

Sie hatte nicht wegdösen wollen. Eigentlich wollten sie zum Abendessen gehen. Sie griff nach ihrer Uhr auf dem Nachttisch und suchte nach dem Lichtschalter.

»Wie spät ist es?« David wachte mit einem Ruck auf und stützte sich auf die Ellbogen.

»Fünf nach halb elf.«

»Was?« Er stöhnte. »Ich bin am Verhungern, du auch?«

»Völlig ausgehungert.«

»Das ist auch keine Überraschung. Wir sind ja wie die Straßenkatzen übereinander hergefallen, oder?« Er warf ihr ein schelmisches Grinsen zu.

»Ich nehme an, dass jetzt schon alles zu ist.« Sie sah weg, unfähig zurückzulächeln. Sie wünschte, sie wäre zu Hause, eingekuschelt in ihrem eigenen Bett, mit einer Tasse Tee und einem Teller Sandwiches. Doch sie war für die Nacht in diesem

Raum eingesperrt. Wenn sie nach unten ginge, würde der Nachtportier sie sehen.

»Direkt neben dem Bedford Square gibt es einen Laden, der die ganze Nacht auf hat. Es gibt dort nicht viel – eigentlich ist es ein Tabakladen –, aber sie verkaufen Nüsse, Schokolade, solche Sachen. Soll ich mal gehen und sehen, was ich finden kann?«

Als er gegangen war, nahm sie ihre Unterwäsche vom Boden. Sie zog sich an und warf dabei einen flüchtigen Blick in den Spiegel der Frisierkommode. Ihre Haare standen wie ein Vogelnest vom Kopf ab. Ihre Nase glänzte, wo der Puder weg war, und sie hatte einen Fleck Mascara unter dem linken Auge.

Rasch stellte sie das große Licht im Raum an, um den Schaden zu beheben, und stöhnte über ihr Spiegelbild. Sie hätte alles darum gegeben, in diesem Moment davonlaufen zu können.

Zehn Minuten später kehrte David mit zwei Packungen Erdnüssen, einem Schokoladenriegel Cadbury Dairy Milk und einer Flasche Bell's Scotch Whisky zurück.

»Ich war mir nicht sicher, ob du Whisky magst, doch es gab nicht viel anderes, wofür man keinen Korkenzieher benötigt.« Er goss ein wenig in das einzige Glas des Raums. »Du brauchst vielleicht einen Moment, um dich daran zu gewöhnen. Sag, was du davon hältst.«

Merle erschauerte, als sie die Flüssigkeit auf der Zunge spürte. Doch als der Whisky hinunterlief, spürte sie eine Welle von Wärme, die sie im Innersten tränkte. Vorsichtig nahm sie einen zweiten Schluck.

»Schmeckt er dir?« David betrachtete sie mit einem Ausdruck leichter Besorgnis. Er nahm ihre Hand in seine, als sie das Glas austrank. »Es tut mir leid, dass es so schnell vorbei war. Ich … konnte mich nicht zurückhalten, befürchte ich. Ich weiß, dass es für dich wahrscheinlich nicht so wunderbar war.« Er schaute auf die Whiskyflasche. »Ich dachte, das hilft vielleicht ... du weißt schon ... damit du dich ein wenig entspannst.«

Als sie die Nüsse und die Schokolade aufgegessen hatten, war die Flasche Whisky halb leer. Merle rutschte das Kissen hinunter. Sie spürte Davids Finger auf ihrer Haut, wie sie ihren Arm entlang und über die Schulter fuhren. Jetzt waren sie unter die schwarze Spitze des Hemdchens geglitten. Er kreiste mit dem Finger um ihren linken Nippel, rieb ihn sanft und machte ihn hart.

Sie hatte das Gefühl, als würde sie sich selbst von der Decke aus beobachten. Ihr Körper reagierte auf seine Berührung, doch ihr Kopf war kilometerweit entfernt. Es war, als wäre man ... Ihr vernebeltes Gehirn mühte sich, eine Beschreibung zu finden.

Dann tauchte erneut Sándor in ihrem Kopf auf. Diesmal hatte er sich auf seinem erhöhten Stuhl hinter der Kamera niedergelassen und beobachtete stumm, um jede Gefühlsregung einzufangen. Ja, so fühlte sie sich: distanziert, losgelöst und trotzdem an die Person auf der anderen Seite der Linse gebunden. Sie schloss die Augen in dem fruchtlosen Versuch, Sándors Gesicht zu löschen.

David hatte mit dem Whisky recht gehabt. Sie fühlte sich entspannter. Sie lag vollkommen reglos da, während er mit der Hand ihren Körper hinunterglitt und an ihrer Unterwäsche zog.

Vielleicht würde es diesmal gut sein.

KAPITEL 23

November 1932

Während der letzten Woche mit Dreharbeiten an *Die scharlachrote Blume* ging Merle zu Flora. Sie wollte ihr unbedingt erzählen, wie verwirrt sie wegen David war. Sie fragte sich, ob Flora das gleiche obsessive Verlangen nach Tony, ihrem Ex-Verlobten, hatte. Ob sie ihn bis zur Selbstzerstörung begehrt hatte. Denn so empfand sie. Die whiskygetränkten Abende in seinem Hotelzimmer, die jedes Mal damit endeten, dass sie sich in einem vom Nachtportier gerufenen Taxi zurück nach Hause schlich, der inzwischen regelmäßig Schmiergeld von David bekam.

Nach diesen Nächten mit ihm konnte sie sich am nächsten Morgen nur mit Mühe aus dem Bett schleppen. Sie hasste es, wie sie sich dann fühlte. Ihr Kopf dröhnte und sie konnte nichts essen, damit ihr am Set nicht schlecht wurde. So sollte es nicht sein. Das wusste sie. Eigentlich war David die Sorte Mann, für die Frauen schwärmten.

Warum brauchte sie also eine Riesenmenge Alkohol, um den Punkt zu erreichen, wo sie sich mit ihm gehenlassen konnte?

Während sie über das Studiogelände lief, wusste sie, dass sie Flora nichts davon erzählen konnte. Es war zu demütigend. Flora hatte sich so gefreut, dass sie mit David zusammen war und dass sie die beiden einander vorgestellt hatte. Und Flora hatte selbst genügend Probleme, mit denen sie fertigwerden musste. Sie spielte an sechs Abenden in der Woche auf der Bühne im West End, während sie die Tage mit Dreharbeiten in Elstree verbrachte. Sie würde ihr also nicht das Herz ausschütten können. Trotzdem würde es angenehm sein, eine halbe Stunde in Floras Gesellschaft zu verbringen. Ihre beruhigende Anwesenheit war genau das, was Merle brauchte.

Sie fand ihre Freundin an eine Wand im Studio B gestützt, in einem langen Kleid mit enger Taille, das mit falschen Juwelen bedeckt war. Sie war fast nicht zu erkennen, ihr Gesicht kreideweiß und die Nase mit einer Attrappe verlängert. Für diesen neuen Film hatte man ihr vorn das Haar abrasiert, damit es zu der kastanienbraunen Perücke passte, die ihr die hohe Stirn von Elisabeth I. gab.

»Wow! Du siehst unglaublich aus! Wie lange hat das gebraucht?«

»Zu lange!«, stöhnte Flora. »Die Nase hat zwei Stunden gebraucht – sie mussten sie mit diesem übel riechenden Kitt ankleben – und mir ist so heiß in dieser Kleidung. Ich spüre, wie mir der Schweiß über mein Gesicht in diese falsche Nase läuft. Ich muss mich unbedingt kratzen, doch ich traue mich nicht, da ich sie nicht zur Seite abknicken will.«

»Sollen wir uns irgendwo hinsetzen? Ich besorge uns etwas Tee, wenn du magst.«

»Ich kann mich nicht hinsetzen – außer kerzengerade. Dieses Kleid ist zu breit und zu schwer. Sie haben einen Stuhl unter die Petticoats gestellt. Ich kann mich nur mit dem Hintern dagegen lehnen. Ich stehe hier schon seit Stunden. Wir haben noch keine einzige Einstellung gedreht.«

»Was? Warum denn nicht?«

»Da ist dieses neue Mädchen – Vivien Leigh –, hast du sie gesehen? Sie ist süß wie ein Kätzchen mit riesigen grünen Augen. Sie spielt die Kammerzofe, in die sich Sir Walter Raleigh verliebt. Wie auch immer«, fuhr sie fort und schnalzte mit der Zunge, »sie scheinen den ganzen Tag mit ihr zu verschwenden. Sie lässt die gesamte Crew um sich herumscharwenzeln. Währenddessen stecke ich hier in diesem verdammten Kostüm und schwitze wie ein Schwein.«

Merle ging los, um eine Tasse Tee zu besorgen, und blieb stehen, als sie einen Aufruhr durch eine der Kulissenwände hörte. Sie spähte durch eine Lücke in der Kulisse und sah einen Statisten, der als elisabethanischer Matrose gekleidet war. Er hing an einem Bein von der Takelage einer Nachbildung der *Ark Royal* und heulte wie ein Baby, während eine Gruppe Bühnenarbeiter versuchte, ihn zu befreien.

Auf der anderen Seite des Sets erblickte sie einen auf düstere Art gut aussehenden Schauspieler, der seitlich in einem Stuhl saß, an dem ein Schild mit dem Namen »Laurence Olivier« hing. Sie hatte gehört, wie Sándor über diese neue Ergänzung des Stalls aufgehender Stars bei London Films gesprochen hatte. Anscheinend nahm er das Chaos überhaupt nicht wahr, während er sich mit einem Kameramann unterhielt, die Zigarette in der Hand, was im Widerspruch zu der weißen Spitzenhalskrause, dem Wams und der Kniehose stand.

Dann entdeckte sie das Mädchen, über das Flora gesprochen hatte. Glattes schwarzes Haar umrahmte ihr herzförmiges Gesicht. Zwischen Aufnahmen wurde gerade ihr Puder neu aufgetragen, wobei sie den Kopf mal in die eine und dann in die andere Richtung drehte und die Nase in die Luft hielt, als wäre ihr die ganze Beachtung schrecklich langweilig.

Etwas an ihr wirkte vertraut. Merle fragte sich, ob sie nicht eine der Statistinnen bei *Heinrich* war. Oder vielleicht war sie schon länger dabei, am Set von *The Wedding Rehearsal?* Welcher Dreh es auch immer gewesen war, sie hatte offensichtlich auf sich aufmerksam gemacht. Und sie wirkte sehr jung. Während sie sie betrachtete, verspürte Merle einen Stoß des Unbehagens.

»Action!«

Sie wandte sich ab, als die Dreharbeiten wiederaufgenommen wurden, und rügte sich im Stillen selbst. Es würde immer andere Mädchen geben, die darum wetteiferten, bei London Films groß herauszukommen. Sie sollte sich besser nicht von Unsicherheit auffressen lassen, wie es mit Maria Korda geschehen war.

Ein paar Minuten später kehrte sie zu Flora zurück. Flora war dankbar für den Tee, den sie durch einen Plastikhalm trinken musste, um zu vermeiden, dass sie ihn sich über ihre Halskrause schüttete. Sie kicherte schnaubend, als Merle ihr den unglücklichen Matrosen in der Takelage beschrieb. Tee blubberte den Strohhalm hinunter und machte ein unanständiges Geräusch.

»Oh Mann! Bring mich bloß nicht zum Lachen – oder mir fällt noch die Nase runter!« Flora berührte die Latexspitze und überprüfte, ob sie noch am rechten Platz war. »War Vivien noch immer auf dem Set?«

Merle nickte.

»Weißt du, was mich wirklich zum Schäumen bringt, ist, dass sie überhaupt kein bisschen Schauspielerfahrung hat. Sie ist aus dem Nirgendwo allein wegen ihres Aussehens für diese Rolle ausgewählt worden. Und da bin ich, die ich mich in den letzten soundsoviel Jahren Stück um Stück landauf, landab abgemüht habe, und nun versetzt wird und mit einem Stuhl am Hintern und einem Schnabel wie Pinocchio vor sich hin schmort.«

»Du hast recht, das ist nicht fair, oder?« Merle kam in den Sinn, dass man etwas sehr Ähnliches über ihre eigene Laufbahn sagen könnte. »Ich dachte, ich kenne sie von irgendwo. Hat sie nicht als Statistin gearbeitet?«

»Nicht einmal das.« Flora zuckte mit den Schultern. »Robert ist freundlich zu Larry Olivier – der offensichtlich wie verrückt nach ihr ist, sehr zur Verzweiflung seiner armen Frau –, und Larry hat ihm erzählt, dass Vivien eines Tages bei London Films aufgetaucht sei und sich geweigert habe, wieder zu gehen, bevor sie nicht Probeaufnahmen bekam.«

»Ich nehme an, bei diesem Film wird es für sie drauf ankommen, oder? Vielleicht kann sie kein bisschen schauspielern und deshalb dauert alles so lang.«

Flora nickte. »Ich weiß, ich sollte mich davon nicht beeinflussen lassen. Es ist absolut jämmerlich, herumzulaufen und andere Leute zu beneiden.«

»Aber es ist menschlich, oder? Vor allem in diesem Geschäft.«

»Warum tun wir das nur?« Flora spähte an ihrem juwelenbesetzten Kleid hinab.

»Wahrscheinlich liegt es uns im Blut.« Als die Worte herauskamen, wurde Merle bewusst, was das doch für ein seltsamer Ausdruck war. Was bedeutete das eigentlich? Und woher stammte dieses Bedürfnis zu schauspielern? Sie dachte an ihre Mutter, die lieber sterben als Aufmerksamkeit auf sich ziehen würde. War es also von ihrem Vater gekommen? War Schauspielern etwas, das ihn vielleicht angezogen hatte?

Es gab so vieles, was sie nicht wusste. So vieles, das ihre Mutter vor ihr versteckt hielt. Und jetzt tat sie das Gleiche. Versteckte ihre Vergangenheit vor David. Verbarg die Existenz ihrer Mutter, genau wie Mataji die Existenz von Connie all die Jahre geheim gehalten hatte. Doch Geheimnisse, wie Merle nur zu gut wusste, hatten die Angewohnheit, ans Tageslicht zu kommen. Wie lange würde sie in der Lage sein, David anzulügen? Und war es wirklich die ganze Angst wert?

»Oh, verdammt!« Floras Stimme schnitt durch ihre Gedanken.

»Was ist los?«

»Es ist der Dampf vom Tee – davon löst sich meine Nase ab!«

Flora hielt die schiefe Attrappe und versuchte, nicht zu lachen. Der Anblick ihrer dahinwelkenden Nase war zu viel. Bald kicherten sie beide machtlos vor sich hin. Floras Gesicht sah aus wie ein Gemälde von Picasso.

Merle versuchte, ihr Lachen zu unterdrücken. »Ich glaube, ich gehe besser und hole jemanden von der Maske.«

* * *

Drei Tage später wurde sie von der Lügengeschichte, die sie für ihre erste Nacht mit David erfunden hatte, eingeholt. Am Set wurde verkündet, dass die Kordas eine Party gaben. Sie saß in ihrem Umkleideraum und fragte sich, wie sie das ihrer Mutter erklären sollte, als sie in Sándors Büro gerufen wurde.

Bei ihrem Eintreten stand er auf und kam ihr entgegen. Sie bemerkte seinen Geruch, als er wie ein Vogel herabstieß, um sie auf beide Wangen zu küssen. Es war ein intensiver, aromatischer Duft. Er erinnerte sie an die riesengroße Tanne, unter der sie vor ein paar Nächten mit David Schutz vor dem Regen gesucht hatte, ein Baum, der als Mittelpunkt für die Weihnachtsdekoration auf der Oxford Street aus Norwegen eingeschifft worden war.

»Ich möchte es dir sagen, bevor ich es auf der Party verkünde.« Er machte ihr ein Zeichen, dass sie sich setzte, bevor er zu seinem eigenen Stuhl auf der anderen Seite des Schreibtisches zurückkehrte. »*Heinrich VIII.* ist im Gespräch als bester Film für den Academy Award in Amerika. Es ist das erste Mal, das ein Nicht-Hollywood-Film überhaupt nominiert wurde. Und

Sam Goldwyn war hin und weg von deiner Anne Boleyn. Er will dich in seinem nächsten Film haben.«

»Oh! Das ist ja …« Sie hielt die Luft an. »Was ist es?«

»Er möchte eine klassische britische Erzählung verfilmen: *Sturmhöhe* von Emily Brontë. Hast du davon gehört?«

»Ich habe es in der Schule gelesen. Es ist wundervoll – das einzige Schulbuch, das ich gern gelesen habe.« Sie machte eine Pause und überlegte, ob sie hinzufügen sollte, dass Heathcliff für sie der erste fiktionale Charakter war, der weder weiß noch englisch war, und sie ihn von dem Augenblick an geliebt hat, als er von der Seite gesprungen kam.

»Nun, Sam will, dass du die Cathy spielst.« Sándor strahlte sie durch seine Brille an. »Das ist eine wunderbare Rolle. So viel aufgestaute Emotion.«

Sie nickte. Wie ironisch, dachte sie, dass Goldwyn ausgerechnet sie ausgewählt hatte, um die Rolle einer typisch englischen Frau zu spielen, die sich in einen dunkelhäutigen Zigeunerjungen verliebte.

»Er möchte auch David in dem Film haben.«

»David?« Ihr Herz machte einen Satz.

»Aber nicht als Heathcliff.« Sándor verzog das Gesicht. »Er hat eine viel zu geschliffene Art. Er wird Edgar Linton spielen.«

Edgar Linton. Der schwache, mitleiderregende Ersatzgatte, der Heathcliff niemals das Wasser reichen konnte. Sie fragte sich, wie David darauf reagieren würde.

»Wer wird Heathcliff spielen?«

»Das hat Sam noch nicht entschieden. Oh, ich habe vergessen, es dir zu sagen – er hat deine Freundin Flora als die Haushälterin ausgewählt. Er hat schon die Fahrkarten für euch drei gebucht, damit ihr in der Woche nach Weihnachten mit der *Queen Mary* nach New York fahrt.«

Den Kopf voll mit einem Gefühlswirrwarr, eilte Merle aus seinem Büro. Sie war auf dem Weg nach Hollywood – dem

Ort, von dem sie schon so lange geträumt hatte. Doch hinter der Begeisterung, eine solch fantastische Rolle angeboten zu bekommen, verspürte sie ein Gefühl der Panik. Was würde sie mit ihrer Mutter machen? Wie würde sie ihr die Nachricht mitteilen, dass sie nach Amerika gehen würde?

* * *

Charlotte war noch nicht von der Arbeit zu Hause, als Merle aus dem Studio zurückkehrte. Es war ungewöhnlich für sie, noch nach Einbruch der Dunkelheit unterwegs zu sein. Normalerweise würde sie mit einer Kanne Tee und einem Stück Kuchen in der Küche sitzen und begierig darauf warten, mehr über das Treiben in Elstree zu erfahren.

Auf dem Tisch lag ein Brief. Der blassblaue Umschlag war mit indischen Briefmarken versehen. Merle sah, dass er geöffnet war. Der Rand einer Fotografie ragte heraus. In ihrem Eifer, sie herauszuziehen, hätte sie fast den Brief zerrissen.

Auf dem Bild blickten sie vier lächelnde Kinder an. Ihre Namen waren mit Connies unsauberer Handschrift auf den schmalen weißen Streifen unter dem Bild gekritzelt. Harry, der Größte, sah wie ungefähr zwölf aus. Er trug den Collegepullover, den Merle und ihre Mutter gekauft hatten. Er war ein gut aussehender Junge mit großen, dunklen Augen, die sein Unbehagen zeigten, das er offenbar beim Aufnehmen der Fotografie empfand.

Neben ihm stand Edna. Sie war hell wie ihre Mutter, hatte ein engelsgleiches Gesicht und die Haare zu zwei Zöpfen geflochten. Sie war ein paar Zentimeter kleiner als Harry und vielleicht neun oder zehn Jahre alt. Sie hielt zwei jüngere Kinder mit olivfarbener Haut an den Händen, die wie Zwillinge aussahen: ein kleiner Junge in einem Matrosenanzug und ein Mädchen in einem Blumenkleid – beides Kleidung aus dem letzten Paket aus England. Ihre Namen waren Alexis und Marianne.

Merle ließ sich auf einen Stuhl fallen. Das Bild verschwamm vor ihren Augen, als ihr die Tränen kamen. Das war die Familie, nach der sie sich immer gesehnt hatte. Ihr würden niemals Kinder näherstehen als diese vier. Wie sehr sie sich wünschte, über den Ozean fliegen und sie in die Arme nehmen zu können.

Lange betrachtete sie das Bild und stellte sich all die Dinge vor, die sie tun würde, wenn sie zu Besuch kämen.

Sie würden Ausflüge in den Londoner Zoo unternehmen, zum Tower of London und zu Madame Tussauds, Picknick im Hyde Park und Schiffsfahrten auf der Themse.

Was würde ihre Mutter zu einem solchen Plan sagen? Mit dem Geld, das sie für *Sturmhöhe* bekäme, konnte sie sich die Fahrtkosten leisten, um sie alle aus Indien zu holen. Doch was war mit Connie? Konnte ihre Mutter einen Schlussstrich unter all das ziehen, was zwischen ihnen vorgefallen war?

Sie legte das Foto auf den Tisch und nahm den Umschlag, um das dünne Blatt Luftpostpapier herauszuziehen. Sie bemerkte ihren eigenen Namen auf der Seitenmitte – natürlich nicht Merle, sondern Estelle.

Ich habe in der Zeitung über den Erfolg von Estelles neuem Film gelesen. Ich hoffe, Du hast es genossen, mit ihr zur Premiere zu gehen. Hast Du den Herzog und die Herzogin von York getroffen? Du bewegst dich jetzt bestimmt in den besten Kreisen, oder? Ich hoffe, dass ich den Film auch sehen kann, wenn er nach Bombay kommt. Leider werde ich mir keine Eintrittskarten für alle leisten können, weshalb ihn die Kinder nicht sehen können.

Es folgten noch ein paar weitere Abschnitte – alle in demselben nörgelnden Tonfall. Die unterschwellige Nachricht war, dass Connie ihrer Mutter und Schwester das Leben übel nahm, das sie jetzt führten, und dass sie selbst ein Teil der glamourösen Welt sein wollte, in der sie lebten. Nichts von dem, was in dem Brief stand, war dazu angetan, etwas an ihrem zerrütteten Verhältnis zu verbessern.

Merle sah auf die Uhr und stellte überrascht fest, dass fast eine Stunde vergangen war, seit sie die Tür geöffnet hatte. Wo war ihre Mutter?

Als eine weitere Stunde vergangen und sie noch immer nicht nach Hause gekommen war, begann sich Merle ernsthaft zu sorgen. Mataji war in letzter Zeit häufig eingeschlafen, war direkt nach dem Essen vor dem Kamin weggenickt und musste dann aufgeweckt werden, um ins Bett zu gehen. Als Merle vorgeschlagen hatte, vielleicht die Teilzeitstelle bei Mrs Nixon, der älteren Dame in Knightsbridge, aufzugeben, hatte Charlotte nur abgewinkt.

»Was im Himmel soll ich mit mir anfangen, wenn ich nicht zur Arbeit gehe? Wir haben Ruby, die unser Essen kocht, und Olive, um das Haus zu reinigen – da ist nichts mehr für mich zu tun, abgesehen vom Schreiben der Einkaufsliste.«

Merle hatte nicht weiter insistiert. Und jetzt, da sie für fast drei Monate nach Hollywood fahren würde, war es für ihre Mutter noch wichtiger, etwas zu haben, mit dem sie ihre Tage ausfüllen konnte.

Sie nahm den Kessel vom Herd und ging zur Spüle. Die Käsemakkaroni, die Ruby für das Abendessen vorbereitet hatte, standen auf der Arbeitsplatte, daneben lag eine kurze Notiz, wie lange es brauchte, um sie aufzuwärmen. Merle überlegte, ob sie das Essen in den Ofen stellen sollte. Ihre Mutter wäre doch bestimmt zurück, bevor die Nudeln fertig wären?

Während sie darauf wartete, dass das Teewasser im Kessel zu kochen begann, nahm sie das Telefon und wählte die Nummer von Mrs Nixon. Vielleicht war die alte Frau krank geworden und ihre Mutter hatte bleiben müssen, bis der Arzt kam.

Doch gerade als das erste Freizeichen ertönte, hörte sie, wie die Vordertür geöffnet wurde.

»Mataji! Wo bist du denn gewesen? Ich habe mir Sorgen gemacht.«

Charlotte ließ sich auf einen der Küchenstühle plumpsen, ohne den Mantel auszuziehen. »Ich musste zum Krankenhaus. Wegen der Ergebnisse einer Blutuntersuchung.«

»Für Mrs Nixon?«

»Nein, für mich. Ich habe Diabetes.«

»Oh, Mataji!« Merle eilte um den Tisch und hockte sich hin, um die Hand ihrer Mutter zu ergreifen. »Ich wusste doch, dass es dir nicht gut geht! Warum hast du es mir nicht gesagt?«

»Ich wollte dich nicht beunruhigen. Es war sinnlos, irgendwas zu sagen, bevor ich es nicht sicher wusste.«

»W…was werden sie tun?« Merle wusste, dass einige der Leute, die ihre Mutter in Kalkutta betreut hatte, Diabetes hatten. Ein alter Mann war daran gestorben. Sie spürte, wie sich ihr Innerstes verkrampfte.

»Ich muss Insulinspritzen bekommen und darauf achten, was ich esse. Sie haben mir gesagt, dass ich aufhören soll, Zucker in den Tee zu tun. Und keinen Kuchen mehr!« Sie lächelte schwach, was Merle die Tränen in die Augen trieb.

»Du musst mir die Wahrheit sagen, Mataji«, bettelte sie. »Wie ernst ist es?«

»Mach dir keine Sorgen, Beti, ich stehe nicht mit einem Bein im Grab. Man kann jahrelang mit Diabetes leben, wenn man vorsichtig ist.«

Der Gedanke einer Ablauffrist für das Leben ihrer Mutter erfüllte sie mit Panik. Wie viele Jahre? Zehn? Zwanzig? Und wenn es weniger war? Wenn es nur zwei bis drei wären? Die Frage schwebte unausgesprochen zwischen ihnen.

Als kleines Mädchen hatte Merle manchmal Albträume gehabt, dass ihre Mutter starb. Sie wachte dann auf, ihr Puls raste und sie war schweißgebadet. In den schrecklichen paar Sekunden, bevor ihr klar wurde, dass es nur ein Traum war, hatte sie das Gefühl, als würde ihr Herz von einer eisernen Faust zerquetscht.

»Du wirst deine neue Arbeit aufgeben, oder? Du bist diejenige, die man jetzt pflegen muss.«

Charlotte zuckte mit den Schultern. »Das will ich nicht. Aber ich nehme an, dass ich es tun muss. Ich bin in letzter Zeit ziemlich müde gewesen. Vielleicht werde ich mit dem Insulin wieder munterer.«

»Ich bitte dich! Für meinen Seelenfrieden, auch wenn es sonst nicht nötig ist! Du weißt doch, dass du nicht arbeiten musst. Das habe ich dir gesagt, als wir umgezogen sind.«

Charlotte blickte auf den Tisch. Sie wirkte, als wäre aller Kampfgeist aus ihr gewichen.

»Komm, wir ziehen dir den Mantel aus und dann machst du es dir im Bett gemütlich. Ich koche etwas Tee und bringe ihn dir.«

Während Merle mit der Zubereitung des Tees beschäftigt war, dachte sie darüber nach, welche Konsequenzen die Erkrankung ihrer Mutter hatte. Der Gedanke, in wenigen Wochen nach Amerika zu fahren, war unvorstellbar. Was sollte sie nur tun?

Als ihre Mutter fest schlief, nahm sie das Telefon und rief Flora an.

Sie brach sofort in Tränen aus, als sie die Stimme ihrer Freundin am anderen Ende der Leitung vernahm.

»Du musst jemanden finden, der bei euch wohnt, während du weg bist«, sagte Flora, nachdem sich Merle so weit beruhigt und ihr alles erklärt hatte. »Jemanden, der deine Mutter betreuen und zugleich für sie eine Freundin sein kann. Wenn du jetzt mit der Suche beginnst, dann kannst du alles bis Weihnachten erledigt haben. Dann kannst du ruhigen Gewissens nach Amerika fahren.«

»Ich weiß nicht, ob ich das schaffe. Ich würde mich so schuldig fühlen, sie die ganze Zeit hier zu lassen.«

»So lange ist es auch nicht: weniger als drei Monate. Und deine Mutter wird nicht wollen, dass du eine solche Gelegenheit verpasst. Du weißt, wie stolz sie auf dich ist.«

Es gab eine Pause, bevor Merle antwortete: »Kannst du mir helfen, Flora? Meine Mutter vertraut dir. Ich bin nicht sicher, ob ich die richtige Person finden würde.«

»Natürlich tue ich das. Und jetzt, sprich mir nach: Ich gehe nach Hollywood. Ich werde ein großer Star und meiner Mutter wird es gut gehen.«

KAPITEL 24

Merle und David hatten verabredet, getrennt zum Hills House zu fahren, dem weitläufigen Landsitz der Kordas in Buckinghamshire. Den Vormittag hatte Merle mit ihrer Mutter verbracht. Sie hatte angeboten, die Einladung zu der Party abzulehnen, doch Charlotte hatte ihre Freundin Freda aus der katholischen Kirche in St. John's Wood eingeladen, um nicht allein zu sein. Charlotte meinte, dass Freda sich auch darauf freuen würde, weil sie es genoss, den anderen Leuten in der Kirche zu erzählen, sie würde zu einem Filmstar nach Hause gehen. Und überhaupt bestand ihre Mutter darauf, Merles glitzerndem Gesellschaftsleben nicht im Wege stehen zu wollen.

David hatte die Stunden vor der Party mit Douglas Fairbanks sen. Golf gespielt. Fairbanks war nach England gekommen, um die Hauptrolle im nächsten Historienfilm von London Films die Hauptrolle zu spielen: *Das Privatleben des Don Juan.*

»Er ist viel zu alt für die Rolle«, hatte David gemeint, als er Merle am Vorabend zum Essen ausgeführt hatte. »Doch er ist der Präsident der Academy. Es geht das Gerücht, dass Korda ihm den Don Juan direkt vor den Nominierungen für den Award dieses Jahr angeboten hat.«

»Du meinst …?« Merle verstummte, erstaunt darüber, wozu Sándor imstande war. Sie hatte David erzählt, dass *Heinrich VIII.* womöglich als bester Film ausgezeichnet würde, und ihn im nächsten Atemzug zu absolutem Stillschweigen verpflichtet. Doch ihr war niemals in den Sinn gekommen, danach zu fragen, wie Sándor alle anderen nichtamerikanischen Filmemacher übertrumpft hatte. Kein Wunder, dass er so schnell in diese schwindelerregenden Höhen aufgestiegen war. Er mochte zwar wie ein Universitätsprofessor aussehen, doch er hatte eindeutig einen Killerinstinkt für das Geschäft.

»Er ist Jude, natürlich. Hat immer ein Auge auf das Geld. Deshalb kommen er und Sam Goldwyn so großartig voran: Beide sind jüdische Immigranten, die sich sehr gut geschlagen haben, seit sie in den Westen gegangen sind.«

In der Art, wie er das sagte – mit einem Augenverdrehen, begleitet von einem resignierten Schulterzucken, dabei die Worte in seinem unverwechselbaren englischen Akzent ausgesprochen –, kam eine Engstirnigkeit zum Ausdruck, die ihn kleingeistig wirken ließ. Sie verdankte Sándor alles. Es war nicht schön, anhören zu müssen, wie auf so unschmeichelhafte Weise über ihn gesprochen wurde.

Das Gespräch hatte den restlichen Abend verdorben. David wollte sie mit zu seinem Hotel nehmen, doch sie schob eine Ausrede vor, dass sie früh für eine Kostümprobe aufstehen müsse. Sie hatte ihm bereits so viele Lügen aufgetischt, dass es zu ihrer zweiten Natur geworden war.

Merle kam eine halbe Stunde nach der angegebenen Zeit auf der Party an, da sie nicht als Erste eintreffen wollte. Die Vorstellung, sich mit jemandem wie Douglas Fairbanks sen. zu unterhalten, erschreckte sie. In Indien hatte er einen gottähnlichen Status. *Der Dieb von Bagdad* hatte alle Besucherrekorde gebrochen und war immer noch, fast ein Jahrzehnt nach seinem Start, der beliebteste Film im Lande.

David würde natürlich mit allen gut klarkommen. Er schien vor nichts und niemandem Angst zu haben. Sein adrettes gutes Aussehen und sein verschmitztes Lächeln wirkten sowohl bei Männern als auch bei Frauen. Er hatte immer irgendwelche geistreichen Bemerkungen im Ärmel, eine amüsante Anekdote, die selbst die schweigsamsten Dinnergäste entwaffnete. Manchmal segelte er dabei recht hart am Wind. Sein gewagter Humor war das Produkt seiner Internatszeit und führte bei seinen Zuhörern häufig zu einer gerunzelten Stirn. Während der vergangenen paar Wochen hatte sie sich einige Male unwohl an seiner Seite gefühlt. Doch Douglas Fairbanks war ein berüchtigter Radaubruder. Zweifellos würden er und David wunderbar miteinander klarkommen.

Sie war sehr beeindruckt vom Haus der Kordas. Es befand sich inmitten einer hügeligen Landschaft und verkörperte das wohlgehütete Bild von Großbritannien, nach dem sich Anglo-Inder sehnten. Sándor hatte große Pläne für Hills House und hatte bereits die Arbeit an einem Studio auf dem Grundstück begonnen. Bald würde er seine Filme nicht mehr in Elstree drehen müssen – er würde alles Notwendige direkt hier vor seiner Haustür haben.

Der Butler nahm ihren Mantel entgegen, als ihr ein vertrautes Gesicht ins Auge fiel. Es war der Dieb von Bagdad, nur ohne das Kopftuch und die goldenen Ohrringe. Sie hielt die Luft an. Fühlte es sich so an, wenn man von einem Star fasziniert war? Das Gefühl, wie gelähmt zu sein, die Zunge erstarrt, zugleich begierig darauf, mit dieser Person in Kontakt zu kommen, die sie schon als Teenager verehrt hatte.

»Hallo! Du bist eine der Ehefrauen, richtig?« Er kam durch die Halle geschlendert, nahm ihre Hand und drückte sie an seinen Mund. »Verrat es mir nicht! Jane Howard, oder? Nein – da liege ich falsch. Es ist Katherine. Katherine Boleyn.«

»Anne Boleyn, genau genommen.« Sie schämte sich, ihn korrigieren zu müssen. Es fühlte sich an, als würde man Gott verbessern.

»Anne! Ja natürlich! Was für ein Triumph in diesem Film!« Während er noch immer ihre Hand hielt, legte er den anderen Arm um ihre Taille. Sie konnte Whisky in seinem Atem riechen.

»D...danke schön. Das ist sehr nett.« Sie versuchte, sich wegzudrehen, doch er hielt sie fest. Zu ihrer Erleichterung tauchte plötzlich Sándor auf.

»Liebling, Merle! Wie entzückend du aussiehst! Du musst mich entschuldigen, Douglas – da ist etwas, was ich Miss Oberon zeigen muss.«

»Spielverderber!«

Sobald er sie losgelassen hatte, führte Sándor sie zur Vordertür hinaus. »Tut mir leid«, sagte er. »Er und David haben eine Menge im Golfklub getrunken.« Er hielt inne, um sie auf beide Wangen zu küssen, wobei seine Lippen einen Sekundenbruchteil länger als gewöhnlich verweilten. »Es tut mir leid, dass du noch häufiger mit solchem Verhalten zu tun haben wirst, wenn du nach Hollywood kommst. Weißt du, ich kann den Gedanken kaum ertragen, dass Sam Goldwyn dich mir wegschnappt.«

Sie fragte sich, ob es ihn wirklich kümmerte, dass sie nach Amerika ging. Er verlieh sie wie ein Bibliotheksbuch – genau wie er David von Goldwyn geliehen bekam. Doch im Unterschied zu Bibliotheksbüchern war hier viel Geld im Spiel.

»Komm mit«, sagte er und führte sie um eine Ecke des Hauses. »Ich möchte dir das neue Studio zeigen. Es wird fertig sein, wenn du aus Amerika zurückkehrst. Ich habe ein wunderbares Projekt für dich im Sinn. Ein Film über den römischen Kaiser Claudius. Ich habe Charles Laughton bereits dabei. Du wirst Messalina spielen, die Femme fatale.« Er führte sie um die Seite des Hauses, vorbei an honigfarbenen Mauern, die von der

Nachmittagssonne angestrahlt wurden. Rosen rankten sich an den Steinen hinauf, die trotz der kürzer werdenden Tage noch immer blühten.

»Du hast ein schönes Haus«, sagte sie. »Du und Maria, ihr müsst hier sehr glücklich sein.«

»Es freut mich, dass es dir gefällt.« Er lächelte knapp. »Ich hoffe, du wirst hier viel Zeit verbringen.«

Sie bogen um eine Ecke und sahen den Rohbau eines neuen Gebäudes, das Fundament, das an eine alte Scheune grenzte.

»Die Scheune ist sogar noch älter als das Haus«, sagte Sándor, als sie näher kamen. »Ich hatte darüber nachgedacht, sie abzureißen, doch dann erkannte ich, wie nützlich sie sein könnte. Die Bauweise ist so alt, dass sie zu fast jeder Ära gehören könnte.« Er griff nach dem rostigen Metallriegel an der Scheunentür und bekam ihn mit einigen Schwierigkeiten auf.

»Entschuldige den Geruch.« Er wedelte mit der Hand vor dem Gesicht. »Der Vorbesitzer hatte Ziegen darin. Bis Weihnachten werden wir hier gesäubert haben.«

Merle fragte sich, was die Hollywoodmogule sagen würden, wenn sie wüssten, dass ihr Rivale um den besten Film sein nächstes großes Werk in einem verlassenen Ziegenstall drehen würde. Doch Sándors Begeisterung war so ansteckend, dass sie bald den strengen Geruch vergaß. Er beschrieb, wie die Scheune und das daneben liegende Studio in einen römischen Palast verwandelt und der Apfelhain daneben zu einem Vorplatz würde, komplett mit Brunnen, Ranken und Feigenbäumen.

»Ich denke, wir sollten zurück zur Party. Ich darf meine anderen Gäste nicht vernachlässigen.« Er warf ihr einen reuevollen Blick zu. »David wird sich fragen, wo du geblieben bist. Er und Douglas sind seit halb drei hier.«

Sie ging vor ihm her und gab der eingerosteten alten Tür einen Schubs, um sie zu öffnen. Als sie über die Schwelle trat, erregte etwas ihre Aufmerksamkeit. Ein roter Fleck, der sich gegen das gedämpfte Ocker der Hauswand absetzte. Es war eine Frau in einem scharlachroten Kleid, das von einem Windstoß erfasst wurde, während ein größerer Mann seinen Körper gegen ihren drückte. Sie waren nur einen Steinwurf von der Scheunentür entfernt. Das Profil der Frau und das Leuchten der gefärbten blonden Haare waren unverkennbar. Es war Maria Korda.

Merle erstarrte, als ihr bewusst wurde, dass Sándor direkt hinter ihr war. Doch im Bruchteil einer Sekunde trennten sich die Liebenden und verschwanden hinter der Gebäudeecke. Vielleicht hatten sie gemerkt, dass sie beobachtet wurden. Sie wusste es nicht. Sie hoffte aber, dass Sándor nichts gesehen hatte.

* * *

»Ich habe Gerüchte gehört«, sagte Flora, als sie später an jenem Nachmittag beisammensaßen und Champagner aus ungarischen Kristallpokalen schlürften. »Ich mag es nicht, Dinge weiterzusagen, solange ich nicht weiß, ob sie stimmen.« Sie spähte durch den Raum, wo Maria Korda sich mit Lady Guthrie unterhielt, der Frau von Sándors britischem Hauptfinanzier.

»Da gab es keinen Irrtum«, flüsterte Merle zurück. »Ich glaube, er ist einer der Fotografen.«

»Robert hat erzählt, dass er sie bei den Dreharbeiten für *Heinrich* zusammen in einer Garderobe gesehen hat«, sagte Flora. »Das muss schrecklich für Sándor sein – wenn er es weiß.«

»Ja, das muss es.« Merle blickte nicht zu Maria, sondern zu David, der von einer Gruppe Frauen unterschiedlichen Alters umgeben war, die ihm an den Lippen hingen. Ihr lautes Lachen war im ganzen Raum zu vernehmen, als er irgendeine fantastische Geschichte beendete, mit der er sie erfreut hatte.

»David ist der perfekte Partygast, oder?« Flora drehte den Kopf in Richtung der kleinen Gruppe.

»Man fühlt sich sofort wohl in seiner Nähe. Das ist ein beeindruckendes Talent. Ich wünschte, ich hätte die Hälfte seines Selbstvertrauens.«

Merle erwiderte darauf nichts. Was Flora gesagt hatte, war vollkommen richtig. Doch dieses Wort. *Wohlfühlen.* Warum stimmte es bei ihr nicht? Warum fühlte sie das genaue Gegenteil, wann immer sie und David mit anderen Leuten zusammen waren? Mit anderen Frauen, um genau zu sein. Sie waren erst seit wenigen Wochen ein Paar, doch sie verspürte bereits eine nagende Eifersucht, wenn sie ihn mit einer anderen Frau reden sah. Es lag an seinem Verhalten – die Art, wie er sich ein kleines bisschen zu weit vorneigte, wenn er eines seiner Märchen erzählte. Er sah aus, als würde er flirten. Doch wenn sie ihn darauf ansprach, lachte er nur und sagte, dass er niemals die Energie hätte, einer anderen Frau nachzusteigen, da *sie* ihn bereits so fordere.

»Ich gehe mir kurz die Nase pudern«, sagte Flora. »Dieser ganze Champagner hat einen unangenehmen Effekt. Bin in einer Minute zurück.«

Merle sah durch den Raum und wünschte, dass sich David lösen und zu ihr kommen und mit ihr reden würde. Sie hatten kaum mehr als ein paar Sätze gewechselt, seit sie angekommen war. Sie hatte den Whisky in seinem Atem gerochen. Er und Douglas Fairbanks hatten sich offenbar gut am neunzehnten Loch geölt, bevor sie mit Sándors Champagner angefangen hatten.

Während sie zusah, löste sich eine der Frauen aus der Gruppe. Merle hatte sie schon einmal gesehen. Sie war Produktionsassistentin bei Elstree – eine aus dem Team, das mit den Schauspielern bei *Heinrich VIII.* gearbeitet hatte. Sie bemerkte, wie David ihr mit den Augen folgte.

»Aber hallo …« Leslie Howard tauchte vor ihr auf und blockierte ihren Blick auf David, wie er mit dem Glas in der Hand stehen blieb. »Bin ich paranoid oder bist du mir aus dem Weg gegangen?«

»Wenn dem so wäre, könnte man mir das vorwerfen?«

Er blickte sie aus seinen blassgrauen Augen an. Die blonde Haartolle auf der hohen Stirn gab ihm das Aussehen eines ernsten Engels. Trotz ihres Entschlusses, ihn auf Abstand zu halten, konnte er sie noch immer mit einem Blick zum Dahinschmelzen bringen.

»Nein, ich würde es dir nicht vorwerfen.« Leslie ließ sich auf das Sofa sinken. »Aber ich würde es gegen dich anbringen …« Er wackelte anzüglich mit den Augenbrauen. »Du weißt nicht, wie es sich für einen Mann anfühlt, tagtäglich mit dir am Set zu sein. Es ist die reinste Folter. Wann wirst du mich aus meinem Elend befreien, Merle?«

Als er sich vorbeugte, wich sie zurück. Aus dem Augenwinkel sah sie eine leere Stelle, wo David zuvor gestanden hatte. War er dem Mädchen hinterhergegangen? War er verschwunden, bevor oder nachdem sich Leslie neben sie gesetzt hatte?

»Ich weiß, dass du einen Freund hast«, flüsterte Leslie. »Aber du solltest mir trotzdem eine Chance geben. Ich würde dich auch bestimmt nicht enttäuschen.«

Sein Gesicht war nur Zentimeter von ihrem entfernt. Sie konnte den Alkohol aus seinem Mund riechen.

»Leslie, du alter Ziegenbock! Was treibst du nur!«

David war plötzlich wieder im Raum. Er wirkte kein bisschen verschnupft, dass er Merle fast auf Tuchfühlung mit der männlichen Hauptrolle vorfand.

»Tut mir leid, Kumpel – aber du solltest sie wirklich nicht allein lassen, weißt du?«

Leslie stand ohne eine Spur der Verlegenheit auf und David ließ sich auf den Platz plumpsen, den er frei gemacht hatte. Er hielt zwei volle Gläser Champagner in der Hand.

Merle schüttelte den Kopf, als er ihr eins hinhielt. »Das war nicht, wonach es aussah, David. Er hat mich in die Ecke gedrängt. Er ist eine absolute Plage.«

»Du musst gar nichts erklären, Liebling!« Er grinste sie an, während er ein Glas leerte und dann die Hälfte des zweiten trank. »Wir sind schließlich nicht an der Hüfte zusammengebunden.«

Sie betrachtete prüfend sein Gesicht, irritiert von der fehlenden Besorgnis in seiner Stimme.

»Ich erwarte keine Treue – das gehört in dieser Branche nicht gerade dazu, oder? Ich meine, wir sind schließlich nicht verheiratet oder so. Wir sind freie Akteure, oder?«

»Ist es das, was du willst?« Sie fühlte sich, als würde ihr ein Bleigewicht aufs Herz drücken.

»Ist es nicht das, was jeder will, wenn er ehrlich ist? Die Welt ist voll mit hübschen Mädchen und gut aussehenden Männern – es wäre doch Wahnsinn, wenn man sich auferlegen würde, nur bei einer Person zu bleiben, oder?« Er beugte sich vor und küsste sie auf die Nase. »Guck nicht so bedrückt! Denk an den Spaß, den wir haben werden, wenn wir unsere Erlebnisse vergleichen – ich würde liebend gern wissen, ob Leslie wirklich der Hengst ist, von dem immer alle sprechen!«

Merle stand auf und warf ihm fast das Glas aus der Hand. Mit gesenktem Kopf durchquerte sie den Raum und stieß gegen Flora, als sie den Flur erreichte.

»Du meine Güte, was, im Himmel, ist geschehen? Du siehst aus, als hättest du eine Guinee verloren und einen Sixpence gefunden!«

Nachdem sie es geschafft hatte, Flora davon zu überzeugen, dass alles in Ordnung sei, ging Merle hinaus in den Garten. Draußen war es dunkel. Der Mond erhob sich über einem fernen Hügel. Es war fast Vollmond, blassgolden und zerbrechlich, wurde seine Oberfläche von Wolkenfetzen durchzogen. Er erinnerte sie an den Seidenkokon, den sie aus dem

Schlafzimmerfenster in Indien gesehen hatte. Eine Kugel aus goldener Seide, die von dem Nachtfalter aufgerissen wurde, als er sich bemühte hinauszugelangen.

Sie dachte an den Mondfalter, der in den Palastgarten des Maharadschas geflogen war. Und das ließ sie an Ben denken. In Gedanken sprang sie von ihm zu Hutch und Leslie und dann zu David. Warum fühlte sie sich immerzu von Männern angezogen, die keine Verpflichtung eingehen wollten? Wie ein Nachtfalter, der ins Feuer flog, schien sie dazu verurteilt, sich übelst zu verbrennen.

»Was machst du hier draußen ganz allein? Du hast meine große Ankündigung verpasst!«

Sie zuckte zusammen, als sie Sándors Stimme hörte. Sie murmelte etwas davon, dass sie zu viel Champagner getrunken hatte.

»Ich glaube, du bist wie ich. Du magst Partys nicht so sehr, oder?« Sie hörte, wie er tief Luft holte. »Es war Marias Idee. Ich wäre lieber hier draußen, wie du. Der Mond ist heute Nacht wunderbar, nicht wahr?«

»Er erinnert mich an Indien.« Bilder gingen ihr durch den Kopf wie ein Film, der rückwärts lief. »Ich war in einem Nachtklub in Kalkutta – ohne es besonders zu genießen –, und ich trat hinaus auf den Balkon. Der Mond ging auf – genau wie jetzt, nur dass sich dort ein Hindutempel unter ihm befand, kein Hügel. Er leuchtete auf mich herab wie ein Scheinwerfer. Und ich habe davon geträumt, Greta Garbo zu sein.«

»Ich liebe es, mir den Himmel bei Nacht anzusehen. Als ich in Hollywood war, bin ich immer hinaus in die Wüste gefahren, um die Sterne zu betrachten. Ich habe noch nie so viele Sterne gesehen wie dort draußen. Und sie wirkten alle so nah. War es in Indien auch so?«

»Manchmal. Nicht in der Stadt. Doch draußen im Dschungel, wo es keine anderen Lichter gab, waren die Sterne umwerfend.«

»Es ist witzig; wenn man hinaufblickt zum Nachthimmel, dann bringt es das Leben in eine andere Perspektive, findest du nicht auch?«

In seiner Stimme lag Schwermut. Sie blickte in sein Gesicht. Es hob sich gegen den mondbeleuchteten Himmel ab und es war unmöglich, seinen Ausdruck zu erkennen.

»Ja«, murmelte sie. »Ich glaube, das tut es.«

»Mich interessiert Hollywood nicht so sehr: zu viele Egos und zu wenig Menschlichkeit. Ich habe mir angewöhnt, in die Wüste zu flüchten.« Er nahm seine Brille ab und legte den Kopf zurück. »Dort hinaufzublicken lässt einen erkennen, dass wir alle ziemlich klein sind in der großen Ordnung der Dinge.«

»Ich habe ein bisschen Angst davor, nach Amerika zu gehen«, murmelte sie. »Ich hoffe, das klingt nicht undankbar.«

»Nein, überhaupt nicht. Und du tust gut daran, misstrauisch zu sein. Es ist leicht, von einem Ort wie Hollywood geschluckt zu werden. Es ist schwer, sich selbst gegenüber treu zu bleiben, sein wirkliches Ich zu bewahren.«

Sie deutete ein Lächeln an. »Das wirkliche Ich? Ich habe fast vergessen, wer das ist.«

»Es tut mir leid. Ich habe es dir schwer gemacht, oder?« Er drehte ihr das Gesicht zu. Sie konnte sehen, wie sich der Mond in seinen Augen spiegelte. »Ich habe dich mit David beobachtet. Versteh mich nicht falsch, ich will, dass du glücklich bist. Aber du bist eine nachdenkliche Person, Merle – und an ihm ist eine gewisse Oberflächlichkeit.« Sie holte tief Luft, spürte auf ihrer Zunge, wie kühl die Nacht war. Seine Offenheit gab ihr das Gefühl, nackt zu sein.

»Ich glaube nicht, dass du damals, als wir die Geschichte deines Lebens umgeschrieben haben, erkannt hast, was du für ein Opfer bringen würdest. Ich bin mir sicher, dass du versucht bist, ihm die Wahrheit zu erzählen. Doch tu das bitte nicht. Du würdest ihm damit eine mächtige Waffe geben, falls die Dinge sich zwischen euch einmal schlecht entwickeln sollten.«

Sie spürte, wie sich ihr die Kehle zuschnürte. Sie durfte nicht wegen David weinen. Nicht vor Sándor. Doch es fühlte sich wie Trauer an. Um etwas halb Entstandenes, das eigentlich gar nicht existiert hatte. Wie das Baby, das sie verloren hatte.

»Ruhm ist etwas, dem du niemals trauen kannst.« Seine Stimme wurde zu einem Flüstern. »Er kann sehr flüchtig sein, wie meine Frau nur zu gut weiß. Sie hat sich niemals mit der Tatsache abgefunden, nicht mehr im Rampenlicht zu stehen. Jetzt sucht sie bei anderen Männern nach der Vergötterung, die sie als Star erlebt hat.«

Merle biss sich auf die Zunge. Die folgende Stille wurde nur von dem schwach herüberklingenden Gelächter von irgendwo aus dem Innern des Hauses unterbrochen.

»Sie will die Scheidung.«

»Das tut mir leid.«

»Es ist traurig.« Wie er es sagte, lag darin eine gewisse Zurückhaltung. Er hätte genauso einen Film beschreiben können, nicht den Tod seiner Ehe. »Ich nehme an, wir alle wünschen, dass wir unser Leben überarbeiten könnten. Einige weitere Einstellungen und dann ist es perfekt.«

Sie nickte. Die Ironie war zwangsläufig. Er hatte ihr halbes Leben in den Mülleimer des Schneideraums geworfen, um sie mit einem neuen Image auszustatten. Doch er war unfähig, seine eigene Frau auf dieselbe Weise neu zu erschaffen.

Mit der sanftesten Berührung nahm er ihre Hände und hielt nur ihre Fingerspitzen. »Lass dir von Hollywood nicht das Herz brechen, Merle. Männer werden dir zu Füßen liegen, doch du brauchst sie nicht. Vergiss das nicht, ja?«

TEIL 4

KAPITEL 25

Hollywood – Januar 1933

Die Sonne versank im Pazifik, als das Flugzeug den Landeanflug auf Los Angeles begann. Merle erschrak beim Anblick des näher kommenden Meeres und ergriff Floras Arm. Das Flugzeug war auf seiner Reise über Amerika Dutzende Male gelandet, um aufzutanken, doch mit dem sich unter ihnen ausbreitenden weiten Wasser war diese Landung die beängstigendste von allen.

Der Weidenrohrsitz knackte, als Merle über die Schulter blickte. Es gab noch zehn weitere Passagiere. Jeder von ihnen wirkte krank vor Angst.

Sie hatte von der Fluggesellschaft eine Landkarte bekommen, die sie auf ihrem Schoß ausgebreitet hatte. Sie zeigte die Strecke, die das Flugzeug geflogen war, und mit farbigen Darstellungen die Sehenswürdigkeiten, die auf dem Weg lagen. Um sich von der Landung abzulenken, betrachtete sie jedes der Bilder genau. Der Grand Canyon war das Spektakulärste gewesen – ein tiefer Einschnitt in der Landschaft. Seine hoch aufragenden Felsen wirkten wie Paprikastreifen, Kurkuma, Muskatnuss und Zimt.

Die Reise an die Westküste hatte mit der Zugfahrt nach Columbus, Ohio, begonnen, nach einem viel zu kurzen Zwischenstopp in New York. An jenem ersten Abend im Commodore Hotel hatte Merle mit Flora an den Fensterscheiben ihres Zimmers geklebt. Aus der vierzehnten Etage gab es einen spektakulären Blick auf die Skyline Manhattans. Keine von ihnen war jemals in einem so hohen Gebäude gewesen. Es war ihnen sogar schwergefallen, sich für das Abendessen loszureißen.

Später hatten sie sich nach Spanish Harlem gewagt – gegen den Rat des Presseagenten, den Sam Goldwyn geschickt hatte, um sie am Schiff zu treffen. Es war seltsam, Menschen wie Hutch in den Jazzklubs singen und spielen zu sehen – schwarze Männer und Frauen, die für ein weißes Publikum in einer Gegend spielten, die den Hauch von Gefahr mit sich trug.

Sie hatten David in New York zurückgelassen. Er musste erst eine Woche später am Set sein und hatte beschlossen, die Einladungen von all den amerikanischen Mädchen, mit denen er an Bord der *Queen Mary* getanzt hatte, voll auszukosten.

Nach den ganzen Heimlichkeiten und Tricks in Davids Londoner Hotel hatte die eigene Kabine eine gewisse bittere Ironie für Merle. An Bord des Schiffes hätten sie jede Nacht gemeinsam verbringen können. Am ersten Abend war er gekommen und hatte an ihre Tür geklopft, und es hätte nicht viel gefehlt, dass sie ihn hereingelassen hätte. Sie war ängstlich angesichts der vor ihr liegenden Reise und beunruhigt, dass sie ihre Mutter verließ. Es wäre ein großer Trost gewesen, die Nacht in einem Paar kräftiger Arme zu verbringen. Doch die Erinnerung an sein Verhalten während der vergangenen paar Wochen reichte aus, um die Tür verschlossen zu lassen.

David war in der Zwischenzeit, bis sie sich auf die Reise nach Amerika aufgemacht hatten, zu einer Berühmtheit des Londoner Partylebens geworden. Genau wie Hutch standen bei ihm die Erbinnen Schlange, um mit ihm zu schlafen. Und er hatte es in vollen Zügen genossen, wobei er nicht verstand, weshalb Merle seine Untreue nicht akzeptieren konnte.

Sie erkannte jetzt, dass es schmerzhaft richtig war, was Sándor gesagt hatte. Alles an David war oberflächlich. Er glitt auf der Oberfläche des Lebens dahin und wollte weder Tiefgang noch Verpflichtung. Zum Glück hatte sie sich ihm nicht anvertraut. Sándor und Flora hatten völlig recht damit gehabt, sie zu warnen.

»Ich kann das Hollywood-Schild sehen!« Flora zog sie am Arm und zeigte zum Fenster.

Merle reckte den Hals. »Schau dir nur die Größe der Buchstaben an! Sie sind so groß wie Häuser!«

Als das Flugzeug über die Landebahn holperte, umklammerten sie ihre Armlehnen. Ein paar der anderen Passagiere jubelten.

»Endlich!«, hauchte Merle. »Ich glaube, ich werde auf dem Rückweg den Zug nehmen!« Sie griff nach ihrer Handtasche auf dem Boden und zog ihre Puderdose heraus. Sie war vorgewarnt worden, dass Pressefotografen am Flughafen warten würden. »Sieh mich nur an«, knurrte sie. »Ich kann mir nur zu gut die Schlagzeile in der Zeitung vorstellen: ›Cathys Geist fliegt nach Hollywood!‹«

»Nichts, was ein Lippenstift und Rouge nicht beheben könnten«, erwiderte Flora. »Du weißt, was Sándor immer sagt.« Ihre Stimme verzog sich zu einer perfekten Imitation seines osteuropäischen Akzents: »Denk nur dran, sie anzulächeln, *Liebling*.«

* * *

Merle war beeindruckt von dem Kontrast zwischen Los Angeles und New York. Hier gab es keine hoch aufragenden Gebäude oder Statuen – nur Ansammlungen sehr neu aussehender Büros und Häuser in einer ansonsten leeren, ausgedörrt wirkenden Landschaft.

Sie fuhren auf einer palmengesäumten Straße zum Beverly Hills Hotel. Merle und Flora teilten sich einen der Bungalows auf dem Gelände – ein hübsches, abgelegenes kleines Haus in einem Hain mit Zitrus- und Eukalyptusbäumen.

Es blieb ihnen nicht viel Zeit zum Entspannen. Nachdem sie ausgepackt hatten, waren sie direkt für ein Fotoshooting beim *Los Angeles Examiner* verabredet. Merle zog sich gerade um, als ein Hotelpage mit einem Brief an die Tür kam. Er war von ihrer Mutter, geschrieben drei Tage, nachdem die *Queen Mary* England verlassen hatte.

Liebste Beti,

ich hoffe, dass Du den Anfang Deines wunderbaren Abenteuers genossen hast. Das Haus ist ohne Dich sehr leer. Gertrude ist eine gute Krankenschwester, doch ich vermisse Dich schrecklich. Zehn Wochen kommt mir wie eine entsetzlich lange Zeit vor, die Du jetzt fort sein wirst. Ich versuche, mich anderweitig zu beschäftigen. Ich habe begonnen, Quadrate zu stricken, die ich zu Decken mache. Die Kirche schickt sie zu Missionen in Bombay, um sie den Kindern in den Waisenhäusern zu geben.

Seit ich sie stricke, habe ich viel nachgedacht. Ich habe bemerkt, wie sehr ich Indien vermisse. Ich weiß, es muss seltsam klingen, da ich immer gedacht habe, ich würde mich in England heimischer fühlen – doch die Wahrheit ist, dass ich nicht in dieses kalte, unfreundliche Land gehöre. Ich könnte es ertragen, wenn Du hier bist, doch jetzt, da Du weg bist, fühlt es sich wie ein körperlicher Schmerz in meinem Herzen an.

Ich habe mir die Fotografie angeschaut, die
Constance geschickt hat. Letzte Nacht habe ich von
den Kindern geträumt. Und als ich aufgewacht bin,
habe ich geweint. Es kommt mir nicht richtig vor,
dass ich sie nie sehe und sie ihre eigene Großmutter
nicht kennen. Ich denke jetzt, dass es richtig war, was
Du gesagt hast: dass für mich die Zeit gekommen ist,
Frieden mit ihrer Mutter zu schließen …

Merle blieb der Mund offenstehen, als sie das las. Sie hatte
das Foto in eine Küchenschublade gesteckt, da sie befürchtete,
damit noch mehr Gefühlsausbrüche auszulösen, als ihre Mutter
ertragen konnte. Es war ihr nicht in den Sinn gekommen, dass
die Gesichter der Kinder die Lücke ausfüllen könnten, die sie
zurückgelassen hatte.

Bei dem Gedanken, eines Tages jene Gesichter leibhaftig
sehen zu können, keimte in ihr die Hoffnung. Wenn ihre Mutter
die Streitigkeiten mit Constance beilegen könnte, würde diese
schöne Vorstellung, dass die Kinder in London leben könnten,
vielleicht Wirklichkeit werden.

Sie las den Brief ein zweites Mal, und ihr zog sich der
Magen zusammen, als sie den Inhalt begriff. Das war es nicht
gewesen, was ihre Mutter im Sinn hatte. *Sie* wollte nach Indien
gehen – um dort zu *leben.* Jetzt, wo Merles Karriere sie um die
halbe Welt brachte – und in den Westen, nicht in den Osten –,
brauchte Mataji mehr als eine Krankenschwester. Sie brauchte
eine Familie.

Ein Klopfen an der Tür holte Merle zurück ins Hier und
Jetzt.

»Bist du fertig?« Flora sah sehr chic aus mit ihrem malvenfarbenen Filzglockenhut und dem passenden Kostüm.
Niemand hätte angenommen, dass sie seit zwei Tagen fast ohne
Schlaf war.

»Du siehst gut aus.« Merle nahm ihre Handtasche vom Fußende des Bettes. Sie steckte den Brief ein. Die Worte ihrer Mutter lagen ihr schwer auf dem Herzen, doch es war keine Zeit, weiter darüber nachzudenken.

»Du aber auch. Ist es das Kleid, das du in New York gekauft hast?«

»Ja. Sieht dieser Hut auch wirklich gut dazu aus?« Merle war aufgeregt, Louella Parsons kennenzulernen. Sie hatte ihre Kolumne gelesen und konnte sich gut vorstellen, wie sie durch die Mangel genommen würden. Doch es gab kein Entkommen. Merle und Flora waren für eine Reihe Interviews ausgewählt worden. Die Marketingleute von Sam Goldwyn hatten gesagt, dass Miss Parsons einen Filmstar machen oder vernichten konnte.

»Es sieht perfekt aus. Komm schon – wir lassen sie besser nicht warten.«

Als sich die Fahrstuhltür zur Lobby öffnete, erblickten sie Laurence Olivier, der gerade eincheckte.

»Larry!«, grüßte Flora, als sie aus dem Aufzug traten.

Er wirkte, als hätten sie ihn gerade dabei erwischt, wie er das Porzellan des Hotels einsackte. Er spähte verstohlen über die Schulter und zog sich den Kragen seines Regenmantels vor das Gesicht.

»Ich bin es nur!« Flora ging mit ein paar Riesenschritten zu ihm. »Seid du und Merle einander schon vorgestellt worden?«

»Ähm … äh … nein, noch nicht.« Er warf ihr ein knappes Lächeln zu. »Freut mich, dich kennenzulernen.« Er wirkte nicht sehr erfreut.

»Du wirst einen großartigen Heathcliff abgeben«, fuhr Flora fort. »Das ist doch wunderbar, oder, dass es eine rein englische Besetzung ist?«

»Ich glaube schon.« Er zuckte mit den Schultern. »Tut mir leid. Ich bin ein wenig in Eile. Ich muss rüber zum Flughafen.«

Er spähte erneut über die Schulter. Dann senkte er die Stimme zu einem Flüstern. »Vivien kommt. Niemand darf das wissen. Ich muss mich auf dem Boden des Autos verstecken, damit man uns nicht zusammen sieht.«

»Oh.« Flora atmete tief ein. »Nun, viel Glück. Wir sehen uns später.«

Vor dem Hotel wartete ihr Auto.

»Ich frage mich, ob seine Frau davon weiß«, sagte Flora, während sie ins Auto stiegen. »Robert sagte, sie würden miteinander schlafen, doch ich bin überrascht, dass er die Nerven hat, sie herzubringen. Wenn die Zeitungen das erfahren ...« Sie verstummte und schüttelte den Kopf.

Merle starrte aus dem Fenster, der Knoten in ihrem Bauch zog sich noch enger zusammen. Sie dachte nicht an Laurence Olivier und das Mädchen mit den faszinierenden grünen Augen – sie war zu sehr damit beschäftigt, ihre eigene Geschichte in Ordnung zu bringen.

* * *

Louella Parsons saß in ihrem Büro beim *Los Angeles Examiner* hinter einem Schreibtisch und wirkte nicht annähernd so furchterregend, wie Merle es sich vorgestellt hatte. Mit den sorgfältig an beiden Seiten des Kopfes in Wellen gelegten dunkelbraunen Haaren hatte sie das Aussehen eines älteren Fräuleins – die Art von Person, der man eher eine Kochkolumne zuschreiben würde, als dass sie das Privatleben von Filmstars auseinandernahm und der Öffentlichkeit preisgab.

»Also, Miss Oberon, Sie sind in Tasmanien geboren. Das ist ein Ort, von dem noch nicht viele Leser gehört haben. Wie kam es, dass sich Ihre Eltern dort niedergelassen haben?«

Merle hatte für diesen Augenblick mit Flora geübt. Sie holte Luft, lächelte und gab die Darstellung zum Besten, die ihr

Sándors Presseagent aufgeschrieben hatte. »Nun, eigentlich lebten sie nicht sehr lange dort. Mein Vater war Major in der britischen Armee, und er befand sich mit meiner Mutter an Bord eines Schiffes, das gerade an Tasmanien vorbeisegelte, als ich auf die Welt kommen wollte. Meine Mutter benötigte umgehend medizinische Versorgung, deshalb musste das Schiff einen ungeplanten Zwischenstopp auf der Insel machen. Sie blieben für ein paar Monate dort, dann fuhren sie weiter nach Indien.«

»Doch kurz nach Ihrer Ankunft dort wurden Sie zur Waise?«

Merle nickte. In London hatten sie mit der Idee herumgespielt, ob sie an dieser Stelle ein Taschentuch herausnehmen sollte. Doch das wäre übertrieben gewesen, hatte Sándor beschlossen. Es konnte von ihr nicht erwartet werden, Eltern zu betrauern, die verstorben waren, als sie noch so jung war.

»Mein Vater starb an einer Lungenentzündung«, fuhr sie fort. Wenigstens dieser Teil entsprach der Wahrheit. »Er infizierte sich bei einer Wildtierjagd zur Monsunzeit.«

»Und Ihre Mutter?«

Merle musste schlucken. Das würde sie nur durchstehen, wenn sie sich fest dabei vorstellte, eine Rolle in einem Film zu spielen. »Sie starb ein paar Monate darauf an Cholera. Leider ist das in Indien sehr verbreitet.« Es fühlte sich böse an, eine solche Lüge zu erzählen, wo bei ihrer Mutter gerade eine ernste Krankheit diagnostiziert worden war. Als ob sie das Schicksal herausfordern wollte.

Louella Parsons Lippen teilten sich, und sie verzog das Gesicht zu etwas, was offenbar ein mitfühlender Ausdruck sein sollte. Sie entblößte zwei Reihen sehr kleiner, sehr weißer Zähne und wirkte damit wie ein Hund, der einen Eindringling wittert. »Danach wurden sie von Ihren Taufpaten aufgezogen – im Palast eines Maharadschas. Das muss eine ziemliche Erfahrung gewesen sein.«

»Das war es auch.« Merle gab eine kurze Beschreibung ihrer erfundenen Kindheit, die auf ihrem Wochenende mit Ben Finney im Dschungel basierte. Vor allem berichtete sie von der juwelenbesetzten Kleidung, den angemalten Elefanten und fabelhaften Banketten. Beeindruckt hörte die Frau zu.

»Die Rolle der Cathy ist bei vielen amerikanischen Filmstars begehrt. *Sturmhöhe* ist eine klassische englische Erzählung. Halten Sie es für wichtig, diese Rolle mit einer englischen Schauspielerin zu besetzen?«

»Aber ja. Ich glaube, es ist unverzichtbar, dass die Dialoge mit britischem Akzent gesprochen werden.«

»Und dennoch sind Sie selbst ja nicht wirklich englisch, oder?«

Merle wurde der Mund trocken. »W…was meinen Sie damit?«

»Nun, Sie leben ja erst seit recht kurzer Zeit in Großbritannien, oder?«

Merle hatte das Gefühl, am Rand eines Abgrunds zu stehen und zu sehen, wie alles, für das sie so schwer gearbeitet hatte, unter ihren Füßen zerbrach. Sie war gewarnt worden, dass Louella Parsons ihre Spione in jedem Studiohinterhof Hollywoods hatte. Aber reichte ihr Netzwerk auch bis nach London? Sie konnte es nicht wissen, oder?

»Ich … ich habe mich immer sehr englisch gefühlt.« Merle bemühte sich, ruhig zu klingen. »Indien ist sehr britisch, deshalb war der Umzug nach London wie ein Nachhausekommen. Der einzige echte Unterschied war das Klima.« Sie brachte ein kleines Lächeln zustande. »Ich hatte Schwierigkeiten, mich an die Kälte zu gewöhnen. Die ersten paar Wochen habe ich mit Pullover und Bettsocken geschlafen.«

Das war nicht das glamouröse Bild, das Merle präsentieren wollte, doch es führte zu einem höflichen Schmunzeln. Danach waren die Fragen einfacher zu beantworten. Es war, als hätte

Miss Parsons beschlossen, sie gehen zu lassen, nachdem sie ihre Beute kurz in die Ecke gedrängt hatte.

* * *

Auf dem Weg zur Haar- und Make-up-Probe am nächsten Morgen besorgte sich Merle eine Ausgabe des *Los Angeles Examiner*. Auf dem Rücksitz der Studiolimousine blätterte sie eilig durch die Seiten und lächelte erleichtert über die Schlagzeile: »London bringt Goldwyns Star zum Erschauern«.

Nachdem sie sich vergewissert hatte, dass nichts in dem Artikel stand, was Grund zur Befürchtung gab, blätterte sie durch die restliche Zeitung. Eine kleine Fotografie auf der letzten Seite ließ ihr Herz schneller schlagen. Zu ihrer Überraschung zeigte sie Ben Finney. Er stand Arm in Arm neben einem hübschen dunkelhaarigen Mädchen mit weißem Spitzenkleid. Der Text darunter lautete: »Tabakerbe heiratet am Strand«.

Merle fühlte sich leer, während sie die zwei Absätze neben dem Bild las. Sie redete sich ein, dass es sie nicht stören durfte. Sie wäre jetzt nicht hier, auf dem Weg zu der Umkleidekabine eines Filmstars in einem Hollywood-Studio, wenn Ben nicht gewesen wäre.

Sie fragte sich, was für ein Leben vor dem Mädchen auf der Fotografie lag. Und sie fragte sich, was Ben denken würde, wenn er eine Ausgabe der Zeitung in die Finger bekäme. Würde er es bedauern, wenn er sah, welche schwindelnden Höhen seine alte Flamme erreicht hatte?

Merle faltete die Zeitung zusammen und stopfte sie an die Seite des Sitzes. Sie blickte aus dem Fenster und suchte nach Ablenkung. Während das Auto auf die riesigen Tore des United-Artists-Gelände zufuhr, sah sie entsetzt, dass ein Polizist offenbar eine Waffe in der Hand hielt. Er hatte sie auf eine Frau mit dunkler Haut gerichtet, die gerade aus einem Bus gestiegen war, der jetzt in einer Staubwolke davonfuhr. Die Frau stand wie erstarrt da, im Gesicht ein Ausdruck von bitterer Angst.

Merle kauerte sich in ihren Sitz. »Was geschieht da?«

»Kein Grund zur Sorge, Ma'am«, erwiderte der Fahrer, ohne sich umzudrehen. »Wir haben Hunderte dieser Leute, die über die Grenze kommen und denken, sie können Arbeit als Statist finden. Wir müssen sie abschrecken, ansonsten werden wir von ihnen überschwemmt.«

Die Tore öffneten sich und das Auto glitt hindurch. Merle spähte über die Schulter zu der Frau, die jetzt zu der langen, einsamen Straße zurück in die Stadt stolperte, während der Polizist ihr noch immer Vorhaltungen hinterherrief und mit der Waffe winkte.

Davids Geschichte kam ihr in den Sinn: wie er deportiert wurde, weil er keine Arbeitsgenehmigung hatte. Von dem Albtraum, zu Fuß über die Grenze nach Mexiko zu gehen. Sie fragte sich, ob diese Frau die gleiche düstere Aussicht erwartete. David wäre fast durch das Netz gerutscht, doch diese Frau mit ihrem schwarzen Haar und ihrer Hautfarbe hatte sofort eine aggressive Ablehnung hervorgerufen. Merle fragte sich, was wohl geschehen wäre, wenn *sie* statt mit der Limousine im Bus zum Studio gekommen wäre.

Kurz danach bahnte sich das Auto seinen Weg durch das Wunderland, das David beschrieben hatte. Sie kamen an einer aufragenden Pyramide vorbei und an einer Sphinx von der Größe eines Elefanten, die von sonnengebräunten Männern in Lendenschurzen und schulterlangen schwarzen Perücken umgeben war. Weiter weg befand sich eine Wildweststadt. Cowboys banden Pferde an der Vorderseite eines falschen Saloons an, dessen Dach nach oben hin offen war.

Das Auto fuhr langsamer, als eine Gruppe von Menschen in zerlumpter Kleidung vor ihnen auf der Straße auftauchte. Ihre Gesichter waren mit blassgrünem Make-up geschminkt.

»Was sollen die sein?«, fragte Merle.

»Das sind die lebenden Toten, Ma'am.« Der Fahrer kicherte. »Es ist ein Film namens *White Zombie*. Haben Sie von Bela Lugosi gehört?«

»Oh ja. Er war doch Graf Dracula, oder?«

»Ja. Er spielt auch in diesem die Hauptrolle. Der Typ ist vielleicht unheimlich. Ungarisch, glaube ich.«

Merle nickte. Sándor hatte seinen Landsmann erwähnt. Sie hatten sich in den schlechten Tagen kennengelernt, wie er sagte, als Ungarn im Griff des Weißen Terrors war. Sie fand es eigentümlich, dass Lugosi jetzt die Hauptrolle in einem Film mit ähnlichem Namen spielte.

Das Auto ließ sie im Maskenbereich des Studios heraus. Laurence Olivier war bereits da und schlürfte einen Kaffee mit einem weißen Lätzchen über seinen Kleidern.

»Guten Morgen, Larry.«

Es kam keine Antwort.

»Hallo!«

Stille. Nicht einmal ein Zucken des Kopfes. Sie fragte sich, warum er ihr die kalte Schulter zeigte.

Flora hatte ihr gesagt, dass er nicht der gesellige Typ war. Doch das war schlichtweg grob.

»Miss Oberon? Kommen Sie bitte hierher.« Die Ankunft des Maskenbildners bewahrte sie vor weiterer Peinlichkeit. Als sie aus der Lobby gingen, sah sie kurz eine Reflexion in der Glastür vor sich. Ein vertrautes Gesicht, das sie intensiv anzustarren schien. Es war Vivien, Larrys Freundin, die mit einer Tasse in der Hand durch eine Tür am anderen Ende des Raums trat. Sie stellte fest, dass Vivien anders aussah als beim letzten Mal. In Rock und Pullover wirkte sie sanfter und weniger launisch als in dem Kostüm einer elisabethanischen Kammerzofe.

Merle zögerte, als sie durch die Tür ging. Sie drehte den Kopf und sah, wie sich Viviens Gesichtsausdruck veränderte.

Die Lippen verzogen sich zu einem anerkennenden Lächeln, doch ihre Augen waren so kalt wie bei einer Katze, die einen Vogel belauert.

Bruchstücke einer Erinnerung kamen hoch. Eine Erinnerung, die sich ausgebleicht und alt anfühlte, wie ein lange vergessenes Sommerkleid. Merle hatte den siedenden Ausdruck in diesen Augen schon einmal gesehen. Doch wo war das gewesen?

In den Sekunden, die sie brauchten, um zu der Schminkkabine zu gelangen, verschwand das flüchtige Bild wieder. Es ließ sie mit einem seltsamen, beunruhigenden Gefühl zurück – ein Gefühl, das sie sich nicht erklären konnte.

»Ein Telegramm für Sie, Miss Oberon.« Ein Arm schob sich um die Kabinentür herum, der zu einem Jungen gehörte, dessen Stimme klang, als wäre sein Stimmbruch noch nicht überstanden, und der offensichtlich klare Anweisungen hatte, sich keine halb bekleidete Schauspielerin anzusehen.

Das Telegramm war von Sándor.

PROBEAUFNAHMEN FÜR VWV 30 JAN STOP STUDIO INFORMIERT STOP VIEL GLÜCK STOP

Mit leichter Besorgnis steckte sie das Telegramm in ihre Handtasche. VWV war die Abkürzung für den meistdiskutierten Film im Showbusiness: David Selznicks *Vom Winde verweht.* Hunderte Kandidatinnen waren getestet worden, um die Scarlett O'Hara zu spielen, und die Dreharbeiten hatten bereits begonnen – ohne dass diese Rolle schon besetzt war. Sándor hatte sie gewarnt, dass Selznick wahrscheinlich keine englische Schauspielerin auswählen würde, doch er wollte, dass sie es trotzdem versuchte. Er meinte, wenn sie diese Rolle zusätzlich zur *Sturmhöhe* bekäme, würde sie das in die höchsten Höhen von Hollywoods Firmament befördern.

Sie hatte wenig mehr als zehn Tage Zeit, um sich vorzubereiten und Scarletts Südakzent zu üben. Es würde ihr für die Abende Beschäftigung verschaffen – etwas, um die Gedanken an David, und was er so in New York trieb, zu verdrängen.

Die Maskenbildnerin beugte sich vor, um die Grundierung mit einem Schwamm aufzutupfen. »Sie haben ein wenig Sonne bekommen, was?« Sie lächelte. »Ich kann mir vorstellen, dass es hier etwas wärmer ist als in England – selbst im Winter.«

»Habe ich das?« Merle blickte stirnrunzelnd zu ihrem Spiegelbild. Sie hatte nicht in der Sonne gesessen und draußen noch nicht einmal den Hut abgenommen. Doch dieses Mädchen hatte bemerkt, dass sie nicht wie die anderen britischen Schauspieler aussah. »Ich ... werde schnell braun«, sagte sie. »Vielleicht verwenden Sie besser eine blassere Grundierung.«

Sie würde sich eine Auswahl breitkrempiger Hüte kaufen müssen, die denselben Zweck erfüllten wie der Tropenhelm, den sie in Kalkutta zu tragen pflegte. Die Sonne war ihr ältester Feind. Sie durfte nicht zulassen, dass er sie verriet.

KAPITEL 26

Nach der ersten Woche Dreharbeiten war die Atmosphäre am Set aufrührerisch. Der Regisseur William Wyler hatte den Ruf, der Härteste im Geschäft zu sein. Seine Technik unterschied sich stark von dem, woran die britischen Schauspieler gewöhnt waren. Es gab keine Anweisungen, wie die Szene gespielt werden sollte, und keine Erklärung, wenn eine Darstellung nicht erfolgreich war.

»Ich fühle mich wie ein Rennpferd.« Merle ließ sich auf einen Stuhl neben Flora fallen und wedelte sich mit dem Drehbuch Luft zu. »Es ist, als wolle er uns mit endlosen Takes an die Grenze der Belastbarkeit peitschen.«

Flora nickte. »Ich habe aufgehört, zu zählen, wie häufig wir Szene dreiundvierzig aufgenommen haben.«

»Er sagt dir nie, was du falsch machst, das ist das Problem. Du fragst ihn, was er von dir will, und er sagt nur: ›Mach es einfach besser!‹«

»Und er sagt es nicht mal – er bellt es dir entgegen wie ein bösartiger Hund.«

»Ich habe alle möglichen Arten versucht, die mir eingefallen sind, um den Satz zu sagen. Es sind nur vier Worte. Wie ist es möglich, dass man vier Worte immer wieder vermasselt?«

»Er ist absolut unzumutbar.« Flora zuckte mit den Schultern. »Ich habe einmal einen Bühnenregisseur wie ihn gekannt. Hat nie ein Wort des Ratschlags gegeben. Er hatte einen hochtrabenden psychologischen Ausdruck dafür, die Schauspieler in quälende Selbstzweifel zu treiben. *Nach den Gefühlen graben* – so hat er es genannt.«

»Nun, mir fällt dafür ein anderes Wort ein: *Sadismus*!«

»Die einzige Person, die das vollkommen kalt zu lassen scheint, ist Larry. Hast du das bemerkt?«

Merle verdrehte die Augen. »Er ist schrecklich verliebt. Er und Vivien können ihre Hände nicht voneinander lassen.«

»Er wirkt sehr mitgenommen. Und ich nehme an, dass sie hier draußen ihre Freiheit genießen – Tausende von Kilometern entfernt von seiner Frau und seinem Kind.«

»Es ist fast so, als könnte er es nicht ertragen, neben jemand anderem zu sein – selbst wenn er schauspielert«, sagte Merle. »Du warst nicht dabei, als wir die Schlafzimmerszene geprobt haben, oder? Du hättest den Ausdruck in seinem Gesicht sehen sollen. Wenn man ihn gebeten hätte, einen verwesten Leichnam zu küssen, hätte er nicht angeekelter geguckt.«

»Vivien beobachtet alles wie ein Falke, oder? Ich nehme an, dass sie ihm die Hölle heißgemacht hat, als er dich küssen musste. Das steckt wahrscheinlich dahinter.«

»Es würde mich nicht wundern.«

»Er hätte sie niemals herbringen sollen. Auch ohne das ist es schon anstrengend genug.«

»Wie im Himmel sollen wir das Publikum glauben machen, dass wir Liebende sind, deren Liebe unter einem schlechten Stern steht, wenn er sich weiterhin mir gegenüber so schrecklich benimmt? Jedes Mal, wenn ich mit ihm zu sprechen versuche, blickt er durch mich hindurch.«

»Er wird das lassen müssen, wenn die Kamera auf ihn gerichtet ist. Wyler wird an die Decke gehen, wenn er es nicht tut. Doch wo wir gerade davon sprechen ...« Flora stellte ihren Kaffee ab und stand auf. »Sollen wir noch einmal Szene vierunddreißig proben? Ob wir es hinbekommen, bevor wir zum Set zurückgehen?«

Merle nickte und sprang auf. Sie griff nach dem Wollschal, den sie über die Rückenlehne ihres Stuhls gelegt hatte, und stellte sich vor den Spiegel. »Also, das hier ist das Küchenfenster«, sagte sie. »Ich sehe nach draußen und du stehst da drüben, am Feuer. Heathcliff versteckt sich hinter dem Sessel ...« Sie zeigte zu der Kleiderstange an der Tür.

»Okay. Du hast gerade gesagt, es würde für dich den gesellschaftlichen Abstieg bedeuten, Heathcliff zu heiraten«, erwiderte Flora. »Schnitt auf ihn, wie er durch die Hintertür hinausschleicht. Einsatz heulender Wind und Donner.«

»Mach weiter«, sagte Merle.

»Ihr liebt den jungen Linton mehr?« Floras Stimme wechselte sofort zu dem schroffen Yorkshire-Akzent einer doppelt so alten Frau. »Das könnt ihr nicht meinen, Miss Cathy!«

»Ach, Ellen – meine Liebe für Edgar ist wie das Laub im Walde. Die Zeit wird es ändern. Doch meine Liebe für Heathcliff gleicht den ewigen Felsen unter der Heide.« Merle drehte den Kopf zum Spiegel und reckte den Hals, als würde sie nach dem Unwetter sehen, das vor dem Fenster tobte. Dann drehte sie sich plötzlich um und sah Flora an. »Nelly, ich *bin* Heathcliff!«

»Vielleicht ist es der Gesichtsausdruck, der falsch ist.« Floras Stimme war jetzt wieder ihre eigene. »Du siehst elend aus, als würde es dir für dich und ihn leidtun. Aber wenn sie nicht Bedauern empfindet? Wenn es Angst ist?«

»Angst?«

»Ja. Denn eigentlich hat sie Angst vor der Idee, Heathcliff zu sein. Sie ahnt, dass sie verwandte Seelen sind. Doch sie weiß, dass er eine dunkle Seite hat, die sie also auch hat – was ihr Angst macht.«

Merle nickte langsam.

»Wann hast du das letzte Mal richtig Angst gehabt?«

»Vorige Woche«, knurrte Merle. »In Louella Parsons Büro.«

»Oh ja. Als du gedacht hast, sie hätte es herausgefunden? Genau das ist es! Erinnere dich daran, wie es sich angefühlt hat, und zeig es in deinem Gesicht.«

»Hmm. Okay …« Merle drehte sich wieder zurück zum Spiegel.

»Üb es nicht – damit bringst du dich nur aus der Stimmung. Schließ einfach die Augen, denk an jene Frau, dann dreh dich um und sprich den Text.«

Merle brauchte nicht lange, um sich in die gleiche eisige Panik zu versetzen, die sie während des Interviews beim *Los Angeles Examiner* empfunden hatte. Als sie mit geschlossenen Augen dastand, wurde ihr bewusst, dass der Satz, den sie sprechen würde, mehr Wahrheit enthielt, als jeder Betrachter des Films jemals erraten würde. Niemand wusste, woher Heathcliff genau kam. Er war ein Mischlingskind, dessen Ursprünge im Dunkeln lagen. Genau wie bei ihr.

»Nelly«, flüsterte sie, »ich bin Heathcliff!«

»Perfekt.« Flora lächelte.

* * *

Zwei Tage später nahmen die Spannungen mit der Ankunft von David Niven noch weiter zu. Zu Merles Erleichterung blieb er in einem anderen Hotel. Doch sie konnte ihm nicht lange aus dem Weg gehen. Seinen Einstand machte er mit Aufnahmen im San Fernando Valley – mit einer Szene, in der nur er und sie auftraten.

Ihr Fahrer kam vor Sonnenaufgang, um sie beide abzuholen. Eigentlich hätte sie die Fahrt durch die hügelige Landschaft nördlich von Los Angeles genießen und zusehen können, wie die Landschaft erwachte, während der Himmel rosa und golden wurde. Doch ihre Furcht vor der Begegnung mit David überdeckte alles, als würde man ein Tintenfass über einem Gemälde verschütten.

Hätte sie es nur damals im November, am Tag nach der Party der Kordas, geschafft, ihn aus ihrem Leben auszuschließen, dann wäre es jetzt weniger schmerzhaft gewesen. Wenn sie ihn nicht immer wieder gesehen hätte, bei Elstree und dann wieder auf der *Queen Mary,* wäre sie vielleicht in der Lage gewesen, die niederschmetternde Enttäuschung zu ertragen, jemanden verloren zu haben, in den sie so große Hoffnungen gesetzt hatte. Jemanden, der vielleicht die Leere gefüllt hätte, die sie im Inneren empfand. Doch genau wie Ben Finney hatte David sie enttäuscht. Nicht dadurch, dass er verschwunden war, sondern durch seine völlige Unfähigkeit, treu zu sein.

Wie sehr sie sich wünschte, Flora würde neben ihr sitzen. Sie hätte es verstanden. Doch Flora wurde für keine der übrigen Szenen mehr benötigt, die in der kommenden Woche gedreht wurden. Sie hatte die Pause genutzt und war mit einem Zug nach New York gefahren, um für eine Rolle auf dem Broadway vorzusprechen.

Jetzt fühlte sich Hollywood wie ein besonders einsamer Ort an. Es gab viele Menschen um sie herum, doch da war niemand, den sie als Freund bezeichnet hätte. Was brachte das alles, wenn sie sich innerlich leer fühlte? Zum ersten Mal in ihrem Leben erkannte sie, dass Einsamkeit kein Mangel an Gesellschaft, sondern an Bedeutung war – ein Mangel an echter Verbundenheit mit einem anderen menschlichen Wesen.

Während das Auto durch die hügelige Landschaft fuhr, dachte Merle an ihre Mutter. Es war jetzt später Nachmittag in England. Mataji würde wahrscheinlich mit einer Tasse Tee in ihrem Sessel im Wohnzimmer sitzen. Zweifellos würde sie sich dabei nach einem verbotenen Stück Kuchen sehnen. Sie hatte ihre Krankheit in dem letzten Brief nicht erwähnt, was Merle noch ängstlicher machte. Sie schrieb ihrer Mutter täglich und schmückte die Briefe mit Beschreibungen des Treibens im Studio, wobei sie hoffte, dass der beständige Nachrichtenfluss die Tatsache kompensieren würde, dass sie Tausende von Kilometern entfernt war.

Das Auto hielt auf einer Anhöhe neben einer niedrigen Steinmauer mit falschem Moos. Sam Goldwyns Szenenbildner hatten hart daran gearbeitet, damit die Hügel von San Fernando wie die Moore von Yorkshire wirkten. Sie hatten ein sehr überzeugendes, verfallen aussehendes Bauernhaus gebaut und über einer Fläche von fünfhundert Hektar das Unkraut mit Sägemehl bedeckt, damit es wie Heide aussah.

Als sie aus dem Auto stieg, bemerkte sie zwei kleine Jungen und ein Mädchen in viktorianischen Kostümen – die jungen Schauspieler waren die Darsteller von Heathcliff, Cathy und ihrem Bruder als Kinder. Einer der Jungen sah aus wie Harry, Connies ältester Sohn. Während sie zusah, wie die drei einander durch die Heide jagten, wurde ihr auf einmal klar, dass sie von ihren Neffen und Nichten nicht mehr wusste als den Namen. Sie überlegte, ob sie Connie von ihrer Idee schreiben sollte, die Kinder für die Ferien nach London zu holen. Aber nein – das würde womöglich die zögerlichen Schritte ihrer Mutter für eine Versöhnung zum Scheitern bringen. Sie würde sich gedulden müssen.

Einen Moment später wurde sie in den umgebauten Bus gebracht, der als Garderobe diente, aus dem sie fast eine Stunde später in einem maisfarbenen Reitmantel mit schwarzem Samtrand herauskam. Sie trug einen riesigen Muff aus schwarzem Biberfell, und ihr in Zapfenlocken gelegtes Haar, die ihr über die Ohren hingen, wurde von einer spitzenbesetzten Schute bedeckt, die eher wie ein Lampenschirm als wie ein Hut aussah.

Die Sonne brannte aus dem klaren Himmel herab. Trotz ihrer großen Krempe war die Schute nicht annähernd so schattenspendend wie die Hüte, die sie im Kaufhaus Bullock's erstanden hatte. Sie schritt vorsichtig über den unebenen Boden aus Sorge, dass ihr Make-up zerlaufen würde, wenn sie sich nicht bewegte.

Beim Anblick von David machte ihr Herz einen unfreiwilligen Satz. Er trug enge Reithosen und hohe Stiefel und sah mit Sicherheit flotter aus, als sich Emily Brontë Edgar Linton vorgestellt hatte.

Die Szene sollte in einem Pferdewagen gedreht werden, mit David an den Zügeln. Er war bereits in Position und paffte wartend eine Zigarette.

»Lach nicht.« Sie blickte ihn nicht an, während sie die Trittleiter neben dem Pferdewagen hinaufkletterte. Sie konzentrierte sich darauf, nicht auf den kilometerlangen rüschenbesetzten Musselinstoff unter ihrem Reitmantel zu treten.

»Das würde mir nicht einmal im Traum einfallen.« Er hielt ihr die Hand hin, als sie in den Pferdewagen kletterte. Sie richtete ihre Kleider und er schoss um ihren Hut und drückte ihr schnell einen Kuss auf die Lippen. »Ich habe dich in New York vermisst.«

»Das ist aber schade. Denn ich habe dich nicht vermisst.«

»Lügnerin.«

»Bilde dir nichts ein, David. Hollywood ist voll mit gut aussehenden Männern.«

»Hmm. Ich nehme an, das habe ich verdient.« Er spähte zu den Produktionsmitarbeitern, die an beiden Seiten des Pferdewagens herumschwirrten. »Sie machen ganz schön viel Aufhebens um die Vorbereitung, oder? Wenn wir hier noch lange bleiben, wird dieses Unkraut noch zu einem Urwald anwachsen. Vergiss *Sturmhöhe* – wir drehen ein Remake von *Tarzan*.«

Sie musste unwillkürlich lächeln.

»Ich würde sagen, dass Larry Olivier ein Glücksschwein ist, oder?«, fuhr David fort. »Ich habe ihn gestern mit seiner Freundin vor Wylers Büro gesehen.«

»Ihr Name ist Vivien Leigh.« Merle drehte sich ein wenig, um ihm einen Blick zuzuwerfen. Dabei stieß sie ihm mit ihrer Hutkrempe gegen den Kopf. »Ich würde mich da nicht einmischen. Die beiden sind wie verrückt aufeinander.«

»Du kannst es einem Kerl aber nicht verübeln, wenn er es versuchen würde …« Er rieb sich die Stelle, wo ihn der Hut getroffen hatte.

»David, hörst du eigentlich jemals auf, an Sex zu denken?«

»Nicht sehr oft, nein. Aber Larry ist genauso schlimm. Eigentlich schlimmer – wenigstens bin ich nicht verheiratet.« Er stieß laut die Luft aus. »Wie war er am Set?«

»Ein Albtraum!«

»Dieses Schwein! Ich werde ihn umbringen!«

»Nein – so habe ich es nicht gemeint. Ich glaube, er hasst mich wirklich. Ich habe aber keine Ahnung, warum.«

»Nun, ich habe eine Ahnung.« Er tippte sich an die Nase. »Etwas, das ich in New York gehört habe. Offenbar wollte er Heathcliff nicht spielen. Er lehnte die Rolle zunächst ab, weil er eigentlich wollte, dass seine Freundin die Cathy spielt.«

»Wirklich?« Merle erinnerte sich an den Ausdruck in Viviens Gesicht, ihre Reflexion in der Scheibe der Studiotür. Ein erbitterter Blick, den Merle als pure Eifersucht missverstanden hatte, weil ihr Geliebter eine andere Frau küssen musste. Ihr war nicht in den Sinn gekommen, dass Vivien sich als Cathy beworben hatte.

»Sam Goldwyn wollte das natürlich nicht.« David zuckte mit den Schultern. »Kleines, hübsches Kätzchen, das sie vielleicht ist – doch sie ist eine Unbekannte.«

»Also, was ist passiert?«

»Nun, am Ende hat Larry die Rolle mürrisch angenommen – unter der Bedingung, dass sie ihn nach Hollywood begleiten durfte. Sam gefiel das nicht. Er gab schließlich nach, doch er ließ sie schwören, es verborgen zu halten.«

»Das ist ziemlich gemein von ihm, oder – mir dafür die Schuld zu geben?«

»Natürlich ist es das. Doch das hier ist Hollywood, Liebling – gewöhn dich besser daran.«

* * *

Als Merle aus San Fernando zurückkehrte, wartete einer der Produktionsassistenten vor ihrem Umkleideraum.

»Miss Oberon, Mr Wyler möchte, dass Sie in Studio drei kommen, sobald Sie fertig sind. Es geht um Szene einundfünfzig.«

»Einundfünfzig?« Merle blätterte durch die zerfledderten Seiten ihres Drehbuchs.

»Die Schlafzimmerszene mit Heathcliff.«

»Aber die haben wir gestern gedreht! Ich dachte, er sei damit zufrieden gewesen!«

»Er meint, er brauche mehr Leidenschaft.« Der Produktionsassistent zuckte mit den Schultern. »Erschießen Sie nicht den Boten! Ich sage Garderobe und Maske Bescheid.« Er verschwand auf dem Korridor.

Merle atmete laut aus. Die Vorstellung, die Kussszene mit Larry wiederholen zu müssen, war unerträglich – vor allem nach dem Morgen, den sie gerade mit David verbracht hatte. Sie hatte sich sehr bemüht, professionell zu sein, damit ihre verletzten Gefühle für David bei der Darstellung nicht im Wege waren. Doch Larry würde sich keine solche Mühe geben. Wie würde sie mit dem verzweifelten, leidenschaftlichen Ausdruck, den die Szene erforderte, in jene kalten, verächtlichen Augen blicken können? Beim ersten Mal war es bereits schwer genug gewesen, und jetzt das Ganze noch einmal zu machen …

Sie drehte sich zum Spiegel und legte sich die Hand an die Wange. Ihre Haut fühlte sich uneben an, fast wie Gänsehaut. Das Make-up, zusammen mit dem strahlenden Sonnenschein draußen in San Fernando, hatte ihrer Haut nicht gutgetan. Sie würde vorsichtig sein müssen. Sie griff nach dem kleinen Töpfchen mit grüner Kampfercreme, die ihr sicheres Heilmittel bei Hautproblemen war. Doch als sie mit den Fingern danach tastete, berührte sie etwas anderes. Die harten Kanten eines Umschlags, der gegen das Gefäß gelehnt war.

Sie nahm ihn auf und spürte, wie ihr Herz beim Anblick der britischen Briefmarken schneller schlug. Ein Brief! Warum hatte sie ihn nicht schon vorher gesehen? Er musste von ihrer Mutter sein. Als sie die Adresse auf der Vorderseite des Umschlags sah, runzelte sie die Stirn. Das war nicht die Handschrift ihrer Mutter. Vielleicht hatte sie die Krankenschwester gebeten, ihn für sie aufzugeben? Sie riss ihn auf und zog den Brief heraus. Er bestand aus einem einzigen Blatt. Darauf war nur ein Absatz in derselben schrägen Handschrift wie auf dem Umschlag:

Sehr geehrte Miss Oberon,
ich hoffe, Sie werden die Rolle der Cathy in »Sturmhöhe« genießen. Machen Sie das Beste draus. Es ist vielleicht der letzte Film, den Sie je in Hollywood drehen werden. Ich weiß, wer Sie wirklich sind. Für mich werden Sie immer Estelle Thompson bleiben, das Mädchen mit dem dunklen Geheimnis.

Wie gelähmt starrte sie auf das dünne Blatt Papier in ihrer Hand. Das Wort *dunkel* war unterstrichen. Sonst war da nichts. Kein Hinweis auf die Identität des Absenders.

Sie griff nach dem Umschlag. Der Poststempel war zu verschmiert, um ihn zu entziffern. Die Briefmarken waren der einzige Hinweis darauf, dass er aus England geschickt wurde. Aber wer würde so etwas tun? Abgesehen von Flora und Sándor hatte sie nur eine einzige andere Person eingeweiht: Hutch. Soweit sie es wusste, lebte er jetzt in Paris.

Bens Gesicht tauchte vor ihrem inneren Auge auf. Er war in Amerika, nicht in England. Doch er reiste häufig geschäftlich nach London. Konnte er den Brief geschickt haben? Sie starrte auf die hingekritzelten Zeilen. Die Schrift wirkte nicht wie Bens sorgfältige, gestochene Handschrift. Und warum im Himmel sollte er solche gehässigen Dinge schreiben, wo er doch derjenige gewesen war, der sie dazu ermutigt hatte, zum Film zu gehen?

Merle zermarterte sich das Gehirn. Hatte ihre Mutter es jemandem erzählt? Da war Freda, die Freundin aus der Kirche. Sie war einige Male im Haus gewesen. Doch Merle und ihre Mutter hatten ihre vorgetäuschte Beziehung als Arbeitgeberin und Haushälterin immer aufrechterhalten. Hatte Freda etwas entdeckt, das ihr Geheimnis verraten hatte? War dieser Brief ein Vorbote von Erpressung?

Es erschien lächerlich, dass eine ältere Frau – noch dazu eine religiöse Frau – so etwas in Erwägung ziehen könnte. Und was würde so jemand über die Vorurteile der amerikanischen Filmindustrie wissen?

Dann war da noch Gertrude, die Krankenschwester. Hatte sie begonnen, an dem zu zweifeln, was man ihr erzählt hatte? Dass ihre Patientin eine gewissenhafte Angestellte war, deren Filmstarchefin geschworen hatte, auf sie achtzugeben, da sie jetzt nicht mehr arbeiten konnte?

Der Gedanke, dass Gertrude die Täterin war, schien genauso absurd, als würde sie die Schuld auf Fredas Schultern ablegen. Merle las erneut den Text. Sie versuchte, vernünftig und logisch zu denken. Der Brief stellte keine Forderungen. Er schien eher bösartig zu sein als geldgierig. Wer hasste sie so sehr, dass er ihre Chancen in Amerika ruinieren wollte, noch bevor der Film beendet war?

Davids Worte kamen ihr in den Sinn. *Er lehnte die Rolle zunächst ab, weil er wollte, dass seine Freundin die Cathy spielt.*

Larry Olivier. Oh ja, er hasste sie gewiss. Das hatte er mehr als deutlich gemacht. Doch er oder jemand anderes vom Set konnte es nicht gewesen sein – der Brief war in Großbritannien aufgegeben worden. Außer …

Plötzlich fiel ihr ein, dass jeder aus der Besetzung ihn hätte aufgeben können, *bevor* er England verlassen hatte, da diese Zeilen so lange gebraucht hatten, um per Schiff und Zug nach Amerika zu gelangen.

»Miss Oberon? Darf ich eintreten?«

Als die Tür geöffnet wurde, stopfte sie den Brief in ihre Tasche.

Für die nächsten zwanzig Minuten saß sie da und versuchte, ihren Atem zu kontrollieren, während Jennifer, die Maskenbildnerin, Revlons blasseste Grundierung auf ihre Haut auftrug. Es war die reinste Qual, dort sitzen und auf das eigene Spiegelbild starren zu müssen, während ihr die Worte des Briefes durch den Kopf hallten.

»Ist das so für Sie in Ordnung?« Jennifer hielt inne, die Puderquaste in der Hand. Merle blinzelte. War das okay? Sah sie blass genug aus?

»Bitte noch eine Lage.« Sie blickte zu Jennifer.

»Glauben Sie wirklich …?«

»Ja, das tue ich. Ich soll auf meinem Totenbett liegen.«

»Na ja, ich denke …« Das Mädchen verstummte und griff nach der Flasche mit der Grundierung.

Die kreideartige Flüssigkeit fühlte sich kalt an. Sie dämpfte etwas von der Hitze auf Merles Haut.

Mal dich weißer als weiß.

Die Stimme von Hutch kam aus irgendeiner Nische ihres Verstandes und schloss sich der Kakofonie in ihrem Kopf an. Während der Schwamm den Umrissen ihres Kinns und ihrer Kieferknochen folgte, hatte sie das Gefühl, innerlich zu schrumpfen. Keine Schminke der Welt würde die Realität der Worte dieses Briefes auslöschen können.

»Wir sind bereit, wenn Sie es sind, Miss Oberon.« Das Gesicht des Produktionsassistenten tauchte im Spiegel auf.

Mit einem unangenehmen Gefühl der Vorahnung stand sie auf. Wenn Wyler Leidenschaft wollte, dann würde er sie in höchstem Maße bekommen.

Kapitel 27

Larry stand bereits auf seiner Position, als Merle den Bereich des Studios erreichte, der zum Schlafgemach der Lintons umgewandelt worden war. Er sagte nichts, als sie in ihrem durchsichtigen Nachtgewand an ihm vorbeieilte, um unter die Decke zu kriechen.

Es war düstere Ironie des Schicksals, hier als Cathy auf dem Totenbett zu liegen, während das Damoklesschwert über ihrer eigenen Zukunft schwebte. Durch halb geschlossene Augen blickte sie zu Larry. Er knackte mit den Fingerknöcheln, deutlich verärgert, die Szene erneut drehen zu müssen.

Könnte er es gewesen sein?

»Also dann!«, dröhnte die Stimme William Wylers. »Cathy hat dir gerade davon erzählt, geträumt zu haben, dass du zu ihr kommen würdest, bevor sie stirbt – der Teil war gar nicht so schlecht –, doch wenn du sie küsst, dann muss das besser, viel besser sein, als du es beim letzten Mal hinbekommen hast.« Wyler ging um das rüschenbesetzte, mit vier Pfosten versehene Bett herum und rieb sich dabei über die dunklen Stoppeln an seinem Kinn. »Sie stirbt, um Himmels willen! Du bist zu spät! Du willst sie mehr als alles andere auf der Welt, doch du wirst sie verlieren. Dieser Moment ist alles, was du jemals haben wirst!«

316

Merle folgte Wyler aus dem Augenwinkel. *Endlich*, dachte sie, *etwas Anleitung*. Sie fragte sich, ob sie auch Hinweise bekommen würde.

»Und Cathy«, fuhr er fort, als hätte er ihre Gedanken gelesen. »Dieser Mann bedeutet dir alles – von ganzem Herzen. Du bist zu schwach, um aufzustehen, doch du würdest ihn hier und jetzt sofort haben wollen, im Bett deines Gatten, wenn noch genug Leben in deinem Leib wäre, es zu tun. Du musst wild wirken, fiebrig.«

Merle spähte zu Larry und suchte nach einem Hauch von Empathie, einer Verbindung zwischen ihnen und dem, was sie darstellen sollten.

»Das ist nur deine Schuld!« Er zischte die Worte flüsternd, sodass selbst sie es kaum hören konnte. »Verdammte Amateurin!«

»Achtung, alle. Action!«

Sie hatte keine Gelegenheit, ihm eine ähnlich bissige Beleidigung zurückzuschleudern. Die Scheinwerfer waren auf sie gerichtet. Er beugte sich über sie und nahm sie in die Arme, wobei seine Fingernägel durch den dünnen Stoff ihres Nachthemdes drangen und sich in das zarte Fleisch ihrer Schultern gruben.

»Heathcliff! Wie kräftig du wirkst!« Diesmal war es leicht, tränenbenetzte Augen zu haben. Er tat ihr wirklich weh. »Wie viele Jahre willst du noch leben, nachdem ich gegangen bin?«

»Ach, Cathy!« Er war wie in Flammen. Verzaubert. Es musste Viviens Gesicht sein, das er vor sich sah, und nicht ihres.

Wessen Gesicht konnte sie aufrufen, als sie ihn wieder anblickte und ihm mit den Fingern durchs Haar fuhr? Nicht David. Er hatte mit seiner beiläufigen, gierigen Sexualität auf ihrem Herzen herumgetrampelt. Während sie in Larrys schmachtende Augen blickte, empfand sie die Leere wie einen körperlichen Schmerz. Wie sehr sie sich danach sehnte, was

Heathcliff und Cathy teilten. Nach dieser Innigkeit. Dieser ohnmächtigen Leidenschaft. Dieser alles verzehrenden Liebe.

»Wirst du mich vergessen, wenn ich in der Erde liege?« Sie ließ die Worte beim Sprechen in der Kehle verweilen.

»Ich kann dich so schnell vergessen, wie ich mein eigenes Leben vergessen könnte!«

Larrys Gesicht verschwamm, als er sich näherte, um den Kuss zu vollziehen. Sie konnte den Tabakrauch in seinem Atem wahrnehmen und spürte seine Haut auf ihrer. Und dann war da noch etwas anderes – nicht die trockene Wärme seines Mundes, sondern etwas Feuchtes, das ihre Oberlippe wie ein Geschoss traf.

»Und Cut!« Der Tonfall von Wylers Stimme war jetzt höher. Darin lag ein frohlockender Klang. »Das war viel besser! Du hattest echtes Feuer im Bauch!«

»Du hast mich angespuckt!« Merle drückte Larry von sich und fuhr sich mit der Hand über den Mund.

»Das habe ich nicht!«, zischte Larry zurück. »Bist du genauso paranoid wie talentlos?«

»Kinder, Kinder!« Wyler war sofort neben ihnen. Er schnippte mit den Fingern zu der Crew. »Wir brauchen jetzt ein paar Nahaufnahmen von Cathy als Leiche. Larry, du bist okay, du bist für heute fertig.«

Merle legte sich zurück auf die Kissen. Sie blieb völlig reglos liegen, während die Maskenbildnerin kam, um ihr Gesicht mit neuem Puder aufzufrischen, doch sie kochte vor Zorn. Angespuckt zu werden. Das war unverzeihlich. Geradezu widerwärtig. Es war die Art von Benehmen, das sie auf den Straßen Kalkuttas erlebt hatte – ganz und gar nicht das, was sie von einem angesehenen Schauspieler erwartete. Als wäre er von der dunklen Seele Heathcliffs besessen gewesen – die Seite an ihm, die sich um nichts und niemanden kümmert als nur um Cathy. Doch in Larrys Kopf war nicht Cathy. Es war Vivien.

Während Merle mit der auf sie gerichteten Kamera auf dem Bett lag, sausten Szenen ihres Lebens vorbei, als wäre sie wirklich an der Schwelle zum Tod. Die Welt in ihrem Kopf drehte sich mit schwindelerregender Geschwindigkeit, wie ein Karussell, das einen Gang übersprungen hat. Als es schließlich langsamer wurde und zum Stehen kam, befand sie sich in der trostlosen Heidelandschaft der *Sturmhöhe,* ein Geist, der auf Heathcliff wartete, ein rastloses Wesen, das weder auf die Erde noch in den Himmel gehörte.

Mit plötzlicher, atemraubender Klarheit wurde ihr die Parallele zwischen ihrem Leben und dem Schicksal von Catherine Earnshaw bewusst. Dieses Gefühl eines Lebens in der Schwebe, als würde man auf der Schwelle zwischen zwei unterschiedlichen Welten leben, ohne Hoffnung, jemals zu der einen oder der anderen zu gehören.

Sie ballte die Fäuste.

»Cut! Süße, du bist tot! Du musst deine Hände ruhig halten!«

»Tut mir leid.« Wylers Verweis stieß sie aus dem Jenseits heraus, in das sie getrieben war. Sie musste sich zusammenreißen. Diese Sache mit Larry klären. Es gab nur eine Möglichkeit, um herauszufinden, ob er den Brief geschickt hatte.

Wenn nur Sándor da wäre. Er hätte gewusst, was zu tun sei. Doch er war Tausende von Kilometern entfernt, auf der anderen Seite des Ozeans. Wie würde sie mit all dem ohne ihn zurechtkommen?

* * *

Merle musste an Larrys Garderobe vorbei, um zu ihrer eigenen zu gelangen. Sie blieb davor stehen, klopfte kurz und hielt den Atem an. Es kam keine Antwort. Kein Geräusch. Dann erinnerte sie sich. Wyler hatte ihn entlassen, als die Schlafzimmerszene im Kasten war. Er war wahrscheinlich längst wieder zurück im Hotel.

Halb war sie erleichtert. Es war ein anstrengender Tag gewesen. Ihr fehlte die Energie für eine Auseinandersetzung. Vielleicht konnte sie ihm am Morgen leichter entgegentreten.

Sie wollte nur noch ins Bett fallen. Stattdessen musste sie sich für eine Party vorbereiten. Douglas Fairbanks sen. und seine Frau Mary Pickford veranstalteten eine Geburtstagsfeier für William Wyler in ihrem Haus auf der anderen Seite der Stadt. Die gesamte Besetzung der *Sturmhöhe* würde dort sein. Larry würde zweifellos mit Vivien am Arm kommen. Und David wäre ebenfalls dort. Es würde eine Qual werden. Doch es gab kein Entkommen.

Als sie ins Auto stieg, zog sie die Trennscheibe hoch. Sie ertrug keinen Small Talk mit dem Fahrer. Während sie durch die ausgedörrte Landschaft fuhren, beobachtete sie, wie die untergehende Sonne den Himmel rotgolden färbte. Beim Sonnenuntergang dachte sie immer an ihre Mutter. Mataji liebte Sonnenuntergänge. Sie konnte den Gedanken nicht ertragen, wie ihre Mutter sich fühlen würde, wenn sie von dem bösartigen Brief wüsste.

Es war fast dunkel, als Merle die Tür des Bungalows im Beverly Hills Hotel erreichte. Die Jasminranken am Türrahmen brachten die Luft zum Duften. Etwas strich über ihren Kopf, als sie nach dem Schlüssel suchte – ein Vogel oder eine Fledermaus –, und sie hörte eine zirpende Zikade im Gras.

Im Innern war es ruhig wie in der Kirche. Ein Gefühl von Heimweh umfing sie, als sie sich ihre Mutter am anderen Ende der Welt vorstellte, die wahrscheinlich schlief.

Sie schaltete das Radio ein, da sie die Stille nicht ertragen konnte. Amerikanisches Radio war nicht wie die BBC. Es gab nur Musik und dumme Reklame. Doch es war besser als nichts.

Sie bereitete sich ein Bad, blieb aber nicht lange darin. Die Badewanne war ein Ort zum Nachdenken, und das war das Letzte, was sie jetzt wollte. Während sie sich abtrocknete, kamen ihr düstere Gedanken. Jemand dort draußen konnte ihren ganzen Traum zusammenbrechen lassen, und sie hatte keine Ahnung, wer diese Person war oder was sie wollte. Hatte sie recht damit, Larry zu verdächtigen? Oder hatte sein rüpelhaftes Verhalten sie gegenüber einer anderen Möglichkeit blind gemacht? Sie schlang sich das Handtuch um den Körper und fragte sich, wie im Himmel sie die nächsten paar Stunden überstehen würde, ohne der Paranoia nachzugeben, die sie zu erfassen drohte.

Das von ihr ausgewählte Outfit für die Party war in ihrem Schlafzimmer ausgebreitet worden, während sie im Studio war. Ein rückenfreies Madeleine-Vionnet-Gewand aus wildrosenfarbener Seide mit dazu passenden Schuhen, Handtasche und einem Chinchilla-Umhang. Auf der Frisierkommode lag der Schmuck, den sie tragen würde. Eine lange doppelreihige Perlenkette, um das eng anliegende Kleid noch zu betonen. Und die goldene Armbanduhr, die sie sich selbst von ihrem Vorschuss für *Die scharlachrote Blume* als Geschenk gekauft hatte. Sie blickte auf den Verschluss, während sie die Uhr anlegte. Würde sie jemals wieder in der Lage sein, sich mit solchem Luxus zu verwöhnen? Würde sich dieses märchenhafte Leben einfach in Luft auflösen?

Ein kurzes Klopfen an der Tür verkündete die Ankunft ihres Fahrers. Sie würde zusammen mit William Wyler und seiner Freundin, einer amerikanischen Schauspielerin namens Margaret Sullavan, zur Party fahren. Wyler saß vorn im Wagen. Merle stieg hinten zu Margaret ein. Sie waren sich vorher noch nicht richtig begegnet. Merle hatte sie nur einmal von Weitem gesehen, als sie sich in einer Drehpause mit Wyler unterhielt. Sie bemerkte, wie Margaret sie jetzt im schwachen Licht der

Innenbeleuchtung von oben bis unten betrachtete, das Kleid registrierte, den Pelz, die Perlen. Ihr knapper Gruß verriet das, was Merle inzwischen von Frauen in festen Beziehungen gewohnt war. Dazu die zusammengekniffenen Augen, das frostige, missgönnende Lächeln und ein Blick, der sagte: *Finger weg, er gehört mir.*

Es war eine unangenehme Fahrt. Merle versuchte, Small Talk zu machen, doch Margarets Antworten waren überwiegend einsilbig. Schließlich schwieg Merle. Wyler und der Fahrer unterhielten sich über Baseball und bemerkten nichts von der angespannten Atmosphäre im Fond des Wagens. Merle blickte aus dem Fenster. Der Himmel über den Hügeln Hollywoods war klar und voller Sterne. Sie konnte Orion erkennen, den Jäger mit seinem diamantenbesetzten Gürtel. Und direkt über seiner linken Schulter ein hellerer Stern – oder vielleicht auch ein Planet –, der mit blau-weißem Licht leuchtete.

Plötzlich hatte sie das Bedürfnis, das Auto anzuhalten. Dem Fahrer zu sagen, dass er sie rauslassen solle, mitten im Nirgendwo. Wie viel glücklicher wäre sie damit, den Abend auf einem Felsen liegend zu verbringen und die Sterne zu betrachten, als sich mit Leuten zu unterhalten, die sie kaum kannte – Leute, die nur daran interessiert waren, was sie war, nicht, wer sie wirklich im Innersten war. Und sie würde Larry anlächeln müssen, der sie hasste. David anlächeln, während er sich durch den Saal flirtete. Zu den alkoholgeschwängerten Schmeicheleien der Männer lächeln, die sie ins Bett bekommen wollten.

Als die glitzernden Lichter eines Hauses auftauchten, wurde das Auto langsamer.

»Da ist es: Pickfair!« Der Fahrer winkte nach links. »Schade, dass Sie den Swimmingpool nicht sehen. Er ist riesig. Im Sommer machen sie Poolpartys – dann servieren Kellner in Badeanzügen Cocktails im Wasser. Und Sie hätten das Feuerwerk am 4. Juli sehen sollen – ihre Namen wie Neonschilder über den Garten leuchtend …«

Er verstummte und stellte den Motor ab. Merle sah, wie livrierte Personen die Steintreppe herunterkamen.

Wenige Augenblicke später wurde ihre Tür geöffnet. Eine weiß behandschuhte Hand half ihr aus dem Auto.

Während sie die Stufen emporstieg, sah sie David kurz durch die bodentiefen Fenster eines weitläufigen Wohnzimmers. Wie alle anderen Männer trug er einen Abendanzug. Er unterhielt sich angeregt mit Geraldine Fitzgerald, der jungen Schauspielerin, die die Rolle seiner Schwester Isabella in dem Film spielte. Als er Merle bemerkte, warf er ihr einen Kuss zu. Sie sah, wie Geraldines Kopf herumfuhr, um herauszufinden, wer seine Aufmerksamkeit erregt hatte. Sie wirkte genauso begeistert wie Margaret Sullavan vor einer halben Stunde, als sie Merle sah.

»Marlene, Liebling – es ist wunderbar, dass du hier bist!« Douglas Fairbanks sen. tauchte auf, als sie über die Schwelle trat. Sie musste lachen, während sie sich daran erinnerte, wie schlecht er mit dem Behalten von Namen gewesen war, als sie sich das letzte Mal begegnet waren.

»Es ist Merle«, flüsterte sie und beugte sich dabei vor, um ihn nicht vor den anderen Gästen bloßzustellen.

»Merle! Oh, bitte entschuldige mich – das alte Gehirn ist nicht mehr das, was es mal war!« Er tippte sich mit einem langen manikürten Finger seitlich an den Kopf. »Lass uns was für dich zum Trinken besorgen. Es wird hier drin ziemlich warm – soll ich jemanden holen, um deinen Pelz zu nehmen?«

Der Chinchilla wurde ihr abgenommen und man reichte ihr ein Glas Champagner. Sie erschauerte leicht, als die kalten Bläschen auf ihrer Zunge prickelten.

»Du hast meine Frau noch nicht kennengelernt, oder? Mary, das ist Merle.«

Sie war ein wenig molliger, ein wenig älter als die Leinwandgöttin, an die sich Merle aus ihren Teenagerstreifzügen ins Tiger Cine erinnerte. Die typischen langen Ringellocken waren durch kurze Löckchen ersetzt worden, die ihr Gesicht einrahmten, wobei das Blond hier und da grau meliert war. Die blauen Augen waren genauso aufsehenerregend, wie sich Merle an sie erinnerte, doch da war etwas anderes an ihnen. Mary Pickford sah aus, als hätte sie geweint.

Merle dachte an die Gerüchte, die sie von David gehört hatte: dass Douglas Fairbanks eine langjährige englische Geliebte – aus aristokratischen Kreisen – hatte, die ihn anflehte, seine Frau zu verlassen. Angeblich war er unfähig, sich zwischen ihnen zu entscheiden, sodass er immer wieder zu Mary zurückgelaufen kam, nachdem er ihr Tage zuvor gesagt hatte, dass er die Scheidung wolle. Wie schwer musste es für diese Frau sein, dachte Merle, die Gastgeberin für Leute zu spielen, die alles über das Verhalten ihres Ehemannes wussten und zweifellos hinter ihrem Rücken darüber flüsterten.

»Wie gefällt Ihnen Hollywood, Liebes?« Mary nahm sie am Arm und führte sie in einen Raum voller antiker französischer Möbel. »Ich hoffe, William fordert Sie nicht zu hart.«

»Es gefällt mir sehr gut.« Merle fragte sich, ob Mary, die ebenfalls Schauspielerin war, ihr Spielen durchschauen würde. »Mr Wyler ist sehr gründlich. Er ist ein Perfektionist – was gut für uns ist.«

»Auch wenn Sie es nicht immer zu schätzen wissen?« Mary lächelte. »Nun, ich hoffe, Sie werden sich an diesem Abend entspannen und ihn genießen.« Sie spähte zum Kamin, wo drei Männer mit den Rücken zu ihnen standen. Sie betrachteten ein paar Steinschlosspistolen, die an der Wand hingen. Einer der Männer war wesentlich größer als die beiden anderen. Hochgewachsen und sehr schlank, den blonden Schopf nach hinten gegelt. Er fuhr mit dem Finger über den Lauf einer der Pistolen.

»Was meint ihr, waren sie zum Duellieren da?«

Die Stimme löste eine Kettenreaktion in Merles Magengegend aus. Die Begeisterung des Wiedererkennens, gefolgt von einem gewissen Unbehagen. Es war Leslie Howard. Sie hatte gehört, dass man ihm die Rolle des Ashley Wilkes in *Vom Winde verweht* angeboten hatte. Doch sie hatte nicht gewusst, dass er bereits in der Stadt war.

Er fuhr herum, als sie und Mary sich näherten. Er sah tadellos aus. Der perfekte englische Gentleman. Doch sein Lächeln war gefährlich.

»Hallo, Merle.« Er wirkte nicht überrascht, sie zu sehen.

Mary und die anderen gingen weiter und ließen sie allein zurück. Er trat näher. »Hmm. Ich musste um die halbe Welt kommen, um dich zu finden – doch es hat sich gelohnt. Du siehst umwerfend in diesem Kleid aus.«

Sie wich ein Stück von ihm zurück. »Magst du Hollywood?«

»Hollywood mögen? Man kann nicht anders, als es zu mögen. Es ist alles so verrückt.« Er nahm sein Glas von einem Tisch am Kamin und leerte den Champagner darin. »Es ist befreiend. An einem solchen Platz hast du das Gefühl, alles tun zu können, was du willst.« Er grinste sie über den Rand seiner Brille hinweg an. »Keine Regeln.«

Er hatte den Ausdruck eines schelmischen Kindes – auch wenn das, was er im Sinn hatte, eindeutig erwachsen war. So verführte er die Legionen von Fans. Es war unmöglich, die List in diesen großen grauen Augen zu erkennen. Merle wünschte sich, sie könnte einfach zurückblicken und nichts dabei empfinden. Doch sie fühlte bereits, wie sich die Schlange in ihrem Bauch regte.

»Ich nehme an, dass David sich überfordert hat.« Er fuhr sich mit der Zunge über die Oberlippe.

»Ich habe keine Ahnung. Wir sind nicht mehr zusammen. Doch das bedeutet nicht …«

»Tut es das nicht? Das ist schade. Ich habe mir ein Haus in Malibu gemietet. Du würdest es lieben. Meerblick, verlassene Strände und fantastische Sonnenuntergänge.«

Wie verlockend das klang. Wie wunderbar es sein würde, vor all ihren Schwierigkeiten davonzulaufen, alles zu vergessen, und wenn es nur für eine Nacht wäre. Sie hatte ihn so sehr gewollt, als sie damals in England zusammen gedreht hatten. Er war noch immer verheiratet. Nichts hatte sich geändert. Doch sie konnte spüren, wie ihr Widerstand dahinschmolz.

»Larry! Hier hast du dich also versteckt!«

Douglas Fairbanks stand plötzlich neben ihnen und reckte sich, um Leslie auf den Rücken zu schlagen.

»Eigentlich ist es Leslie, alter Mann.« Leslie wies mit dem Kopf zur Tür. »Larry ist der Hässliche in dem anderen Raum.«

»Ha! Verzeih mir – ich bin hinter der scharlachroten Blume her. Das hätte ich besser sagen sollen, oder? Da ist etwas, was ich dir zeigen möchte, wenn du dich von dieser liebenswerten Dame lösen kannst. Ein Schwert aus dem achtzehnten Jahrhundert aus der Zeit der Französischen Revolution. Ich habe es oben weggeschlossen, für den Fall, dass Mary wirklich einmal die Beherrschung verliert …«

Merle sah zu, wie die beiden Männer im Flur verschwanden. Halb war sie über die Unterbrechung erleichtert. Jedoch nur halb. Denn sie konnte das verlangende Pochen nicht verleugnen, das Leslie in ihr ausgelöst hatte.

Aus dem Augenwinkel sah sie einen der Männer, der vorher bei Leslie gestanden hatte. Er kam mit einem entschlossenen Ausdruck auf sie zu. Sie nahm ihr Champagnerglas, ging schnell in die entgegengesetzte Richtung und sprang hinter eine Säule, um außer Sichtweite zu sein.

In diesem Teil des Raums waren keine Leute. Sie schlenderte hindurch und pausierte, um einen antiken Schreibtisch mit einem Inlay verschiedener Holzarten zu bewundern, das

Elefanten mit ineinander verschlungenen Rüsseln darstellte. Sie fuhr mit den Fingern über die polierte Oberfläche und wurde zurück nach Indien versetzt. Auf die Straßen Kalkuttas. Zu der heißen, feuchten Nacht, in der sie und Dorothy auf dem Weg zu Firpo's waren und an einer Hochzeitsprozession vorbeikamen, die von einem angemalten Elefanten angeführt wurde. Die schicksalhafte Nacht, in der sie Ben Finney begegnet war.

Wie anders wäre ihr Leben jetzt, wenn sie in jener Nacht nicht ausgegangen wäre. Wenn sie statt zu Firpo's ins Kino gegangen wäre. Wäre sie dann jetzt verheiratet? Würde sie womöglich mit einem Anglo-Inder leben, der einen angesehenen Job als Eisenbahnangestellter hatte? Vielleicht wäre da sogar ein Kind ...

Ihre Hand zuckte zurück, als wäre der Schreibtisch plötzlich glühend heiß. Es war sinnlos, sich damit zu quälen, was hätte sein können. Sie liebte dieses Leben, von dem indische Mädchen nur träumen konnten. Gestern hätte sie noch gesagt, sie wäre glücklich und dass alle Opfer es wert gewesen seien. Doch jener Brief drohte jetzt, ihre ganze Welt zum Einsturz zu bringen.

Wer hatte ihn nur geschickt?

Die Frage zischte und brodelte in ihrem Unterbewusstsein wie ein Topf kurz vor dem Siedepunkt. Sie blickte sich im Raum um. Durch eine riesige zweiflügelige Glastür drangen jetzt entfernte Stimmen und Gelächter. Sie ging auf die Geräusche zu. Hinter der großen Tür befand sich ein mit Pflanzen gefüllter weitläufiger Wintergarten, der über die ganze Breite der Hausseite verlief. Sie hielt inne und blickte durch das Glas, da sie wissen wollte, wer sich dort aufhielt, bevor sie hineinging. Wenn David dort mit Geraldine war, würde sie den Weg zurück nehmen, den sie gekommen war.

Sie entdeckte Larry und Vivien. Beide hatten ihr den Rücken zugedreht. Sie unterhielten sich mit William Wylers Freundin und einem Mann, den sie nicht kannte. Larrys Stimme war deutlich zu vernehmen, sehr britisch, sehr ausgeprägt. Er klang wie ein Schauspieler, selbst wenn er nicht spielte.

»Es war für mich eine Riesenaufgabe, in seine Haut zu schlüpfen.«

»Wirklich? Warum denn?« Margaret Sullavan blickte ihn verdutzt an.

»Nun, über seine Person gibt es in der Erzählung nicht so viel zu erfahren. Das Problem ist, dass ich ihn mir nicht richtig vorstellen kann. Ich weiß nicht, was er ist, wo er herkommt. Im Buch steht nur, dass er gefunden wurde, als er im Hafen von Liverpool herumgelaufen ist.«

»Darüber haben wir häufig nachgedacht, nicht wahr, Liebling?« Viviens Stimme war nicht so deutlich wie Larrys, doch Merle konnte sie trotzdem verstehen. »Es gibt in der Erzählung nur eine Zeile, die auf seine Vorfahren verweist – als die Haushälterin sagt, dass Heathcliff gut aussieht, wie ein kleiner Prinz, und dass seine Mutter vielleicht eine indische Königin gewesen ist.«

»Ach ja? Das wusste ich gar nicht«, sagte Margaret Sullavan.

»Ja«, fuhr Vivien fort. »Ich habe ihn mir immer als Inder vorgestellt. Ich habe solche kleinen Jungen bettelnd auf den Straßen vor dem Büro meines Vaters in Kalkutta gesehen.«

Die Worte trafen sie wie flammende Pfeile. Die Erinnerung blitzte schlagartig auf, als die Bilder vor Merles Augen traten. Das Schulmädchen, das gekommen war, um die Aufführung der Chowringhee Amateur Dramatics Society von *Pygmalion* zu sehen, das unglückliche Kind mit Brille und Zöpfen, das seine schwelende Eifersucht nicht verbergen konnte.

Vivien Leigh ist die Tochter von Mr Hartley.

Kein Wunder, dass Merle den Eindruck hatte, sie zu kennen, als sie sie in Elstree gesehen hatte. Kein Wunder, dass sie nicht in der Lage war, sich daran zu erinnern, wo sie das Gesicht schon einmal gesehen hatte. In den dazwischenliegenden Jahren hatte Vivien sich dramatisch verändert – von einer linkischen Vierzehnjährigen zu einer umwerfenden Schönheit. Merle war bei jener ersten Begegnung in Kalkutta nur wenig älter gewesen. Mit siebzehn hatten ihr Gesicht und ihr Körper bereits das Aussehen einer Erwachsenen. Vivien musste sie in dem Moment erkannt haben, als sich ihre Wege in England gekreuzt hatten. Sie musste diese Rache seit Monaten vorbereitet haben.

Merle erfasste den Türgriff, dabei zitterten ihre Finger. Sie konnte Vivien nicht öffentlich bei der Party zur Rede stellen. Sie würde warten müssen, bis sie allein mit ihr war, und dann versuchen, vernünftig mit ihr zu reden. Sie zu bitten, nicht zur Zeitung zu gehen.

Der Türgriff war feucht vom Schweiß, als sie ihn losließ. Langsam wich sie zurück, ohne zu bemerken, dass jemand hinter ihr stand. Sie zuckte zusammen, als sich zwei Arme um sie schlossen.

»Was ist los, Liebling? Hat David da drin nichts Gutes im Schilde?« Leslie drehte sie, damit sie ihn ansah. »Grundgütiger! Du siehst ja aus, als hättest du ein Gespenst gesehen!«

Sie schob ihn von sich und ließ sich auf einen Stuhl sinken. »Ich fühle mich nicht so gut.« Sie wedelte sich mit der Hand Luft zu. »Es ist sehr warm hier.«

»Du brauchst etwas Luft. Wie wäre es, wenn ich dich nach Malibu fahre?« Der Ausdruck in seinen Augen hätte fast gewirkt. Doch das war nicht die Antwort, für eine Nacht zu Leslies Strandhaus zu schleichen, um in seinem Bett der Wirklichkeit zu entfliehen. Sie wusste, sie würde am Morgen aufwachen und sich noch elender fühlen als jetzt.

»Ich möchte nur nach Hause, Leslie. Zu meinem Hotel, meine ich. Allein.«

Zu ihrer Erleichterung versuchte er nicht, sie zu überreden. Endlich benahm er sich einmal so gentlemanlike wie seine Leinwandfigur. Er holte Mary Pickford, die viel Wirbel mit einem feuchten Lappen und Riechsalz machte, während er nach einem Fahrer telefonierte, um sie zurück zum Beverly Hills Hotel zu bringen.

* * *

Als sie sich in ihr Bett gelegt hatte und die Augen schloss, drängten die Bilder auf sie ein und vertrieben jede Hoffnung auf Schlaf. Ihre Gedanken kreisten um die Konfrontation, die vor ihr lag. Sie überlegte sich unendlich viele verschiedene Eröffnungsworte, um gegen das gerüstet zu sein, was Vivien ihr vermutlich entgegenwerfen würde. Nachdem sie eine gefühlte Ewigkeit wach dagelegen hatte, setzte sie sich auf und knipste das Licht an. Auf dem Nachttisch blickte sie ihr Vater aus seinem Bilderrahmen an. Daneben stand eine jüngere Fotografie ihrer Mutter, die in einem Londoner Studio in der Woche vor Weihnachten aufgenommen worden war.

Sie nahm den Bilderrahmen mit dem Bild ihrer Mutter. Das Lächeln konnte nicht die Traurigkeit in ihren Augen überspielen. Merle dachte an die Schrecken, die sie durchlebt hatte: allein gelassen mit einem Baby auf einem Schiff aus Ceylon, angekommen in einer pestgeplagten Stadt, ohne Geld, dann einen Ehemann zu finden, um ihm dann im Krieg zu verlieren.

»Wie hast du das geschafft, Mataji?«, flüsterte sie. »Wie hast du es geschafft weiterzumachen?«

Die umschatteten dunklen Augen blickten sie an.

Indem ich mich geweigert habe, mich hinzulegen und zu sterben. Sie hörte die Stimme so deutlich, als wäre ihre Mutter mit ihr im Raum. *Das Leben ist nicht gerecht, doch es gibt manche Ungerechtigkeiten, gegen die man ankämpfen muss.*

Sie nahm das Foto an ihr Gesicht und küsste auf das Glas.

Kapitel 28

Merle war bereits vor Sonnenaufgang aufgestanden. Nachdem sie sich einen Wollpullover und einen Rock angezogen hatte, öffnete sie die Tür des Bungalows und schloss sie geräuschlos hinter sich. Das Gras neben dem Weg war feucht vom Morgentau. Die Vögel zwitscherten in den Orangenbäumen, als sie durch den Hotelgarten ging.

Sie legte die Arme um ihren Oberkörper, um sich gegen die kühle Luft zu schützen, und sah auf die Uhr. Larry war heute Morgen für umfangreiche Aufnahmen in San Fernando. Er würde inzwischen dort sein. Vivien würde kaum mit ihm gegangen sein. Sie wurde zwar im Studio toleriert, wo sie verschwinden konnte, wenn es zu stressig wurde, doch Wyler hatte verboten, dass sie bei Außenaufnahmen dabei war. Deshalb würde sie allein sein. Wahrscheinlich döste sie noch im Bett – eine gute Zeit, um sie unvorbereitet anzutreffen.

Der Bungalow, den Larry und Vivien bewohnten, befand sich in einer abgeschiedenen Ecke des Hotelgrundstücks, die durch einen breiten Streifen lilafarbener Bougainvillea vor den Blicken der Öffentlichkeit geschützt war. Merle blieb stehen, als sie durch einen Bogen blühender Blumen getreten war. Die

331

Fensterläden waren geöffnet. Vielleicht war Vivien trotz Wylers Anordnung doch mitgefahren.

Die Vögel in den Zitrusbäumen waren verstummt. Nur das Knirschen ihrer Schuhe auf dem Kiesweg durchbrach die Stille. Die Tür war noch feucht vom nächtlichen Niederschlag. Merles Knöchel glitten über das Holz, als sie anklopfte. Zuerst erhielt sie keine Antwort aus dem Inneren. Dann, als sie gerade die Hand für ein zweites Klopfen hob, hörte sie etwas. Die Tür öffnete sich einen kleinen Spalt und über einer metallenen Kette kamen Viviens leuchtend grüne Augen zum Vorschein.

»Was willst du?« In ihrer Stimme lag keine Überraschung. Sie trug Lippenstift und Puder. Als hätte sie den frühen Besuch erwartet.

»Ich muss kurz mit dir reden.«

»Worüber?«

»Wenn du mich hereinlässt, dann werde ich es dir erklären.«

Die Kette klapperte, als Vivien sie löste. Merle konnte Kaffee und Zigaretten riechen. Sie sah Larrys Schuhe unordentlich neben dem Sofa liegen. Auf dem niedrigen Beistelltisch daneben standen ein paar leere Gläser und ein überquellender Aschenbecher.

»Du hast das geschickt, oder?« Sie holte den Brief aus ihrer Handtasche und hielt ihn wie ein aus der Scheide gezogenes Schwert vor sie.

Vivien wandte sich ab. Sie ging durch die geöffnete Tür aus dem Raum ins Schlafzimmer. Merle folgte ihr. Da war das Bett, darauf ein unordentliches Durcheinander aus Laken und Decken, Zeugnis der Leidenschaft in der Nacht zuvor. Es war, als würde Vivien es als Vertrauten nutzen, als stummen Freund, dessen Loyalität sicher war.

Neben dem Bett stand eine Frisierkommode. Vivien setzte sich davor, neigte den Kopf zum Spiegel und bauschte sich das Haar mit den Fingern auf. »Du hast es also endlich herausbekommen?« Im Spiegel blickte sie zu Merle. Frech, schamlos.

Es war seltsam, wie in einem Traum, wie etwas, von dem Merle immer gewusst hatte, dass es geschehen würde. Als wäre dies eine Szene in einem Film, bei der die Kamera für eine Nahaufnahme auf Viviens Augen zoomen würde – ohne zu wissen, wie die Szene ausgehen würde.

»Ich … habe dich nicht erkannt.«

»Ich habe mich ganz schön verändert, was?« Vivien blickte auf sich selbst und lächelte geheimnisvoll.

»Du hast aber keinen Beweis, oder? Nichts, was man als Nachweis bezeichnen könnte.«

»Oh doch, das habe ich. Es gibt eine Fotografie von dir mit meinem Vater, als ihr beide in *Pygmalion* wart. Es war in der *Calcutta Times* – erinnerst du dich nicht? Ich habe sogar eine Ausgabe des Programmhefts mit deinem Namen darin.« Sie warf ihr einen triumphierenden Blick zu. Der Blick eines Jägers in einem herzförmigen Gesicht.

»Was wirst du tun?« Merle bemühte sich, ruhig zu klingen. Sie wollte die Worte herausschreien. Doch sie ahnte, dass es genau das war, was Vivien wollte. »Wenn du vorhast, zur Zeitung zu gehen, dann wäre ich an deiner Stelle sehr vorsichtig. Du und Larry, ihr segelt sehr hart am Wind. Du könntest damit seine Karriere genauso zerstören wie meine. Ist es das, was du willst?«

»Larry hat die Scheidung beantragt und ich ebenso. In ein paar Wochen werden wir beide frei sein, und dann möchten wir heiraten.« Vivien griff nach einer Packung Marlboro, die auf dem Nachttisch lag. Sie zog sich eine Zigarette heraus und zündete sie an. »Ohnehin ist eine Affäre nicht das Schlimmste, was man in Hollywood tun kann. Was du tust, ist viel schlimmer – du brichst den Kodex.«

»Warum hasst du mich so sehr? Was habe ich dir getan?«
Merle trat einen Schritt näher. Sie konnte die Schrift auf der
Zigarettenschachtel lesen: »Marlboro. Mild wie der Mai.«

»Kannst du dir nicht vorstellen, wie es sich angefühlt hat,
dich mit meinem Vater zu sehen?« Vivien nahm einen tiefen
Zug von der Zigarette. Der Rauch schwebte gegen den Spiegel
und verlieh ihrem Gesicht etwas Gespenstisches. »Wie er dich
angesehen hat, wie du dich bei ihm eingeschmeichelt hast!«

»Das ist gemein, so etwas zu sagen, Vivien. Es war überhaupt nicht so. Er war nett zu mir. Er hat mir beigebracht, wie
man schauspielert. Hat in mir den Wunsch geweckt zu schauspielern. Das war alles.«

»Du Glückliche.« Sie schnippte ein großes Stück Asche weg.
»Mich hat er nie ermutigt. Nicht, dass ich jemals lange genug
bei ihm gewesen wäre, um ein richtiges Gespräch mit ihm zu
führen. Er hat mich mit sechs Jahren ins Internat gesteckt. Hast
du eine Ahnung, wie sich das anfühlt? In einem fremden Land
abgesetzt zu werden, Tausende von Kilometern von zu Hause
entfernt, ganz allein?« Sie machte eine Pause, dabei wanderte
ihr Blick von Merles Spiegelbild zu ihrem eigenen. »Meine
bleibende Erinnerung an diese Zeit besteht darin, dass ich dem
herablaufenden Regen an den Fensterscheiben dabei zugesehen
habe, wie er auf die Lorbeerbüsche tropfte, und dann bemerkte,
dass mein Gesicht tränenüberströmt war.«

Vivien kniff die Augen zusammen. Sie wirkte katzenhaf-
ter als je zuvor. Gefährlich. Als würde sie Merle davor warnen,
nicht die Mitleidskarte auszuspielen.

Merle zögerte. Offensichtlich ging es hier um eine tief sit-
zende Verbitterung. Etwas, das jahrelang vor sich hin geschwelt
hatte. Unschwer konnte sie sich die glühende Verbitterung vorstellen, die Vivien empfunden haben musste, als sie ihre alte
Feindin in Elstree erblickt hatte. Dass sich der Plan in ihrem
Kopf festgesetzt hatte, als sie die Implikationen erkannte, die

sich bei einer Anglo-Inderin ergaben, die es nach Hollywood verschlagen hatte.

»Du hast recht«, begann Merle. »Ich weiß nicht, wie das ist.« Ein Rauchkringel schwebte zu ihr und drang ihr in die Kehle. Sie versuchte, nicht zu husten. »Doch ich weiß, wie es ist, wenn man um ein Elternteil trauert, das ich niemals gekannt habe. Bestraf mich bitte nicht für die Freundlichkeit deines Vaters zu mir.«

»Warum nicht? Du hattest das, was ich wollte: zuerst meinen Vater – dann *Sturmhöhe*. Ich bin geboren, um die Cathy zu spielen. Das ist so ungerecht!«

»Ich kann beides nicht ändern.« Merle zog die Lippen zwischen die Zähne. Der Hass in Viviens Stimme war spürbar. War es möglich, mit jemandem vernünftig zu sprechen, der so von Eifersucht zerfressen war? »Was gewinnst du damit, dass du mich zerstörst? Es ist zu spät, um den Film neu zu besetzen – wir sind schon zu weit mit den Dreharbeiten, als dass noch irgendwas getan werden könnte. Geh jetzt zur Zeitung, und du wirst damit nur erreichen, alles für mich und für Larry zu ruinieren. Goldwyn wird einen Haufen Geld verlieren und keiner von uns wird jemals wieder in Hollywood arbeiten. Ist es das, was du willst?«

»Natürlich nicht«, zischte Vivien. »Ich hätte diesen dummen Brief früher schicken sollen. Das war der Plan gewesen – um dich fürchterlich zu erschrecken, damit du nur noch zurück nach England gewollt hättest, sobald er dich erreicht hätte.« Sie drückte ihre Zigarette aus und griff nach einer weiteren. »Doch da ist etwas anderes, was ich will. Etwas, das größer als *Sturmhöhe* ist.«

Merle blickte sie verständnislos an.

»Larry hat mit David Selznick gesprochen. Er hat zugestimmt, Probeaufnahmen mit mir für *Vom Winde verweht* zu machen.« Sie blies eine Rauchwolke aus.

»Für Scarlett O'Hara?«

»Tu nicht so überrascht! Ich bin perfekt für die Rolle. Und wenn du nicht mit im Spiel wärst, dann hätte ich vielleicht sogar eine Chance.«

Ihre Blicke verharrten im Spiegel aufeinander.

»Darum geht es also«, flüsterte Merle.

KAPITEL 29

Fünf Tage später

»Du hast was getan?« Flora ließ ihren Koffer auf den Fußboden des Bungalows fallen.

»Ich habe abgesagt.« Merle wandte sich ab und griff nach der Kaffeekanne, unfähig, Flora in die Augen zu blicken. »Ich habe Selznicks Büro angerufen und gesagt, dass ich mich nicht gut fühle und große Strapazen hinter mir habe.«

»Das muss die Untertreibung des Jahrhunderts gewesen sein!« Flora ließ sich auf das Sofa plumpsen und schüttelte den Kopf. »Ich fasse es nicht – das kleine Miststück! Warum hast du mich nicht angerufen, als du diesen Brief bekommen hast?«

»Ich konnte nicht – du warst im Zug.«

»Aber du hättest mich in New York erreichen …«

»Was hättest du denn tun können?«

»Ich … ich weiß auch nicht. Vielleicht, wenn ich mit ihr gesprochen …«

»Glaubst du, du hättest es ihr ausreden können? Ich habe es versucht, Flora, das habe ich bestimmt. Ich habe sogar die Affäre mit Larry ins Spiel gebracht, doch es hat keinen Unterschied

337

gemacht. Was ich verberge, ist wesentlich gravierender, und sie weiß es.«

»Hat sie die Probeaufnahmen schon gemacht?«

»Sie ist diesen Nachmittag da. Larry begleitet sie.«

»Sie wird die Rolle aber nicht bekommen, oder?« Flora runzelte die Stirn. »Sie ist kein großer Name. Ich meine, wenn man an die Frauen denkt, die Selznick bereits abgelehnt hat: Joan Crawford, Bette Davis, Paulette Goddard … das ist wie eine Liste der gesamten weiblichen Schauspielerriege. Ich nehme an, er hat nur zugestimmt, sie zu testen, um Larry einen Gefallen zu tun. Ohne Zweifel wird er ihn in seinem nächsten Film für eine traumhafte Rolle auswählen.«

»Kann schon sein.« Merle zuckte mit den Schultern.

»Du könntest ein paar Wochen warten und dann Probeaufnahmen vereinbaren. Es besteht die Möglichkeit, dass er bis dahin noch gar nichts entschieden hat. Dann dürfte sich Vivien nicht beschweren, oder?«

»Ich weiß es nicht, Flora. Kannst du dir vorstellen, wie sie reagieren würde, wenn ich die Rolle bekäme?«

»Glühend vor Neid, nehme ich an.« Flora nickte. »Dann würde sie wahrscheinlich direkt zur Zeitung gehen.«

»Aber sie hat versprochen, es nicht zu erzählen, was auch geschieht. Das war die Vereinbarung.«

»Vertraust du ihr?«

Merle schloss die Augen und holte tief Luft. »Ich weiß es nicht.«

* * *

Merle kam gerade aus der Badewanne, als Flora an ihre Tür klopfte.

»Bist du anständig angezogen? Da ist gerade etwas für dich angekommen.«

Merle wickelte sich in eines der großen Hotelhandtücher und öffnete die Tür. Mit feuchten Fingern öffnete sie den Umschlag. »Oh.« Sie warf Flora einen besorgten Blick zu. »Er ist von Larry Olivier. Er möchte, dass ich um sechs Uhr zu seinem Bungalow komme.«

»Sagt er, worum es geht? Ich meine, vielleicht ist es etwas völlig Harmloses und er möchte nur mit dir eine der Szenen für morgen durchgehen.«

»Darum hat er mich nie zuvor gebeten.«

»Nun, in dem Fall komme ich mit. Wenn er irgendeine Art von Showdown plant, dann wird er es mit mir zu tun bekommen.«

Eine halbe Stunde später gingen sie über den knirschenden Kiesweg zwischen den Orangenbäumen hindurch zur anderen Seite des Hotelgeländes. Als sie den Bogen lilafarbener Bougainvillea passierten, hakte Flora sich bei Merle unter.

»Hab keine Angst«, flüsterte Flora. »Was immer sie dir auch sagen werden, bleib ruhig. Antworte ihnen mit Würde. Niemand kann eine würdevolle Person verletzen.«

»Ich wünschte, ich wäre wie du.« Merle drückte fest ihren Arm. »Ich bin mir nicht sicher, ob ich das schaffe.«

Ihre Hand zitterte, als sie an die Tür klopfte.

»Komm rein, komm rein!«

Zu ihrer Überraschung strahlte Larry.

»Ich bin so froh, dass du es geschafft hast! Und du hast Flora mitgebracht – wunderbar!« Er führte sie in den Salon, der jetzt viel sauberer aussah als beim letzten Besuch von Merle. Auf dem Tisch standen zwei Eiskübel mit Champagnerflaschen. Eine Flasche war bereits geöffnet.

Vivien kam aus dem Schlafzimmer, ein Glas in der Hand. Sie glitt in einem roten Kimono durch den Raum, schön und leicht wacklig, als wäre sie gerade erst aus dem Bett gestiegen.

»Hat Larry euch die Nachricht schon mitgeteilt?« Ihre Augen glänzten, als sie die Champagnerflasche nahm. »Ich habe es geschafft! Ich bin Scarlett O'Hara!«

Für einen Augenblick herrschte absolute Stille im Raum.

»Oh! Gratulation!« Flora sprang zu Merles Rettung ein und trat vor, um Vivien auf beide Wangen zu küssen.

»Das sind ja unglaubliche Nachrichten.« Merle zwang sich zu einem Lächeln. Sie war wie am Boden festgewachsen, unfähig, es Flora nachzumachen. Doch Vivien war sofort bei ihr und zog sie in eine kräftige Umarmung.

»Vielen Dank.« Es war ein gehauchtes Flüstern, nicht so laut, dass es auch die anderen hören konnten. Als sie sich zurückzog, sah es Merle in ihren Augen. Sie würde Vivien nicht mehr fürchten müssen. Doch das tatsächliche Gewicht des Opfers, das sie gebracht hatte, wurde ihr erst langsam bewusst. Sie hatte auf die Chance für das verzichtet, was die größte, aufregendste Rolle zu werden versprach, die Hollywood zu vergeben hatte. Und angesichts dessen, wie es mit *Sturmhöhe* lief, mit Wylers Tyranneien und Larrys eisiger Geringschätzung, war nur schwer vorstellbar, dass es kein Flop werden würde. Was würde sie tun, wenn das für sie das Ende bedeuten würde? Wenn ihre Karriere so gut wie vorbei war, ohne dass Vivien etwas ausgeplaudert hatte?

Sie fragte sich, was Sándor wohl sagen würde, wenn er es herausfände. Würde er verstehen, warum sie es getan hatte? Oder würde er zornig darüber werden, dass sie versucht hatte, die Dinge allein zu lösen? Der einzige Trost bestand darin, dass Vivien, genau wie Flora und Larry und sie selbst, vertraglich an London Films gebunden war, sodass Sándor nach wie vor eine Scheibe davon abbekäme, was auch immer David Selznick anbieten würde.

Das Knallen eines Champagnerkorkens durchbrach ihren Gedankengang. Während Vivien Larry die Gläser zum Füllen hinhielt, spürte Merle Floras Hand an ihrem Arm.

»Es wird noch andere Rollen geben«, sagte Flora sanft. »Lass dich davon nicht zurückwerfen.«

Larry kam auf sie zu und versuchte, die sprudelnden Getränke nicht zu verschütten. Als alle auf Viviens Erfolg angestoßen hatten, nahm er Merle am Arm und führte sie zum Fenster.

»Ich weiß, dass ich während der vergangenen Wochen ein Ungeheuer bei der Arbeit gewesen bin«, sagte er. »Ich hoffe, du verstehst, warum. Vivien hatte sich so sehr über alles Mögliche aufgeregt. Es war schwer, ruhig und vernünftig zu bleiben.« Er sah sie mit seinen tiefdunklen Augen an. »Es tut mir leid, wenn ich alles schwer für dich gemacht habe. Ich verspreche, dass ich ab jetzt anders sein werde.«

Es war, als wäre plötzlich ein Himmel voller Gewitterwolken aufgerissen und hätte der Sonne Platz gemacht.

* * *

In den folgenden Wochen entspannte sich Merle ein wenig. Larry war ein anderer Mensch, lächelte sie an und plauderte mit ihr, wenn sie darauf warteten, zum Set zu gehen – und war nur allzu bereit, gemeinsam mit ihr zu überlegen, wie man das Beste aus einer Szene herausholte. Diese neue Kameradschaft zwischen ihnen machte es einfacher, mit Wylers wechselhaftem Temperament umzugehen. Larry intervenierte sogar einmal für sie, als sie eine Szene drehte, in der sie mitten in einem heftigen Gewitter vergeblich hinter Heathcliff hinaus ins Moor rannte. Wyler hatte in einem der Studios ein System aus Wasserschläuchen installiert, die eiskaltes Wasser über ihr versprühten, während sie aus der Vordertür des neu geschaffenen Farmhauses lief. Nach sechs unbefriedigenden Aufnahmen zitterte sie heftig. Als Larry sie in eine Decke eingewickelt sah, marschierte er zu Wyler.

»Du kannst nicht von ihr erwarten, es noch einmal zu machen, oder? Willst du, dass sie sich eine Lungenentzündung einfängt?«

Wyler murmelte etwas davon, dass sie den Schock einer kalten Dusche benötige, um den Ausdruck des verblüfften Unglaubens zu bekommen, den er suchte. Doch Larry gab sich damit nicht ab.

»Sie muss verdammt noch mal nicht erfrieren, um das richtige Gesicht zu machen, Mensch! Wenn du den ganzen Tag damit verbringst, die Szene richtig hinzubekommen, dann besorge um Himmels willen warmes Wasser, das durch diese Schläuche läuft – außer, du willst natürlich, dass der Film pleitegeht, indem du Miss Oberon ins Krankenhaus treibst!«

Eine Stunde später wurde das Studio von einer Art indischem Monsun überflutet. Es brauchte nur zwei Einstellungen und die Szene war im Kasten. Merle ging sofort zu Larry und umarmte ihn, wohl wissend, dass sie Vivien damit nicht aufregen würde, da sie selbst mit Dreharbeiten auf dem Studiogelände von Selznick International am anderen Ende der Stadt beschäftigt war.

Mit Larry an ihrer Seite war auch die Anspannung wegen der Anwesenheit David Nivens am Set geringer. David hatte jetzt eine ausgewachsene Affäre mit seiner Leinwandschwester, Geraldine Fitzgerald, was zu einer schwierigen Atmosphäre hätte führen können, wenn alle drei zusammen spielten. Doch dank Larry verwandelte sich eine ihrer Szenen – weit entfernt von Anspannung – zu einem Possenspiel.

Merle lag als Cathy todkrank im Bett, während David, Geraldine und Flora um sie herumstanden und Larry im Hintergrund war.

»Schluchzen, David! Du musst schluchzen!«, bellte Wyler.

»Ich kann nicht! Ich habe noch nie in meinem Leben geschluchzt!« David war nur Zentimeter von Merles Gesicht entfernt, während er über dem Bett kniete. »Ich weiß nicht wie!«

»Bring ihm den Inhalator!«, rief Larry vom Fenster aus. »Das hat bei mir in *König Lear* funktioniert.«

Wie gewünscht wurde ein Gummischlauch zum Set gebracht. An einem Ende befand sich ein ballonähnlicher Sack, der Mentholluft versprühte, wenn man auf ihn drückte. David zuckte zurück, als man damit auf seine Augen zielte.

»Und Action!«, rief Wyler.

»Oh, Cathy!« David beugte sich über sie. Doch anstatt der gewünschten Tränen lief ihm eine Schnur aus fahlem grünem Schleim aus der Nase, der auf Merles Gesicht zu tropfen drohte.

»Igitt! Wie scheußlich!« Sie schoss aus dem Bett, unfähig, einfach liegen zu bleiben und es abzubekommen.

David versuchte, den Schleim wegzuwischen, wobei er den Ärmel seines Kostüms mit einer glänzenden Schneckenspur verschmierte. Larry krümmte sich vor Lachen, und Wyler sank auf seinem Regisseurstuhl in sich zusammen, den Kopf in den Händen.

Der ganze restliche Nachmittag wurde für die Szene benötigt, wobei David an das Fußende des Bettes gestellt wurde, von wo er keine Körperflüssigkeiten auf seine sterbende Frau vergießen konnte. Doch es hatte sich gut angefühlt zu lachen.

Vor allem mit David. Es milderte etwas von dem Schmerz, der noch immer in ihr herrschte.

Sie und Flora wagten sich jetzt an den Abenden hinaus in die Restaurants. Oft schlossen sie sich auch Larry und Vivien an, zusammen mit ein paar von Viviens neuen Freunden von den Dreharbeiten zu *Vom Winde verweht*.

Leslie Howard war auch manchmal dabei, was für Merle seltsam war. Für das Wochenende, bevor die Dreharbeiten enden sollten, lud er alle in sein Strandhaus nach Malibu ein. Merle hatte das Haus unbedingt sehen wollen, doch sie hatte befürchtet, schwach zu werden, wenn sie allein gegangen wäre.

»Du musst einfach entschlossener zu ihm sein«, sagte Flora, als sie sich für die Party vorbereiteten. »Und wenn er dich weiter belästigt, versuch, mit jemand anderem zu flirten. Das sollte dann funktionieren.«

Merle verliebte sich vom ersten Moment an in Leslies Haus. Es hatte Strände in den Außenbezirken von Kalkutta gegeben, doch die einzigen Menschen, die am Meer lebten, waren Fischer und ihre Familien in wackligen Bambushütten. Es war ihr nicht in den Sinn gekommen, dass wohlhabende Menschen sich Häuser am Ozean bauen würden.

»Hier könnte ich leben«, sagte sie zu Flora, als sie auf die Terrasse traten.

»Die Aussicht ist umwerfend. Aber würdest du nicht etwas richtig Großes bevorzugen, so wie Pickfair?«

»Nein, ich glaube nicht. Ich mag eine Holzveranda und ein strohgedecktes Dach. Wenn das Haus mir gehören würde, dann würde ich jeden Morgen vor dem Frühstück schwimmen gehen.« Sie spähte über die Schulter zu Leslie, der gerade Cocktails mixte. »Ich müsste allerdings zunächst den gegenwärtigen Mieter loswerden.«

Der Pazifik sah wie der Indische Ozean aus, doch er war viel kälter, wie sie später feststellte, als sie alle Baseball am Strand spielten und sie ins Wasser lief, um den Ball zu holen. Leslie kam hinter ihr hergelaufen. Er rang sie zu Boden, als sie den Ball zurückwarf, und schob ihr dabei unfreiwillig den Hut vom Kopf, als er sie in eine sandige Umarmung an sich zog.

Sie wich vor ihm zurück, wütend auf sich wie auf ihn. Warum verspürte sie dieses drängende Verlangen, wann immer er in ihre Nähe kam?

»Himmelherrgott, warum kannst du mich einfach nicht in Ruhe lassen?«

»Weil du das eigentlich auch nicht willst.« Er lächelte sie durch halb geschlossene Augen an.

»Du arroganter Mistkerl!« Sie spähte dahin, wo die anderen waren. Zweifellos hatten alle beobachtet, was geschehen war. »Bleib einfach weg von mir!«

Er hob die Hände in gespieltem Ergeben. »Okay, okay. Aber am Ende wirst du doch nachgeben. Und dann wirst du herausfinden, was du verpasst hast.«

Sie stampfte durch den Sand davon, drückte sich den Hut wieder auf den Kopf und wünschte, ihr würde etwas Vernichtendes einfallen, das sie ihm zurufen konnte.

Als das Baseballspiel zu Ende war und alle zurück zum Haus schlenderten, versuchte sie es mit Floras Ratschlag, ging von einer Gruppe zur nächsten und plauderte überwiegend mit den Männern, um es für Leslie deutlich zu machen, dass es noch andere Fische im Wasser gab. Doch es war kein angenehmes Spiel. Bestenfalls war das Gespräch oberflächlich. Schlimmstenfalls war es banal und mit Anspielungen gespickt. Was war nur mit den Männern? Warum gelang es ihr nicht, jemanden kennenzulernen, der an mehr interessiert war als nur an ihrem Gesicht und ihrem Körper?

Nach ein paar Stunden schlüpfte sie auf die Terrasse hinaus, um den Sonnenuntergang zu betrachten. Auf einmal verspürte sie das Bedürfnis, sich die Kleider vom Leib zu reißen und ins Meer zu laufen. Doch sie konnte es nicht tun, wenn sie den Menschen im Haus nicht ihren wahren Hintergrund enthüllen wollte. Sie war gefangen in ihrer falschen Identität, wie ein Nachtfalter in einem Kokon. Wie konnte sie ernsthaft auf eine tiefgründige Beziehung hoffen, wenn sie dazu verdammt war, den wahren Kern ihres Ichs zurückzuhalten?

Über das Rauschen der Wellen hinweg hörte sie, wie die Terrasse hinter ihr knackte.

»Was dagegen, wenn ich mich anschließe?«

Die Stimme war unverkennbar. Kräftig, amerikanisch und so zart wie geschmolzene Schokolade. Überrascht sah sie sich um. Clark Gable war Viviens Filmpartner. Er war mit seiner Frau zu der Party gekommen, doch Vivien hatte geflüstert, dass er eine Affäre mit Carole Lombard hätte.

»Überhaupt nicht.« Sie trat einen Schritt zur Seite und machte für ihn am Terrassengeländer Platz. Er war so groß wie Leslie, doch kräftiger gebaut. Sie hatte mit ihm nicht viel geredet, seit sie einander vorgestellt wurden – hauptsächlich deshalb, weil er seine Frau am Ellbogen hatte, doch auch wegen der deprimierenden Erkenntnis, dass sie ihn sehr gut kennengelernt hätte, wenn sich die Dinge anders entwickelt hätten.

»Ich wollte mir nur den Sonnenuntergang ansehen«, sagte sie. »Es kommt mir so schade vor, drinnen zu sein, wo doch der Himmel so schön ist.«

»Hey, ich liebe diesen britischen Akzent.« Er verzog die Augenwinkel zu einem Lächeln. »Du und Vivien, ihr seid echte englische Rosen.«

Bei der Ironie seines Kompliments zuckte sie zusammen. War das ein Vorspiel zu dem Versuch, sie zu verführen? Sein Lächeln wirkte jedoch eher freundlich als lüstern. Vielleicht hatte er schon genug um die Ohren.

»Ahh!« Er atmete tief die Meeresluft ein. »Es ist wundervoll, hier draußen zu sein. Weg von dem ganzen Rummel. An einem Ort wie diesem kann man sein, wie man ist.«

Sie nickte und sah von ihm weg zum Horizont. Es war eine Bemerkung, die unschuldig genug war. Er konnte nicht wissen, dass es eine weitere stechende Erinnerung an das Ich war, das sie zurückgelassen hatte.

»Ich denke immer an meine Mom, wenn ich einen Sonnenuntergang sehe«, sagte er. »Ich mag den Gedanken, dass sie von einer dieser Wolken auf mich herabblickt.«

Sie drehte sich zu ihm, betroffen von dieser freimütig zugegebenen Verwundbarkeit. Innerhalb von Sekunden war er von beeindruckend männlich zu einem verlorenen kleinen Jungen geworden.

»Wie lange ist es her, dass sie starb?«

»Oh, da war ich noch ein Baby. Zu jung, um irgendwelche Erinnerungen zu haben.«

»Ich erinnere mich nicht an meinen Vater«, sagte sie. »Er starb, als ich drei war.«

»Das muss schwer gewesen sein.«

Seine Worte, mit diesem Akzent gesprochen, gaben ihr das Gefühl eines Déjà-vu. Ben Finney hatte fast das Gleiche auf dem Balkon bei Firpo's gesagt. Doch jetzt war sie auf der anderen Seite der Welt und betrachtete eine untergehende Sonne und keinen aufgehenden Mond. Und Clark Gable war kein verfügbarer Junggeselle – er war ein verheirateter Mann, dessen Frau sich bestimmt schon fragte, warum er draußen stand, ins Gespräch mit einer anderen Frau vertieft.

»Weißt du, ich habe jeden Abend in Gedanken mit meiner Mom gesprochen. Und sie hat auch mit mir gesprochen.« Er zuckte mit den Schultern. »Doch das ist schon lange nicht mehr geschehen. Ich nehme an, ihr gefällt es nicht, wozu ich mich entwickelt habe.« Er warf ihr einen Blick zu, der zu sagen schien: *Du hast bestimmt die Gerüchte gehört.*

»Nun, ich bin mir sicher, sie wäre entzückt, dass du so erfolgreich bist.« Sie spähte über die Schulter. »Und wenn es eine Beruhigung ist, da gibt es noch mindestens drei Personen dort drinnen, die genauso viel Schwierigkeiten damit haben, sich an ihr Ehegelübde zu erinnern.«

»Na ja, das ist zwar keine Entschuldigung, aber Hollywood scheint ein Ort dafür zu sein, nehme ich an.«

Sie fragte sich, warum er sich ihr gegenüber so öffnete. Offensichtlich fühlte er sich schuldig dafür, dass er untreu war. Vielleicht wollte er seine Ehe wieder in Ordnung bringen. Ihr kam in den Sinn, dass es vielleicht wie bei Sándor die Ehefrau gewesen sein konnte, die das anfängliche Zerwürfnis verursacht hatte. Doch das schien unwahrscheinlich, wenn man die Wirkung bedachte, die er auf die meisten Frauen hatte.

»Es ist nicht der einfachste Ort, oder?«, erwiderte sie. »Ruhm fordert seinen Preis.«

»Das kann man wohl laut sagen.« Er griff in seine Tasche und zog eine Packung Senior-Service-Zigaretten heraus. »Auch eine?«

Sie schüttelte den Kopf.

»Hast du jemals gedacht, als du aufgewachsen bist, dass du beim Film landen würdest?« Er nahm einen Zug von seiner Zigarette und blies eine Rauchwolke aus. »Ich war ein Kind, das lustig aussah. Willst du wissen, was Darryl Zanuck sagte, als er mich zum ersten Mal sah? ›Seine Ohren sind zu groß und er sieht aus wie ein Affe.‹«

Sie wollte ihm gerade von ihrer desaströsen ersten Erfahrung beim Vorsprechen bei Fox erzählen, als sie hörte, wie Flora ihren Namen rief.

»Rat mal, wer gerade angekommen ist.« Flora nahm zwei Stufen auf einmal hinunter zur Terrasse.

»Wer?« Merle lächelte sie an und fragte sich, woher diese ganze Aufregung käme. Flora war nicht der Typ, der sich von Stars beeindrucken ließ. Eigentlich gab es nur ein Leinwandidol, bei dem sie weiche Knie bekam.

»Nicht etwa Gary Cooper?«

»Nein!« Flora verdrehte die Augen. »Sieh nur – da ist er!«

Merle blinzelte, während sie sich umdrehte, um dahin zu blicken, wohin Flora zeigte. Die Türen zur Terrasse reflektierten die letzten Sonnenstrahlen und gaben ein blendendes orangefarbenes Licht von sich. Sie konnte nur die Umrisse eines Mannes erkennen.

»Hallo, Merle, Liebling.«

Ihr Magen machte einen Salto beim Klang der vertrauten Stimme.

»Sándor!«

Das Aufflackern der Freude wurde schnell von Besorgnis gedämpft. Sie stand da, die Zunge gelähmt, wie ein Kind, das seinen Lieblingslehrer enttäuscht hat, und fürchtete sich davor, was er zu *Vom Winde verweht* sagen würde.

Er beugte sich vor, um sie auf beide Wangen zu küssen. »Keine Sorge«, flüsterte er. »Flora hat mir schon geschrieben.« Er sah kurz zu Clark Gable, als er sich aufrichtete. Merle bemerkte den Blick, den sie tauschten. Clarks Gesicht wirkte neugierig, da er sich offenbar fragte, wer dieser bebrillte Fremde mit dem ausländischen Akzent sein könnte. Sándor war undurchschaubar. Wenn er von Clarks physischer Präsenz beeindruckt war, dann ließ er sich nichts anmerken.

»Ich könnte mir ein wenig die Beine vertreten«, sagte er und hakte sich bei Merle unter. »Wollen wir ein paar Schritte am Strand spazieren?«

* * *

Malibu wirkte verlassen, als sie am Meer entlangschlenderten. Möwen schossen tief über die heranbrandenden Wellen hinweg. Die Brandung schimmerte golden, wo die sinkende Sonne sie traf.

»Ich hoffe, du bist den ganzen Weg nicht wegen mir gekommen.«

Er schüttelte den Kopf. »Ich habe Geschäfte zu erledigen. Eigentlich wollte ich erst später im Jahr herüberkommen, doch als ich Floras Brief erhielt …« Er hielt inne und betrachtete ihr Gesicht. »Ich hätte schon früher kommen sollen, oder? Es war nicht fair, dass du mit so etwas allein fertigwerden musstest.«

»Ich wollte dich anrufen und es dir erzählen. Doch ich hatte Angst, dass jemand zuhört. Dieser Ort ist voller Spione.«

»Ich weiß.« Er drückte ihren Arm. »Hollywood ist ein hartes Pflaster. Deshalb bin ich nach England gezogen. Du bist sehr mutig gewesen.«

»Na ja, ich habe überlebt«, sagte sie. »Doch oft wache ich morgens auf und frage mich, was geschehen wird, wenn dieser Film vorbei ist. Die Leute meinen, dass *Vom Winde verweht* ein Flop wird – dass niemand ernsthaft einer solchen Geschichte gerecht werden kann. Doch ich wünsche mir trotzdem immer noch, dass ich diese Probeaufnahmen gemacht hätte.«

»Es wird andere Rollen geben, Liebling. Wir drehen *I, Claudius,* sobald du zurück in London bist. Und es wird noch viele weitere Angebote aus Hollywood geben, wenn *Sturmhöhe* in die Kinos kommt. Ich weiß, dass Wyler ein Mistkerl bei der Arbeit ist, doch er bekommt Ergebnisse. Es würde mich nicht wundern, wenn er eine Menge Preise einheimst.«

»Glaubst du das wirklich?«

»Ich würde es nicht sagen, wenn ich es nicht glauben würde.« Er blieb stehen und drehte sich zu ihr, nahm sie dann in die Arme. »Die Sache ist nur«, flüsterte er, »du darfst nicht zulassen, dass du eifersüchtig wirst. Nicht auf Vivien oder irgendeine andere Schauspielerin. Es würde dich auffressen – genauso ist es Maria ergangen.«

Sie konnte seinen Duft riechen, als er sie losließ – diese saubere, scharfe Note von norwegischer Fichte. Sie hakten sich unter und gingen weiter. Für eine Weile waren beide still. Da waren nur das Rauschen der Wellen und das leise Geräusch des Sandes unter ihren Füßen.

»Wie geht es Maria?« Merle hielt den Atem an. Sie hatte fast zu große Angst, um danach zu fragen. Angst, ihn aufzuwühlen, wo er so verständnisvoll gewesen war.

»Sie ist weg«, sagte er einfach.

»Oh, das tut mir leid. Ich hätte nicht …«

»Das ist in Ordnung«, unterbrach er sie. »Wir sind jetzt geschieden. Schwarz auf weiß. Beendet. Eigentlich ist es eine Erleichterung. Besser, als sich gegenseitig zu zerreißen. Wir können jetzt beide unser Leben leben.«

Sie blickte kurz zu ihm auf und fragte sich, ob er nur ein tapferes Gesicht aufgesetzt hatte. In dem schwindenden Licht war es schwer zu erkennen. Warum empfand sie bei dem Gedanken daran, dass er jetzt frei war, ein solches warmes Glühen?

»Ich bin froh, dass du hier bist. Bei mir.« Die Worte kamen heraus, bevor sie merkte, was sie gesagt hatte.

»Bist du das?« Er hielt mitten im Gehen an. »Bist du das wirklich?« Er nahm die Brille ab. Seine Augen waren dunkle Teiche, die die polierte Oberfläche des Ozeans spiegelten und verschwammen, als er mit seinem Gesicht näher kam. Und dann war sein Mund auf ihrem.

»Es tut mir leid.« Er zog sich zurück. »Das hätte ich nicht tun sollen.«

»Es soll dir nicht leidtun. Ich habe gewollt, dass du es tust.«

»Weißt du, ich habe mich danach gesehnt, dich zu küssen. Schon seit *Wedding Rehearsal*.«

Sie lächelte. »Schon so lange?«

»Natürlich. Ich hatte aber nie gedacht, dass du mir eine Chance geben würdest«, sagte er. »Nicht, wenn Leute wie David Niven ein so eifriges Interesse an dir zeigten.«

»Na ja, du hattest eine Frau.«

»Touché. Ich hätte mir damals sowieso nicht erträumt, dir zu erzählen, was ich empfinde. Es wäre nicht richtig gewesen. Es hätte sich angefühlt, als hätte ich es ausgenutzt.«

»Und jetzt …?«

»Jetzt bist du ein Star. Du wirst mit mir oder ohne mich erfolgreich sein.«

»Ich würde gern mit dir sein.« Sie berührte sein Gesicht mit ihren Fingern und fuhr damit in seine Haare, bevor sie ihn zu sich zog. Ihn zu küssen, fühlte sich herrlich an. Als würde sie nach einer langen, beschwerlichen Reise endlich nach Hause kommen.

Kapitel 30

Merle trug noch ihr Nachthemd, als am nächsten Morgen der Hotelpage mit dem Kaffee kam. Sie reckte sich und gähnte und schwelgte in dem Luxus, nicht bei Tagesanbruch im Studio sein zu müssen. Sie lächelte geheimnisvoll, als sie den Kaffee in zwei Tassen goss und ihr Bilder der vorhergehenden Nacht durch den Kopf gingen.

»Flora!«, rief sie. »Bist du anständig angezogen?« Sie trug das Tablett ins andere Schlafzimmer. Flora war bereits angekleidet und packte ihre Sachen für die Fahrt nach New York, um dort am Broadway mit den Proben für *Ladies in Retirement* zu beginnen.

»Du hast gut geschlafen.« Flora warf ihr einen wissenden Blick zu. »Das muss die gute Meeresluft gewesen sein …«

»Etwas in der Art.« Merle hob die Augenbrauen. »Es tut mir leid, dass ich nicht mit dir zurückgekehrt bin.«

»Das ist schon in Ordnung. Ich habe gesehen, dass du und Sándor euch viel zu erzählen hattet.« Sie schloss den Deckel ihres Koffers und nahm einen Schluck Kaffee. »Ich hoffe, es stört dich nicht, dass ich ihm geschrieben hatte. Ich wollte nur, dass er weiß, was in Wahrheit geschehen war.«

»Natürlich stört es mich nicht. Es war sehr aufmerksam von dir, das zu tun. Ich hätte es ihm selbst erzählen sollen, doch ich hatte Angst davor.«

Flora nickte. »Als er auf der Party aufgetaucht ist, war ich sehr besorgt. Er hatte mir gesagt, er sei gekommen, um dich zu sehen. Ich hatte schon befürchtet, dass es irgendeine Szene geben würde, mit Vivien dort und so.«

»Er hat auf jeden Fall Clark Gable eine Überraschung beschert. Ich glaube, der hat sich gefragt, wer zum Teufel Sándor war, der da aus dem Nichts auftauchte und mich in den Sonnenuntergang mitnahm.«

»Ich hatte gar nicht gewusst, dass du so für ihn empfindest.«

Merle lachte heiser. »Ich ja auch nicht!«

»Also, was ist geschehen? Ich meine nicht ...« Flora brach ab und griff nach einem Keks. »Ich meine, wie seid ihr dahin gekommen, dass ihr euch gestanden habt, was ihr füreinander empfindet?«

»Ich weiß es gar nicht richtig. Es ist einfach irgendwie ... passiert.« Merle starrte auf die Tasse in ihrer Hand, als enthielte sie die Antwort. »Ich habe ihn immer gemocht – doch ich hatte nie auf diese Weise an ihn gedacht. Er war natürlich auch verheiratet. Doch er ist nicht die Sorte Mann, die ...« Sie zögerte.

»Zu der du dich normalerweise hingezogen fühlst?«

»So könnte man es ausdrücken. Es hat bis jetzt gedauert, um zu erkennen, dass die Männer, die mir weiche Knie bereiten, zu sehr in sich selbst verliebt sind, als dass sie wüssten, wie sie jemand anderen lieben.«

Flora stieß die Luft aus. »Unglücklicherweise gebiert dieses Geschäft solche Männer. Frauen auch, um ehrlich zu sein. Menschen, die ihren Sex-Appeal als Waffe benutzen und einen Haufen Opfer hinter sich zurücklassen.«

»Ich nehme an, in dieser Hinsicht bin ich so schuldig wie jeder andere – zumindest in meinem Kopf.« Merle nahm einen

Schluck Kaffee. »Es war so verlockend, einfach mit Leslie ins Bett zu fallen, als Gegengift zu David. Hier draußen kommt die Moral nicht ins Spiel, oder? Solange man nicht erwischt wird, geht so ziemlich alles.«

»Aber so bist du doch nicht. Die Tatsache, dass du Leslie nicht nachgegeben hast, beweist das. Du suchst nach etwas mit mehr Tiefgang. Und Sándor ist ein guter Mann. Die Sorte Mensch, die das will, was auch du willst.«

»Er ist ein ganzes Stück älter als ich. Ich glaube, dass ich bis jetzt an ihn immer als eine Art Vaterfigur gedacht habe. Klingt das seltsam?«

»Nein, überhaupt nicht. Du bist ohne Vater aufgewachsen. Es ist nur natürlich, dass du vielleicht nach jemandem suchst, der dir das bietet, was du vermisst. Doch das heißt nicht, dass er nicht auch mehr als das sein kann. Er hat einen großartigen Charakter – im Unterschied zu einigen Schauspielern auf seiner Liste.«

»Ja, das hat er.« Merle lächelte. »Er hat auch die tollsten Augen hinter seiner Brille. Schöne Augen – sehr ausdrucksvoll. Und er ist ein guter Mann. Es wäre leicht für ihn gewesen, mich auszunutzen, als ich noch am Anfang stand, doch er hat es niemals versucht – obwohl seine Ehe bereits auf der Kippe stand.«

»Und jetzt ist er frei.«

Merle nickte. »Und ich auch. So fühle ich mich seinetwegen, Flora: frei. Bei ihm muss ich mich nicht verstellen, denn er weiß, wer ich wirklich bin. Das ist so ein wunderbares Gefühl, einfach ich selbst zu sein.«

* * *

Sándor kam an diesem Nachmittag heraus nach San Fernando, um zuzusehen, wie Merle die Schlussszene von *Sturmhöhe* drehte. Es war eine knifflige Szene. Wyler hatte entschieden, dass es eine Art Happy End geben sollte. Er wollte, dass Cathy und Heathcliff als Geister Hand in Hand über das Moor gingen. Die Schauspieler mussten unscharf gefilmt werden, während die Landschaft scharf bleiben sollte. Weder Wyler noch der Kameramann hatten so etwas bisher versucht. Sándor, der sich diskret im Hintergrund hielt, half gern, als er um Rat gebeten wurde.

Nachdem der Dreh beendet war, fragte er Merle, ob er sie zum Abendessen ausführen könne.

»Hast du schon den Zinnia Grill ausprobiert?«, fragte er, während sein Fahrer langsam über den zerfurchten Weg fuhr, der zurück zur Straße führte. »Das ist am anderen Ende der Stadt im Ambassador Hotel auf dem Wilshire Boulevard. Sie machen dort ein gutes vegetarisches Essen und auch Steaks und Rippchen.«

Sie lächelte, berührt davon, dass er sich daran erinnert hatte. »Nein, das habe ich noch nicht.«

»Ich glaube, es könnte dir gefallen. Die Einrichtung ist … ungewöhnlich.«

Eine Stunde später saßen sie in einem Raum mit Wänden aus schwarzem Satin, handbemalt mit Zinnien in Purpur, Orange und Magenta. Eine blumenförmige Kerze flackerte in einem Kristallkrug auf dem schwarz lackierten Tisch, und das Geräusch von Vogelgesang kam aus einem Atrium, in dem Kanarienvögel und Papageien zwischen Palmen und riesigen Kakteen herumflogen.

»Das ist ein wenig anders als das Claridge's, oder?«, flüsterte er, als der Kellner mit ihrer Bestellung davonging. »Ich bin mir nicht sicher, was die Person im Sinn hatte, die dieses Restaurant gestaltet hat. Mein Freund Bela meint, es würde ihn an Draculas Sarg erinnern. Es ist aber irgendwie reizvoll, oder?«

»Hmm. Und du hast das blutige Filetsteak bestellt. Sollte ich mir Sorgen machen?«

»Doch es wird mit Knoblauchpilzen als Beilage serviert. Vielleicht bin ich derjenige, der sich Sorgen machen sollte.« Er schob die Unterlippe zu einem gespielten Schmollen vor, was sie zum Lachen brachte. Wenn keine anderen Leute im Raum gewesen wären, dann hätte sie sich über den Tisch gebeugt und ihn geküsst.

»Weißt du, was morgen ist?«, fragte er.

»Ähm ... mein letzter Tag im Studio?« Sie zuckte mit den Schultern.

»Es ist der 21. März: der erste Frühlingstag.« Er griff in seine Jackentasche. »Deshalb dachte ich, ich mache dir ein kleines Geschenk.«

Er schob ein schmales quadratisches Kästchen über den Tisch. Sie rang nach Luft, als sie es geöffnet hatte. Auf einem Kissen aus elfenbeinfarbenem Satin lag ein weißgoldener Armreif in Form von zwei miteinander verschlungenen Callalilien. Die Stängel und Blüten glitzerten mit Dutzenden winziger Edelsteine – Amethyste, Saphire und Smaragde.

»Oh, Sándor, ist das schön!«

»Es freut mich, dass es dir gefällt. Warum probierst du es nicht an?«

Sie nahm es in die Hand. »Kannst du mir dabei helfen? Ich weiß nicht genau, wie man es aufmacht.«

»So.« Er griff danach und ließ den Armreif an seinem verborgenen Gelenk aufschnappen. »Da hast du es.« Er schob es ihr über die Hand.

Sie streckte den Arm aus und neigte das Handgelenk hin und her, sodass die Juwelen im Kerzenlicht glitzerten. Er nahm ihre Finger in seine Hand, streichelte sie sanft, als wären sie aus demselben kostbaren Material wie der Armreif.

»Ich habe es vor ein paar Wochen in London gekauft. Ich wusste nicht, was geschehen würde, als ich herkam. Ich meine, ich wusste, was ich mir erhofft hatte ...« Plötzlich war seine

Zunge wie gelähmt. »Was ich sagen will, ist, dass ich es dir auf jeden Fall gegeben hätte.«

»Das war lieb von dir.«

»Ach, Liebling! Was ist los?«

»Nichts!« Sie kam sich dumm vor, während sie die Tränen zurückblinzeln wollte. »Niemand hat mir jemals zuvor Schmuck geschenkt. Meine Mutter hatte etwas, das sie mir geben wollte, doch sie musste es für die Schiffspassage aus Indien verkaufen.«

»Ist es das, was dich aufwühlt? Die Erinnerungen? Du musst sie sehr vermissen.«

»Bis jetzt waren wir noch nie voneinander getrennt. Ich weiß, dass es dumm ist. Ich bin alt genug, um auf eigenen Beinen zu stehen. In meinem Alter hatte sie bereits eine achtjährige Tochter.«

»Wirklich?«

»Ja. Das ist ganz normal in Indien. Kleine Mädchen werden schon verheiratet, wenn sie selbst noch Babys sind.«

»Du hast also eine Schwester?«

»Eine Halbschwester. Ich habe sie nur einmal getroffen. Sie und meine Mutter kommen nicht miteinander aus.«

Sándor nickte. »Ich wollte immer eine Schwester haben. Ich habe zwei Brüder und wir kämpfen miteinander wie die Hunde.«

»Ich würde meine gern besser kennenlernen. Mein geheimer Traum ist es, sie und ihre Kinder einmal für die Ferien nach England zu holen. Ich habe es meiner Mutter noch nicht erzählt. Ich dachte immer, sie wäre strikt dagegen – doch ich glaube, dass sie ein wenig nachgiebiger wird.«

»Und das Schmuckstück, das sie verkaufen musste, um nach England zu kommen, was war das?«

»Ein Diamantring.«

»Dann müssen wir uns um Ersatz kümmern, oder?«

Sie sah ihn verständnislos an.

»Ich weiß, das ist ein bisschen verrückt. Verzeih mir, wenn ich mich zum Narren mache. Ich weiß, es ist erst unsere erste richtige Verabredung. Aber wir sind auch nicht gerade Fremde, oder? Meinst du, wenn wir nach England zurückkommen, dass du dir vorstellen könntest, mich zu heiraten?«

* * *

Es war schon spät, als sie das Ambassador Hotel verließen. Sie hatten gegen zehn Uhr eine zweite Flasche Champagner bestellt, als sich der Zinnia Grill in einen Nachtklub verwandelte. Niemals zuvor hatte sie Sándor tanzen gesehen, und sie wusste nicht, wie sehr er Musik liebte.

»Ich bin Ungar, Liebling.« Er lachte, als er sie für einen Tango in die Arme nahm. »Es liegt uns im Blut!«

»Ich muss morgen Nahaufnahmen machen«, sagte sie, als es schon nach Mitternacht war. »Das wird Ärger geben, wenn ich Säcke unter den Augen habe!«

Sie war nicht richtig müde. Sie stellte sich vor, wie es mit ihm im Bett sein würde. Es war so erotisch und aufreizend gewesen, seinen Körper auf der Tanzfläche an ihren gepresst zu spüren, dass sie sich einfach ausmalen musste, wie es sein würde, nackt neben ihm zu liegen.

»Möchtest du mit reinkommen?«, hatte sie ihn gefragt, als sie vor ihrem Bungalow anhielten. »Wir sind schließlich so gut wie verlobt.«

»Ja, das würde ich gern.« Er zog sie zu sich und küsste die zarte Haut unter ihrem Ohr. »Doch ich werde es nicht tun«, murmelte er, »denn du musst früh raus. Ich will nichts verderben. Lass uns warten, oder? Wir haben alle Zeit der Welt, wenn du mit den Dreharbeiten fertig bist.«

»Bist du dir sicher?« Sie fuhr mit der Zunge über seine Lippen und er seufzte.

»Geh besser, und zwar schnell, bevor ich noch meine Meinung ändere!«

Sie hatte auf der Treppe gestanden und zugesehen, wie die Rücklichter des Autos in der Dunkelheit verschwanden. Sie hatte sich gefragt, was Sándor durch den Kopf ging, während er durch die Stadt zurück zum Haus von Bela Lugosi fuhr. Ob er die halbe Nacht wach liegen und darüber fantasieren würde, was sie hätten tun können, wie sie es für sich befürchtete.

Zehn Minuten später war sie ausgezogen und lag im Bett, nackt bis auf Sándors Armreif. Sie schloss die Augen. Ihre Haut war noch immer entflammt, wo er sie geküsst hatte. Sie dachte darüber nach, wie anders er war als all die anderen Männer, die sie kennengelernt hatte. David, Leslie, Hutch und Ben. Die beiden, die nicht bereits verheiratet waren, hatten Sex ohne irgendein Zugeständnis erwartet. Und keiner von ihnen hätte die Selbstlosigkeit bewiesen, der heute Nacht angebotenen Versuchung zu widerstehen. Sándor hatte recht: Warten würde es noch mehr zu etwas Besonderem machen.

Sie versuchte, sich vorzustellen, wie es sein würde, jeden Morgen an seiner Seite aufzuwachen. Es war alles so schnell geschehen – nachdem sie fast die Hoffnung aufgegeben hatte, einen Mann zu finden, den sie aufrichtig lieben konnte.

Sie fragte sich, wie lange es dauern würde, bis sie verheiratet waren. Wenn sie zurückkehrten nach England – das hatte er gesagt. Konnte das wirklich schon so bald sein? Der Gedanke daran erfüllte sie mit einer Mischung aus Freude und Beklommenheit. Wie würde es sein, dieses neue Leben?

* * *

Am nächsten Tag traf Merle Sándor nicht. Seine Meetings mit den Finanziers zogen sich bis in den Abend hinein, deshalb konnte er sie nicht zum Abendessen ausführen, als die

Dreharbeiten beendet waren. Er rief sie an, um ihr mitzuteilen, dass er für sie beide am nächsten Tag ein Mittagessen mit Bela Lugosi und seiner Frau vereinbart hatte und dass er ein Auto schicken würde, um sie abzuholen. Er fragte sie, ob sie das Wochenende mit ihm in Belas Haus verbringen wollte, bevor sie beide die Reise zurück nach Großbritannien unternehmen würden.

So verbrachte Merle ihren letzten Abend allein im Beverly Hills Hotel. Es störte sie eigentlich nicht, sich mit Packen zu beschäftigen, während sie über das kommende Wochenende tagträumte.

Am nächsten Tag verbrachte sie einen faulen Vormittag damit, sich vorzubereiten, und genoss den Luxus, keinen Text lernen oder irgendwo hingehen zu müssen. Nach dem Frühstück im Bett schrieb sie ihrer Mutter einen Brief. Als sie ihn beendet hatte, drehte sie den Block mit Luftpostpapier um und begann, auf die Rückseite zu kritzeln. Sie schrieb ihre beiden Namen – zuerst Merle Oberon, dann Estelle O'Brien Thompson. Dann schrieb sie Merle Korda und fügte ein »Mrs« davor. Sie blickte auf das, was sie geschrieben hatte, und hatte plötzlich Angst, dass sie das Schicksal herausforderte, indem sie jetzt schon üben würde, ihren Ehenamen zu schreiben.

Sie blickte auf den Umschlag, den sie an ihre Mutter adressiert hatte. Es war seltsam, sich vorzustellen, dass Mataji einmal einen anderen Namen als Thompson hatte. Doch als sie in Bombay angekommen war, war sie Mrs Selby gewesen. Es musste demütigend für sie gewesen sein, diesen Namen zu verwenden, nachdem der Mann, zu dem er gehörte, die Ehe hatte annullieren lassen. Doch sie musste ihn weiter nutzen für das bisschen Ehrbarkeit, das er vermittelte.

Der rasselnde Ruf einer Elster vor dem Fenster brachte sie zurück in die Wirklichkeit. Sie sprang aus dem Bett, als sie merkte, dass sie nur noch eine halbe Stunde Zeit hatte, um sich fertig zu machen. Alle Kleider waren eingepackt, abgesehen von dem Outfit, das sie an die Tür des Kleiderschranks gehängt hatte. Das Kleid war neu, sie hatte es bei einer Einkaufstour mit Flora in Los Angeles gekauft. Es war aus zwei Schichten Stoff gemacht – ein transparenter perlgrauer Schleierstoff über einem bernsteinfarbenen Crêpe de Chine. Es vermittelte den Eindruck eines gefrorenen Herbstblattes, und Flora hatte gemeint, dass es ihren Augen schmeichelte. Die Unterwäsche, die sie anzog, war ebenfalls neu. Merle war am Tag zuvor in einer Drehpause losgerannt, um sich das cremefarbene Seidenmieder bei Bullock's auf dem Wilshire Boulevard zu kaufen.

Als sie die Strümpfe befestigte, sah sie den oberen Rand ihres Oberschenkels im Spiegel. Der Gedanke, dass Sándor mit seinen Fingern über diese geheime Stelle streichen würde, löste eine Reaktion in ihrem Bauch aus. Sie fragte sich, ob sie in Lugosis Haus getrennte Zimmer haben würden. Vielleicht hatte Sándor seinem Freund erzählt, dass sie in ein paar Wochen heiraten würden. Wie auch immer es eingerichtet sein würde, sie bezweifelte, dass irgendwas sie heute Nacht voneinander trennen konnte.

Das Auto kam pünktlich an. Sie warf einen letzten Blick auf das Innere des Bungalows, während der Fahrer ihre Koffer in den Kofferraum lud. Es waren ein paar seltsame Wochen gewesen: ein atemberaubender Ritt mit Höhen und Tiefen, dem Fliegen in einem Flugzeug nicht ganz unähnlich. Es tat ihr nicht leid, dass sie wegfuhr. Sándor hatte ihr versichert, dass sie wieder in Hollywood sein würde, bevor das Jahr zu Ende wäre. Und sie sehnte sich danach, zurück nach England zu kommen.

Sie konnte es kaum erwarten, ihrer Mutter von der Hochzeit zu erzählen. Sie hatte die Nachricht absichtlich aus dem Brief herausgelassen, denn sie wollte es ihr persönlich mitteilen.

Sándor stand vor den Toren des Hotels Figueroa und rauchte eine Zigarre, als das Auto vorfuhr. Er warf sie zu Boden und zerdrückte sie mit dem Schuh, als er Merle erblickte, und strahlte, während er ihr die Tür öffnete.

»Wie wunderschön du aussiehst! Es war so eine Qual, dich gestern nicht gesehen zu haben.« Er drehte sie zu sich und küsste sie mit seinen verräucherten Lippen. »Bela und Lillian sind drinnen. Bist du hungrig?«

Er führte sie in die Hotellobby, die wie in *Arabische Nächte* war. Ein breiter Gang führte nach hinten, die Wände waren mit Unmengen von Stoff aus gebranntem Orange drapiert, wie im Inneren eines prunkvollen Zeltes. Bronzene Lampen hingen von der Decke und warfen einen dezenten Schein über die juwelenfarbenen Kissen auf den violetten Seidenpolstern der Ottomanen.

Bela erhob sich, um sie zu begrüßen, als sie den Speiseraum betraten. Als er sich vorbeugte, um Merle auf beide Wangen zu küssen, unterdrückte sie ein unwillkürliches Schaudern. Trotz des Straßenanzugs und des Fehlens von Make-up wirkte er im wirklichen Leben genauso furchterregend wie auf der Leinwand. Seine Augen waren aus einem hypnotisierenden, kalten Grünblau, das gefährlich blitzte, selbst wenn er lächelte.

»Das ist meine Frau Lillian.« Er zeigte zu der Frau auf der anderen Seite des Tisches, die noch immer saß. »Sie müssen ihr verzeihen, dass sie nicht aufsteht.« Er lächelte erneut. Diesmal hatte sein Gesicht einen schüchternen, fast zaghaften Ausdruck. »Wir erwarten nämlich ein Baby, wissen Sie.«

Als sie näher kam, konnte Merle es sehen. Lillians Stuhl stand gut dreißig Zentimeter vom Tisch entfernt, so dick war ihr Bauch bereits. »Oh, Gratulation!« Ihr Lächeln war spröde. Es tat noch immer weh, andere Frauen zu sehen, die schwanger waren.

»Ja, ich bin ein glücklicher alter Teufel, oder?« Bela tätschelte die Schulter seiner Frau, als er sich hinsetzte.

Merle fragte sich, wie groß der Altersunterschied zwischen dem Paar war. Lillian wirkte, als wäre sie ungefähr im selben Alter wie sie und Bela sah wesentlich älter aus als Sándor. Er musste mindestens fünfzig sein, dachte sie – älter als ihre eigene Mutter.

Es war einfach, sich mit Lillian zu unterhalten. Ihr amerikanischer Akzent verbarg die Tatsache, dass sie von Geburt Ungarin war. Anders als Bela und Sándor war sie in die Vereinigten Staaten gekommen, als sie noch ein Baby war. Sie scherzte über Belas Alter und meinte, dass sie sich bald um zwei hilflose Menschen kümmern müsse.

Nach dem halben Mittagessen entschuldigte sich Merle, um zur Toilette zu gehen. Als sie zurückkehrte, blieb sie für einen Moment auf der anderen Seite des rankenbedeckten Spaliers stehen, das den Tisch vom restlichen Raum abschirmte. Sie konnte hören, wie sie über sie sprachen. Sie staunte, als sie vernahm, was Sándor offenbar heimlich geplant hatte: Flitterwochen im Süden Frankreichs nach einem glanzvollen Hochzeitsempfang im Hotel Cap d'Antibes.

»Das wird wunderbar werden, Sándor«, sagte Bela. »Ich bin so glücklich für dich. Und wer weiß, womöglich wird es nicht lange dauern, und du wirst auch das Getrappel kleiner Füße erwarten – so wie Lillian und ich!«

Merle fühlte sich, als hätte ihr ein Eissplitter das Herz durchbohrt. Wie gelähmt stand sie da, während das Gespräch weiterging.

»Das wäre … schön.« Sie konnte die Sehnsucht in Sándors Stimme hören. »Maria und ich wollten Kinder haben, doch es hat bei uns nicht geklappt.«

Merle fühlte sich benommen, als würde sie umfallen. Sie hielt sich am Spalier fest, ihr Herz schlug wild wie ein eingesperrtes Tier gegen ihre Rippen. Sie konnte nicht zum Tisch zurückgehen, konnte sich nicht neben Lillian setzen und so tun, als wäre alles in Ordnung. Denn es würde niemals in Ordnung sein.

Warum hatte sie nicht erkannt, dass Sándor eine Familie wollte? Warum hatte sie gedacht, dass Kinder kein Thema sein würden, da er älter war?

Dumm, dumm.

Sie liebte ihn zu sehr, um ihn zu enttäuschen, dass er sich über die Jahre hinweg fragen würde, warum sie nicht schwanger wurde.

Sie musste weg. Er wusste nicht, dass sie zugehört hatte. Wenn sie jetzt gehen würde, würde es eine Weile dauern, bis er bemerken würde, dass sie nicht mehr da war.

Sie strauchelte leicht und winkte den Kellner weg, der ihr einen besorgten Blick zuwarf, als sie zur Tür ging. Irgendwie fand sie den Weg durch den schwach erleuchteten zeltartigen Durchgang zur Lobby des Hotels. Der Fahrer, der sie vom Beverly Hills Hotel gefahren hatte, stand mit einer Zigarette in der Hand am Auto. Er richtete sich auf, als er sie sah, und griff nach der Mütze, die auf der Motorhaube lag.

»Es hat eine Planänderung gegeben«, sagte sie und versuchte, ihre Stimme ruhig klingen zu lassen, als er herankam, um die Tür zu öffnen. »Können Sie mich zum Flughafen bringen?«

KAPITEL 31

Auf dem Rücksitz des Autos liefen ihr die Tränen über das Gesicht, während sie versuchte, Sándor eine Nachricht zu schreiben.

Es tut mir so leid, Liebling, dass ich niemals sein kann, was du von mir willst ...

Sie suchte in ihrer Tasche nach einem Taschentuch, um sich die Augen abzuwischen. Die knappen hingekritzelten Worte wirkten unpassend, jämmerlich. Sie konnte ihm die schreckliche, schäbige Wahrheit nicht mitteilen – dass eine Nacht der verbotenen Leidenschaft vor Jahren ihr die Möglichkeit geraubt hatte, ihm ein Kind zu schenken.

Als sie am Flughafen ankamen, drückte sie dem Fahrer das Stück Papier mit einer Zehndollarnote in die Hand. »Geben Sie diese Nachricht bitte Mr Korda«, sagte sie.

»Ja, Ma'am. Danke schön, Ma'am.« Sein Blick wirkte mitfühlend, als wüsste er genau, was der Brief enthielt.

* * *

Die nächsten vierundzwanzig Stunden vergingen wie im Nebel. Merle hörte auf zu zählen, wie oft das Flugzeug zum Tanken landete, doch sie war zu sehr mit ihrem Elend beschäftigt, als dass sie Angst hatte, während sie durch Wolken stießen und über windgepeitschte Flugzeugpisten fuhren.

Die Landschaft hinter den Fenstern hatte die Anziehungskraft von vor ein paar Wochen verloren, als sie und Flora in kindlichem Erstaunen auf die schneebedeckten Spitzen der Rocky Mountains und die glitzernden Salzseen Utahs geblickt hatten.

Als die Dunkelheit hereinbrach, versuchte sie zu schlafen, doch ihre Träume waren voller Bilder von Sándor: wie er sie im Auto und am Strand von Malibu geküsst hatte, wie sie die Augen öffnete und herausfand, dass sie nicht mehr in Kalifornien war, sondern in einem Krankenhausbett in London, wobei sie nicht ihn anblickte, sondern einen Strauß verwelkter Rosen.

Es war später Nachmittag des nächsten Tages, als sie in New York ankam. Der Angestellte am Informationsschalter in der Grand Central Station sagte ihr, dass vor dem nächsten Morgen kein Schiff nach England auslaufen würde. Während sie in der Taxischlange stand, überlegte sie, was sie tun sollte. Ein Teil von ihr schrie danach, wie ein verwundetes Tier allein zu einem Hotel zu schleichen. Doch der Wunsch, ihr Herz auszuschütten, überwog. Flora war hier, und ihr Stück würde erst in einer Woche aufgeführt werden, weshalb sie an den Abenden noch immer frei war.

»Wohin, meine Dame?« Der Taxifahrer drehte den Kopf herum, als sie einstieg. Sie zeigte ihm den Papierschnipsel, auf den Flora die Adresse der Wohnung geschrieben hatte, die sie für die Dauer ihres Engagements am Broadway gemietet hatte.

Während sich das Taxi durch die Straßen Manhattans schlängelte, lief der Regen über die Fenster. Was würde sie tun, wenn Flora nicht dort wäre? Sie stellte sich vor, wie sie ihre Koffer durch den Regen zerrte und in der zunehmenden Dunkelheit nach einem Hotel suchte.

»Das ist es?«

Sie blieben vor einem großen Steingebäude mit einer langen Treppe zur Vordertür stehen. »Könnten Sie bitte warten, während ich nachsehe, ob meine Freundin zu Hause ist?«

»Klar.« Er zuckte mit den Schultern. »Die Uhr läuft noch.«

Sie eilte die Stufen hinauf, wobei sie sich den Mantel über den Kopf hielt. Eine Windböe schleuderte ihr den Regen schmerzhaft ins Gesicht. Sie fasste an den Türgriff, doch er bewegte sich nicht. Durch die beschlagene Scheibe konnte sie einen livrierten Concierge hinter einem Tisch sehen. Sie drückte die Klingel neben der Tür. Nichts geschah. Er blickte nicht einmal auf. Sie schlug gegen die Glasscheibe. Langsam erhob er sich und kam zur Tür geschlendert. Nach einer gefühlten Ewigkeit trat sie triefnass ins Haus.

»Ist Miss Robson da?« Sie blieb stehen, um zu Atem zu kommen. »Miss Flora Robson. Apartment Nummer siebzehn.«

»Ihr Name, Ma'am?« Der Concierge betrachtete sie kühl, als wäre er an Fremde gewöhnt, die versuchten, sich in die Häuser von Leuten zu schleichen, die er beschützen sollte.

»Merle Oberon«, sagte sie mit so viel Würde, wie sie aufbringen konnte.

»Einen Moment, Ma'am.« Falls er ihren Namen erkannt hatte, ließ er sich nichts anmerken. Bis er seinen Schreibtisch erreicht und den Telefonhörer abgenommen hatte, befand sich bereits eine Pfütze von der Größe eines Esstellers auf dem gefliesten Boden der Lobby, die von ihr getropft war. Er hatte ihr den Rücken zugedreht, und sie konnte nicht hören, was er sagte. Dann vernahm sie das Geräusch eines ankommenden Fahrstuhls.

»Merle! Was für eine wunderbare Überraschung!« Flora sprang auf sie zu, rutschte auf dem nassen Boden aus und fiel ihr lachend in die Arme.

* * *

Merle saß in Handtücher gewickelt da, während ihre Kleider am Ofen trockneten. Flora hatte darauf bestanden, dass sie ein heißes Bad nahm, und jetzt schmierte sie getoastete Crumpets als Beilage zum Tee, der in großen Tassen bereits auf dem Tisch dampfte.

»Du hast also gehört, wie er Bela Lugosi erzählt hat, er wolle Kinder?« Flora machte eine Pause, das Buttermesser in der Luft.

Merle nickte und schluckte den Kloß hinunter, der jedes Mal nach oben kam, wenn sie an diesen Moment im Hotel Figueroa dachte.

»Was genau hat er gesagt?«

»Nun, er hat über die Hochzeit gesprochen.« Sie nahm einen Schluck Tee und war fest entschlossen, nicht wieder zu weinen. »Bela meinte, es würde nicht lange dauern, bis Sándor und ich unser erstes Baby bekommen würden, so wie er und Lillian. Und Sándor sagte, das wäre schön. Er erzählte auch, dass er und Maria keine Kinder bekommen konnten.«

»Und das war alles, was er gesagt hat?«

»Ja.« Merle blickte von ihrer Tasse auf. »Ich bin nicht dageblieben, um noch mehr zu hören – wenn es überhaupt noch mehr gab.«

»Hättest du ihm nicht eine Chance geben müssen? Mit ihm darüber reden, anstatt davonzulaufen?«

»Was im Himmel hätte ich denn sagen sollen? Ich hätte ihm die ganze Geschichte erzählen müssen. Kannst du dir vorstellen, was er von mir denkt, wenn er die Wahrheit kennen würde?«

»Ich glaube, du hättest mit ihm über das Thema Kinder reden können, ohne notwendigerweise alles preiszugeben.« Flora schob einen Teller Crumpets über den Tisch.

»Doch auch wenn ich das getan hätte, wäre das Ergebnis dasselbe gewesen, oder? Erinnerst du dich, wie es bei dir und Tony war? Du wolltest Kinder und er nicht. Und am Ende ...« Sie schloss den Mund, da sie zu spät erkannte, wie schmerzvoll diese Erinnerung wohl gewesen war. »Es tut mir leid, ich ...«

»Das ist schon in Ordnung.« Flora nahm ihre Tasse und blies hinein. »Das ist eine alte Geschichte. Aber du darfst nicht denken, nur weil die Dinge bei uns nicht funktioniert haben, muss das Gleiche auch für dich und Sándor gelten.«

»Na ja, jetzt ist es dafür zu spät, oder?« Merle starrte auf den Teller, unfähig, auch nur den kleinsten Happen zu essen.

* * *

Merle verbrachte die Nacht auf Floras Sofa, zu erschöpft, um auch nur für ein paar Minuten wach zu liegen. Draußen vor der Wohnung war es hell, als Flora sie für das Frühstück aufweckte. Eine Stunde später stieg sie in ein Taxi.

Der Geruch des New Yorker Hafens brachte bittersüße Erinnerungen zurück. Der salzige Meeresstang vermischte sich mit dem verbrannten Geruch von Teer und dem Gestank von verrottendem Fisch. Sie war so aufgeregt gewesen, als sie das erste Mal amerikanischen Boden betreten hatte. Die Begeisterung jenes Moments hatte die nagende Eifersucht wegen Davids Verhalten auf dem Weg über den Atlantik in den Hintergrund gedrängt. Sie fragte sich, wie sie so viele Gefühle an ihn verschwenden konnte. Das Bedauern, das sie jetzt empfand, fühlte sich an wie ein Todesfall.

Das Schiff, mit dem sie reisen sollte, war die *SS Normandie*. Es war weit davon entfernt, so groß zu sein wie die *Queen Mary*, doch sie wusste, dass sie von Glück reden konnte, überhaupt so kurzfristig eine Kabine bekommen zu haben. Sie stand auf dem Deck und beobachtete die hektischen Aktivitäten am Kai. Als das Nebelhorn tutete, warf sie einen letzten Blick auf die hoch aufragenden Gebäude, die sich gegen den Himmel abhoben, auf die winzigen Gestalten, die nicht größer waren als Ameisen, die über riesige Stahlträger krochen, die mitten in der Luft hingen. Sie wirkten so weit weg.

Ihr Magen zog sich beim Gedanken an Sándor zusammen, der so viel weiter weg war, auf der anderen Seite dieses großen Kontinents. Er würde noch immer schlafen. Die Vorstellung davon, wie er allein im Bett lag, war zu viel, um es zu ertragen. Sie drehte sich vom Geländer weg und stolperte die Stufen hinunter zu ihrer Kabine, wobei sie sich wünschte, die nächsten fünf Tage einfach durchzuschlafen und in England aufzuwachen.

* * *

Mit einem Ruck wachte sie auf. Sie war vollständig angezogen auf dem Bett eingeschlafen und brauchte jetzt ein paar Sekunden, um zu begreifen, wo sie war. Irrtümlich hatte sie das Brummen des Schiffsmotors für das Dröhnen eines Flugzeugs gehalten. Erst beim Anblick des Bullauges erkannte sie, dass sie sich in einer Kabine befand. Doch da war noch ein anderes Geräusch. Ein scharfes Rappeln an der Tür. Sie spähte auf die Uhr, während sie aus dem Bett taumelte, ihre Augen waren jedoch noch zu verschlafen, um die Zeiger zu erkennen. Es musste einer der Stewards sein, der sie zum Mittagessen rief. Oder war es das Abendessen?

Die Tür schwang auf, als sie den Griff umdrehte, und warf sie aus dem Gleichgewicht. Sie griff mit beiden Händen um sich, um ihren Fall zu verhindern. Sie keuchte, als ein Arm unter ihren Rücken schoss und sie von den Füßen hob.

Beinahe hätte sie laut aufgeschrien, wenn da nicht der vertraute Christbaumduft gewesen wäre, der sie einhüllte.

* * *

Unbehaglich saßen sie nebeneinander auf dem schmalen Bett. Nachdem er sie auf das Bett gesetzt hatte, schien Sándor jetzt Angst davor zu haben, sie zu berühren.

»Wie hast du mich gefunden?«

»Flora. Ich habe das Theater von der Grand Central aus angerufen.« Er sah von ihr weg zu dem Bullauge, seine Augen blinzelten nicht. »Warum bist du vor mir davongelaufen?«

»Sándor ... ich ...« Sie presste die Lippen zusammen, während ihr die Tränen in den Augen brannten. »Hast du meinen Brief nicht bekommen?«

»Ich habe einen zerknitterten Papierfetzen mit ungefähr vier Sätzen darauf bekommen, wenn es das ist, was du meinst. Das hat aber nichts erklärt. Du hast gesagt, du könntest niemals sein, was ich von dir wollte. Was soll ich damit machen?«

»Ich ... Es tut mir leid. Ich ...« Ihre Stimme versagte, während sich ihr die Augen füllten.

»Ich habe Flora gefragt, doch sie wollte es mir nicht sagen. Sie sagte, ich müsste dich selber fragen.« Er holte tief Luft. »Alles, was ich weiß, ist, dass alles gut war, bis du aufgestanden und zur Damentoilette gegangen bist. Was im Himmel ist passiert? Habe ich etwas falsch gemacht?«

»Ich ... du bist es nicht, Sándor, es liegt an mir.«

»Oh, das klingt vertraut. Das ist genau das, was Maria gesagt hat, als sie um die Scheidung gebeten hat.«

»Nein! Es ist nichts dergleichen!« Eine Träne fiel ihr vom Gesicht in den Schoß, als sie den Kopf schüttelte. Sie lag diamantenklar in einer Falte ihres Rocks und sickerte langsam in den Stoff.

371

»Wirklich? Du erzählst, du bist nicht jemandem in der Lobby begegnet? Ich weiß, Leslie Howard hat wieder herumgeschnüffelt. So etwas kann man in Hollywood nicht geheim halten.«

»Da ist niemand anderes, Sándor. Das ist es nicht, worum es geht.«

»Nun, worum geht es denn dann?« Er drehte sich zu ihr. Als er sah, dass ihr die Tränen über das Gesicht liefen, bot er ihr sein Taschentuch an.

»Ich habe gehört, wie du mit Bela und seiner Frau gesprochen hast.« Sie tupfte sich die Augen ab und hinterließ eine schwarze Mascaraspur auf der blassblauen Seide. »Über Kinder.«

»Was?«

»Du willst Kinder, nicht wahr? Ich habe es dich sagen hören.«

Er schüttelte den Kopf, einen verwunderten Ausdruck im Gesicht. »Habe ich? Ich kann mich nicht daran erinnern. Du bist nicht wild auf die Idee – ist es das?«

»Es ist nicht so, dass ich keine Kinder will, Sándor«, flüsterte sie. »Ich würde liebend gern, wenn ich könnte. Doch ich kann nicht.«

Sie hielt die Luft an. Sein Schweigen war erstickend.

»Das eine Mal, als ich im Krankenhaus war ... Ich ...«

»Du musst es mir nicht sagen.«

»W...willst du nicht wissen, was geschehen ist?«

Er strich ihr über den Handrücken. »Es wäre so, als würde man die Luft fragen, ob es gestern geregnet hätte.«

Sie sah ihn verwirrt an.

»Die Welt existiert. Wir existieren. Warum tote Blätter zusammenharken?« Er zog einen Kreis auf ihrer Haut. »Maria hat im ersten Jahr unserer Ehe ein Baby verloren.«

»Das tut mir leid. Ich wusste es nicht.«

»Es war schwer – für uns beide. Doch das war vor langer Zeit. Ich habe mich an den Gedanken gewöhnt, dass ich kein Vater sein werde.«

»Aber du könntest es noch werden.«

»Was ich damit sagen will, ist, dass ich es nicht sein muss. Du bist mir wichtiger als alles andere.«

Da verkrampfte sich ihr Körper und sie brach schluchzend zusammen.

»Oh, Liebling, bitte wein nicht!« Er drückte sie an sich und strich ihr über das Haar. »Ich liebe dich so sehr.«

»Ich … liebe … dich … auch.« Die Worte kamen in abgehackten Atemzügen hervor.

Sanft ließ er sie los. Dann nahm er ihr Gesicht in die Hände und sagte: »Du musst mir versprechen, nicht zu lachen, wenn ich dir das sage.«

»Was denn?« Der Hauch eines Lächelns kroch ihr in die Augen.

»Als ich versucht habe, eine Fahrkarte zu kaufen, sagten sie, die einzige freie Kabine sei die Hochzeitssuite. Es ist sehr peinlich – da sind Bademäntel mit ›Seiner‹ und ›Ihrer‹ aufgestickt darauf und Rosenblätter über das Bett verstreut.« Er sah mit einem schelmischen Blick zu ihrem Bett. »Es ist aber ein sehr großes Bett – viel größer als das hier. Meinst du, es wäre sehr sündhaft, wenn wir die Flitterwochen vor der Hochzeit feiern?«

KAPITEL 32

An dem Morgen, als die *SS Normandie* durch den Ärmelkanal fuhr, lag Merle wach und betrachtete den schlafenden Sándor. Ein Sonnenstrahl drang durch das Bullauge und färbte die Spitzen seiner zerzausten braunen Haare golden. Er sah so anders aus, wenn er schlief. Ohne die Brille und mit geschlossenen Augen hatte er eine fast kindliche Unschuld an sich.

Darüber musste sie lächeln. Da war nichts Unschuldiges an dem, was sie die vergangenen vier Tage und Nächte getrieben hatten. Für vierundzwanzig ganze Stunden hatten sie keinen Fuß vor die Hochzeitssuite gesetzt, nachdem das Schiff den Hafen von New York verlassen hatte.

Sie hätte ahnen können, dass ein Mann, der so gern tanzte wie Sándor, auch ein Artist zwischen den Laken sein würde. Unter seinen Kleidern hatte sie einen straffen, ordentlich mit Muskeln besetzten Körper entdeckt. Und da er sie so gut kannte und sie nichts verbergen musste, konnte sie sich bei ihm auf eine Weise entspannen, wie sie es niemals mit David vermocht hatte.

Sie hatte nicht gedacht, dass es möglich sein würde. Dass man sich wild und explosiv liebte und dann, eine Stunde oder auch nur eine halbe Stunde später, aufs Neue von einer einzigen

Berührung entflammt wurde. Zunächst hatte sie versucht, sich dagegen zu wehren, diesem Gefühlswahnsinn nachzugeben. Sie hatte sich zurückgezogen, aus Angst, diejenige zu sein, die das Liebemachen anregte – und ihrem Körper und der Macht, die er in sich barg, freies Spiel zu lassen. Doch Sándor hatte geschafft, dass es sich wie etwas Natürliches anfühlte. Er sagte, er würde ihr sexuelles Selbstvertrauen lieben – dass es ihm das Gefühl gab, gewollt und begehrenswert zu sein.

Sie kam näher zu ihm und küsste ihn sanft auf beide Augenlider. »Zeit aufzustehen, Liebling«, flüsterte sie. »Wir sind fast da.«

»Ich will das Schiff nicht verlassen«, seufzte er. »Ich will mit dir hierbleiben.«

»Wir werden doch nicht lange auseinander sein, oder?« Sie fuhr ihm mit den Fingern durch das Haar, das ihm ins Gesicht gefallen war, und schob es zurück.

»Ich wünschte, wir wären bereits verheiratet. Ich glaube nicht, dass ich es ertragen kann, bis Juni zu warten.«

»Das … sind … nur … drei … Monate.« Sie unterstrich die Worte mit Küssen.

»Das sind drei Monate zu viel.« Er schob ein Bein über sie.

»Sándor! Wir haben keine Zeit mehr! Wir haben nicht einmal gepackt!«

»Dann müssen sie wohl kommen und uns rausschmeißen, oder?« Er drehte sich auf sie und küsste ihren Hals.

* * *

Am Kai wartete ein Bentley mit Chauffeur auf sie. Sándor hatte seinem Haushälter vom Schiff aus telegrafiert, um seine Mitarbeiter über die Tatsache zu informieren, dass er ein paar Tage früher als erwartet ankommen würde. Er hatte Merle gefragt, ob sie ihrer Mutter auch ein Telegramm schicken wollte.

Doch nachdem sie einen Moment darüber nachgedacht hatte, beschloss sie, es nicht zu tun. Es würde schön sein, Mataji zu überraschen. Und sie konnte es nicht erwarten, ihr Gesicht zu sehen, wenn sie von der Hochzeit erfahren würde.

»Wir werden morgen einen Ring aussuchen.« Er gab ihr einen langen, schmachtenden Kuss, als das Auto vor ihrem Haus anhielt. »Rufst du mich später an? Ich muss auch irgendwann in dieser Woche einen Termin für deine Kostümprobe für *I, Claudius* vereinbaren.«

»Natürlich werde ich das!« Sie rieb mit der Nase gegen seine. »Ich werde dich heute Nacht vermissen.«

Er drückte sie ein letztes Mal, als der Chauffeur herumkam, um die Tür zu öffnen. »Bye, Liebling!«

Die Abbey Road wirkte sehr verändert gegenüber dem Zeitpunkt, als sie im Januar weggefahren war. Die Kirschbäume standen in voller Blüte und an den Zweigen sprossen frische Blätter. Das ferne Summen des Londoner Verkehrs wurde überlagert von Vogelgezwitscher. Selbst die Luft roch anders. Der feuchte Geruch des Winters war ersetzt worden von etwas Frischerem und Hellerem.

Im Haus war es sehr still. Sie steckte ihren Schlüssel wieder in die Tasche und ließ die Vordertür offen, damit der Chauffeur die Koffer hineinbringen konnte. Es war fast ein Uhr. Ihre Mutter würde wahrscheinlich hinten im Haus in der Küche sein und sich mit Ruby unterhalten, während das Essen zubereitet wurde.

Sie schlich auf Zehenspitzen den Flur entlang und streckte den Kopf um die geöffnete Tür. Doch der Raum war leer. Da war ein Mantel, den sie nicht kannte, über die Rückenlehne eines Stuhls gelegt. Ein Trenchcoat aus feiner roter Wolle. Als sie ihn von der Stuhllehne hob, roch sie etwas Parfüm. Daran war etwas Vertrautes – ein schwerer, exotischer Duft, der sie zurück nach Indien versetzte. Hatte Mataji in ihrer Abwesenheit angefangen, Parfüm aufzulegen? Sie hielt den Mantel hoch und untersuchte ihn. Er war viel zu klein für ihre Mutter oder für Ruby. Und es war viel zu spät, als dass Olive noch im Haus war. Er musste Gertrude, der Krankenschwester, gehören.

Als sie Schritte im Flur hörte, ließ Merle den Mantel auf den Stuhl fallen.

»Oh! Miss Oberon! Ich habe Sie erst am Wochenende erwartet!« Die Krankenschwester wirkte nervös. Ihr Haar, das sie normalerweise zu einem ordentlichen Knoten nach hinten trug, lag wie ein Vogelnest auf ihrem Kopf. Ihre Augen hatten Tränensäcke und das Weiße war blutunterlaufen. Sie wirkte, als wäre sie die ganze Nacht auf gewesen und jetzt erwischt worden. Merle fragte sich, ob es ein Fehler gewesen war, diese Frau anzustellen.

»Ich habe ein früheres Schiff genommen. Ich wollte meine …« Merle bremste sich. In ihrer Aufregung hätte sie sich fast verraten. »Ich wollte Mrs Thompson überraschen. Wie geht es ihr? Ist sie irgendwo unterwegs?«

»Sie ist …« Gertrude zögerte. Ihr Gesicht war undurchdringlich. »Mrs Thompson geht es sehr schlecht. Ich wollte Sie nicht beunruhigen, wo Sie doch so weit weg waren. Ich habe ihre Tochter kontaktiert. Sie ist jetzt bei ihr.«

»Ihre Tochter?« Merle spürte, wie eine eiserne Faust ihr Herz umklammerte.

»Mrs Soarez.« Die Krankenschwester nickte. »Mrs Thompson gab mir ihre Adresse. Sie wohnt hier – ich hoffe, das war in Ordnung.«

»J…ja natürlich«, stammelte Merle. »Doch ich muss sie sehen. Mrs Thompson, meine ich.«

»Sie schläft im Moment. Sie hatte eine sehr schlechte Nacht. Mrs Soarez schläft auch.« Gertrude machte eine Pause und strich sich das Haar aus dem Gesicht. »Sie sind zu schlechten Nachrichten nach Hause gekommen, befürchte ich. Der Arzt meint, Mrs Thompson hat nur noch ein paar Tage – höchstens eine Woche.«

* * *

»Hallo, Estelle.«

Merle zuckte zusammen, als eine Hand ihre Schulter berührte. Während sie auf dem Sessel im Wohnzimmer saß und darauf wartete, dass ihre Mutter aufwachte, musste sie eingeschlafen sein. Doch es war nicht ihre Mutter, die sie mit dem alten Namen begrüßte. Der Moschusduft, der wie eine unsichtbare Wolke herabkam, gehörte nicht zu Mataji. Es war dasselbe Parfüm, das sie an dem roten Mantel in der Küche gerochen hatte. Es war Connie. Ihre Schwester.

»Ich bin froh, dass du rechtzeitig zurückgekehrt bist. Sie fragt immerzu nach dir.« Connie kam um den Stuhl herum, um sich auf das Sofa gegenüber zu setzen. Sie sah genauso aus, wie sich Merle von dem Foto her an sie erinnerte: zu einem gepflegten Bob geschnittenes blondes Haar, leuchtend blaue Augen und eine Haut wie Pfirsich und Sahne.

»Warum hast du mich nicht angerufen?« Merle war sich der Feindseligkeit in ihrer Stimme bewusst. Sie war unverschämt und wusste es. Doch sie konnte den Gedanken nicht ertragen, dass diese Frau, eigentlich eine Fremde, dort war, wo sie hätte sein sollen.

»Ich bin erst vor zwei Tagen hergekommen. Ich wusste nicht, wo du bist. Ich fand es seltsam, dass die Krankenschwester den Brief schrieb und nicht du, doch ich bin so schnell wie möglich auf ein Schiff gegangen. Zum Glück hast du Geld geschickt. Ansonsten hätte ich es nicht machen können.«

Sie hatte denselben Singsangakzent wie ihre Mutter. Er klang seltsam von den Lippen einer Frau, die so europäisch aussah.

378

»Mutter hat mir erzählt, dass du jetzt ein großer Star bist und davon, dass sie den Leuten erzählen muss, sie sei deine Haushälterin.« Connie warf ihr einen verschwörerischen Blick zu. »Du musst dir keine Sorge machen – ich habe nichts verraten.«

»Ich muss sie sehen.« Merle stand auf. »Ist sie wach?«

Connie schüttelte den Kopf. »Der Arzt hat ihr etwas gegeben, damit sie schläft. Sie wird erst in ein paar Stunden aufwachen.«

»Sie war gesund, als ich gefahren bin.« Merle setzte sich und blinzelte die Tränen zurück, die die Erinnerung in ihr ausgelöst hatten – wie ihre Mutter ihr lächelnd zum Abschied vom Küchenfenster aus zugewinkt hatte. »Sie wusste, dass sie krank war, natürlich, doch sie sagte, es sei kontrollierbar und dass sie ihr Spritzen geben können, um den Diabetes zu kontrollieren. Wenn ich gewusst hätte, wie ernst es war, dann wäre ich niemals nach Amerika gefahren.«

»Du hast es nicht wissen können.« Connie spreizte die Hände in einer Geste der Hoffnungslosigkeit. »Der Arzt sagt, es beeinträchtigt unterschiedliche Menschen auf unterschiedliche Weise. Meine Mutter hat einfach Pech. Schon immer gehabt. Sonst waren es die Männer. Jetzt ist es ihre Gesundheit.«

»Unsere Mutter.« Merle konnte nicht anders, als sie zu korrigieren. Sie fing an, zu begreifen, wie der Riss zwischen Connie und ihrer Mutter entstanden war. Diese Halbschwester war taktlos und unsensibel – so viel war schon nach fünf Minuten in ihrer Gesellschaft deutlich.

Connie richtete den Blick zu Boden. »Tut mir leid«, sagte sie. »Ist mir so rausgerutscht.« Sie hob langsam den Kopf, einen zögernden Ausdruck im Gesicht. »Es musste einfach raus, Estelle. Ich wünschte nur, ich hätte es dir zu einem besseren Zeitpunkt sagen können.«

»Was sagen können?«

Connie fummelte in der Tasche ihres Cardigans und zog eine Zigarettenschachtel heraus. Sie entzündete ein Streichholz von einem Heft, das das Bild eines Schiffes zeigte. »Es gibt keine einfache Art, das zu sagen.« Sie inhalierte und blies ein gekringeltes Rauchband aus. »Die Sache ist, dass die Frau, die in dem Bett da oben liegt, nicht deine Mutter ist.«

»Was?« Merle starrte sie bestürzt an.

»Sie ist nicht die Person, die dich auf die Welt gebracht hat.«

»Bist du verrückt?« Merle sprang auf. »Du weißt, das ist eine Lüge! Sie hat mir gesagt, du seist eine schlechte Person und sie hatte recht! Warum sagst du mir so eine gemeine Sache zu einem solchen Zeitpunkt?«

»Weil es stimmt.« Connie schloss die Augen und presste die Augenlider zusammen. »Sie ist nicht deine Mutter. Ich bin es.«

* * *

In der Stille, die zwischen ihnen entstanden war, hörte Merle nur das unbarmherzige Ticken der Uhr auf dem Kamin. Auf einmal war alles, was sie immer für wahr genommen hatte, falsch. Connie war zu dem Sessel gekommen und hatte versucht, sie zum Sitzen zu bewegen. Doch bei ihrer Berührung war Merle zurückgewichen. Die zwei Frauen standen sich wie zwei misstrauische Katzen gegenüber.

»Ich war dreizehn. Ich wusste nicht, was mit mir geschah.« Connie schüttelte leicht den Kopf, als würde die Tatsache von Merles Geburt noch immer ein Rätsel für sie sein. »Ich war zu ängstlich, um es irgendwem zu sagen. Mutter war so wütend, als sie es herausfand. Wir mussten schnell von Poona nach Bombay ziehen, um es zu verheimlichen.«

Merles Kopf platzte fast vor lauter Fragen, doch ihr Mund war wie gelähmt. Sie stand da und hörte zu, ohne Connie anzublicken, die Augen starr auf den spitzengesäumten Sofabezug an der Rückseite des Sessels gerichtet.

»Ich nehme an, du wirst dich fragen, wer dein Vater ist.«

Merles Herz machte in ihrer Brust einen Satz. Der Gedanke, dass der Mann auf der Fotografie von ihrem Nachttisch nicht ihr echter Vater sei, war wie ein zweiter Hammerschlag.

»Er war es. Arthur. Er war damals ihr Freund, nicht ihr Ehemann. An einem Wochenende bin ich von der Schule nach Hause gekommen und er war da, allein in dem Bungalow. Mutter war auf der Arbeit. Am Anfang war er nett zu mir. Hat mir etwas zu essen gemacht und mir erzählt, wie seine eigene Schulzeit in England war. Das Getränk, das er mir gab, schmeckte komisch. Da musste Gin oder so etwas drin gewesen sein. Als Nächstes weiß ich, dass er auf mir lag.«

Merle war sich vage eines Geräusches draußen auf der Straße bewusst. Ein fernes Klappern, wie ein Milchkarren, der die Straße entlangrollte. Es war die einzige Erinnerung daran, dass die Welt noch existierte. Dass irgendwo da draußen normale Menschen normale Dinge taten.

»Mutter zwang ihn, sie zu heiraten, als sie es herausfand. Sie meinte, es sei der einzige Weg, um einen Skandal zu verhindern. Ein paar Tage nach deiner Geburt brachten sie dich zu einer Kirche in Bombay, um dich zu taufen. Sie tat so, als wäre sie deine Mutter, und ich sollte so tun, als wäre die ganze Sache niemals geschehen.« Connie zündete sich eine neue Zigarette an. Sie brauchte dafür zwei Anläufe. Der beißende Geruch der angezündeten Streichhölzer schien den ganzen Raum auszufüllen. »Sie war erst achtundzwanzig, weshalb niemand daran zweifelte.« Rauch schwebte zwischen ihnen durch die Luft, während sie fortfuhr. »Es scheint unglaublich, doch sie liebte ihn noch immer. Sie sprach es niemals laut aus, doch ich glaube, sie hat mir die Schuld für das gegeben, was geschehen war. Danach haben wir uns nicht mehr sehr oft gesehen. Ich wurde auf eine andere Schule geschickt und über die Ferien blieb ich bei einer Familie auf der anderen Seite der Stadt. Ich wollte dich sehen, doch sie ließ mich nicht. Sie sagte, es würde dich nur verwirren, zwei Mütter zu haben. Ich lernte Alec, meinen Ex-Mann, kennen, als ich achtzehn war. Zu dem Zeitpunkt war Arthur schon im Krieg gestorben. Mutter ging nach Kalkutta, nachdem Harry, mein Ältester, geboren wurde. Ich glaube, sie dachte, dass ich aufhören würde, dich sehen zu wollen, nachdem ich ein anderes Baby hatte. Doch das habe ich nicht.«

Danach verstummte sie. Nach ein paar quälenden Sekunden schluchzte sie laut. Dann noch einmal. Connie klang, als würde sie weinen. Doch Merle konnte sie noch immer nicht ansehen.

»An jedem einzelnen Tag habe ich an dich gedacht.« Connies Stimme klang jetzt anders, als würde sie damit kämpfen, die Worte herauszubekommen. »Als du ein Baby warst, habe ich dir von dem ersten Geld, das ich je verdient habe, ein Paar Ohrringe gekauft. Klein und silbern in der Form fliegender Vögel. Sie waren ein Geschenk zu deinem ersten Geburtstag, doch sie schickte sie mir zurück. So war es.«

Erneut war es still, unterbrochen von unterdrückten Schluchzern. »Estelle – bitte sag etwas!«

Merle brachte es nicht übers Herz, ihr zu antworten. Sie fand kein einziges Wort für die Person, die ihre ganze Welt in Stücke gerissen hatte. Es war eine schreckliche Geschichte. Herzzerreißend. Sie wusste, sie sollte etwas Mitgefühl für sie zeigen, doch sie verspürte nur Feindseligkeit. Sie wollte nicht, dass Connie Soarez ihre Mutter war. Sie wollte Mataji.

»Ich … Es tut mir leid. Es muss ein Schock sein. Doch ich musste es dir sagen. Verstehst du? Es war so eine schreckliche Last all die Jahre.«

»Es ist ein Schock.« Als es schließlich herauskam, klang Merles Stimme fremd in ihren Ohren – tief und heiser, als wäre sie innerhalb von Minuten um Jahrzehnte gealtert. »Ich kann es nicht begreifen. Ich muss meine Mutter sehen.«

»Deine Großmutter. Ja. Das verstehe ich.«

»Nicht meine Großmutter!« Merle zischte die Worte und drehte den Kopf zu Connie. »Sie ist meine Mutter! Es ist mir egal, was geschehen ist! Sie wird immer meine Mutter sein!«

»Aber ich …« Connie trat auf sie zu.

»Nein!« Merle hob die Hände, um jeden Versuch körperlichen Kontaktes abzuwehren. »Ich will, dass du gehst. Ich muss mit Mataji allein sein. Ich werde ein Hotelzimmer für dich mieten.«

»Estelle, bitte!«

»Geh einfach, bitte!«

KAPITEL 33

Als Connie weg war, ging Merle nach oben. Sie sagte der Krankenschwester, dass sie bei Mrs Thompson sitzen würde, bis sie aufwachte. Die Worte blieben ihr in der Kehle stecken, die Täuschung war im Licht von Connies Enthüllung doppelt schmerzhaft.

Sie war schockiert über die Person, die da lag. »Oh, Mataji«, flüsterte sie. »Warum hast du mir nicht gesagt, wie krank du bist?«

Sie schien in den Wochen geschrumpft zu sein, seit Merle sie das letzte Mal gesehen hatte. Sie wirkte zerbrechlich und vogelartig, ihr Haar war grauer und das Gesicht von Schmerzfalten durchzogen.

Auf dem Nachttisch stand die Fotografie von Connies Kindern, die gegen die viel größere gerahmte Aufnahme von Merle als Anne Boleyn gelehnt war. Der Anblick der süßen, unschuldigen Gesichter drückte auf ihre ohnehin schon angespannten Tränendrüsen. Sie fragte sich, ob es Connie oder ihre Mutter war, die das Foto dorthin gestellt hatte.

Charlotte regte sich leicht. Sie öffnete den Mund, doch ihre Augen blieben geschlossen. Das einzige Geräusch war ihr rasselnder Atem.

Es war unerträglich, dabei zuzusehen, wie sie um ihr Leben kämpfte. Es war fast unmöglich für Merle, die Geschichte zu glauben, die ihr gerade erzählt worden war – dass diese Frau, die sie so sehr liebte, sie über so viele Jahre hinweg betrogen hatte. Dass sie so bereitwillig den Mann heiratete, der ihr eigenes Kind missbraucht hatte, und dass sie dann jenes Kind, ihre eigene Tochter, auf die Straße gesetzt hatte, als ob man ihr die Schuld für ihre eigene Erniedrigung geben konnte.

Konnte das wirklich stimmen? War Connie fähig, sich so etwas auszudenken? Doch warum sollte sie das tun?

Um sich in dein Leben zu drängen.

Das war Matajis Stimme in ihrem Kopf. Doch da war noch ein damit konkurrierendes anderes Geräusch: die Erinnerung an jenes Geschrei, das sie in der Wohnung in Kalkutta gehört hatte.

Du hättest bei deinem Mann bleiben sollen, du dumme kleine Schlampe! Das war es, was ich tun musste!

Sie hatte diese Worte ihrer Mutter nie verstanden und hatte keine Ahnung, was damit gemeint war. Doch im Licht von Connies Enthüllung ergab es jetzt einen Sinn.

Merle dachte an die Fotografie ihres Vaters, die noch unten in ihrem Koffer lag, eingewickelt in ihren liebsten Kaschmirpullover, damit sie auf der Reise nach Hause nicht beschädigt wurde. Solange sie sich erinnern konnte, hatte sie sich das Gesicht an jedem Tag ihres Lebens angeschaut. Doch diese Person, die sie so angebetet hatte, war böse. Wie konnte er sich an einer Dreizehnjährigen vergangen haben? Dem Kind seiner Freundin. Es war zu schrecklich, um darüber nachzudenken.

Ihr wurde schlecht. Sie wollte die Treppe hinunterlaufen, den Koffer aufreißen und die Fotografie an der nächsten Wand zerschlagen. Nie wieder würde sie auf dieses Gesicht blicken können – das war sicher. Doch als sie sich wacklig vom Stuhl am Bett erhob, öffnete ihre Mutter die Augen.

»Oh, Mataji, du bist ja wach!«

»Beti. Bist du das wirklich?« Ihre Stimme klang kraftlos und belegt.

»Kann ich dir etwas bringen? Eine Tasse Tee?«

Charlotte hob die Hand von der Decke. »Nur Wasser«, murmelte sie. Ihre Finger zitterten, als sie versuchte, sich aufzurichten.

»Lass mich dir helfen.« Merle legte ihren Arm um die knochigen Schultern ihrer Mutter und half dem puppengleichen Körper in eine aufrechte Position. Sie goss frisches Wasser in das Glas neben dem Bett und hielt es ihr an die trockenen, rissigen Lippen.

»Danke, Beti.« Charlotte sank zurück auf das Kissen.

Merle versuchte, nicht zu zeigen, wie schockiert sie war. Kein Wunder, dass Mataji so dünn war, wenn es bereits eine solche Anstrengung für sie war, nur ein paar Schluck Wasser zu trinken.

»Kann ich dir etwas anderes bringen? Bist du hungrig?«

Charlotte schüttelte schwach den Kopf. Sie schloss die Augen, und für einen Moment dachte Merle, dass sie wieder einschlafen würde. Doch dann schlug sie sie auf. »Da ist etwas, das ich dir sagen muss«, flüsterte sie.

»Was denn?« Merle griff nach ihrer Hand und strich über die papiergleiche Haut und erinnerte sich an die vielen Male, als sie auf ihre ineinander verschlungenen Hände geblickt hatte, braun und weiß, und sich gefragt hatte, wie sie so unterschiedlich sein konnten.

»Ich hätte es dir schon vor langer Zeit sagen sollen.« Charlotte holte tief Luft, was wie ein Seufzen klang. »Als ich stark genug war, um es richtig zu erklären.«

»Das musst du nicht.« Merle folgte mit den Fingern den Umrissen ihrer Knöchel. »Connie hat es mir bereits gesagt.«

»Oh.« Es war ein leises Geräusch, wie trockene Blätter, die von einem Baum fallen. »Was hat sie dir erzählt?«

Merle zögerte. »Dass sie nicht meine Schwester ist. Dass sie diejenige ist, die mich auf die Welt gebracht hat, nicht du.«

Charlottes Augen wurden von Tränen benetzt. »Und sie hat dir erzählt, wie …« Sie griff nach ihrem Hals, als ihre Stimme versagte.

Merle nahm das Wasserglas.

Nach ein paar Schlucken versuchte Charlotte es erneut. »Sie hat dir erzählt, wie es geschehen ist?«

»Ja.« Sie brachte es nicht über sich, zu wiederholen, was Connie gesagt hatte.

»Du hättest es von mir erfahren sollen.« Charlotte drehte ihre Hand und ergriff Merles Finger mit einem federleichten Griff. »Doch je länger es dauerte, desto schwieriger wurde es.« Es folgte ein weiterer angestrengter Atemzug und dann: »Die Wahrheit ist, dass ich dich mehr liebe, als ich sie je geliebt habe. Ich habe mich immer wie eine Mutter für dich gefühlt. Ich wollte nichts ruinieren, indem ich dir die Wahrheit sagte. Es war so schändlich, so verkommen.«

Merle hatte das Gefühl, als hätte jemand ihr eine Faust durch den Magen gestoßen und zerrte nun ihr Innerstes heraus. Sie konnte es nicht ertragen, wie Mataji sich selbst quälte, wo sie doch bereits so sehr litt. Doch es gab so viele Fragen – so vieles, was sie unbedingt wissen musste.

»Warum hast du ihn geheiratet?«, flüsterte sie. »Wie konntest du es ertragen, wo du wusstest, was er getan hat?«

»Um ihn bezahlen zu lassen, Beti. Um dir einen Namen und die Chance auf ein besseres Leben zu geben.«

»Aber er war …«

»Ich weiß.« Charlottes Lippen bebten. Sie presste sie zusammen, schloss die Augen, als würde sie sich selbst nicht zutrauen fortzufahren. »Ich war glücklich, als er starb. Es ist böse, so etwas zu sagen, doch …« Sie verstummte und blickte an die Decke.

»Warum hast du mir diese Fotografie gegeben? Warum hast du mich glauben lassen, dass du ihn geliebt hast?«

»Ich wollte nicht zulassen, dass er seinen Schatten über dich wirft. Es war besser, dass du in Unwissenheit dessen aufgewachsen bist, was er wirklich war.« Eine Schmerzattacke verzerrte ihr Gesicht.

»Mataji!«

»Es ist nichts.« Charlotte versuchte zu lächeln, doch ihr Kiefer war verspannt.

»Es tut mir leid. Ich bin egoistisch mit all diesen Fragen.«

»Nein«, murmelte Charlotte. »Du musst fragen. Du verdienst es, die Wahrheit zu kennen.«

Merle zögerte. Sie beugte sich vor und strich eine Haarsträhne weg. »Das ist das Problem. Es ist alles so schwer zu glauben. Connie sagte, dass sie mich sehen wollte, als ich ein Baby war, doch du hast sie nicht gelassen. Ist das wahr?«

Charlotte nickte. »Ich musste sie von dir fernhalten. Es war die einzige Möglichkeit. Für ihr Bestes wie auch für deins.« Sie fuhr mit der Zungenspitze über ihre rissigen Lippen. »Du darfst nicht alles glauben, was sie sagt. Ich weiß, dass Arthur ein schlechter Mann war, doch sie war auch … eine kleine Verführerin.«

Merle sah sie entsetzt an. »D…du gibst ihr die Schuld? Aber sie war doch noch ein Kind!«

»Du musst dich daran erinnern, Beti, dass die Dinge in Indien sehr verschieden waren.« Sie bewegte den Kopf auf dem Kissen. »Ich war nur wenige Monate älter als sie, als ich mich in ihren Vater verliebte. Henry Selby zwang mich nicht dazu, mit ihm zu schlafen – ich tat es, weil ich in ihn verliebt war.«

»Willst du damit sagen, dass Connie in meinen Vater verliebt war?«

»Ich weiß es nicht«, flüsterte Charlotte. »Es war alles so ein fürchterlicher Schock. Arthur war der erste Mann, den ich nach langer Zeit in mein Leben gelassen hatte. Ich vertraute ihm. Ich zwang mich dazu, ihm zu glauben, als er mir sagte, dass sie ihn verführt hätte – sagte mir selbst, dass sie es getan hatte, um mich dafür zu bestrafen, sie bei anderen Menschen gelassen zu haben, als ich nach Poona ging, um zu arbeiten.« Sie machte eine Pause und rang nach Atem. »Ich war nicht die Art Mutter, die ich gern sein wollte. Ich habe versucht, es bei dir besser zu machen.« Ihre Augen füllten sich mit Tränen. Ein einzelner Tropfen trotzte der Schwerkraft und rollte seitlich, um sich in ihren Haaren zu verlieren. »Kannst du mir verzeihen?«

Merle hob sie an und nahm ihren Kopf in die Arme. Diese Frau hatte sie geliebt, sich um sie gekümmert, unermüdlich gearbeitet, um für sie zu sorgen. Ihre einzige Sünde –wenn man es so nennen wollte – war, dass sie ein Geheimnis bewahrt hatte. Doch Merles gesamtes Leben war ein Netz aus Geheimnissen. Wie konnte sie Mataji vorwerfen, diesen Pakt mit dem Teufel geschlossen zu haben?

* * *

Es war dunkel, als Merle über den Treppenabsatz schlich. Sie war im Stuhl neben dem Bett eingeschlafen und mit einem Ruck aufgewacht, wobei sie Sándors Gesicht zu sehen erwartete und nicht das ihrer Mutter, wie es auf dem Kissen lag. Die Wirklichkeit erfasste sie wie ein dumpfer Schmerz. Das mühsame Atmen ihrer Mutter war alles, was sie hörte. Schlimmer jetzt als zuvor. Merle hatte Angst, sie allein zu lassen, auch nur zum Badezimmer zu gehen.

»Wie geht es ihr?« Gertrude kam bei dem Geräusch einer Bewegung zur Tür.

»Nicht gut.«

»Ihre Tochter hat vor einer halben Stunde angerufen.«

Der Ausdruck auf Gertrudes Gesicht war undurchdringlich. Sie musste sich fragen, was im Himmel vor sich ging. Merle sehnte sich danach, die Täuschung fallen zu lassen. Diese Lüge, mit der sie lebte, war schrecklich nach hinten losgegangen. Es war eine Farce, mit der Charade fortzufahren, wo ihre Mutter im Sterben lag. Doch es war bereits zu weit fortgeschritten. Es war zu spät, um jetzt noch etwas erklären zu können.

»Was hat sie gesagt?«

»Sie wollte wissen, ob sie im Hotel zu Abend essen könne. Ob Sie für sie bezahlen würden.«

»Abendessen?« Der Gedanke, dass Connie wegen etwas so Trivialem anrief, war haarsträubend. »Hat sie nichts wissen wollen wegen … wegen Mrs Thompson?«

»Sie hat mich darum gebeten, ihr auszurichten, wenn es irgendwelche Neuigkeiten geben würde.«

Neuigkeiten. Merle fragte sich, ob das Connies Wortwahl war oder die der Krankenschwester. Sie blickte zurück zum Schlafzimmer. Jetzt war nicht der Zeitpunkt, um sich mit dem Falsch und Richtig von Connies Verhalten zu beschäftigen.

»Ich muss zu ihr zurück.«

»Sind Sie sicher? Sie hatten so eine lange Reise. Ich kann mich jetzt zu ihr setzen.«

Merle schüttelte den Kopf. »Danke, aber ich würde es gern tun. Sie ist … sie liegt mir sehr am Herzen.«

Gertrude nickte. »Kann ich Ihnen etwas bringen? Eine Tasse Tee? Etwas zu essen?«

»Ich habe keinen richtigen Hunger – und Wasser ist im Zimmer. Gehen Sie und schlafen Sie etwas – ich komme schon zurecht.«

Sie kehrte ins Schlafzimmer zurück und schloss die Tür hinter sich. Die Gestalt im Bett war so still, dass sie sich hinkniete, den Kopf auf die Seite legte und auf ihren Atem horchte.

»Verlass mich nicht, Mataji! Wag es nicht, mich zu verlassen!«

Da war ein plötzliches Erschauern, dann hob sich die Brust und sank mit einem leisen, keuchenden Rasseln. Die Augenlider öffneten sich. Der Blick war unruhig und ängstlich.

»Ich sterbe, Beti.«

»Nein! Sag das nicht!«

»Bleib bei mir.«

»Ich gehe nirgendwo hin.« Merle strich über die zarte Haut an ihrer Schläfe, spürte das feuchte, niedergedrückte Haar, atmete seinen vertrauten Geruch ein. Es war unmöglich, unvorstellbar, all das nicht mehr tun zu können; es nicht noch über Jahre hinweg in der Zukunft tun zu können.

»Erzähl mir von … Hollywood«, murmelte Charlotte. »Ist es so glamourös, wie man sagt?«

Eine Welle des Kummers schnürte Merle die Kehle zu, als sie zu antworten versuchte. »D…da sind Palmen, genau wie in Indien, und wunderbare Häuser, die direkt am Strand gebaut wurden.« Tränen trübten ihr den Blick, während sie fortfuhr. »Und es gibt viele Partys und Restaurants und noble Hotels. Aber weißt du, was das Beste ist?«

Charlotte schüttelte kaum wahrnehmbar den Kopf.

»Ich habe mich verlobt, Mataji. Ich werde heiraten. Keinen Amerikaner. Es ist Mr Korda – mein Boss –, er hat mir einen Heiratsantrag gemacht.«

»Heiraten …« Ihre Mundwinkel verzogen sich. Sie versuchte zu lächeln, doch davon öffneten sich die Risse an ihrer Lippe, weshalb sie zusammenzuckte.

»Wenn es dir besser geht, werden wir einkaufen gehen – mein Kleid und deins. Wird das nicht schön?« Merle konnte ihre eigene Stimme hören, klar und brüchig und überhaupt nicht überzeugend.

»Ich bin jetzt müde, Beti.«

»Ja, natürlich. Versuch jetzt zu schlafen. Ich werde hierbleiben, direkt neben dir.«

KAPITEL 34

Im grauen Licht der Morgendämmerung zuckte Merle zusammen, als sie aufwachte. Ihr linker Arm und ihr Bein waren taub von der unbequemen Haltung, in der sie auf dem Stuhl eingeschlafen war. Beim Verlagern des Gewichtes bemerkte sie, dass sich die Silhouette der Bettdecke verändert hatte. Ihre Mutter lag auf dem Rücken. Vollkommen reglos. Und es war kein Geräusch zu hören.

Merle konnte sich nicht daran erinnern, geschrien zu haben, doch sie hatte es wohl, denn plötzlich stand Gertrude im Zimmer. Danach war alles wie unter einem Schleier – das Kommen und Gehen des Arztes, der Mann vom Bestattungsunternehmen aus St. John's Wood. Und zuallerletzt Connie.

»Ich habe im Hotel angerufen.« Gertrude warf Merle einen zögernden Blick zu, als sie die Treppe hochkam. »Ich dachte, Mrs Soarez würde sie sehen wollen, bevor . . .« Die Krankenschwester zögerte, offensichtlich war ihr die Situation unangenehm.

»Natürlich.« Merle stählte sich innerlich, als sie Gertrude nach unten folgte. Sie musste höflich zu Connie sein. Sich daran erinnern, dass dies auch ihre Mutter war. Nein. Ihre Mutter, Punkt. Der Gedanke traf Merle wie ein Schlag ins Gesicht.

»Dann ist es vorbei?« Connie sah aus, als wäre sie für einen Einkaufsbummel im West End angezogen. Keine Träne

392

ruinierte das sorgfältig geschminkte Gesicht. Vielleicht war das ja ihre Art, tapfer zu sein.

»Ich bringe dich nach oben«, sagte Merle. »Sie sieht sehr friedlich aus.«

»Nein.« Connie ergriff sie am Arm. »Ich muss sie nicht sehen. Ich bin gekommen, um dich zu sehen. Können wir uns irgendwo hinsetzen? Soll ich uns einen Tee machen?«

»Ähm … j…ja, ich denke schon.« Merle fuhr sich mit den Fingern durchs Haar, erstaunt über ihr sachliches Verhalten.

Sie setzte sich benommen ins Wohnzimmer und horchte auf die Geräusche, die aus der Küche kamen.

»Ich weiß, dass du mitgenommen bist«, sagte Connie, als sie ein Tablett auf den Couchtisch stellte, »doch wir müssen auch an die Zukunft denken, oder?«

Merle nickte mechanisch und sah zu, wie der Dampf aus der Teekanne emporstieg.

»Ich habe gedacht, da sie ja jetzt weg ist, könnte ich meine Sachen in Bombay packen und herziehen. Bei dir wohnen. Die Kinder würden es bestimmt lieben. Und das Haus ist doch groß genug, oder nicht?«

»Was?«

»Es gibt doch keinen Grund, es nicht zu tun, oder?« Connie lächelte. Sie lächelte wirklich. »Wir können einen Neuanfang machen. Denk nur, wie aufregend es für die Kinder sein wird, bei einem echten lebenden Filmstar zu wohnen!«

Merle schoss vom Sofa hoch, ihr Gesicht war verzerrt. »Wie kannst du nur so herzlos sein? Wie kannst du über solche Dinge reden, wenn meine Mutter da oben liegt und noch nicht einmal kalt ist?«

»Ich will nicht grausam klingen.« Connie goss den Tee ein und hielt den Blick auf die Tassen gerichtet. »Aber du musst dich daran erinnern, dass wir uns nie besonders nahestanden. Sie hat mich weggestoßen. Ich kann mich nicht daran erinnern, dass sie mich jemals umarmt hat. Nicht ein Mal. Also erwarte nicht, dass ich um sie weine. Das wäre verlogen.«

»Sie hatte recht über dich!« Merle spuckte die Worte aus. »Du interessierst dich für niemanden. Du hast es nur auf die nächste Mahlzeit abgesehen!«

»Hat sie das gesagt?« Connie machte eine Pause, den Zuckerlöffel in der Hand. »Hmm. Sie hat mir nie verziehen, was mit Arthur geschehen ist. Es hat mich all die Jahre gekostet, bis ich erkannt habe, dass es nicht meine Schuld war. Ich war ein kleines Mädchen – nicht viel älter, als Edna jetzt ist. Man konnte mir keine Schuld dafür geben, was er getan hat.«

Merle konnte sich nicht beherrschen. »Das ist es nicht, was mir erzählt wurde!«

Connie stach den Löffel in die Zuckerdose und verschüttete Zucker über den Rand. »Dieses boshafte Miststück! Sie hat dich gegen mich vergiftet! Ich bin froh, dass sie tot ist!«

»Verschwinde! Verschwinde!«, schrie Merle. »Geh zurück nach Bombay! Ich will dein Gesicht nie wieder sehen!«

* * *

Merle lag in eine Decke gehüllt auf dem Sofa, als Sándor ankam.

»Liebling, es tut mir so leid.« Er kniete auf dem Boden neben ihr und hielt ihren Kopf. »Als du mich letzte Nacht nicht angerufen hast, wusste ich, dass etwas nicht in Ordnung war, doch ich hätte niemals …« Er schüttelte den Kopf. »Ich hoffe, es stört dich nicht – ich musste einfach kommen.«

»Ich … ich bin so froh, dass du gekommen bist.« Ihr Körper bebte von ihrem Schluchzen, als er sie näher zu sich zog.

»Du solltest im Bett sein – nicht hier.« Er strich ihr übers Haar. »Du hast einen schrecklichen Schock erlitten. Soll ich einen Arzt rufen? Dir etwas besorgen, damit du schlafen kannst?«

Sie schüttelte den Kopf. »Bleib einfach bei mir. Kannst du bleiben? Mir geht es gut, wenn du da bist.«

»Natürlich. Machen wir es uns gemütlich, ja?«

Er machte Kaffee und fügte jeder Tasse einen großzügigen Schluck Brandy bei. Dann trat er die Schuhe von sich, kuschelte sich zu ihr auf das Sofa und legte eine Decke um sie beide.

»Schlaf einfach ein, wenn du magst«, flüsterte er. »Es stört mich nicht.«

»Ich glaube nicht, dass ich das kann.«

»Ich erinnere mich daran, als mein Vater starb, saß meine Mutter die ganze Nacht bei mir. Sie sagte, sie hätte Angst, die Augen zu schließen.«

»Ja. So fühle ich mich auch.«

»Wenn wir das nur geahnt hätten, als ich dich gestern rausgelassen habe, dann wäre ich bei dir geblieben. Wäre für dich da gewesen. Warum im Himmel hat die Krankenschwester kein Telegramm geschickt?«

»Weil ...« Merle konnte es kaum ertragen, das laut auszusprechen. »Sie hatte bereits jemand anderem geschrieben – jemandem, von dem sie annahm, dass sie ein größeres Recht hätte, es zu erfahren.«

»Was? Wem denn?«

Sie sah, wie sich sein Gesicht veränderte, als ihm die Erkenntnis dämmerte.

»Ja. Meine Schwester. Die dann das erste Schiff aus Bombay genommen hat.«

»Sie ist hier? In London?«

»S...sie war.« Merle spürte, wie sich ihr Innerstes verkrampfte. »S...sie...« Frische Tränen liefen ihr über das Gesicht.

»Oh, Liebling! Was ist passiert?«

Er hörte schweigend zu, als alles herauskam.

»Glaubst du ihr das? Kann das wirklich wahr sein?«

»Ich weiß, dass es das ist. Mataji konnte noch reden, bevor sie starb. Sie sagte, sie hätte es mir selbst erzählen sollen.«

»Ich weiß nicht, was ich sagen soll. Das ist … unvorstellbar.«

»Das Schlimme ist, ich weiß, dass ich hätte mitfühlender sein sollen, verständnisvoller. Auch wenn es stimmt, was Mataji gesagt hat – dass Connie meinen Vater verführt hat –, so war sie doch nur ein Kind. Aber die Dinge, die sie gesagt hat, und wie sie sich verhalten hat, haben mich dazu gebracht, sie zu verabscheuen. Ich hasse sie, Sándor! Ich habe ihr gesagt, dass ich sie niemals wiedersehen will.«

»Schhh!« Er zog sie zu sich. »Versuch, dich nicht damit aufzuhalten. Man kann nicht erwarten, dass du dich mit so etwas beschäftigst, wenn du bereits trauerst.«

»Ich k…kann nichts dafür«, murmelte sie. »Es reißt mich auseinander.«

Er küsste ihr die Stirn. »Dann lass uns versuchen, darüber zu reden. Du sagst, sie will herkommen und hier leben, die Kinder herbringen. Sie will, dass du sie als deine Mutter anerkennst, oder?«

»Ja, das ist genau, was sie will. Doch ich glaube, es ist mein Lebensstil, den sie gern hätte – nicht mich.«

»Ich denke, man kann ihr nicht vorwerfen, das Leben, das sie in Bombay führt, gegen das eintauschen zu wollen, was du ihr anbieten könntest.« Er nahm seine Brille ab und betrachtete sie, als würde er in den Linsen nach Antworten suchen. »Wird sie zur Beerdigung kommen?«

»Ich weiß es nicht. Ich bezweifle es. Sie wollte nicht einmal …«, Merle pausierte und blickte zur Decke, »… ihr Respekt erweisen. Sie hat etwas Schreckliches gesagt, Sándor: sie sagte, sie sei glücklich, dass Mataji tot sei.«

»Kein Wunder, dass du sie rausgeworfen hast.« Er blies die Luft aus. »Aber ich denke, du musst versuchen, diese Gefühle zurückzustellen, wenn du es kannst. Lass mich dir dabei helfen, was du in den nächsten Tagen zu tun hast. Erlaubst du mir, die Begräbnisformalitäten zu erledigen? Ich habe einen Freund mit einer privaten Kapelle. Sie befindet sich auf dem Boden eines Grundstücks in der Nähe meines Hauses in Buckinghamshire.«

Sie sah ihn verblüfft an. Eine private Kapelle. Ihr war nicht in den Sinn gekommen, dass das von ihr gesponnene Netz an Täuschung sie so grausam umgarnen würde. Sie würde ihre Mutter im Geheimen begraben müssen, noch immer mit der Verstellung zur Beerdigung gehen, ohne Mataji öffentlich anerkennen zu können, selbst im Tode. Und was war mit der Aufschrift auf dem Grabstein? Würde das auch eine Lüge sein müssen?

* * *

Bei der Beerdigung waren mit dem Priester nur sieben Personen anwesend. Es wären nur vier gewesen, wenn Gertrude, Ruby und Olive – die alle noch immer glaubten, dass Miss Oberons Haushälterin in dem Sarg lag – nicht dabei gewesen wären. Und Freda von der Kirche in St. John's Wood, die während der Messe still vor sich hin weinte.

Merle versteckte sich hinter einem Schleier aus schwarzer Gaze. Sie konnte nicht zulassen, dass eine dieser Frauen sah, wie sehr sie litt. Sie würden es seltsam finden, ungebührlich, dass jemand wegen einer Angestellten in einen solchen Zustand geriet. Und dann hätten sie womöglich die Wahrheit erraten.

Die volle Bedeutung dessen, was sie gerade tat, war ihr noch nicht völlig bewusst, bis sie in die Kapelle trat. Was für ein Frevel. Einem Priester einen Haufen Lügen aufzutischen und ihn eine falsche Grabrede sprechen zu lassen, während sie da saß und nicht in der Lage war, auf die Kiste aus Kiefernholz zu blicken, in der sich Matajis Körper befand.

Sándor nahm sie am Arm, als sie dem Sarg hinaus auf den Friedhof folgten. Hinter den moosbedeckten Mauern konnte sie Schafe blöken hören. Der Wind blies Apfelbaumblüten über das Gras. Wie Konfetti. Als wäre es eine Hochzeit. Noch mehr Heuchelei. Mehr Verhöhnung. Sie fühlte sich, als würde sie durch eine Landschaft stolpern, in der nichts mehr einen Sinn ergab.

Der Priester stand am Grab. Es gab noch keinen Grabstein. Nur ein einfaches Holzkreuz mit einer Tafel. *Charlotte Thompson, geliebte Mutter.* Mehr Worte würde es nicht geben. Denn sie konnte sich nicht dazu bringen, Connies Namen auf den Stein zu setzen. Doch er konnte auch ihren nicht tragen.

»»Du, oh Herr, kennst die Geheimnisse unseres Herzens; verschließe nicht deine barmherzigen Ohren vor unserem Gebet ...«»

Ihre Finger klammerten sich fester an Sándors Arm. Konnte ihr das vergeben werden? Dass sie ihre Mutter selbst im Tode verleugnete?

Aber sie ist nicht deine Mutter.

Sie versuchte, Connies Stimme zurückzudrängen in die Tiefen, aus der sie nach oben gekommen war, während sie zusah, wie der Sarg in die Erde gesenkt wurde. Jetzt war die Zeit, um eine Handvoll Erde zu greifen. Als sie sich bückte, wurde ihr schwindlig.

Das ist meine Mutter, aber es ist nicht wirklich. Das hier ist ihr Grab, doch es hat nicht meinen Namen darauf.

Die Luft schien um sie zu wirbeln. Wenn Sándor sie nicht gehalten hätte, wäre sie womöglich in das feuchte schwarze Loch in der Erde gefallen.

Sie erinnerte sich nicht mehr an den Gang zurück zum Auto. Den Rest des Tages verbrachte sie wie eine Schlafwandlerin.

Als es vorbei war, überredete Sándor sie, nicht zur Abbey Road zurückzukehren. Sie verbrachten die Nacht in seinem

Haus – doch nicht in dem Bett, das er einmal mit Maria geteilt hatte, sondern in einem der elegant eingerichteten Gästezimmer.

Er gab ihr Kakao, vermischt mit etwas Alkoholischem – Brandy oder Whisky, sie fragte nicht danach –, und als sie wieder zu sich kam, war es taghell, und er lag neben ihr auf der Bettdecke, noch immer vollständig angezogen.

»Ich wollte dich nicht stören«, sagte er, als er aus dem Badezimmer zurückkehrte. »Du bist auf der Stelle eingeschlafen. Ich hatte Angst, dass ich dich aufwecken würde, wenn ich mich bewegt hätte.«

»Das war süß von dir.« Sie beugte sich zu ihm und küsste ihn auf die Nase.

»Ich habe nachgedacht«, sagte er. »Du hast so viel durchgemacht. Du könntest eine Pause gebrauchen. Ich habe mir den Produktionsplan für *I, Claudius* angesehen. Ich könnte alles ein paar Wochen nach hinten schieben. Wir könnten die Hochzeit nach vorn bringen ... dann Ferien machen.«

Merle ließ den Kopf hängen. »Das ist eine schöne Idee – aber ich bin mir nicht sicher, ob ich damit umgehen kann, so kurz nach ...« Sie konnte den Satz nicht zu Ende bringen.

»Wir können es ruhig angehen. Ich hatte etwas Aufwendiges drüben in Antibes geplant, aber ... na ja, wir können die Zeremonie noch immer dort machen – nur wir zwei und ein Paar Trauzeugen. Wie klingt das?«

»Können wir das wirklich tun?«

»Absolut. Wir können das nächste Woche machen, wenn du magst.« Er nahm ihr Gesicht in seine Hände. »Fühlst du dich dazu in der Lage, einkaufen zu gehen? Wir hatten noch keine Gelegenheit, dir einen Verlobungsring zu besorgen, oder? Wir können jetzt auch nach einem Ehering sehen.«

Sie öffnete den Mund für eine Antwort, doch es kamen keine Worte heraus. Es fühlte sich falsch an, etwas so Ausschweifendes am Tag nach der Beerdigung zu tun.

»Ich weiß, was du denkst.« Sándor nahm ihre Hand und rieb mit dem Finger über die Stelle, wo der Ring sein würde. »Wir können einen Ring auswählen, der so ist wie der, den sie dir geben wollte – den sie verkaufen musste, um nach England zu kommen. Ich glaube, sie hätte das gemocht, oder nicht?«

»Ja.« Merles Stimme war heiser von Tränen. »Ich glaube, das hätte sie.«

KAPITEL 35

Die Hochzeitsfeier fand im Rathaus von Antibes statt. Der Gang vom Hotel führte sie durch die sonnendurchfluteten Straßen der Altstadt vorbei an langen Tischen, die mit Käse, Olivenöl, leuchtend buntem Gemüse und Obst beladen waren. Vorbei an Männern, die Fische auf glitzernden Eisbetten anrichteten, und Frauen, die schwarzes und gelbes Brot aus Maismehl und Tintenfischtinte verkauften.

Merle trug ein einfaches Kleid aus himmelblauem Crêpe de Chine und einen weißen breitkrempigen Hut mit blauer Schleife. Weiße Handschuhe und eine einfache Perlenkette vervollständigten das Outfit, in den Händen trug sie einen duftenden Strauß mit Tuberosen und wilder Iris.

Sándor ging neben ihr in einem cremefarbenen Leinenanzug und Panamahut. Sie hätten ein gewöhnliches französisches Paar sein können, das sich von zu Hause auf den Weg gemacht hatte, um den Bund fürs Leben zu schließen. Abgesehen von dem gelegentlichen Winken eines der Standinhaber beachtete sie niemand.

Es war eine echte, große Erleichterung für Merle, als sie merkte, dass sie nicht von einem Heer an Presseleuten und

Fotografen erwartet und bedrängt wurden, als sie beim Rathaus ankamen. Sándor hatte alles mit der größtmöglichen Diskretion arrangiert, für sie unter falschem Namen im Hotel reserviert und seinen Anwalt rechtzeitig nach Frankreich vorgeschickt, um alle Formalitäten zu erledigen.

Der Anwalt und seine Frau warteten innerhalb der honigfarbenen Mauern des alten Gebäudes auf sie. Sie standen während der kurzen Zeremonie – die vollständig auf Französisch abgehalten wurde – als Trauzeugen dabei und verabschiedeten sich höflich, nachdem sie den Frischvermählten mit Champagner zugetoastet hatten.

»Nun, Mrs Korda, wie fühlt es sich an, verheiratet zu sein?«

Sie und Sándor betrachteten den Sonnenuntergang von einer von Glyzinien umkleideten Dachterrasse aus, die sich über dem Meer erhob. Sie starrten auf die Jachten, die draußen in der Bucht schaukelten, auf die Schwärme rotgelber Wolken über dem kleinen grünen Leuchtturm. Das Wasser war ein blasses Smaragdgrün und hinter den Wellen schimmerten die letzten Strahlen Sonnenlicht wie Goldbarren.

»Es fühlt sich … genau richtig an.«

Sein Gesicht reflektierte ihr Lächeln.

Als sie den Kopf zurück zum Horizont drehte, sammelten sich Tränen in ihren Augen. Der Anblick der im Meer versinkenden Sonne brachte lebhaft Erinnerungen an Mataji zurück, an den Tag, als Merle ihr von ihrem Plan erzählt hatte, Indien zu verlassen und nach England zu gehen. Das ganze Gespräch lief noch einmal in ihrem Kopf ab: jener erste zaghafte Versuch, um herauszufinden, wie Charlotte Kalkutta empfand. Wie sie erzählt hatte, dass sie Bombay wegen der Sonnenuntergänge vermissen würde, da es nicht dasselbe wäre, zu sehen, wie sich die Sonne aus dem Ozean erhob.

Wie stolz sie wäre, wenn sie diesen Tag noch erlebt hätte.

Merle streckte die Hand hinter sich aus und suchte in ihrer Tasche nach einem Taschentuch. Als sie es herauszog, kam etwas anderes mit heraus.

»Oh, was ist das?« Sándor fing die Fotografie auf, die beinahe über die Terrasse nach unten ins Meer geflattert wäre. Er nahm das Bild hoch. »Sind das Connies Kinder?«

Er sah sie fragend an, da bemerkte er die Tränen in ihren Augen.

»Es tut mir leid, Liebling.« Er nahm ihre Hand und drückte sie. »Heute war es schwer für dich, das weiß ich.« Er betrachtete erneut die Fotografie. »Du hast eine anständige Hochzeit verdient, mit Brautjungfern und Pagen.« Er schob das Bild zurück in ihre Tasche und verschloss sie. Dann nahm er sie und zog sie an sich. »Ich hoffe, du wirst mir verzeihen. Ich habe die Pläne für unsere Flitterwochen ein wenig geändert. Ich dachte, wir könnten mit dem Auto nach Marseille fahren. Wir haben so eine wundervolle Zeit auf der *SS Normandie* gehabt, dass ich für uns eine Kreuzfahrt gebucht habe.«

»Ach ja?« Beim Einatmen schnappte sie den Geruch seiner Haare auf, lavendelsüß vom Shampoo des Hotels. »Wohin?«

»Also, es hält zuerst in Barcelona, dann kommt La Spezia mit der Gelegenheit, einen Ausflug nach Florenz zu machen. Wir legen bei ein paar griechischen Inseln an, ein paar Orte in der Türkei und anschließend für eine ganze Woche das offene Meer …« Er machte eine Pause, während er ihren Blick suchte. »Der letzte Anlegehafen ist Bombay.«

Ihr Körper erstarrte in seinen Armen.

»Du musst nicht an Land gehen, wenn du nicht willst. Es ist deine Entscheidung. Wir können auch einfach auf dem Schiff bleiben und zurück nach London fahren. Doch wenn du Connie sehen willst, nun … ich kann dich dort begleiten.«

KAPITEL 36

Es war ein warmer, windstiller Tag, als sie an Bord der *SS Mulbera* gingen. Sándor hatte für sie die Suite gebucht, die einmal vom Herzog und der Herzogin von York auf einer Reise nach Ostafrika belegt worden war. Sie hatten ihren eigenen Balkon, wo sie abgeschieden ihr Frühstück einnehmen konnten – andere Mahlzeiten natürlich auch, falls die Neugierde der anderen Passagiere störend sein würde.

Merle erlebte einen verwirrenden Gefühlsrausch, als das Schiff seinen Anlegeplatz verließ. Sie schwankte zwischen der Dankbarkeit, dass Sándor die Kontrolle übernommen hatte und ihr die Gelegenheit gab, die Dinge in Ordnung zu bringen, und einem Gefühl des Erstickens bei dem Gedanken daran, was vor ihr lag. Wie konnte sie sich entspannen und ihre Flitterwochen genießen, wo sie doch ständig Connie im Kopf hatte?

Sie versuchte, es sich nicht anmerken zu lassen. Beim Mittagessen vermied sie jede Erwähnung davon und schaffte es, diese Frau für eine ganze Stunde zu vergessen, während sie nachmittags an Deck Ringe warfen. Doch an jenem Abend vor dem Essen konnte sie sich nicht beruhigen. Sie waren zurück in ihre Kabine gegangen und Sándor saß auf einem Stuhl und las. Sie blätterte durch eine Zeitschrift, unfähig, sich zu konzentrieren.

»Was ist los?« Er legte sein Buch auf den Tisch.

»Nichts.«

»Du bist abgelenkt. Ich merke das an der Art, wie du die Seiten umblätterst. Es hört sich an, als wolltest du sie herausreißen.«

»Tut mir leid. Ich habe es nicht gemerkt.«

»Denkst du an Connie?«

Sie nickte.

Er stand auf und setzte sich neben sie aufs Bett.

»Du musst aufpassen, dass es sich nicht in ein Geschwür verwandelt. Du musst der Wunde erlauben zu heilen.«

»Wie kann ich das? Ich mag sie nicht einmal. Es ist sogar schlimmer als das: Ich hasse sie. Dass sie glaubt, sie kann einfach in mein Leben dringen und es auf den Kopf stellen. Dass sie glaubt, sie könnte jemals Mataji ersetzen.«

»Ich kann verstehen, warum du dich so fühlst«, sagte er. »Ich weiß, dass es nicht das Gleiche ist, doch als ich in Ungarn gelebt habe, war ich am Tiefpunkt meines Lebens. Ich habe es dir bisher noch nicht erzählt. Ich war im Gefängnis. Sie haben mich gefoltert.«

»Mein Gott, Sándor!« Sie legte ihre Hand an sein Gelenk und hielt ihn fest. »Warum?«

»Sie sagten, dass wir für den Zusammenbruch des Landes verantwortlich seien. Dass Juden hinter allem steckten.«

»Was haben sie dir angetan?«

Er schüttelte den Kopf. »Das willst du nicht wissen. Die Sache ist, dass diese Erfahrung mich hätte zerstören können, wenn ich zugelassen hätte, dass sie mein Leben bestimmt. Doch das habe ich nicht. Ich habe mich geweigert, mich als Opfer zu sehen.« Er machte eine Pause. »Du und Connie, ihr seid beide Opfer – auf verschiedene Weise. Die Frage ist, willst du zulassen, dass dich das definiert? Den Rest deines Lebens bestimmt?«

»Ich …« Sie zögerte und suchte seinen Blick. »Das will ich nicht, doch sie ist …«

»Die Menschen sind nun einmal nicht das, was sie sein sollten.« Er zuckte mit den Schultern. »Das Leben ist chaotisch. Du kannst Connie nicht zu etwas machen, was sie nicht ist. Doch du kannst versuchen, sie für das zu lieben, was sie ist – eine beschädigte Person, die zufälligerweise deine Mutter ist.«

Konnte sie das? Merle blickte aus dem Bullauge auf das glitzernde Meer, als läge die Antwort darauf in seiner unergründlichen Tiefe.

* * *

Die Nacht vor der Ankunft des Schiffes in Bombay konnte Merle nicht schlafen. Sie drehte sich auf die eine und auf die andere Seite, versuchte alles, was sie kannte, um ihr Gehirn dazu zu bringen abzuschalten. Doch es funktionierte nicht. Schließlich schlich sie aus der Kabine, um Sándor nicht aufzuwecken.

Auf Deck wurde es langsam hell. Der östliche Himmel war hochrot verfärbt, als hätte ein riesiges Messer durch die fleischigen Wolken über dem Horizont gestoßen. Sie beugte sich über das Geländer und blickte über einen graugrünen Ozean. Ein warmer Wind schlug Schaumspritzer von den Wellen. Das Wasser wirkte ölig. Indien war noch zu weit entfernt, um gesehen zu werden, doch Bombay streckte bereits seine langen, schmierigen Finger aus, unsichtbar, doch unmöglich zu übersehen.

Sie dachte an Connies Kinder, die unter diesem Klecks des Sonnenaufgangs in ihren Betten lagen. Sie hatte so oft darüber fantasiert, sie zu treffen. Darüber, Tante genannt zu werden. Sie konnten sie so nennen, auch wenn sie nicht wirklich ihre Tante war. Indische Kinder gaben allen Frauen in ihrem Umfeld diesen Namen, deshalb würde es nicht unbedingt nötig sein, das zu erklären.

Warum weiter lügen?

Die Stimme in ihrem Kopf gehörte nicht ihrer Mutter oder Sándor, es war ihre eigene. Sie war es satt, sich weiter zu verstellen. Sie sehnte sich danach, dass diese Kinder Teil ihres Lebens würden, sehnte sich danach, sie wissen zu lassen, dass sie ihre Schwester war. Doch das würde bedeuten, die Sache auszusprechen, von der sie sich nicht vorstellen konnte, sie jemals laut zu sagen – auch nicht vor sich selbst: dass deren Mutter auch ihre Mutter war.

Es konnte nicht richtig sein ... dass sie ihre eigene Großmutter nie kennengelernt hatten.

Und es brach ihr das Herz, als sie sich an jene Worte von Mataji erinnerte: zu wissen, dass sie voller Bedauern darüber gestorben war, was sie verpasst hatte.

Harry, Edna, Marianne und Alexis. Merle flüsterte ihre Namen wie eine Beschwörung. Wenn es nur möglich wäre, die Kinder ohne *sie* zu sehen. Doch das würde niemals geschehen. Die Kinder waren Connies Trumpf, und sie wusste es.

Merle drehte sich vom Geländer weg und suchte sich einen Stuhl an Deck. Als sie sich hingesetzt hatte, flatterte eine Zeitung über die sonnengebleichten Bretter und berührte ihre Knöchel. Sie griff danach, als der Wind sie anhob. Es war eine Ausgabe der *Times,* fast einen Monat alt. Jemand musste sie in Marseille mit an Bord genommen haben.

Sie blätterte durch die Seiten, bis ein Foto ihre Aufmerksamkeit erregte. Es war Vivien Leigh. Sie sah noch umwerfender aus, als sich Merle an sie erinnerte, von den Haar- und Make-up-Spezialisten bei Selznick zu göttinnengleicher Perfektion herausgeputzt.

Der Artikel unter dem Bild drehte sich um ihren meteorhaften Aufstieg zum Erfolg. Er begann mit einer Beschreibung ihrer kurzlebigen Ehe mit einem Buchhalter in England – dessen Namen sie behalten hatte, als sie in jenem schicksalhaften ersten Film mit Larry Olivier auftrat – und endete mit der Geschichte, wie sie Hunderte andere Kandidatinnen vernichtend übertrumpft und die Hauptrolle in *Vom Winde verweht* ergattert hatte. Da stand nichts über ihr früheres Leben in Indien. Vielleicht hatte sie beschlossen, das aus der Hollywoodfassung ihres Lebens zu entfernen.

Merle betrachtete aufmerksam die Fotografie, so wie sie einmal auf das Porträt von Anne Boleyn in der National Portrait Gallery geblickt hatte. Diesmal war kein Rätseln nötig. Sie kannte die Geheimnisse hinter diesen faszinierenden Augen: die unglückliche Kindheit, die schwierige Beziehung zu einem Vater, der wie ein Fremder war, und die boshafte, vergiftete Natur, die aus diesem verdorbenen Nährboden entstanden war.

Während sie es betrachtete, verschwamm das Bild vor ihren Augen. Plötzlich sah sie Connies Gesicht und nicht Viviens. Mit plötzlicher, erschreckender Klarheit erkannte sie, dass die beiden zwei Seiten derselben Münze waren. Wie Vivien war Connie von ihren Eltern benachteiligt worden. Sie hatte niemals ihren Vater gekannt, und ihre Mutter hatte sie der Pflege Fremder übergeben. Die Tatsache, dass Mataji in dieser Hinsicht keine Wahl gehabt hatte – dass sie tat, was sie tun musste, um zu überleben –, machte keinen Unterschied, was Connie betraf. Jene Abwesenheit der Liebe eines Elternteils hatte sie für ihr Leben gezeichnet. Genau wie bei Vivien mit ihrem Vater hatte es zu Verbitterung und dem Verlangen nach Rache geführt.

Es hat mich so viele Jahre gekostet, um zu erkennen, dass es nicht meine Schuld war.

Connies Stimme klang ihr in den Ohren. Was war wirklich an jenem Nachmittag in dem Bungalow in Poona geschehen? Merle würde es niemals erfahren. Die einzige andere Person, die jenes Geheimnis lüften konnte, war tot. Sie wusste jedoch sicher, dass dieses Erlebnis Conny für immer beschädigt hatte. Und beschädigte Menschen waren zu seltsamem Verhalten fähig, wie Merle nur zu gut wusste.

Was wäre, wenn sie über jene unsympathischen Züge von Connie hinwegsehen könnte? Wenn sie das sehen könnte, was gut in ihr war, und demgegenüber blind sein, was die Verbitterung hervorgerufen hatte? Wie das Betrachten des Mondfalters auf dem Baum vor vielen Jahren: ihn zu sehen und ihn dann auf einmal nicht zu sehen, zu wissen, dass er da war, doch unfähig zu sein, ihn zu entdecken.

Sie dachte darüber nach, was sie aus ihrem eigenen Leben ausmerzen würde, wenn sie es könnte. Jene unbedachten Affären mit Ben und Hutch. Das Elend, ein Kind zu verlieren und zu wissen, dass sie jede Chance auf ein weiteres ruiniert hatte. Sie versuchte, sich vorzustellen, wie sich die Dinge entwickelt hätten, wenn sie das Kind von Hutch bekommen hätte. Wie im Himmel wäre sie mit einer solchen Situation fertig geworden? Sie rief ein Bild von Connie auf – eine alleinstehende Mutter, die in einer armseligen Wohnung mit einem ganzen Haufen Kinder lebt, um die sie sich kümmern muss. Konnte man ihr wirklich vorwerfen, dass sie versuchte, ein besseres Leben zu bekommen?

Merle erkannte langsam, was geschehen könnte, wenn sie diese Gelegenheit, das Zerwürfnis zu überwinden, verpassen würde. Der Familie beraubt, die sie hätte haben können, würde sie Gefahr laufen, in den kommenden Jahren genauso verbittert zu werden wie Connie. Wäre es nicht besser, eine Beziehung mit dieser Schwester-Mutter aufzubauen, anstatt davonzulaufen? Würde es nicht viel schlimmer sein, sie aus ihrem Leben zu verbannen, als sie mit all ihren Unzulänglichkeiten zu akzeptieren?

Tu es für mich, Beti.

Die Worte schwebten ihr in den Sinn wie der Meeresschaum, der vom Wind davongetragen wurde. Wenn sie diese eine Sache schaffen würde, zu der Mataji nicht in der Lage war – Connie die bedingungslose Liebe zu zeigen, nach der sie sich sehnte –, dann wäre es doch fast ein Wunder, oder?

Kapitel 37

Bombay sieht beeindruckend aus, als das Schiff näher kommt. Ein großes Gebäude mit zinnenbewehrten Mauern und einem Kuppeldach bewacht den Hafen.

»Das Tor Indiens …« Sándor ist zu ihr auf Deck gekommen. »Das ist schon beeindruckend, oder?«

Er legt ihr den Arm auf die Schulter und zieht sie zu sich. »Wie fühlst du dich, Liebling?«

»Ich zittere wie Espenlaub.« Sie betrachtet sein Gesicht. »Tue ich das Richtige?«

Er streicht ihr mit dem Finger über die Wange. »Du musst mich doch nicht fragen, oder? Du hast dich entschieden. Ich konnte das in dem Moment sehen, als ich dich hier entdeckt habe. Doch wenn du noch mehr Zeit brauchst, müssen wir nicht sofort dorthin. Ich habe für uns ein Zimmer im Tadsch-Mahal-Hotel gebucht – unverschämt, ich weiß –, doch ich hätte es storniert, wenn du dich dazu entschieden hättest, auf dem Schiff zu bleiben.«

Sie küsst ihn sanft und wundert sich, dass er sie besser kennt als sie sich selbst.

Eine knappe Stunde später fahren sie durch die überfüllten Straßen der Stadt, in der sie geboren ist. Sie kann sich nicht erinnern, schon einmal da gewesen zu sein – doch die Geräusche, Anblicke und Gerüche sind ihr schmerzlich vertraut. Im selben Moment, als sie von der Gangway getreten war, hatte der Geruch des Ortes eine Welle an Gefühlen in ihr auslöst: jene kräftige Mischung aus dem Duft reifer Früchte, Gewürze und Holzrauch, vermischt mit dem Gestank menschlicher Ausscheidungen.

Wie in Kalkutta wimmelt es überall von Menschen und Tieren. Ochsenkarren kämpfen mit staubverkrusteten Automobilen um Raum. Männer tragen Körbe voll Kichererbsen und Granatäpfeln auf den Köpfen, Frauen hocken unter riesigen schmutzigen Planen auf dem Boden, braten mit Koriander bestreute Kartoffelpuffer, die sie zum Verkauf anbieten, und schöpfen dampfenden Chai in Tassen.

Das alles ist völlig neu für Sándor, dessen Augen überall sind. Er muss vor Fragen platzen, doch er bleibt still, hält die ganze Zeit ihre Hand und drückt sie gelegentlich – um ihr sein Verständnis dafür zu zeigen, dass sie innerlich für jede Art von Gespräch zu aufgewühlt ist.

Das Haus, in dem Connie lebt, ist heruntergekommen, in Höhe des Erdgeschosses sind die Mauern mit verblichenen Plakaten beklebt, die Haaröl und Radios und Camp-Kaffee anpreisen.

»Ich warte hier, oder?« Sándor tippt auf den rissigen Ledersitz des Taxis.

Sie nickt, da sie sich nicht zu sprechen traut. Dann steigt sie die Stufen hinauf, geht um einen schlafenden Hund herum, der ein wie Topas glänzendes Auge öffnet, als sie sich vorbeidrückt. Sie fühlt sich, als beobachte sie sich selbst in einer Filmszene. Sándor würde sie diese Szene noch einmal machen lassen, damit sie die Stufen in einem anderen Winkel nimmt und der Hund vom Set entfernt würde.

Neben der Wohnungstür gibt es eine Klingel, die jedoch kaputt ist. Sie klopft an das Milchglas in der oberen Hälfte der Tür. Ihr Herz fühlt sich an, als wäre es in ihre Luftröhre gedrückt worden und stecke nun an der Stelle fest, wo der Hals beginnt.

Die Tür wird von einem dunkelhäutigen kleinen Jungen geöffnet. Derjenige, der auf der Fotografie in ihrer Handtasche den Matrosenanzug trägt. Er betrachtet Merle von oben bis unten, verwundert, aber nicht ängstlich. Als hätte er sie schon einmal irgendwo gesehen. Sie bückt sich und hockt sich hin wie die Chai Wallahs draußen auf der Straße. Dann beugt sie sich zu ihm.

»Hallo, Alexis.« Tränen kommen ihr in die Augen. Die nächsten Worte kann sie nur flüstern. »Ich bin Estelle. Ich bin deine neue Schwester.«

EPILOG

Merle Oberons Schauspielkarriere erstreckte sich über fünf Jahrzehnte. Sie spielte in fünfzig Filmen mit und drehte *Interval*, ihren letzten Film, im Alter von einundsechzig Jahren. Ihre Darstellung der Cathy in *Sturmhöhe* – wohl ihre bekannteste Rolle – führte zu schwärmenden Rezensionen der Filmkritiker. Doch obwohl der Film sieben Oscar-Nominierungen erhielt, wurde Merle für die Kategorie der besten Schauspielerin übersehen. Die Gewinnerin jenes Jahres war Vivien Leigh für ihre Darstellung der Scarlett O'Hara in *Vom Winde verweht*.

1942 wurde Alexander Korda von König Georg VI. für seinen Beitrag zur Unterstützung der britischen Regierung während des Krieges durch das Filmemachen zum Ritter geschlagen. Seine Frau Merle wurde zu Lady Korda – was ihr die Anerkennung der höchsten Gesellschaftskreise brachte. Traurigerweise hielt ihre Ehe nicht. 1957 heiratete Merle den italienischen Millionär Bruno Pagliai und adoptierte zwei Kinder – einen Jungen und ein Mädchen – aus einem Waisenhaus in Italien.

Merles Filmpartner in *Sturmhöhe* hatten glänzende Karrieren. David Niven drehte fast einhundert Filme. Unter den bekanntesten sind *Um die Welt in achtzig Tagen, Tod auf dem Nil* und *Die Kanonen von Navarone.* Laurence Olivier wird weitgehend als der herausragendste britische Schauspieler seiner Generation angesehen. Er wurde 1947 zum Ritter geschlagen und wurde 1970 zu Lord Olivier. Seine Ehe mit Vivien Leigh endete mit einer Scheidung im Jahre 1960. Flora Robson genoss eine erfolgreiche Karriere, sowohl im Film als auch auf der Bühne. Einer ihrer unvergesslichsten Filme ist *Schwarze Narzisse* – und 1947 wurde sie für ihre Darstellung des haitianischen Dienstmädchens Angelique in *Spiel mit dem Schicksal* für einen Academy Award nominiert.

Im Jahre 1960 wurde sie von Königin Elisabeth II. zur Dame Commander of the British Empire ernannt.

Merle Oberon erlitt in ihrem späteren Leben einen Herzinfarkt und starb im Alter von achtundsechzig Jahren, nachdem sie in ihrem Strandhaus in Malibu erkrankt war. Sie nahm das Geheimnis ihrer indischen Herkunft mit ins Grab, zusammen mit der brisanten Wahrheit über ihre jugendliche Mutter.

Constance Soarez starb zwei Jahre später 1981 in ihrem Haus in Bombay. Als Connies Sohn Harry kurz darauf für Charles Highams Biografie über Merle interviewt wurde, hielt er die Variante aufrecht, dass er der Neffe des Stars sei. Erst im Jahre 2014, als historische Geburtseintragungen aus Indien von der British Library veröffentlicht wurden, kam die Wahrheit ans Licht. Die Eltern von Estelle Merle Thompson sind eingetragen als Arthur und Constance.

In seiner Biografie berichtet Higham, dass Connie kurz vor ihrem Tod Merle weiß gekleidet vor sich gesehen hat. Er erklärt auch, dass Merle nach dem Tod von Charlotte, der Frau, die sie aufgezogen hatte, ein Porträt malen ließ. Es zeigt eine Frau mit blauen Augen und heller Haut in einer Bluse mit hohem Kragen und einer Caméebrosche – ein Kleidungsstil aus der Zeit vor dem Ersten Weltkrieg. Dieses Gemälde hing immer an einem Ehrenplatz in Merles Häusern. Laut Higham habe sie jedes Mal, wenn sie danach gefragt wurde, wer die schöne Frau auf dem Gemälde sei, geantwortet, es sei ihre geliebte Mutter.

Merles Entschluss, die Versöhnung mit Connie anzustreben, ist eines der erfundenen Elemente von »Das Flüstern des Mondfalters«. Es gibt keinen Beleg dafür, dass sich die Beziehung zwischen ihnen jemals gebessert hat, abgesehen von Merles finanzieller Unterstützung ihrer biologischen Mutter und der Halbgeschwister.

Merles enge Freundschaft mit Flora Robson ist ein weiterer erfundener Aspekt der Geschichte. Obwohl sie in vielen Filmen gemeinsam auftraten, waren sie eher Bekannte als Freundinnen. Kenneth Barrow, der Verfasser von Floras Biografie, berichtet jedoch, dass sie Merle als eine »liebenswerte Dame« bezeichnet hat.

Vivien Leighs Versuch, Merle zu erpressen, um an die Rolle der Scarlett O'Hara zu kommen, ist ebenfalls erdacht. Obwohl Vivien in Indien geboren wurde und ihr Vater in Kalkutta gearbeitet hat, als auch Merle dort war, gibt es keinen Beweis dafür, dass sie sich dort getroffen haben. Doch es gibt keinen Zweifel an Viviens bitterem Neid auf Merle. Laut Merles Biografen ist Vivien mit Laurence Olivier nach Hollywood gereist und blieb am Set der *Sturmhöhe,* wobei sie auf einen Unfall der Hauptdarstellerin hoffte, um selbst die Rolle der Cathy übernehmen zu können. Während dieser Zeit machte Vivien Probeaufnahmen für *Vom Winde verweht.* Die Antipathie zwischen ihnen endete, als Merle einen Film – *Lord Nelsons letzte Liebe* – finanziell unterstützte, in dem Laurence Olivier mit Vivien Leigh die Hauptrolle spielte. In Folge wurden die drei gute Freunde.

Meine Interpretation von Merles Unfähigkeit, Kinder zu bekommen, ist rein spekulativ. Die verfügbaren Dokumente sind missverständlich. Charles Higham schreibt über eine

Operation, der sie sich Anfang zwanzig wegen Eileiterkrebs unterzogen hatte, doch später in der Biografie berichtet er, dass sie einer Freundin von einer freiwilligen Sterilisation erzählt hat, um eine Schwangerschaft zu vermeiden. In ihrer Ehe mit Alexander Korda hat Merle nachweislich medizinische Hilfe gesucht, um ein Kind zu bekommen, doch sie musste erfahren, dass nicht nur einer, sondern beide Eileiter entfernt worden sind – was ihr zum Zeitpunkt der Operation nicht mitgeteilt worden war. Diese Form von Krebs wurde mit der Geschlechtskrankheit Chlamydia in Verbindung gebracht.

Merle hatte sowohl eine Beziehung mit Ben Finney – der wirklich ihr erstes Vorsprechen bei einem Filmregisseur arrangiert hatte – als auch mit Leslie Hutchinson. Doch es gab noch andere Beziehungen während ihrer frühen Jahre in London, die ich nicht in die Geschichte integriert habe. Es gibt keinen Hinweis darauf, dass Ben verantwortlich war für Merles Unfruchtbarkeit oder dass sie mit einem Baby von Hutch schwanger war.

Merles Romanze mit David Niven folgte eine leidenschaftliche Affäre mit Leslie Howard, der kurz davor war, seine Frau und Kinder für Merle zu verlassen.

Der Rest der Geschichte ist meine Vorstellung davon, wie sich die wahren Ereignisse zugetragen haben.

Zeitfracht Medien GmbH
Ferdinand-Jühlke-Straße 7
99095 Erfurt, Deutschland
produktsicherheit@kolibri360.de

Druck:
CPI Druckdienstleistungen GmbH
im Auftrag der
Zeitfracht Medien GmbH
Ein Unternehmen der Zeitfracht - Gruppe
Ferdinand-Jühlke-Str. 7
99095 Erfurt